大河역사소설 고국

古國

4권 제국의 建設

金夷吾 지음

좋은땅

제4권 목차

1부 고구려의 분열

  1. 유리의 등장 · 6
  2. 소서노와 온조 · 39
  3. 위나암 천도 · 64
  4. 해명과 什濟 · 89
  5. 왕망의 新과 後漢 · 106

2부 후한과의 대격돌

  6. 麗新전쟁과 학반령전투 · 130
  7. 온조대왕의 伯濟 · 156
  8. 서나벌과 낙랑 · 170
  9. 대무신제와 울암대전 · 205
  10. 金씨 일가의 한반도행 · 229

3부 한반도로 들어오다

  11. 수로대왕과 加耶 · 242
  12. 백제와 서나벌의 위기 · 268
  13. 탈해의 사로국 · 283
  14. 고구려의 요서 원정 · 308
  15. 호동태자와 낙랑공주 · 329

제4권 후기 · 364

1부 고구려의 분열

1. 유리의 등장
2. 소서노와 온조
3. 위나암 천도
4. 해명과 仇濟
5. 왕망의 新과 後漢

1. 유리의 등장

동명 15년인 BC 23년이 되자 고구려에 갑작스레 창질瘡疾이 크게 돌아, 조정에서 의원들을 각지로 보내 약을 쓰게 하고 깨끗한 물을 먹도록 했다. 전년도 10월에 추모제는 성모의 장례를 치르고 난 후, 마음을 다잡고 개마공략에 나섰었다. 그때 개마왕 연의燕宜가 황수潢水(시라무룬강)로 달아났고, 이에 소쾌를 개마왕으로 삼았다. 그랬던 연의가 마침내 자신의 처인 추秋씨와 함께 추모제를 찾아와 입조했다. 추씨는 죽은 칠공柒公의 처였으나 재가해 연의의 아들과 딸을 낳았고, 두 딸 모두를 추모제에게 바쳤었다. 연의가 두 딸의 설득 끝에 추모제가 자신을 해할 뜻이 없다고 여겨 투항해 온 것이었다. 연의를 만나 본 추모제가 새로이 명을 내렸다.

"연의를 다시금 개마왕으로 복귀시킬 셈이니, 소쾌를 불러들이도록 하라!"

그런데 그 무렵에 맹孟황후 또한 역병에 걸려 아직은 젊은 44살의 나이로 세상을 뜨고 말았다. 태왕이 비통해하며 진주릉의 계후桂后 곁에 장사 지내 주고, 이때 을전비乙旃妃를 제3황후로 올려 주어, 맹후의 궁에서 살게 했다. 이때부터 을씨들이 크게 세력을 키우게 되는 계기가 되었다. 다음 달이 되니 선비왕 섭신이 여동생인 가돌可突을 후궁으로 바쳐왔는데, 그녀는 한어漢語와 호어胡語(흉노어)에 능통했다. 추모제가 이를 계기로 〈역원譯院〉을 두고, 여러 언어를 교습하게 했는데, 후일 〈습어원習語院〉의 기원이 되었다.

그 무렵 (中)마한馬韓 사람 감성甘成이 漢나라 남쪽에서 구한 것이라며, 소후召后에게 비취도합을 바쳤다. 이때 소후의 〈쌍란전雙鸞殿〉이 완성되었는데, 금과 옥, 향목香木으로 치장했다. 소후는 사치를 즐겼는데, 매번 漢나라 궁전 양식을 청해 듣는 대신, 초라한 북방식의 궁려窮廬에는 관심을 두지 않았다. 당시 궁실을 꾸미는 일은 주로 소후가 관여했는데, 처음엔 검소했으나 나중엔 사치가 점점 더해져 책망을 면하기 어려울 정도였다.

행남패자 조천祖天도 이때 사망해, 오천奧天이 그를 대신하게 했다. 추모제가 그 무렵에 개마, 구다, 황룡, 행인, 비리 지역에서 장정들을 징발해 남구南口, 곡림鵠林, 남소南蘇, 하양河陽 등의 성들을 대거 고쳐 쌓게 했다. 추모제가 축성을 독려하면서 의미심장한 말을 남겼다.

"천 리 땅을 넓히는 것은 한때의 세력이면 가능한 일이지만, 한 조각 땅이라도 잃지 않으려면 만대萬代의 힘이 드는 법이오!"

그때까지도 창질이 여전히 수그러들지 않아 사람들이 시신을 들판에 내다 버리는 일이 잦아지자 추모제가 명을 내려 모두를 거두어 땅에 묻게 하고, 매장을 권장했다. 또한 1천 경頃(천만 평)이나 되는 약초밭을 조성해 종자를 심어 재배토록 하고, 약사들을 각 주로 보내 주었다. 고구려 전역에 우대于臺라고도 하는 〈자사刺使〉를 두게 했는데 모두 33인이었고, 이들에게는 각각 2처 3첩을 내려 주었다.

5월이 되어 추모제가 동쪽 순행 길에 나서 모처럼 〈낙랑〉을 방문했다. 동북방 낙랑의 평원 일부는 바다에 접하고 있어, 태왕이 낙랑왕 시길柴吉과 함께 배로 유람할 수 있었다. 시길이 동맹 차원에서 추모대제에게 딸인 작鵲공주를 바치니 태왕이 이를 받아들여 그녀를 妃로 삼았는데, 이는 시길의 사위인 협보가 주선한 것이었다.

그즈음 전쟁이 뜸해지고 태평시대가 된 탓인지 동서로 두 도성 안에서 젊은이들이 밤마다 모여 방탕한 짓을 일삼는 풍속이 유행했고, 이에 추모제가 명을 내려 이를 금지시킨 일도 있었다. 하루는 추모제가 소황후와 함께 난하 하류의 호로호胡盧湖로 가서 달을 감상하며 참외를 맛보았다. 그 이튿날엔 호수 곁에 마련된 신사神祠를 찾아 죽은 계후와 맹후를 추모하고 돌아왔다.

그 무렵 소황후는 여전히 추모제의 총애가 남아 있음을 이유로, 자신의 아들을 후사後嗣로 삼기를 원했다. 그러한 터에 소후는 동부여에 있는 추모제의 장남 유리가 머지않아 찾아와 입조할까 봐 노심초사한 끝에, 전후㛄后(을전)를 끌어들여 함께 추모제에 대한 설득에 나섰다.
"순노와 홀본의 백성들이 편하게 지내게 되니, 모두가 정윤正胤을 세우시길 원하고 있습니다. 나라의 안위를 생각할 때 시급한 일이 아닐 수 없습니다."
그러나 추모제는 자신이 아직은 젊고, 아들 모두가 여전히 어리다며 서두를 생각이 없었다. 이에 소후가 이번에는 을경과 협보를 부추겨 추모제에게 간하게 했다.
"혹시 태왕께옵서 유리태자를 마음에 두고 계신다면, 태자가 오기를 기다렸다가 바꾸어도 될 것입니다. 그러나 지금은 금와왕이 사실상 예부인을 인질로 삼고 있는 셈이니, 유리태자 또한 마음대로 거동할 수도 없을 것입니다. 제왕의 일이란 예측하기 어려운 것이라 오래도록 정윤을 세우지 않을 수는 없는 일이니, 만일을 위해서라도 정윤을 세우시어 하늘의 뜻과 민심을 따르소서!"
그러자 추모제도 수긍을 한다며 되물었다.
"세상이 평안하다면 적장자嫡長子를 세울 일이고, 혼란스럽다면 지혜롭고 현명한 태자를 세워야 할 터인데 지금 내 아들들 모두가 어리고, 세상은 여전히 안정되지 못하니 대체 누가 그 자리에 적당하겠소?"

"훤태자와 비류태자는 모두 적장자인 데다 어질고 현명하십니다만, 나약한 데다 지혜가 다소 떨어집니다. 고루태자는 용감한 편이지만 지혜가 부족한 듯합니다. 아무래도 두절태자가 정윤으로 적합한 듯합니다."

두 사람이 소후의 차남인 두절斗切태자를 천거하자, 추모제도 수긍은 했으나 아직 어리다는 것을 염두에 두는 모습이었다. 그러는 와중에 다른 군신들까지 나서서 두절이 적합하다고 아뢰니, 마침내 추모제가 이제 한창인 스물두 살의 두절태자를 정윤으로 삼는 것을 허락하고 말았다. 소후의 바람이 이루어지는 순간이었다.

그해 10월이 되자 두절의 이름을 두근斗劤으로 바꾸어 정윤으로 삼고, 오간烏干의 딸을 태자비로 했다. 마려馬黎를 동궁의 스승인 동궁사東宮師로 삼아 문자와 경적經籍들을 본격적으로 가르치게 했다. 그 무렵 개마에서 반란이 일어나 정공鄭公이 호해胡海로 출정해 반란 장수 호치胡雉를 상대로 싸웠는데, 그만 화살을 맞고 전사하는 일이 있었다. 그의 부친은 漢人 출신이었고 모친은 〈황룡국〉의 호족 출신이었다. 추모제가 곡을 하며 슬퍼했고, 좌보의 예로 장사 지내 주었다.

이듬해인 BC 22년 정월, 한소의 딸 평비가 딸 漢공주를 낳았다. 그때 추모대제의 정적이었던 다물후 송양이 나이가 들어 죽음을 맞이하자 후하게 장사 지내 주었고, 그의 아들인 송의松義를 다물후에 봉했다. 작위는 중형中兄으로 하되, 송의의 처이자 을후의 딸인 오화奧花를 공주로 올려 주고 적복翟服과 금화, 금어를 내려 주었다.

그 무렵에 하양, 난소, 풍성에도 외성을 쌓고, 황산黃山, 평산平山, 마산馬山에도 성을 쌓게 했다. 그때 〈동부여〉에서 예부인이 보낸 호빈皓彬이란 자가 찾아와 어의를 바치면서 또다시 놀라운 소식을 전했다.

"대소태자가 살육을 크게 벌여 그의 형제 여럿이 찢겨 죽었는데, 금와왕도 이를 말릴 수 없었습니다."

이에 추모제가 아우인 해주 등이 걱정되어 책성으로 송의를 보내 동정을 살펴보고 돌아오게 했다. 송의가 동부여로 출발하기에 앞서 모친인 관패부인이 물어보았다.

"너는 지난번에 유리태자를 만나 보지 않았더냐? 태자의 인물 됨됨이는 어떠하더냐?"

이에 송의가 주저하지 않고 답했다.

"영웅이었습니다. 태왕의 여러 아들 중에 가장 나은 인물입니다."

그러자 관패부인이 조심스레 주문했다.

"그렇다면 너는 어찌해서 유리태자와 깊게 인연을 맺을 생각을 하지 않는 것이냐? 여불위가 진보珍寶를 사 두었다가 후일 큰 득을 보았음을 모르지 않을 것 아니냐?"

송의가 모친의 뜻을 헤아리고 그러겠노라 답하고는 책성으로 갔다. 과연 송의가 유리類利와 만나 앞으로 서로 상통할 것을 약속하면서 말했다.

"이제부터 태자님의 일은 신이 맡아서 책임을 지도록 하겠습니다!"

그러던 3월, 훤萱황후가 오십의 나이로 병이 들어 사망했다. 아들인 훤태자가 원체 몸이 나약했는데, 모친의 죽음에 곡을 하고 슬퍼하다가 어이없게 따라 죽고 말았다. 원래는 훤태자가 정윤이었으나 몸이 허약하다는 이유를 들어, 소후의 아들 두근으로 교체된 것으로 보였는데, 추모제가 사흘간 조회를 폐하고 애도했다. 훤후는 유화부인의 동생으로 추모의 이모였다. 동부여 시절, 금와왕의 주선으로 예공주가 추모와 맺어졌고, 훤후는 가숙공의 비가 되어 출가했다. 그러다 추모가 책성을 떠나는 도중에 가숙공의 뜻에 따라 추모를 따라 내려왔고, 이후 중궁中宮에서 19년을 지내며 추모제의 아들딸 일곱을 낳았다. 너그러운 성품으로 다른 후궁을 투기하지 않아 추모제의 총애가 으뜸이었고, 소후는 둘째였다.

그 무렵 추모제가 하빈군軍을 남구성으로 옮긴 다음 12부部로 나누게 했는데, 곧 〈안평국安平國〉을 칠 요량이었다. 결국 7월에 하빈의 군대가 안평왕 종리鍾离와 쌍산雙山에서 싸워 그를 대파했다. 종리는 안평성으로 후퇴해 성을 굳게 지키며 나오지 않았으나, 이내 군량이 떨어져 성을 포기한 채로 달아났다. 안평성으로 입성한 하빈軍이 7천여 명을 포로로 잡아 노비로 삼았는데, 미녀와 재주 많은 남자들이 많았다고 한다. 이 안평이 후일의 西안평으로 북경의 바로 동남 아래쪽이었다.

얼마 후 종리가 사신을 보내 화친을 청하기에, 그를 다시 한소에게 보내 협상하게 했다. 그 결과 해마다 소와 말 천 두씩에 채단 3천 필, 황금 2천 근, 콩과 기장 3만 석 등을 조공으로 바치고, 칭신하기로 약조했다. 그런데 〈쌍산전투〉에서 우장군 보연宝燕이 몸에 열 군데의 부상을 입은 채 전사해, 그 시신이 자루에 넣어진 채로 돌아왔다. 보연은 검술로는 당대 제일가는 인물로 이름을 떨쳤으나, 끝내 전장에서 장렬한 죽음을 맞이하고 말았다.

익월인 8월에도 부위염이 자몽의 구리성을 빼앗아 〈구려현句麗縣〉을 설치했다. 그가 자몽성에 입성하니, 자몽왕 서천이 두려움에 떨면서 자신의 처를 바치며 목숨을 구걸했다. 부위염이 매년 소와 말 2천 필과 호피 70장 등을 조공토록 하고 군대를 호해로 물러나게 했다. 〈자몽국〉에는 송아지만큼 커다란 돼지인 자몽시紫蒙豕가 유명했기에, 암수 돼지를 가져다 어원御園에서 길러 종자로 삼게 하고 민간에도 새끼를 나누어 기르게 했다. 그랬더니 한 해 만에 송아지만 한 돼지가 나라 안에 가득하게 되었고, 사람들이 이를 보고는 부위염의 이름을 따 위염시尉厭豕라고도 불렀다.

그보다 약 20년 전인 BC 40년 7월경, 주몽이 동부여를 떠난 후 2달 만에 예씨부인이 동부여 도읍인 책성에서 주몽의 아들을 낳았다. 예부인이 주몽의 말대로 아이의 이름을 유리類利(瑠璃, 누리)라 지었는데, 아이가 태어날 때 얼굴이 뽀얗고 환하게 빛을 내니, 이름 그대로 달덩이 같았다고 한다. 유리가 무럭무럭 자라 12살쯤 되었을 무렵, 어느 날 참새를 잡는다고 쏜 화살이 잘못하여 물을 길어 가던 아낙이 머리에 인 물동이를 맞추고 말았다.

"쨍그랑! 어머낫!"

물동이가 깨지면서 순식간에 머리에 온통 찬물을 뒤집어쓴 아낙이 놀라 뒤돌아보니, 유리가 멋쩍게 활을 들고 있는 모습이 보였다. 잔뜩 화가 난 아낙이 어린 유리에게 사정없이 욕을 퍼붓고 말았다.

"아비 없는 자식이라더니 어찌 이리 무례하더냐?"

그 말을 듣자마자 유리의 몸이 얼어붙는 듯했다. 어린 마음에 갑자기 얼굴도 모르는 아버지가 그립고 서러워 훌쩍거리며 집으로 왔다. 예부인이 자초지종을 듣고는 어린 유리를 달래며 그동안 속에 눌러 왔던 이야기를 꺼냈다.

"유리야, 네가 왜 아버지가 없겠느냐? 잘 들어라! 네 아버지는 보통 사람이 아니시란다. 네 아버지는 부여 해모수천제의 황손이시고, 서남쪽 고구려란 나라의 태왕이시니라! 추모대제가 바로 너의 생부시란다……. 너는 태자란 말이다!"

그제야 유리가 울음을 멈추고 커다랗게 놀란 눈으로 예부인을 바라보았다. 그렇게 한동안 웃음 띤 모친의 얼굴을 빤히 바라보더니, 그럴리가 없다는 듯 다시 따져 물었다.

"에이, 거짓말! 그게 아니면 우리가 왜 아버지와 떨어져 사는 건데요? 다른 애들은 다 아버지와 같이 살잖아요?"

아버지를 그리워하는 어린 아들의 원망 가득한 눈망울을 보자, 이내 예부인의 마음이 아려 왔다.

"그분은 한 나라의 태왕이시란다. 지금은 사정이 있어 이렇게 우리와 멀리 떨어져 있지만, 머지않아 만나게 될 날이 반드시 올 것이다. 그때 너는 아버지인 추모대제께 자랑스러운 아들이 되어 있어야 하지 않겠느냐? 그러니 이제부턴 사소한 말썽을 부리기보다는, 글공부와 무예를 연마하는 일에 더욱 공을 들여야 할 것이다! 알겠느냐?"

"어머니, 정말 아버지가 고구려의 추모대제라고요? 내가 태자란 말이지요? 잘 알겠습니다……"

유리가 고개를 끄덕이긴 했으나 그래도 도무지 납득이 되지 않는다는 표정이었다.

그러나 시간이 지나면서 유리의 표정이 본인도 모르는 사이 더욱 늠름해진 모습으로 바뀌어 가고 있었다. 이때부터 예부인이 작심하고 유리의 훈육을 위해 은밀하게 주변에 도움을 청하니, 몇몇 신하들이 나서서 개인지도를 해 주었다. 그리하여 유리는 우선 옥지屋智로부터 궁술을 집중연마 했고, 구추勾鄒에게는 글과 셈법(산수)을, 도조都祖에게는 의약과 농사를 배웠다. 이어 숙부가 되는 해주解朱왕자가 친히 예법을 가르치니 이내 정숙해짐은 물론이고, 나이가 들면서 비로소 빼어난 귀공자의 면모를 갖추게 되었다.

어느덧 스무 살이 다 되어 이제 어엿한 성인이 된 유리가 어느 날 모친에게 정색하고는 아버지가 계신 고구려로 같이 떠날 것을 청했다.

"어머니, 할머님(유화부인)께서 돌아가신 지도 3년이 지났습니다. 소자는 이제 더는 여기 동부여에 머물러 있을 이유가 없습니다. 금와왕께서 건재하신 한 아버님이 동부여에 오실 일은 없을 터인데, 언제까지 이렇게 아버님을 기다려야 한단 말입니까? 소자는 이미 성인이고, 엄연한 추모대제의 장자입니다. 하오니 이제는 아버지의 나라 고구려로 소자가 직접 찾아가는 것이 마땅합니다. 그러니 소자와 함께 이곳을 정리하고 떠나시지요, 어머니!"

그때까지 예부인은 추모대제가 일찌감치 소서노를 비롯해 여러 황후를 두고 있음을 익히 알고 있던 터였다. 그러나 아직 추모제로부터 정식으로 들어와 달라는 청이 없었던지라, 공연히 고구려 황실에 평지풍파를 일으킬까 망설이던 터였다. 그러나 장성한 유리가 자신의 아버지를 찾으니 이 이상 지체할 일이 아니라고 생각되어 말을 꺼냈다.

"네 아버지가 떠난 지도 어언 20년의 세월이 흘렀다. 너무 오랜 세월이 흘러 설령 당장 눈앞에서 만난다 해도 서로를 알아볼 수 없게 되었다. 실은 네 아버지가 이런 상황에 대비해 동부여를 떠나면서 남기신 말이 있다. 칠령팔곡七嶺八谷에 있는 소나무 아래 돌 위에 물건을 감추어 놓았으니, 장차 그것을 찾아오는 자가 있다면 아들로 간주할 것이라고 말이다."

"네? 정말입니까? 칠령팔곡이면 일곱 고개와 여덟 계곡이라……. 정확히 그곳이 어딘지는 모르시고요?"

유리가 흥분되어 눈을 휘둥그레 뜨며 되물었다.

"그건 나도 모르는구나. 그걸 찾아오라는 것이 네 아버지의 뜻인 게지……."

"칠령팔곡의 소나무라……. 그게 뭘까요? 암튼 잘 알았습니다. 그걸 꼭 찾아내겠습니다. 어머니!"

그날부터 유리는 근처의 산과 계곡을 미친 듯이 뒤지며 예의 소나무를 찾아 헤맸으나, 온 천지가 소나무투성이라 도무지 알 길이 없었다. 그렇게 어느덧 반달이 지나자, 유리는 답답하고 조급한 마음에 속병이 들 지경이 되었다. 그러던 어느 날 유리가 지쳐 마루에 걸터앉아 멍하니 쉬고 있는데, 소슬바람이 불 때마다 문득 이상한 소리가 들리는 듯했다. 그래서 자세히 귀를 기울여 보니, 마루 기둥과 주춧돌 사이에서 소리가 나는 것 같았다.

"앗! 가만, 칠령팔곡의 소나무라……. 이게 뭐야? 하나, 둘, 셋……"

유리가 벌떡 일어나 마루 아래 무릎을 꿇고는 기둥을 받치고 있는 주춧돌을 자세히 들여다보았다. 주춧돌은 정확하게 여덟 모서리요, 그것이 받치고 있는 기둥이 일곱 면을 가진 소나무가 틀림없었다. 유리가 유심히 주춧돌 뒤쪽 아래를 살펴보니, 주춧돌과 소나무 사이의 작은 틈 속에 부러진 칼이 끼워져 있었는데, 이것이 바람이 불면 피리처럼 가는 소리를 내고 있었다.

"아아, 찾았다, 찾았어! 바로 이것이었구나. 부러진 칼이었어! 하하하!"

유리가 크게 기뻐하며 예부인을 찾아 칼을 찾았다고 하니, 예부인은 더는 막을 방법이 없다고 판단하고 해주왕자를 찾아 상의했다.

"이를 어쩌지요? 이제 이 이상 유리의 의지를 꺾을 방법이 없는 것 같습니다. 형님은 그렇다 치더라도 과연 다른 황실의 가족들이 우리를 받아들일 리가 없겠지요……. 공연히 풍파를 일으켜 형님께 누가 될 것만 같아 차마 발이 떨어지지 않고 두렵기까지 합니다."

그러자 해주가 손을 저으며 다른 생각을 내비쳤다.

"그리 생각하실 일만은 아닙니다, 형수님! 형님께서 다가오는 이번 모후(유화부인)의 제사 때 송의를 보내, 장차 성모상聖母像을 만들고자 한다는 말을 전해 왔습니다. 그러니 송의가 왔을 때 그를 따라간다면 무언가 방법을 찾을 수 있지 않겠습니까? 그리고 이젠 때가 된 것도 같으니, 아버지를 찾으려는 유리를 막지 말고 오히려 적극 도와주실 필요가 있습니다. 제가 거들 테니 이참에 속히 이곳을 정리하시고 유리와 함께 고구려로 떠날 준비를 해 두십시오, 형수님!"

예씨가 희망이 생겼다며 크게 기뻐하면서 돌아갔다.

그사이 해주는 유리의 스승인 옥지, 구추, 도조를 만나 원대한 계획을 밝히고, 장차 유리와 예씨부인을 모시고 함께 동부여를 떠나 고구려로 가서 유리의 대업을 도와달라며 설득에 나섰다.

"그대들은 잘들 들으시오! 비록 고구려엔 이미 소황후의 아들인 두근이 정윤으로 있다고는 하나, 유리는 누가 뭐래도 추모대제의 어엿한 장자입니다. 알다시피 동부여는 북쪽에 치우쳐 있지만, 고구려는 이미 옛 북부여와 번조선의 강역을 모두 차지한 떠오르는 제국입니다. 유리는 총명한 아이입니다. 유리가 그대들의 도움으로 장차 고구려의 천제가 된다면 틀림없이 더욱 강성한 나라로 키울 수 있을 것이니, 부디 유리가 꿈을 이룰 수 있도록 도와주시지요. 나는 아버님 금와왕이 계시니 이곳을 떠날 수 없지만, 대소태자를 비롯한 다른 왕자들에게는 나 역시 그저 곁다리에 불과하므로 부왕父王 사후의 일이 어찌 될지 아무도 모르는 일입니다……"

해주에 이은 예씨부인의 간곡한 설득과 호소에 힘입어 이들은 과연 유리와 함께 동부여를 떠나 고구려로 가기로 했다. 그것은 유리에게 자신들의 미래를 걸고 도박을 하는 것이나 다름없는 일이라 결코 쉽지 않은 결정이었다. 얼마 후 유화황후의 기일이 다가왔고, 과연 고구려에서 송의가 사신으로 들어와 제사에 참여했다. 그사이 해주가 송의를 만나 유리의 뜻을 밝히고 협조를 요청했다.

"이번에 유리가 예씨부인을 모시고 공을 따라 함께 고구려로 들어가고자 합니다. 이미 떠날 채비를 모두 마친 상태라 유리가 형왕을 만날 수 있도록 공께서 도와주시기 바랍니다!"

"아, 그렇습니까? 참으로 잘된 일입니다. 내가 성심껏 돕도록 하겠습니다!"

그렇게 두 사람은 유리 모자의 고구려행을 위한 계획 등에 대해 의견을 나누고 상의했다. 며칠 후 예정된 일정이 끝나고 송의가 고구려로 귀국하는 날이 다가왔다. 해주가 떠나는 예부인과 유리를 만나 이별을 고하고 당부를 했다.

"형수님, 큰일을 앞두고 장차 긴요하게 쓸데가 많을 듯해서 황금 일백 근을 준비했습니다. 반드시 유리가 형님의 대업을 이을 수 있도록 하셔야 합니다!"

그리하여 유리 일행은 송의를 따라서 드디어 동부여를 떠나게 되었고, 미지의 땅 고구려를 향해 발길을 옮겼다.

당시 대소와 해백解百은 유리 모자를 떠나보내려 하지 않았으나, 금와왕의 명령으로 고구려행이 가능했다. 그때까지 수시로 금와왕의 뜻을 거역하곤 했던 대소가 금와왕의 뜻을 따르기로 한 것은 겉으로는 유리 모자에게 하찮은 은혜를 베푸는 것이었고, 속으로는 유리가 고구려로 들어가게 되면 필시 후계 싸움에 휘말리게 될 것이라 내다보았기 때문이었다.

그즈음 고구려에서는 환백桓柏과 양신羊臣 등이 동안평東安平을 쳐서 빼앗는 데 성공했다. 그곳에서 집안 대대로 호족豪族이었던 20여 가계를 서도로 강제 이주시키고, 안평주에 자사와 태수를 두었다. 태수太守는 무장 출신이었고, 자사刺使는 종척이나 공신들의 자제 가운데 나이가 많고 정사政事를 아는 자로 삼았다. 그 전에 17세의 정도동鄭道東을 장령주長岺州의 자사로 삼았더니, 토착민들에게 홀대를 당한 일이 있었다. 이후로 추모제가 반드시 정무 경험이 있는 자를 자사로 중용키로 했던 것이다.

4월이 되자 추모제가 황후들을 거느리고 친히 서도의 〈란정鸞庭〉으로 가서 각 주와 군에서 뽑아 올린 선비 370인과 대면하는 행사를 가졌다. 효성과 우애가 있는 데다 검소한 미덕을 갖춘 선비들, 선도仙道 및 유학 분야에서 널리 알려진 수재들과, 의약, 복서卜筮(점치는 일), 농공農工에 재주와 기술을 갖춘 이들에게 각각의 직분에 맞는 직무를 부여해 주면서, 3년마다 번갈아 천거하는 식으로 보충·등용하기로 했다.

5월에는 현토태수 겸 남구대장군인 한소漢素가 쉰둘의 나이로 세상을 떠났다.

"아아, 내 오른팔이 잘려 나갔구나……"

추모제가 몹시 애통해하면서 태보의 예로 장사 지내고, 그를 燕王으로 추봉했다. 漢人 출신 조선造船의 대가大家로 건국 초기부터 고구려의 수군水軍을 육성하는 데 지대한 공을 세운 충신이었다. 추모제가 그의 처 대방란大房暖을 후궁으로 들이려 하자, 올곧기로 소문난 그녀의 부친 대방량大房良이 반대하는 소를 올렸다.

"천자는 필부의 절개를 빼앗지 않는 법입니다!"

그러나 추모제는 자신의 의지를 꺾지 않았다.

"장인께서도 아시겠지만, 한소는 나와 한 몸이 된 지 오래되었소! 어찌 색사色事 때문이겠소이까?"

대방난이 이미 마흔을 넘긴 나이라 어디까지나 그 자식들을 우대하기 위한 배려였고, 실제 추모제는 한소의 자식 일곱을 입궁케 하여 해解

씨 성을 내려 주었다. 이어 대방언大房彦에게 한소의 지위를 잇게 하고, 대방휘大房暉를 하성河城장군으로 삼았는데, 대방씨가 이때부터 창성하는 계기가 되었다. 이들이 후일 우于태후의 선조가 되었다.

이처럼 딸인 대방난이 후궁으로 들어가는 것에 대해 대방량이 끝까지 반대한 것은, 그가 당시 한창 유입되던 유학의 기풍에 따라 일부종사一夫從事하는 漢나라의 유교적 가치를 지키려 했던 것으로 보였다. 이에 반해 추모제와 같은 북방민족 계통의 혼인풍습은 상당한 수준의 근친혼과 겹혼, 중혼을 허용했고, 특히 황실에서는 정략적 목적에 의해 이를 혼란스러울 정도로 널리 활용하고 있었다. 고대 아시아 양대 민족의 혼인제도에 대한 가치관과 문화의 차이가 당시 고구려의 황실 안에서 충돌하면서 이런 갈등을 빚기도 했던 것이다.

그 무렵 동부여를 떠난 유리 모자와 그 일행이 갈사를 거쳐 송강松江 땅에 이르렀다. 이들은 사전에 얘기된 대로 우선 갈사후曷思侯를 지낸 송강왕 가숙공加菽公에게 의탁해, 그의 저택에 머물며 추이를 관망하기로 했다. 그러나 얼마 지나지 않아 다시금 관패貫貝부인의 집으로 거처를 옮겼는데, 그사이 서로 간에 장차 유리를 고구려의 후계로 내세우기로 밀약했다. 송의가 힘주어 말했다.

"지금 정윤인 두근은 구태의 아들로 태왕의 친자식이 아니오. 그러나 유리태자는 누가 뭐래도 태왕의 친자식이자 장자이니 당연히 고구려의 정윤이 되어 후사를 잇게 해야 합니다!"

당시 소황후에 대한 추모제의 신뢰가 여전히 돈독해 조정의 많은 정사가 그녀의 손안에서 좌우되는 것이 많았다. 백관百官을 임면하거나 승차시키는 등의 인사에 있어서 소후의 입김이 크게 작용했고, 그런 연유로 특히 홀본 출신으로 관직에 오른 사람이 심각할 정도로 많았다. 이에 황룡이나 비류 출신들로부터 볼멘소리가 터져 나오고, 기타 행인, 비리, 개마, 구다 등 근래에 귀부한 나라 출신들까지도 이에 편승하는 분위기였다. 이들 모두는 동부여에서 온 유리태자를 후계로 옹립해 인사 쇄신을 도모하고, 이로써 정사政事를 새롭게 하고자 했다.

사실 소후召后의 언니인 관패부인은 죽은 다물후 송양의 처로 한때 홀본으로 들어가 인질 생활을 해야 했다. 그 시절 관패부인은 부득이 동생인 소후의 눈치를 보던 처지였기에, 유리를 통해 반전을 시도하려는 속뜻을 품고 있었다. 추모제 종척들의 고향인 순노 백성들도 은근히 홀본을 견제하려는 기운이 커져서, 빠르게 유리에 대한 관심과 기대로 돌아섰다. 그런 상황에서 관패부인은 유리의 모친인 예부인과 같은 띠에 같은 달에 태어났음을 핑계로 서로 자매가 되기로 했다. 아울러 두 사람의 아들인 유리와 송의 또한 의형제를 맺고 오춘奧春을 수장으로 삼았는데, 궐 안의 소후는 이런 움직임에 대해 전혀 모르고 있었다.

그 무렵 漢나라에 귀속했던 오손왕烏孫王 곤막이 죽었는데, 자손들 간에 왕위를 다투는 참극이 벌어졌다. 이 소식을 들은 추모제가 여러 태자들을 불러놓고 말했다.

"형제끼리 다투면 나라가 망하는 법이다. 오손왕은 漢의 힘을 빌려 형제들을 죽였으니 무도한 짓이었다. 너희들은 이를 꼭 경계해야 할 것이다!"

그런데 5월경에 추모제의 신마神馬로 불리던 거루巨婁가 시름시름 여위어만 가더니 덜컥 죽고 말았다. 비록 짐승이지만 오래도록 주인을 태우고 한 몸처럼 전장을 누볐던 말이었기에, 추모제가 몹시 아쉬워했다. 그 일이 있고 난 뒤 추모제 자신도 어딘가 몸 안에 불편한 구석이 있어

의원을 불러 달라고 했다. 그러나 의원이 딱히 그 이유를 알아내지 못했고, 그 와중에 태왕은 심신이 약해졌는지 부쩍 꿈에 시달리는 일이 잦아졌다.

그 무렵 추모제가 백관을 비롯한 백성들의 혼인풍습을 제도로 정함으로써, 어지러운 혼인풍습을 정비하려 했다. 공경公卿은 3처妻 5첩妾, 대부大夫는 2처 3첩, 선비鮮卑는 1처 2첩으로 하여, 나라의 지도층에게는 다처를 허용해 주었다. 그러나 평민층인 아전衙前이나 서인庶人은 1처 1첩으로 제한을 두고, 천민의 경우에는 1처 2부夫를 허용하는 다분히 과격한 조치를 취했다. 이는 무분별한 일부다처제에 처음 규제를 가한 것으로, 유학의 기풍이 많이 가미된 중원의 혼인풍습에 다분히 영향을 받은 듯했다. 또 다양한 근친혼인 경우에도 상속의 기준을 마련했는데, 예를 들면 죽은 형의 형수를 처로 들일 때는 형의 가산을 반드시 형의 아들에게 물려주도록 정했다.

그때 훈국薰國(흉노)에서 사신이 도착해 토산물을 바쳐 왔는데, 15대 복주루선우가 죽어 동생인 수해搜諧선우(~BC 12년)가 즉위한 데 따른 외교사절이었다. 태보 겸 어사대부로 있던 대방량이 주청을 했다.

"공경의 딸 중에서 나이가 16살 이하인 여인들을 선발해 새로이 후궁으로 들이시고, 나이 40이 넘도록 후궁에 남아 있는 유부녀들은 물러나게 하셔서 원래의 지아비에게 돌아가게 하소서!"

이에 추모제가 난감해하면서 받아들이려 하지 않았다. 그러나 오이와 마리 등 공신들의 딸들이 서로 후궁으로 들어가려 다투는 지경이다 보니, 추모제는 과도한 경쟁과 혼란을 막을 필요가 있다고 생각했다. 결국 18명의 공신에게 후궁들을 바치게 하니, 모두 숫처녀들을 보내왔다. 추모제가 이미 몸이 상한 상태에서 어린 새신부들을 돌보려 무리를 하게 되니, 정기와 근력이 더욱 손상되고 말았다. 이 일로 사람들이 대방량을 비아냥거리며 비난했다.

"성인聖人을 무너뜨리기에 딱 좋은 신하로다!"

7월이 되어 관패의 집에 머물던 유리 모자가 급히 오춘의 집으로 거처를 다시 옮겼다. 누군가 유리가 고구려로 들어온 사실을 소召황후에게 고하는 바람에 소후가 유리를 찾아오라고 사람을 보냈고, 관패가 용케 이를 알고 먼저 손을 써서 유리 모자를 몰래 오춘의 집으로 빼돌린 것이었다. 이윽고 오춘의 집에서 대책을 위한 회의가 벌어지니 송의가 의견을 말했다.

"소황후가 태왕께 알리지도 않고 유리태자를 먼저 찾았다는 것은 다분히 의심스러운 행위입니다. 소후가 장차 어찌 나올지 모르니, 이왕 이리된 바에야 태자께서 하루라도 빨리 태왕폐하를 직접 찾아뵙는 것이 차라리 안전할 것입니다."

그리하여 유리 진영에서는 추모제를 찾아 알현하는 방법을 서둘러 찾아보기로 했다. 결국 동부여를 다녀온 송의가 추모제를 알현해 유리 모자가 고구려 땅에 들어와 있음을 고했다. 태왕이 몹시 놀랐으나, 소황후를 의식해 미리 별도의 날을 정하고, 그때 자신들끼리만 유리와 은밀하게 만나 보기로 했다.

얼마 지나지 않아 8월이 되자, 추모대제가 왜산倭山의 방석원方石原으로 나가 사슴사냥을 하는 동안, 유리가 도조都祖와 함께 마침내 태왕을 찾아왔다. 유리가 추모대제에게 큰절을 하고는, 부친 앞에 부러진 신검神劍 조각을 내어놓으니, 추모대제도 자신이 소중하게 보관해 오던 나머지 칼 조각을 꺼내 맞추어 보았다. 그러자 칼은 정확하게 한 자루의 칼이 되었고, 두 사람은 물론 주변에서 숨죽이며 이를 지켜보던 사람들까지 모두가 기쁨과 흥분에 휩싸여 탄성을 내질렀다.

"와아, 저걸 좀 봐, 신검 조각이 서로 딱 들어맞네……. 짝짝짝!"

게다가 유리가 입고 있던 옷 자체도 추모제가 그 옛날 입었던 자신의 옷이었다. 태왕이 감격해서 비로소 유리를 부둥켜안고 한동안 말을 잇지 못했다.

"네가 정녕 내 아들 유리가 틀림없구나! 미안하구나. 오랜 세월 아비 노릇도 못 했으니……. 용서하거라!"

"아닙니다, 아버님! 이렇게 강건하신 태왕이 되셨으니, 그저 늘 자랑스러운 아버님을 뵈올 날만을 학수고대했을 뿐입니다. 흑흑!"

부자지간의 감격적인 상봉이 끝나자, 추모제는 더는 소후 등의 눈치를 살피지 않기로 작심했다. 추모제가 즉시 마리에게 명하여 군병 1만을 이끌고 유리를 호위하게 하고, 서도의 란대鸞臺에 거처를 마련하게 했다. 이어 오춘의 집으로 향해 예부인을 찾았다.

"부인, 참으로 오랜 세월……. 나는 그저 미안하다는 말밖에는 정녕 할 말이 없구려……"

추모제가 다가가 예부인의 두 손을 꼭 잡고는 자신의 얼굴에 비비니, 예씨부인은 아무런 대답도 하지 못한 채, 그저 머리를 좌우로 흔들며 눈물만 흘릴 뿐이었다. 추모제는 예부인 역시 유리와 함께 란대로 모시도록 했다.

궁으로 돌아온 이후로 추모제는 남몰래 란대를 수시로 찾아 유리 모자와 정담을 나누곤 했다. 그사이 이미 소후를 포함한 소성 내신들이 모두 이 사실을 알게 되었으나, 추모제는 구태여 소후의 기분을 상하게 하고 싶지 않았던 것이다. 그러는 와중에 동부여에 있던 추모대제의 장남이 고구려 궁에 들어와 있다는 소문이 삽시간에 도성 전역에 퍼지고 말았다.

그러던 어느 날, 괵손鵠孫이라는 장령주의 노인이 궁으로 찾아와 72인이 동참한 소疏를 올려 유리태자를 정윤으로 삼을 것을 청하였다. 그러자 소황후가 발끈해 쏘아붙였다.

"황실의 후사를 세우는 일은 우리 내외의 집안일이거늘 노인께서 무슨 참견을 하시는 게요?"

그러자 추모제가 나서서 진정시키려 했다.

"저분은 어디까지나 나라를 위해 충정을 다하려는 것이 아니겠소?"

그리고는 기꺼이 소를 받아들여 살펴보겠노라 답하고는, 노인에게 술을 내려 주니 소황후가 크게 서운해하며 반발했다.

"일이 이리될 줄 알았더라면 소첩은 진즉에 두근태자와 더불어 멀리 산곡으로 들어가 양보했을 것입니다……"

추모제가 그런 소황후를 달래 안심을 시키기에 바빴다.

"내가 알아서 선처할 것이니 황후는 그리 염려하지 마시오. 유리가 어찌 감히 그대와 다툴 생각을 하겠소?"

그러한 때에 화영후禾英后 모녀가 같은 해에 더불어 세상을 떠나니, 추모제가 애통해하며 화후릉禾后陵에 장사 지내 주었다. 이후 한소의 처였던 대방난을 제3 황후로 올려 주었는데, 이번에도 그녀의 부친인 태보 대방량이 반대하고 나섰지만 추모제가 들어주지 않았다. 그 무렵 소서노와 구태의 딸인 아이공주는 죽은 훤태자의 비로 있다가 졸지에 과부 신세가 되어 있었다. 하루는 추모제가 소후를 불러 조심스레 의향을 물었다.

"아이공주의 신세가 딱해 마음이 쓰입니다. 그래서 내 생각으로는 만일 공주를 유리에게 시집을 보낸다면, 이 둘이 진정 우리 공동의 자식이 될 터이니 이보다 좋은 일이 또 어디 있을까 싶소만, 어찌 생각하시오?"

소서소는 추모제의 노련한 생각을 뻔히 알면서도, 딱히 반대할 수도 없는 처지가 되고 말았다.

"폐하, 우리는 부부 사이가 아닙니까? 태왕께서 바라는 바가 소첩의 마음이지요……"

이에 추모제가 소후의 얼굴을 뚫어질 듯 바라보며 진정성을 살피는 듯하더니, 이내 황후의 손을 덥석 끌어당기며 답하였다.

"과연, 황후는 여걸이십니다……. 껄껄껄!"

내심 흥분하여 기쁜 표정을 감추지 못하던 추모제가 소황후의 면전에서 그녀의 너른 도량에 대해 칭송을 아끼지 않았다. 이후 유리와 아이의 혼인이 그야말로 속전속결로 진행되었다. 추모제는 아이阿爾공주를 유리태자의 비로 삼게 하고, 덧붙여 온溫공주까지 유리의 부비副妃로 추가해 주었다.

추모제는 사흘간이나 연회를 베풀며 예禮후, 소召후, 전笳후, 대방大房후와 더불어 봉명전에서 군신들로부터 일일이 하례를 받았다. 이로써 유리 모자의 존재를 세상에 확실하게 드러냄은 물론, 두 명의 공주를 한꺼번에 유리의 비로 삼게 하는 파격적인 행보를 보임으로써 유리의 위상을 단번에 높이 끌어올려 주었다.

유리는 이복동생이자 아내가 된 아이를 극진하게 아끼고, 부황인 추모대제와 특히 소후를 깍듯이 대하면서 태왕 내외의 환심을 얻고자 힘썼다. 동시에 밖으로는 궁정 안팎의 대신들과 부지런히 교류를 넓히면서 추모대제의 장남이라는 자신의 존재감을 드러내고 군신들을 포섭하려 애썼다. 이는 장차 이미 정윤에 올라 있던 두근태자와 적자嫡子(본처 아들) 경쟁을 벌이겠다는 유리 일행의 의지에 따른 행동이기도 했다.

유리 모자의 갑작스러운 등장은 소후의 홀본 세력은 물론 그녀의 두 아들인 비류와 두근 형제를 크게 긴장시키지 않을 수 없었다. 더구나 동부여에서 유리를 따라온 무리까지 따로 있는 데다, 관패부인을 비롯한 다물후 송의松義가 적극적으로 나서서 세력을 결집하고 있었다. 결국 이들의 범상치 않은 행보가 소후 쪽의 경계심을 크게 키우고 말았다. 겉으로는 고구려 황실에 아무 일도 없는 듯했으나, 그 이면에서는 기존의 두근태자 지지파와 유리 지지파로 빠르게 분열되고 있었다.

한편 이 와중에 많은 사람들이 유리의 실력을 궁금해하거나 의심스러워했고, 사실 추모대제의 속마음도 예외가 아니었다. 소황후는 유리태자가 비록 자신의 사위가 되었지만, 유리에 대한 주위의 평이 좋은 데다, 그가 너무 빠른 속도로 부상하는 것이 마음에 걸려 내심 속을 졸이는 상황이었다. 그러자 이제는 그녀의 최측근이 된 협보가 안을 내놓았다.

"황후마마, 주변에서 유리태자에 대한 관심과 기대가 점점 커지고 있어, 대책이 필요할 듯합니다……"

"공도 그리 생각하시나요? 유리가 제왕의 재목인지 스스로 자신의 능력을 입증한 적이 한 번도 없었거늘……"

소황후가 오히려 기분이 나쁘다는 듯 쏘아붙이자, 협보가 말을 이었다.

"바로 그 점을 말씀드리려는 것입니다. 정윤이신 두근태자님이야 문무를 두루 갖추었음은 익히 알려진 것이 아니겠습니까? 그러나 유리태자에 대해서는 알려진 것이 없으니 이번 기회에 태자들 간의 무술대회를 열어, 유리태자의 능력을 알아보시면 어떻겠습니까? 아마 무술에 있어서만큼은 유리태자가 두근태자님을 당하긴 절대 쉽지 않을 것이고, 그리되면 태자님의 입지가 더욱 탄탄해지지 않겠습니까?"

그 말을 들은 소황후의 입가에 살짝 미소가 번져 올랐다.

"그렇겠지요? 두근이 나이도 더 위고, 설마하니 유리를 당해내지 못할 리는 없겠지요?"

그렇게 해서 신하들의 권유와 추모대제의 허락으로 황실의 태자들끼리 모여 간단한 무술대회를 갖기로 했다. 그러나 말이 약식대회지, 태자들은 물론 그가 속한 가문들끼리의 자존심이 달린 문제라, 온 궁 안이 떠들썩해졌고 최대의 관심거리가 되었다. 마침내 시합 당일이 되자, 궁정의 뜰에 추모대제와 소황후는 물론, 예후를 비롯한 황후들과 여러 비빈들, 그리고 많은 신하들과 궁인들이 모여들었다.

"둥둥둥!"

이윽고 시합을 알리는 대북 소리가 궁궐 가득 울려 퍼졌다. 그때 뜰 안으로 두근태자를 선두로 해서 유리를 포함한 추모제의 다른 여러 태자들이 늠름한 모습으로 말을 타고 나타났다.

"와아, 와아, 짝짝짝!"

많은 사람들이 환호와 갈채로 이들을 반기니, 추모제 또한 자신의 뒤를 잇게 될 젊은 2세들의 등장에 크게 고무되어 마냥 들뜬 기분을 감추지 못했다.

"허허, 태자들의 위용이 사뭇 당당하구려. 아니 그렇소? 껄껄껄!"

이어 사회자가 나와 당일의 시합 내용과 함께 참가자를 일일이 소개했는데, 그때마다 태자들이 속한 가문을 중심으로 이들을 격려하는 환호성과 박수 소리가 터져 나왔다.

첫 번째는 활쏘기였다. 백 보 밖에 9개의 동전을 걸어놓고, 세 사람씩 나와 각각 3개의 화살을 쏘아 맞히는 것이었는데, 두근태자는 물론 유리와 고루 등 절반 이상의 태자들이 3개의 동전을 모두 맞히는 데 성공해 커다란 박수를 받았다. 다음은 하늘에 새를 날려서 활로 쏘아 맞히는 것이었는데, 세 태자가 모두 새를 맞혀 떨어뜨렸다. 추모대제는 태자들이 하나같이 출중한 명궁임이 입증되자, 아주 흡족한 표정을 지었다. 이로써 활 솜씨로는 세 태자의 능력이 판가름 나지 않았다.

다음은 말을 타고 달리면서 칼을 휘둘러 적장의 목을 베는 시합으로, 말타기와 칼솜씨 두 가지 모두를 시험하는 것이었다. 병사들이 각각 3개의 밧줄을 들게 하고 줄마다 9개의 나무 기둥을 붙들어 매 놓았는데, 나무 기둥마다 뿌리 부분이라든가, 키가 크거나 작은 것, 표면이 거칠거나, 가는 것 등 저마다 재질이 다른 것들이었다. 먼저 고루태자가 나서서 말을 달려 9번의 칼을 휘둘러, 8개의 기둥을 자르는 데 성공해 많은 박수를 받았다.

이어 많은 사람들의 관심 속에 유리태자가 말을 타고 나타났다. 유리가 질풍같이 말을 달려 칼로 9개의 기둥 모두를 베어내자, 탄성이 쏟아져 나왔다.

"와아! 유리태자님 칼솜씨도 대단하구먼……"

마지막으로 두근태자의 순서가 되었는데, 그사이 9개 기둥 모두를 베어낸 태자는 유리뿐이어서 사람들이 두근에게 초유의 관심을 보였다. 그런 분위기가 부담스러웠는지 두근이 급히 말을 몰던 중에 약간의 균형을 잃는 실수를 저질렀고, 그 바람에 무려 3개의 기둥을 베지 못했다.

"아아! 어쩌면 이럴 수가……"

두근태자가 마지막 기둥마저 베어내질 못하니 사방에서 탄식하는 소리가 터져 나왔고, 소황후는 애써 이 광경을 보지 않으려 아예 고개를 숙이고 말았다. 어쨌든 그날 시합의 결과는 유리태자의 승리로 끝이 났고, 추모대제는 멋진 무술을 선보인 태자들을 치하한 데 이어 골고루 부상품을 하사했다. 승자인 유리에게는 특별히 빼어난 준마 한 필이 주어졌는데, 사람들 모두 이구동성으로 유리의 무술 솜씨를 칭찬하기 바빴다. 추모제는 소황후를 비롯한 다른 태자들의 사기를 고려해 크게 내색하지는 않았으나, 내심 유리의 승리를 크게 반기고 있었다.

무술시합에서 모두의 예상을 깨고 유리의 빼어난 실력과 담력이 입증되자, 순식간에 많은 사람들이 유리 쪽에 관심을 갖기 시작했고, 두근 태자는 매우 난감한 처지가 되고 말았다. 사실 소황후의 두 아들은 모두 한창의 나이인 유리보다 나이가 많았다. 게다가 두근은 처음부터 추모대제의 의도가 읽혔기에 내심 시합 자체를 내키지 않아 했었다.

"내 참, 정윤인 나를 두고, 지금 와서 태자들과 무슨 무술시합을 하라는 건지, 원……"

그런 불만 때문인지 두근은 시합 전부터 연습을 소홀히 했었다. 그 와중에 궁 안에서는 태자의 자리를 추모대제의 적자인 유리로 바꿔야 한다는 소리가 터져 나오기 시작했고, 양쪽 진영 사이에 이미 치열한 암투가 전개되고 있었다.

그해 10월이 되자, 추모제가 예후와 유리를 데리고 국동대혈國東大穴인 〈신수神隧〉에 가서 천제를 올리며 알현했다. 이어 환궁을 하자마자 곧바로 군신들을 모이게 하더니 주위에 지엄한 명을 내렸다.

"이제부터 정윤 문제를 새로이 상의토록 하라!"

소식을 들은 소황후가 노해서 크게 화를 냈지만, 이제는 확연히 세가 불리해졌음을 깨닫고는 초강수로 맞서기로 했다.

"폐하께서 정윤을 동부여에서 온 자식에게로 넘기기로 작심을 하신 게지. 그렇다면 내가 더 이상 여기 궁 안에 머무를 이유가 없다. 여봐라, 지금 당장 홀본으로 갈 것이니 채비를 서둘러라!"

소황후가 주변의 만류를 뿌리치고 기어코 구도仇都, 구분仇賁 등의 측근들과 더불어 궁실을 떠나 홀본의 우양牛壤으로 가 버렸다. 그리고는 얼마 후 보위에 뜻이 없노라고 밝혀 왔다.

이런 갈등 속에서 가뜩이나 원인을 알 수 없는 지병을 앓던 추모제가 이리저리 과도하게 신경을 썼던지 병세가 악화되고 말았다. 급기야 군신들이 태왕의 병을 걱정하기에 이르렀고, 그러자 두근태자가 소서노를 찾아 말했다.

"부인은 남편을 따르고, 자식은 부모를, 아우는 형을, 신하는 임금을 따르는 것이 마땅한 일입니다. 이처럼 네 가지 따름이 있는데, 모후께서 여기에 계신다면 우리가 어찌 어머니를 따르지 않을 수 있겠습니까?"

"……."

이 말에 소서노가 어쩌지 못하고 두근을 따라 다시 환궁했다.

그러던 중에 급기야 10월이 가기 전에, 우보 오이 등이 추모대제에게 과감하게 글을 올려 정윤을 새로이 정할 것을 간하였다.

"예로부터 제왕들은 후사를 잇기 위해 자기 자식을 태자로 삼지 않은 적이 없었습니다. 그런데 지금의 태왕께서는 온갖 고생 끝에 나라를 세우시고도, 스스로 친아들을 정윤으로 세우지 못하셨습니다. 이에 신 등은 장차 천추만세千秋萬歲가 되도록 나라를 다스리지 못할까 심히 두렵습니다. 만약 두근태자를 이대로 유지해 태왕의 후사를 잇게 하는 날이면, 태자는 마땅히 친부인 구태공을 지금의 황후와 연계시킬 터이므로, 태왕께서 장차 이 나라의 혈식血食(제사상)을 어찌 받으실 수 있겠습니까? 대신 태왕의 친자인 유리태자를 새로이 정윤으로 삼는다면 지금 임신 중인 아이공주께서 정윤의 비가 되므로, 훗날 태왕과 성후聖后(소서노)의 후손으로 영구히 이 땅에 태왕의 지위가 이어질 터이니 모두에게 아름다운 일이 되지 않겠습니까?"

추모대제의 생각에도 구구절절 일리 있는 주장이었으나, 소황후와 그 세력들을 감안해서 단호하게 거절한다는 답을 내렸다.
"종묘사직을 지키는 일에는 현명한 자식을 세우는 것이 무엇보다 중요한 법이다! 지금 두근이 어질고 제법 덕을 지녔거늘, 어찌 사사로이 소생所生(친자식)만을 내세우려 하겠는가?"
그러나 군신들 역시 물러서질 않고, 더욱 노골적으로 이를 문제 삼았다.
"황공하오나 폐하, 두근태자께서 비록 정윤의 자리에 있기는 하나 모두들 제왕의 그릇까지는 아니고, 그저 수성守城의 그릇이라고 합니다. 반면 유리태자께서는 재주와 덕을 모두 온전하게 갖추고 있다는 평입니다. 만백성들 또한 대답하기를 태왕의 장남에게 보위가 돌아가야 한다고 합니다. 따라서 지금 정윤을 새로이 세우지 않는다면 후회해도 늦을 것이니, 부디 통촉하소서, 폐하!"
이번에는 추모대제도 몹시 혼란스러워하며 즉답을 내리지 못했다.

그러자 유리 또한 황실의 혼란과 군신들의 뜻이 함께 움직이는 것을 깰까 두렵다며 스스로 사양하는 모습을 보였다. 이렇게 한동안 조정이 어수선해지자 이번에는 소황후가 나섰다.
"소첩의 아들 두근이 비록 정윤이지만 태왕의 장남인 유리에게는 미치지 못한다고 모두들 한목소리로 말하고 있습니다. 만일 공주 아이가 유리태자의 좋은 아이를 낳게 되면, 그 손주아이가 능히 이 나라를 이어갈 터인데 태왕께서는 어찌하여 고집을 부리시고 사서 근심을 하는 것입니까?"
그러자 추모제가 다른 제안을 내놓았다.
"건국의 도리는 어디까지나 어진 이를 후계자로 세우는 것에 있소! 솔직히 지난 무술시합에서 유리가 승리하긴 했으나, 짐은 내 자식이 과연 얼마나 현명한지를 알지 못하오……. 그러니 소황후의 말이 옳은 것인지 내일 시험을 거쳐 정윤으로 결정하면 될 일이 아니겠소?"

"……."

추모대제가 새로운 제안을 내놓았으나 그 내용도 모르거니와, 사실상 은연중에 속마음을 드러낸 것이었기에 소황후가 아무런 말도 잇지 못하더니 어두운 낯빛이 되었다.

이튿날 추모대제의 명으로 궁정의 대신들이 모두 궁 안의 뜰에 모여든 가운데, 東西로 깃발이 세워지더니 새로운 황명이 떨어졌다.

"두근을 세우고자 하는 자는 동쪽 깃발로, 유리를 세우고자 하는 자는 서쪽 깃발 아래로 가시오!"

군신들이 웅성거리며 선뜻 나서지 못하자, 이 광경을 지켜보고 있던 두근태자가 과감히 앞으로 나와서 아뢰었다.

"태왕폐하, 평온한 시절에는 장자를 세우고, 혼란한 시절에는 현명한 자를 세운다고 하지 않으셨습니까? 지금 어찌 이와 같은 일로 소자를 그릇되게 하려 하십니까?"

그리고는 의연한 모습으로 스스로 유리를 뜻하는 서쪽 깃발을 향해 그 아래로 가서 섰다. 그 모습을 본 군신들이 누구 하나 감히 동쪽 깃발로 향하지 못하더니, 하나같이 모두 두근이 가 있는 서쪽 깃발로 모여들었다. 이 모습을 본 추모제가 두근을 크게 칭찬하며 말을 남겼다.

"참으로 현명하구나, 두근아! 지금은 비록 아우에게 양보할지라도, 이후 너는 반드시 스스로 보위에 설 수 있을 것이다!"

그리하여 유리의 등장으로 인한 후계 경쟁이 마침내 태왕의 친자식 중 장남인 유리類利의 승리로 끝을 맺었다. 추모제가 소후와 두근태자에게 의리를 지키지 못한 데 대한 미안함으로 유리를 따로 불러 각별하게 명하였다.

"유리는 잘 들거라! 너는 두근이를 잘 감싸 주어야 할 것이다. 두근이로 하여금 남방을 제압하게 한 연후에, 그다음으로 서서히 곤방을 제압해야 할 것이다……"

이는 곧 (중)마한馬韓과 같은 고구려의 남방南方을 확실하게 장악한 연후에 다시 그 서남쪽에 있는 곤방坤方, 즉 중원(漢)을 제압하라는 뜻이었다. 그리고 그 남방을 치는 일은 먼저 두근에게 맡기라는 조언으로, 사실상 추모제가 남긴 유지나 다름없었다.

동명 19년인 BC 19년 정월, 추모대제가 유리태자를 동궁인 정윤으로 올리자, 소서노의 아들인 두근태자는 4년 만에 정윤의 자리에서 물러나야 했다. 겉으로 유리를 정윤으로 삼는 데 동의하는 듯했던 소황후는, 막상 유리가 정윤이 되자 그를 편하게 해 줘야 한다는 핑계를 대고 다시 우양으로 가서 돌아오지 않았다. 병중에도 자신의 후계 구도에 대해 고심을 거듭하던 추모제가 어느 날 은밀하게 을음乙音을 불러 말했다.

"내 병이 내가 나이를 먹도록 기다려 주지 않을 것 같소. 그대의 여동생(소서노)을 유리태자의 처로 삼고, 나라를 물려주려 하니 소황후를 속히 불러오시오!"

이는 아비가 죽으면 그 처를 아들이 거두기도 하는 북방민족의 혼인 습속을 의미하는 것으로, 호한야 사후 그 아들인 복주루선우가 부친의 처인 왕소군을 자신의 처로 삼은 것과 같은 이치였다. 추모제 앞에서 지금은 많은 군신들이 유리를 지지하고 있지만 저마다 유리를 이용하려는 속셈일 뿐이므로, 추모제는 자신의 사후에 동부여 출신으로 고구려에 기반이 약한 유리의 앞날이 불안하게만 생각되었던 것이다.

반면 고구려 건국의 모태가 된 홀본부여의 여왕이나 다름없던 소서노는 그 정무능력과 품성으로 보아 정윤이었던 아들 두근을 이대로 내버려 둘 것 같지 않았다. 그리되면 결국은 고구려의 분열이 불을 보듯 뻔한 것이었기에 그 둘을 부부로 묶어두는 것이 최상의 방법이라 생각한 것이었다. 고도로 정략적인 판단이 아닐 수 없었으나, 북방 계열의 황가에서는 흔히 쓰이던 수단이었다.

추모제의 속뜻을 잘 이해하는 을음이 부리나케 우양으로 달려가 소황후에게 추모제의 생각을 전했으나, 소서노는 (의붓)아들과 어찌 상통할 수 있느냐며 펄쩍 뛰었다. 이에 을음이 그녀의 설득에 나섰다.

"황후마마, 천하의 일이란 마땅히 대세를 따라야 하는 법입니다. 이미 유리태자가 정윤으로 정해진 만큼 불복하면 패할 것이고, 순응하면 이룰 수 있을 것입니다. 지금 태왕의 환후가 위중하니 마마께서 먼저 유리태자의 처가 되신 다음, 태자가 보위를 물려받으면 잃는 것이 없는 셈이지요. 이를 거부하신다면 전施후나 대방大房후에게 그 기회가 넘어가게 될 것이고, 행여 대방씨가 집권이라도 하는 날이면 우리 일가는 어육魚肉의 신세가 될지도 모르는 일인데, 어찌 그런 것을 생각지 아니하십니까?"

"……."

을음의 그 말 한마디에 소황후가 마침내 생각을 고쳐먹고, 도성으로 돌아와 추모제를 알현했다. 그다음 달이 되니 낙랑왕 시길의 딸인 작鵲부인이 작태자를 낳았다. 추모제가 이때 두근태자의 이름을 다시금 '온조溫祚'라 바꾸어 부르게 했으니, 임금의 자리를 따뜻하게 하라는 뜻으로 추모제의 바람이 녹아든 개명이었다. 추모제는 특별히 온조(두근)로 하여금 환나桓那의 패자로 삼아, 그 위상을 높여주고 위로하려 애쓰는 모습을 보였다.

4월이 되자 西河에서 사람들이 와 기린을 바치고 갔다. 추모제가 소후와 함께 란정鸞庭에 나가 짐승을 보니, 5색을 모두 갖추고 붉은 뿔과 푸른 발굽을 갖고 있었다. 추모제가 쓸쓸하게 한 마디를 남겼다.

"거루가 가더니 기린이 왔구려. 아마도 이제 내가 가려는가 보오……"

소후가 이 말을 듣고는 비통한 눈물을 보이며 안타까워했다.

"천하를 모두 거두시는 일이 아직 끝나지 않았는데, 어찌 그런 말씀을 하십니까?"

"만사가 뜬구름 같을 뿐이오……"

추모제가 힘없이 답을 했는데, 그 후로 자리에 누운 채로 꼬박 하루 밤낮을 아무런 말이 없이 지냈다. 그러다가 이내 소후를 불러오게 하고는, 정윤에게 신검神劍과 황금옥새를 전하라 명했다. 소황후가 신검과 옥새를 부여안은 채로 울고만 있자니 추모제가 다시 채근했다.

"새 임금을 잘 섬기면 될 것을 어찌 울고만 있단 말이오?"

마침내 소황후가 동궁으로 가서 유리태자에게 보물을 전하자 유리가 강하게 수령을 거부하면서 말했다.

"부황께서 몸에 병도 없으신데 어떻게 이런 일을 하신단 말씀입니까?"

그러자 소후가 답했다.

"까닭을 몰라 고치지 못하는 병이라 앞날을 예측할 수도 없소. 그러니 태왕의 깊은 뜻을 헤아리셔서 우선 받아 두심이 어떻겠습니까?"

결국 유리가 소후와 함께 추모제를 찾았다.

"태왕폐하, 어이 된 일이옵니까?"

그러나 추모제는 이미 말을 할 수 있는 상태가 아니었다. 소황후도 기겁을 하고 놀라 추모제를 불러 댔다. 그때 주모제가 힘없이 소시노의 손과 동궁의 손을 끌어다 두 사람의 손을 자신의 가슴 위로 포개 놓더니, 이내 숨을 거두고 말았다.

"폐하, 태왕폐하! 흑흑!"

급히 위원을 찾는 목소리와 날카로운 울음소리가 뒤섞여 방 안을 울렸다. 이어 삽시간에 사방에서 궁인들이 슬피 우는 소리가 어두컴컴한 궁실 전체에 울려 퍼졌다.

전후와 대방후, 작비, 평비 등 추모제의 황후와 비첩들이 태왕을 따라가겠다고 한바탕 난리를 쳤으나, 추모제가 조칙으로 순사를 금했기에 애당초 불가능한 일이었다. 국상 중에도 유리태자가 서도西都의 란대鸞臺에서 고구려의 2대 태왕으로 즉위하니 유리명제琉璃明帝였다. 새 임금이 오이 등과 함께 장시간 의론한 끝에 자신의 뜻을 밝혔다.

"내가 어린 나이에 부황의 힘에 기대 천제의 소임을 맡게 되었으나, 아는 것이 부족해 나라의 큰일들을 어찌해야 할지 모르겠소. 지금 변방이 녹록지 않은 상황이라 외국에서 대행大行께서 돌아가신 사실을 알게 된다면 필시 다른 움직임을 보일 터이니, 우선은 국상이 났음을 드러내지 말게 하고 섭정을 두어 정치를 맡겼으면 하는데 어찌들 생각하시오?"

그러자 오이 등이 부복해 이를 따르기로 했다. 그리하여 유리태왕은 군사軍事는 오이에게 일임하되, 정사政事는 소황후 소서노에게 위임했다. 이어 새로이 연호를 〈광명光明〉이라 했다. 유리태왕은 또 생모인 예禮황후를 천궁태황후天宮太皇后로 올리고, 소후를 비롯한 전후와 대방후를 삼천후三天后에, 아이와 온 공주를 좌우 소후小后로 삼았다. 그 와중에도 예태후는 당시 추모대제의 아이를 가지고 있다가 딸 재사再思를 낳았고, 유리의 처인 아이후가 아들 도절都切을 낳아 대사면을 단행했다.

유리태왕은 부친인 태왕의 능릉을 흑하黑河와 백하白河 사이에 있는 용산龍山에 조성하기로 하고, 그해 5월부터 공사에 들어가 9월에 끝마친 다음 비로소 추모대제를 모셨다. 용산은 현 북경 서북쪽 적성赤城 인근 용문龍門으로 추정되는 곳이었다. 아울러 이때 추모제의 시호諡號를 〈동명성왕東明聖王〉이라 했는데, 후일 장수제長壽帝에 의해 다시금 〈추모대제鄒牟大帝〉로 높여졌다.

추모대제는 나이 이제 사십에 불과한 한창때라 모두의 슬픔과 아쉬움이 더욱 컸는데, 고구려를 건국해 다스린 지 19년 만이었다. 그가 어린 나이에 동부여를 탈출해 순노와 홀본을 장악하기까지는 그 자신의 뛰어난 활 솜씨와 지략, 용기가 있어 가능한 일이었다. 그러나 연타발을 비롯한 주변 사람들의 마음을 얻기까지는 무엇보다 동부여의 태자이자, 부여를 세운 해모수천제의 후손이라는 최고의 혈통이 결정적 도움이 되었을 것이다. 그럼에도 그는 어려서부터 천재성을 드러내며 문자와 무용을 터득했고, 사람을 부릴 줄 아는 지혜를 가졌다.

전쟁에 임해서는 냉정하되, 탁월한 전황분석과 철저하게 준비하는 지장智將의 면모를 보였고, 부하들의 실수를 감싸 안을 줄 아는 덕德을 지녔다. 태왕에 올라서는 끊임없는 행정개혁으로 나라의 조직을 정비하는 외에, 농사를 권장하고 출산장려와 적극적인 이민정책을 통한 인구증가를 꾀했다. 또 철을 제련하거나 잠사, 질그릇 등 전쟁과 일상생활에 긴요한 많은 수공업 제작소를 만들어 보급하게 했다. 한자漢字와 경서經書 등을 널리 보급하고, 전문 교육기관을 두기 시작했으며, 역사와 문화에도 관심을 갖는 등 그야말로 성군聖君의 면모를 두루 보여주면서 부국강병에 힘썼다.

그러나 무엇보다 위대한 것은 추모대제가 일찍부터 부여의 고토를 회복하고, 고조선의 강역을 통일하겠노라는 원대한 포부를 지닌 인물이라는 점이었다. 추모제가 처음부터 거대제국 漢나라에 맞서 당당하게 천제(태왕)를 천명한 것에서도 그의 뜻을 읽을 수 있었다. 이처럼 그의 장대한 꿈이 추모제로 하여금 흔들림 없이 목표를 향해 매진할 수 있게 했을 뿐 아니라, 주변의 군신들과 그의 백성들은 물론 후대에까지 그 꿈이 길이 전해지게 했던 것이다.

추모가 나라를 세운 시기는 古조선을 계승했던 부여夫餘가 스러지기 직전이었다. 용맹한 고두막한이 〈북부여〉를 세워 漢무제의 동진 야욕을 무력화시키는 데는 성공했으나, 이후 선비족과 예족 말갈의 갈등을 수습하지 못해 그의 사후에는 북부여가 소멸되다시피 한 채 아수라장이 되었다. 이후 고조선 연맹을 다시 규합할 특출한 세력이 나타나지 않다 보니 난하 좌우로 소국들의 분열이 가속화되고, 그 틈에 북방에서 말갈(예맥)이 본격 남하하면서 유사 이래 가장 혼란스러운 시기와 맞닥뜨리고 말았다.

그러한 때 추모가 혜성처럼 나타나 새로이 나라를 세우고 민심을 수습한 다음, 주변국들을 차례대로 병합해 나감으로써, 비로소 옛 부여와 번조선의 강역을 되찾는 데 성공했다. 원제 및 성제가 다스리던 漢나라가 국운이 기울면서 동북에 제대로 신경 쓰지 못한 것도 분명 다행스러운 일이었다. 이후 그가 일으킨 고구려가 뒤늦게 시작된 동북방의 열국 시대를 빠르게 종식시키면서, 난하와 조선하 인근의 소국들을 차례대로 병합함으로써 고대 朝鮮이 다시금 부활하는 확고한 토대가 마련되었던 것이다.

그러나 어딜 가나 창업자의 삶이란 고달프기 마련이었다. 아무것도 없는 무無에서 유有를 쌓아 올리기가 그리 녹녹지 않은 법이라, 남들보다 몇 배 더 생각하고 부지런해야 했기 때문이다. 추모대제 역시 젊어서 일찍부터 전쟁터를 누비며 고생이 쌓인 데다, 젊은 지도자로서 강도 높은 심리적 압박에 시달렸을 것이다. 그의 말년에 유리의 등장과 정윤을 교체하는 문제도 그렇고, 대방량의 건의로 공신들의 젊은 딸들을 무더기로 후궁으로 삼은 것도 건강을 크게 해친 원인으로 보였다. 그런 이유로 한창의 나이에 생을 마감하는 안타까운 상황이 초래된 것이었다.

놀랍게도 추모가 세운 고구려는 이후 중원의 수많은 왕조가 명멸해 가는 가운데서도 굳건하게 7백 년을 이어 갔다. 바로 이 〈고구려〉가 그 오랜 세월 동안 중원의 동북 진출을 막아 내는 데 지대한 공을 세우고, 고대 조선의 전통을 이어받아 동북의 문명을 활짝 꽃피우게 했던 것이다. 그런 점에서 북방민족에게 동명성제는 그야말로 "고조선 중흥의 시조始祖"나 다름없는 진정한 영웅 자체였다. 추모대제는 5천 년 韓민족의 역사에서 군주로서의 품성이나 정치적 성과에 있어서 실로 가장 빛나는 성군이었다.

2. 소서노와 온조

광명光明 원년인 BC 19년, 동명성제의 장례를 마친 유리琉璃태왕은 제일 먼저 소검황후의 장남인 비류를 엄표왕淹滮王에, 차남인 온조를 한남왕汗南王에 각각 봉했다. 젊은 나이라 경험도 부족한 데다 고구려에 온 지 얼마 되지 않아 뿌리도 없으니, 유리태왕은 부친인 동명성제의 이른 죽음이 두렵기 짝이 없는 일이었다. 더구나 도성인 홀본의 토착세력인 소후(소서노)와 본디 정윤이었던 온조 형제들이 장차 어찌 나올지도 알 수 없는 노릇이었다.

다행히도 유리태왕을 정윤으로 천거했던 선제先帝(추모)의 공신들이 그를 감싸 주고, 특히 그가 고구려에 처음 왔을 때 임시거처를 제공해 주었던 다물후(비류국) 송松씨 가문이 배후에서 적극 지원해 준 덕분에, 유리태왕은 그런대로 태왕으로서의 면모를 갖출 수 있었다. 11월이 되자 유리태왕이 불이성不而城으로 가서 단림궁檀林宮의 천제상天帝象을 배알했는데, 〈북부여〉 시조 동명제 고두막한에게 즉위 사실을 고한 셈이었다. 이때 태왕이 명을 내렸다.

"마리를 진북鎭北대장군으로 삼고, 비리주卑离州의 태수로 올릴 것이다!"

이와 함께 비리왕 소노素奴의 딸을 마리摩离의 처로 삼게 하고, 그가 비리 땅을 다스리게 했다.

얼마 후에는 소후와 함께 우양으로 가서 연타발의 무덤을 배알했다. 이때 온조와 함께 장차 남진을 할 계획에 대해 논의하는 한편, 온조의 장인인 오간烏干과 스승인 마려馬黎를 온조에게 딸려 주고 좌, 우보로 삼게 배려해 주었다. 마침 황룡왕 우인亏仁이 나이 마흔셋에 죽었다는 보고가 들어오자, 태왕이 비로소 오이烏伊를 정식으로 황룡왕으로 삼고 다스리게 했다.

그런데 그 무렵 추모대제가 상을 당하게 되니 개마왕 연의燕宜가 생각이 변했는지 〈비리〉의 경계를 자주 침범해 들어왔다. 태왕이 새로이 명을 내렸다.

"마리를 승차시켜 비리왕으로 삼을 것이니, 마리는 행인, 개마, 숙신, 적동 땅을 잘 지키도록 하시오!"

이로써 난하를 중심으로 서쪽으로 선비 세력의 저항이 큰 〈황룡〉과 동쪽으로 예맥(말갈) 계열 〈비리〉의 토착 세력을 누르고, 사실상 개국 공신인 오이와 마리가 각각 다스리게 되었다.

이듬해 광명 2년인 BC 18년 정월이 되자, 국정에 조금씩 자신을 갖게 된 유리태왕이 분위기를 일신하고자 했다. 당시 국정은 소서노가 주도하고 있었으므로 주로 그녀의 제안을 기초로 하여 그동안 구상해 오던 행정 및 권력구조 개편을 단행했다. 이는 소서노를 비롯한 그녀의 아들들을 배려하고, 선제인 추모대제의 유언을 받드는 중요한 일이라 조정 대신은 물론, 모든 이들에게 초미의 관심사였다. 우선 고구려를 〈순노부順奴部〉, 〈불노부艴奴部〉, 〈관노부灌奴部〉, 〈계루부桂婁部〉, 〈연노부涓奴部〉 5部의 행정구역으로 나누었다.

순노와 불노부는 엄표왕 비류에게 다스리게 하되 도읍을 흘승골성의 서남쪽 밀산密山(밀운密云 추정), 즉 미추홀彌鄒忽로 삼게 했다. 관노와 계루부는 한남왕 온조가 다스리되 홀본의 도읍지였던 우양牛壤을 그대로 도읍으로 삼게 했다. 마지막으로 고구려의 도읍이자 흘승골성이 있는 연노부는 태왕이 직접 통치하되, 동시에 황룡, 비리, 행인, 구다의 여러 나라 일을 도맡는 것으로 했다. 또한 5부에는 각각 패자沛者, 우태于台, 사자使者, 평자評者 등의 관직을 새로 두었다.

이를 요약해 보니 결국 비류와 온조, 유리가 나라를 3분 해 다스리는 이른바 〈삼분통치三分統治〉를 구현하는 것인 데다, 소서노가 도읍에 머물며 유리를 견제하는 구조였다. 유리태왕이 아직 어린 탓에 소황후에게 정사를 일임하다 보니, 그녀를 중심으로 하는 홀본계가 행정개혁을 주도한 결과였다. 유리 입장에서 이는 분명 소서노를 비롯한 토착 홀본 세력과 권력을 나누고 타협하려는 고육지책이었겠으나, 사실 말이 삼분통치지 그 내용을 자세히 들여다보면 전혀 그런 내용과는 거리가 먼 것이었다.

우선 고구려의 5부 중 서남부 4부를 비류와 온조로 대표되는 기존 토착세력에게 내준 셈이 되고 말았다. 남은 연노부 역시 실력자인 소황후가 기거하는 만큼, 유리태왕이 사실상 기존 고구려의 5부 전체를 초기 토착세력에게 내주고 다스리게 한 것이나 다름없었던 것이다. 소서노야 형식상 유리태왕의 처인 황후의 지위가 있으니 당연히 도성에 머물러야 하는 데다가, 홀본 자체가 그녀의 본거지인 만큼 오히려 태왕을 견제하기에도 훨씬 유리했을 것이다.

한마디로 이는 굴러온 돌인 유리에 대해 기존 홀본 세력들의 반감이 대단히 심각한 수준이었고, 유리태왕 또한 그런 토착세력에 크게 부담을 느낀 나머지 홀본 위주의 행정개편을 거부하지 못한 것으로 보였다. 유리태왕으로서는 이제 추모대제가 병합시켰던 동북의 주변국들에 기대를 걸고, 장차 이들 제후국들을 키워 입지를 다지는 수밖에 없었으나, 그 또한 결코 쉬운 일은 아니어서 즉위 초기의 희망사항에 불과할 뿐이었다.

급기야 유리태왕을 밀던 비류계는 물론 여타 비홀본계 군신들 사이에서 곧바로 불만의 목소리가 터져 나오기 시작했다. 다물후 송의가 은밀하게 태왕에게 서신을 보내 이런 사실을 토로했다.

"태왕폐하, 이는 한마디로 소황후께서 두 아들과 함께 사실상 나라 전체를 장악하겠다는 의도를 그대로 드러낸 것에 불과합니다. 소황후의 과도한 욕심이 나라를 통합하기는커녕, 자칫 분열로 몰아가는 씨앗이 될 수도 있으니, 이것이 선제이신 동명성왕의 뜻은 결코 아닐 것입니다! 소황후와 홀본 사람들의 독주에 홀본을 제외한 다른 지역의 모든 군후들이 긴장과 함께 크게 동요하는 듯하니, 장차 특단의 대책이 필요할 것 같습니다."

뒤늦게 사태의 심각성을 파악한 유리태왕은 소황후의 독선에 배신감

뿐 아니라, 크게 뒤통수를 맞은 기분이었다. 태왕에 올라 얼떨떨하게만 지내다가 소황후의 속뜻을 제대로 파악하지 못하고, 성급하게 개편안을 허용해 준듯한 기분에 부끄럽기까지 했다. 태왕이 속으로 다짐을 했다.

'흐음, 소후가 과연 대단한 여장부로구나. 자칫하다간 선제께서 힘들게 이루신 업적을 연延씨들에게 모두 바치게 생겼다……. 이제부터는 정신을 바짝 차려야겠다.'

그 후 얼마 지나지 않아 유리태왕의 주도 아래 중앙부처인 조정대신들에 대해 대대적인 인사가 단행되었다. 재사再思를 태보太輔로 삼고, 협보를 좌보겸 주민대가에, 부분노를 우보 겸 주병대가로, 고루태자를 주궁대가로, 옥지屋智를 주곡대가로, 구추를 주형主刑대가로, 도조를 주악主樂대가로, 송의를 주민대가로 삼았다.

이번에는 건국의 공신들 외에도 특히 유리 자신이 태왕에 오르는 것을 도운 측근들이 대거 발탁되다 보니, 소서노를 비롯한 홀본 세력들이 크게 경계하는 눈치였다. 겉으로는 궁궐 안이 평화로운 듯했으나, 속으로는 새로운 태왕인 유리와 소서노의 신경전이 치열하게 전개되고 있었다.

그러던 어느 날 유리태왕이 느닷없이 軍에 황명을 하달했다.

"군부대의 군율과 흔들리지 않는 충성을 확인하기 위해 수군과 육군에 대해 엄정한 사열식을 갖도록 하겠노라!"

그리하여 하빈에서 대대적인 사열식을 거행했는데, 이로써 자신의 존재와 함께 새로운 태왕의 위용을 과시했다. 새로운 임금이 그렇게 단단하게 안팎을 다지는 모습이 이어지자, 고구려로 귀의하는 漢人들이 다시 늘어나기 시작했다. 가을에는 아이후와 같이 시하에 나가 농사를 살피고 돌아오면서 온천에도 들렀고, 흰 노루를 잡아 환궁했다. 그다음 달 난새가 신궁의 뜰에 가득 날아들었는데, 아이후가 또다시 딸 진珍공주를 낳는 경사가 있었다. 3월이 되자 유리태왕은 화서禾黍의 딸 간干을 후궁으로 맞아들였는데, 두 달 뒤에는 추모제 때 착공했던 〈동명신궁東明神宮〉이 드디어 완성되었다.

유리가 처음 송의의 집에 머물 때, 송양의 딸 송화松花와 혼전婚前임에도 정을 통했다. 송씨 일가가 태자인 유리를 적극 밀던 때였다. 그러나 그 후 유리는 자신의 뜻과는 무관하게 소서노의 딸인 아이와 혼인해야 했고, 그녀가 몸을 풀기까지 후궁을 두지 못했다. 그러나 태왕에 즉위하고 나자 비로소 그 무렵, 마침내 송화를 궁 안으로 들여서 시중을 들게 했다. 아이의 모후인 소서노가 이를 보고는 못마땅해하면서 유리태왕을 탓했다.

"내 딸은 지금 임금의 아들을 낳고 누워 있거늘, 남편이라면 기꺼이 조석으로 그 옆을 지키면서 수고를 나누어야 할 것입니다. 하물며 그 사이를 못 참고 불미스럽게 다른 여자를 침소에 들여서야 임금의 체통이 서겠습니까?"

그러자 유리태왕이 단호하게 대답했다.

"임금이란 마땅히 대를 이을 자식을 넓혀야 하니 한두 명의 후궁은 반드시 둬야 하는 것이 아니겠습니까? 송화는 사가私家에 있을 때부터 조강지처로 삼을 것을 맹세한 터라 감히 버릴 수가 없는 사람입니다……"

뜻밖에도 유리태왕이 발끈해서 하는 대답에 소서노는 말을 잇지 못했는데, 태자가 되기 전에 추모 부부에게 대했던 태도와는 사뭇 달라진 모습이었다. 사실 추모대제가 살아생전 자신의 처인 소서노를 유리와 맺게 해 주었으나, 유리태왕의 입장에선 부친의 아내로 나이도 사십 후반인 데다, 아이와 온溫 두 小后의 모친이자 장모이기도 했으니, 도통 정이 통할 리가 없었다. 소황후는 이런 유리에 대해 자신은 그렇다 치더라도 두 딸의 지아비로서 그 역할을 소홀히 하는 데 대해 내심 몹시 서운하게 생각했고, 이후 유리태왕을 전혀 다른 눈으로 보기 시작했다.

여름이 되자 결국 유리태왕이 송화를 소후로 삼았다. 이는 유리태왕의 동부여계와 송씨 비류계의 정치적 결합을 대놓고 드러내는 것이었고, 소서노의 홀본계에 대해 사실상 선전포고를 한 것이나 다름없는 행위였다. 유리태왕의 달라진 태도와 홀대를 관망하던 소서노가 마침내 비류와 온조 두 아들을 불러 상의했다.

"유리가 태자가 되기 전에는 우리 부부에게 어질고 현명하게 보이려 애썼다. 그러더니 황위에 올라 아버지가 죽고 없으니, 이제야 태도를 바꿔 속마음을 드러내고 우리를 홀대하니 이는 분명 우리 모두를 속인 셈이다. 그러니 이제부터 너희는 마땅히 대책을 세워야 할 것이다. 그런 다음에야 각자 봉지로 떠나야 한다."

안쓰러운 표정으로 모친의 얘기를 듣고 있던 비류가 말했다.

"선제(추모)께서는 살아생전에 마치 우리를 친자식처럼 사랑해 주셨건만……. 지금은 사마귀나 혹과 같은 신세를 면할 길이 없게 되었습니다. 그렇다고 선제의 자식인 유리와 골육상쟁을 할 수도 없는 상황이 아닙니까? 하여 차라리 어머니를 모시고 남쪽으로 내려가 우리도 새 나라를 여는 것이 옳을 것입니다!"

이에 듣고 있던 온조도 반색하며 적극 동의했다.

"그렇게 하시죠! 어머님, 형님, 우리가 때를 보아 남쪽으로 내려가 새로운 나라를 세우십시다! 실은 저도 늘 그런 생각을 해 왔습니다."

그런데 사실 소서노는 일찍부터 만일의 경우를 위해 또 다른 대책을 준비해 오고 있었다. 추모대제가 동부여에서 온 유리를 정윤으로 삼으러 고민하는 눈치를 보이자, 소서노는 그 상황이 장차 두 아들에게 이롭지 않게 돌아갈 수도 있음을 우려했다. 그때 사람들로부터 서남쪽으로 패수浿水와 그 지류인 대수(경수浿水 추정) 사이의 패대浿帶 땅이 기름지고 물산이 풍부하다는 말을 들었다. 영민한 소서노가 그곳으로 사람을 보내 알아보니 패대 지역은 이미 낙랑 등이 자리를 잡은 지 오래였다.

그곳은 바로 비류가 엄표왕으로 봉해진 땅이었으나, 주변이 온통 아직 고구려에 병합되지 않은 소국들로 가득한 변방에 다름 아니었다. 소서노로부터 전권을 부여받은 사자使者가 한수汗水 아래 더욱 남쪽으로 내려가 보니, 바다 가까이에 드넓고 외진 땅이 있어 그 땅을 사들이고는 개간하여 장원으로 일군 지 몇 해가 지난 때였다. 한마디로 소서노는 추모대제가 살아 있을 때부터 딴 주머니를 차고 있었던 셈이었고, 〈홀본부여〉의 여왕 출신으로서 충분한 식견을 두루 갖춘 만큼 충분히 있을 법한 일이었다.

그 무렵 유리태왕은 골천骨川 양곡涼谷에 동서로 이궁離宮(별궁)을 짓고 소황후와 온공주를 살게 했다. 그때 한남왕 온조가 입조해 우양牛讓이 협소해졌다며, 위례성慰禮城(오리골)으로 도읍을 옮길 것을 청하니 태왕이 이를 허락했다. 위례는 난하 서쪽으로 패수 아래였으니, 도성인 홀본에서 더욱 멀리 떨어진 대신에 형의 엄표 땅과는 더욱 가까웠다. 유리태왕이 소황후에게 온조의 결단에 대해 좋게 말했다.

"한남왕께서는 확실히 먼 앞을 내다보는 데다 남다른 결단력을 지니셨으니, 황후께서는 남쪽은 걱정하지 않으셔도 되겠습니다!"

그러자 소서노가 부드럽게 답했다.

"비류는 어렸을 적 잔병이 많아 두루 가르치지 못했는데 그래서인지 헛되이 착하기만 합니다. 반면 온조는 용감하고 씩씩한 데다 마려馬黎에게 교육을 받아 매사에 일 처리가 분명하지요. 마땅히 태왕의 한 팔이 될 것입니다……"

 이렇듯 그날의 대화는 분위기 좋게 마무리되었지만, 막상 온조가 한남으로 떠날 날이 임박해 오자, 소황후가 슬그머니 온조를 따라 한남으로 따라갈 것을 청하였다.
 "내 용모가 이미 쇠하여 부끄럽고 수치스러운 늙은 여인에 불과할 뿐이니 아들을 따라 한남으로 물러나 있고자 합니다……"
 유리태왕이 놀라는 표정으로 이를 극구 만류했다.
 "황후께서 한남으로 물러나시면 나는 이제 누구와 더불어 나라를 다스릴 것이며, 선제를 추모할 수 있겠습니까? 허니 나를 홀로 외롭게 두지는 마세요! 게다가 황후께서는 옛날 종국宗國(홀본) 백성들의 희망이니, 부디 그 또한 저버리지 말아 주십시오!"
 소서노의 속과 상관없이 유리태왕이 입에 발린 말을 하자, 그녀는 빙그레 웃고는 일단은 한남으로 물러나기를 그만두었다. 그러나 소서노는 이미 두 아들과 함께 홀본을 떠나기로 작심한 터라 측근인 을음乙音을 불러 상의했다. 소후의 친정 오라버니인 을음은 그녀의 모친인 을류乙旒가 홀본의 제후였던 을족乙足과의 사이에서 낳은 아들이었다. 침착하고 식견이 뛰어나 일찍이 추모를 남편으로 삼으라거나 유리를 받아들이라고 조언한 자로, 소서노가 제일로 의지하던 인물이었다. 소서노의 고민거리를 누구보다 잘 아는 을음이 소서노의 입장에서 그녀를 두둔하는 말을 했다.
 "황후께선 구태여 어려움을 참고 고통스럽게 견디실 필요까지는 없습니다. 태왕의 세력과 황권을 놓고 직접 다투시 잃는 깃이리면, 그 어떠한 처사도 황후의 도리로 선제(추모)의 뜻을 따르는 것과 다르지 않을 것입니다!"

그리하여 이제 소서노 일파가 홀본을 떠나는 일은 시간문제일 뿐이었다. 소서노 일행은 은밀하게 서둘러 주변을 정리하고, 같이 한남으로 이주할 측근을 포섭하는 등 철저한 사전작업에 돌입했다.

그러던 BC 17년 정월이 되자, 마침내 엄표왕 비류가 먼저 일행과 함께 홀승골성을 떠났다. 그들은 남서쪽으로 가다가 대수帶水를 건너 미추홀에 자리를 잡았는데, 바로 엄표 땅이었다. 일찍이 주周나라 초기 주공단의 회이원정으로 〈엄이〉가 멸망했는데, 그들의 일부가 북상해 요수를 건너 이곳에 자리한 것으로 추정되는 곳이었다.

비류가 떠난 뒤 곧이어 이번에는 한남왕 온조가 오간, 마려 등의 측근과 함께 도성을 떠났는데, 어찌 된 일인지 이들 또한 남으로 가다가 패수를 건너자 방향을 바꿔 비류가 있는 미추홀로 모여들었다. 사전에 두 형제가 헤어질 것 없이 미추홀에 자리를 잡고 장차 모친인 소황후를 모시고 같이 살기로 약속한 것이 틀림없었다.

그 무렵 소서노의 딸인 아이후는 당시 송화가 입궁한 이래로 한창 속앓이를 하고 있었다. 아이후가 모후인 소서노를 졸라 오빠들이 있는 미추홀로 가자고 재촉했다. 마침 그러할 때, 미추홀에서는 북쪽 경계에 말갈인들이 나타나, 양측이 대규모로 충돌하기 직전의 상황에 처해 있었다. 사나운 말갈과 전쟁을 수행하기 위해서는 병장기를 제작한다든가, 식량을 마련하는 등 여러 가지 준비와 계책이 필요했는데, 이런 일을 수행하는 데 적합한 인물로 비류의 군신 모두가 이구동성으로 말하는 자가 있었다.

"전하, 이 모든 일은 을음이 아니면 불가합니다! 속히 을음에게 사람을 보내 미추홀로 합류하라 하옵소서!"

그리하여 그해 봄, 마침내 소서노와 을음이 비류가 다스리는 미추홀로 합류하게 되었다. 유리태왕과는 인사도 없이 마치 달아나듯 서둘러 도성을 빠져나와야 했다. 부친 연타발은 물론, 남편인 추모대제와 함께 했던 홀본을 떠나려니 소서노는 만감이 교차하고, 서운한 생각에 가슴 속 깊은 곳에서 피눈물이 흐르는 심정이었다. 그러나 남편도 죽고 없는 마당에 의붓자식인 유리태왕에 기대어 의혹 어린 시선을 감내하며 눈치를 보고 살기도 구차한 노릇인 데다, 도무지 자존심이 허락지 않는 일이었다.

소서노는 이미 병든 부친을 대신해 홀본부여를 다스린 경험이 있고, 추모와 함께 고구려를 건국한 여걸이었다. 그녀 자신이 여전히 홀본의 주인이자 여왕으로서, 사실 풋내기나 다름없는 유리태왕을 제압하고 고구려를 차지할 마음이 없던 것도 아니었을 것이다. 그러나 추모대제와의 정과 의리, 그리고 이제는 추모의 아들인 유리를 따르는 군신들을 생각할 때 차마 할 일이 아니었고, 수많은 눈 귀가 있는 도성에서 반드시 성공하리란 보장도 없었다.

그럴 바엔 차라리 홀본을 떠나 새로운 나라를 세워 자식들에게 물려주고, 그곳에서 당당하게 여생을 사는 것이 옳은 일이라고 판단했다. 그런 이유로 일찍부터 만일에 대비하여 패대浿帶 지역의 땅을 사두고 장원을 조성했으니, 과연 소서노의 앞을 보는 안목 또한 여왕의 자격에 걸맞는 것이었다. 소서노는 홀본을 떠나는 서글픔 속에서도 바로 그런 기대감 때문에 한편으로 들뜬 기분을 떨치지 못했다.

그렇게 소서노 일행이 미추홀에서 비류, 온조 형제와 합류한 이래 얼마 지나지 않아 고구려 조정에서도 소서노가 미추홀의 여왕이나 다름없다는 사실이 밝혀졌다. 물론, 아직까지 정식으로 새로운 나라를 세우거나 여왕 즉위를 선포한 것은 아니었는데, 아무래도 북쪽의 고구려를 의

식했기 때문이었다. 만일 그렇게 한다면 사실상 고구려를 분열시키는 반역이 되어 자칫 고구려와의 동족상잔으로 번질 우려가 컸으므로, 소서노는 필요 이상으로 고구려와 유리태왕을 자극하지 않으려 했던 것이다.

고구려에 비하면 소서노의 나라는 이제 막 태동하려는 작은 신생국에 불과해 도저히 고구려에 대항할 입장도 아니었다. 따라서 비록 독립적인 나라는 아니지만 소서노가 사실상 새로운 왕국의 여왕이나 다름없었으므로, 장차 힘을 기를 때까지 독립을 유보한 셈이었다. 소서노는 자신들의 존재를 부담스러워하던 유리태왕이 이러한 뜻을 인내해 줄 것으로 내심 믿었던 듯했다.

그런데 미추홀이란 메주골을 이두식으로 표기한 것으로 당시 이곳이 콩의 주산지 중 한 곳이었던 것으로 보인다. 춘추시대〈산융전쟁〉때도 제齊나라 관중이 귀국 길에 융숙戎菽(조선콩)과 대파를 가져가 중원에 널리 보급했다고 했다. 메주골이라는 명칭으로 미루어 그 후 6백 년이 지나 동일한 지역에서 콩을 삶아 메주를 만들었음을 알게 해주는 대목이었다. 메주는 삶은 콩을 덩어리째로 건조시켜 둔 것으로 보관성이 좋아 평상시의 부식이나 전투식량으로 이용했을 법했다.

한편 유리태왕은 비류와 온조가 홀본을 떠난 뒤 미추홀에서 합류했다는 보고를 받았음에도, 진작부터 이들의 동향을 파악하고 있었는지 그리 놀라지도 않는 눈치였다. 다만 삼분三分통치의 일부가 가시화되면서 나라가 분할되는 모양새가 되다 보니, 조정과 백성들이 크게 동요할 수도 있어 그 점을 예의주시할 뿐이었다. 유리태왕은 아예 아무것도 모른다는 듯 소서노를 찾지도 않았고, 그러자 얼마 지나지 않아 소서노가 별다른 기별도 없이 자식들을 찾아 미추홀로 떠나 버렸으니 결코 아름다운 이별은 아니었다.

그로부터 얼마 후 홀본의 고구려 도성에서는 소서노 일행이 고구려를 떠나 미추홀로 이주했다는 소문이 빠르게 퍼지기 시작했다.

"소황후와 두 태자분이 홀본을 떠나 미추홀로 떠나 버렸다고 하네. 우리도 그리로 따라가야 하질 않겠는가?"

사실 북경의 동북쪽에 위치한 엄표 땅 미추홀은 반대쪽인 홀본에서도 서남쪽으로 5백 리(약 200km) 정도 되는 그리 멀지 않은 거리에 있었다. 원래 대수 아래는 中마한의 땅으로 보였으나, 변방인 이유로 관리의 손길이 미치지 못한 듯했다. 얼마 후 과연 홀본의 옛 신하와 백성 중 수많은 사람들이 남하하기 시작하더니, 여기저기 미추홀로 이주하는 행렬이 한동안 끊이질 않았다. 소서노는 을음을 우보로 삼아 군대와 무기 등 나라 안팎의 병마에 관한 일을 총괄하게 했고, 그는 과연 말갈을 견제하는 데 공을 세웠다.

소서노에게는 추모와의 사이에서 낳은 혈육인 감아甘兒공주가 있었다. 그녀 위로 유리태왕의 소후인 온공주가 있었으나 혼인 후 3년 만에 죽고 없었다. 감아는 성격이 활달해 말타기와 활쏘기에 능했는데, 유리가 그런 감아를 후궁으로 삼으려 했다. 아이후가 그 사실을 듣고는 동생인 감아공주를 불러 훈계를 했다.

"나는 이미 태왕에게 속아 넘어갔으니, 후회한들 소용이 없다. 그러나 동생인 너마저 속는 꼴을 차마 두고 볼 수는 없다. 태왕이 너를 비로 삼겠다는 것은 나 외에 어머니의 딸 하나를 인질로 추가해 미추홀의 어머니와 오라버니들을 견제하려는 속셈인 게다. 대신 네가 미추홀을 택한다면, 태왕은 선제의 딸인 너와 너를 보호할 가족들을 이찌지 못할 것이다. 그러니 너는 마땅히 모후를 따라 같은 어머니의 오빠들에게 돌아가 의지해야 한다!"

공교롭게도 이제 감아는 양쪽 모두에게 볼모가 될 수 있는 운명이 되어 버렸고, 이에 양측에서 서로 그녀를 끌어들이려 했던 것이다. 감아는 그동안 모친과 그 측근들로부터 줄곧 유리가 속임수가 많고 그다지 의롭지 못하다 듣고 있던 터라, 결국 모후인 소서노를 따라 미추홀로 떠나는 길에 합류했다. 엄표왕 비류는 모친과 여동생이 미추홀로 합류해 오자 크게 안심하며 기뻐했다.

"어머님, 많은 백성들이 먼 길을 마다하지 않고 속속 홀본을 떠나 우리에게 합류해 왔습니다. 우리 가족들끼리 모두 다시 모였으니, 이를 다 함께 축원하고, 또 백성들의 노고를 달래주며 사기를 북돋울 필요가 있습니다. 해서 이번에 데려오신 감아를 온조의 처로 삼게 하고, 이를 나라에 널리 알려 성대하게 혼인식을 올리고 잔치를 열까 하는데 어머님 생각은 어떠신지요?"

소서노가 이를 흔쾌히 허락하니 온조와 감아가 동명수東明樹 아래에서 혼례를 올렸다. 큰 잔치가 벌어지고, 소서노가 군신들과 함께 술을 나눠 마시며 즐거워했는데, 비류와 그의 처에게 일어나 노래하고 춤을 추라고 명하기까지 했다. 이에 비류가 일어나 노래했다.

나의 어머니를 받들어 왕으로 모시고,
내 동생(온조)을 매우 사랑하여
내 여동생을 품게 했노라.
자손들에게는 즐거움이 무궁토록
사라지지 않기를 바라노라!
후세 사람들아, 효도와 우애를 논한다면
반드시 이 노래를 교훈으로 삼으라!

이듬해 BC 16년 봄이 되자, 감아가 온조와의 사이에서 아들을 낳았다. 비류는 당시 벽라碧蘿와의 사이에서 딸만 셋을 두고 있었다. 이에 소서노가 비류에게 온조의 아들을 양자로 삼고, 훗날 벽라의 딸과 혼인을 시키라고 했다. 가을이 되니 말갈이 다시금 북쪽 경계를 침입해 왔다. 엄표왕 비류가 온조에게 말갈을 격퇴하도록 명했는데, 이때 감아 역시 갑옷을 입고 온조를 따라 출정했다. 결국 온조의 병사들이 말갈 병사들을 크게 깨뜨리니 살아 돌아간 자가 열에 겨우 한, 둘에 불과할 정도였다. 승전 소식을 접한 비류가 크게 기뻐했다.

"아름답구나! 내 남동생과 여동생이 나라의 보배로다!"

엄표왕은 온조 부부에게 큰 상을 내리고, 황후궁에서 함께 저녁 식사를 하며 두 동생의 노고를 위로했다.

그해 겨울이 되자 고구려에서 유리태왕이 사신을 보내 공물을 소서노에게 바치면서 환도할 것을 정중하게 요청했다. 그러자 소서노가 사신단을 향해 매섭게 꾸짖으며 말했다.

"듣자 하니 너희 왕이 송화의 상을 당했다고 들었다. 그런데 이번에 화희禾姬와 치희雉姬 두 여인에게 또다시 장가를 드는 바람에 내 딸(아이후)의 마음이 크게 상했다고 한다. 너희 왕이 이처럼 호색한처럼 구는데 내 어찌 보고 싶은 마음이 들겠느냐? 선제(추모대왕)께서는 비교도 할 수 없을 만큼 영웅이신데도, 변함없이 나를 받들어 주시고 다른 여자를 등용하지 않았느니라……. 너희 왕은 마땅히 그 점을 알아야 할 것이다!"

이에 고구려 사신이 크게 두려워하면서 돌아갔다. 비록 소서노가 겉으로는 고구려 사신에게 모질게 대하는 듯했으나, 얼마 후에 비류와 온조를 함께 고구려 홀본으로 보내 입조하게 했다. 고구려가 훨씬 강성한 나라였던 만큼, 유리태왕을 찾아 불필요한 오해를 불식시키고 고구려와의 관계를 개선하려 한 듯했다. 당시 비류형제는 자신들의 나라를 고구려에서 완전히 독립한 것이 아니라 미추홀을 기반으로 하고 소서노를 여왕으로 하는 고구려의 분국 정도로 인정받으려 한 듯했다. 실제로도 비류는 엄표왕의 기록만 있을 뿐, 새로운 나라의 국호는 찾아볼 수 없었고, 이후로 고구려와는 상당 기간 다툼 없이 지낸 사실이 이를 뒷받침하는 것이었다.

 이듬해인 BC 15년 여름, 엄표왕이 북경 위쪽의 〈낙랑〉에 사신을 보냈는데, 바로 〈진한辰韓낙랑〉으로 보였다. 연산 아래 좁은 계곡을 기반으로 하던 진한낙랑 또한 〈(중)마한〉으로부터 땅을 일부 할양받으면서 마한을 섬기는 입장이었다. 북쪽으로부터 말갈(예맥)이 수시로 내려와 침공을 일삼는 상황이라, 미추홀이 이를 막아내야 하는 처지였기에 서로 협조가 필요했던 것이다. 다만 당시 진한낙랑은 문제의 말갈보다는 선진적인 문화를 지닌 데다, 漢족이나 고구려의 지배를 배척하려는 분위기 속에서 오히려 말갈을 지배 또는 조종하는 다소 우위의 입장이었다.
 말갈末葛은 단단대령과 적봉 아래의 광범위한 지역에 흩어져 있던 예맥인들로 추정된다. 주로 북부여나 창해국의 후예들과도 연관이 있는 이들 또한 고구려나 漢나라 등의 지배를 거부한 채, 자기들만의 세력을 이루고 사는 것을 고집했다. 그러나 국가 수준의 규모로 세력이 통합되지 못해 부족별로 여러 군장이 다스리는 데다, 유목민처럼 떠돌다 보니 이들 모두를 말갈이라 칭했다. 주로 수렵에 의존하던 사나운 민족으로 이들의 일파인 〈소수맥小水貊〉의 맥궁貊弓은 성능이 좋기로 유명했다. 바로 이들 말갈이 나약해진 〈中마한〉을 끊임없이 괴롭히고 있었으므로, 중마한은 이들을 저지하기 위해 골머리를 앓고 있었다.

해가 바뀌어 BC 14년 봄, 미추홀의 엄표왕 비류가 땅을 빌리기 위한 목적으로 동생 온조를 (중)마한왕에게 보냈다. 미추홀의 처지로서는 어쨌든 고구려의 반대쪽인 중마한 쪽으로 세력을 확장해 가는 수밖에 없기 때문이었다. 때마침 마한 조정이 이웃한 말갈 외에도, 낙랑은 물론, 가야加倻(진번辰番세력)가 점점 번성해 가는 것을 우려하고 있던 터였다. 중마한왕이 이들을 견제할 방법을 찾고자 혈안이 되어 있음을 간파한 온조가 왕에게 당당하게 말했다.

"대왕, 아시겠지만 소신들은 전투에 능한 북방의 고구려 출신들이라 무도한 말갈의 무리쯤은 능히 대적할 수 있습니다. 그러나 좁은 땅에 의지하다 보니, 백성들의 수가 턱없이 부족하고 농사를 짓기에도 한계가 있습니다. 하여 대왕께옵서 부디 우리의 사정을 헤아리시고, 마한의 땅 일부라도 빌려주실 수 있다면, 말갈 등의 외적으로부터 대왕의 나라를 지켜내는데 누구보다 앞장설 것입니다. 마한은 남아도는 땅을 대주는 대신 나라의 안녕을 도모할 수 있고, 미추홀은 그 땅에 농사를 지어 식량을 댈 수 있으니, 양쪽 모두에게 득이 되는 일이 아니겠습니까? 부디 소국의 청을 들어주옵소서!"

그러자 중마한왕이 머리를 끄덕이며 수긍했다.

"허긴 그대들은 북방의 강호 구려인들이지……. 지난번 말갈이 그대들에게 크게 패했다 들었다! 그대들이 저 요란스러운 말갈을 퇴치할 수 있다면, 충분히 고려해 볼 만한 얘기이긴 하다. 그러나 우리가 빌려준 땅을 밟고 세력을 키우거나 나아가 우리를 배신할 수도 있지 않겠느냐? 그렇지 않다는 것을 어찌 보장할 수 있겠느냐?"

그러자 온조가 더욱 여유 있는 말투로 답했다.

"대왕, 소신들은 이제 미추홀에 정착한 지 3년째일 뿐이고, 여전히 고구려의 그늘에서 벗어나지 못하고 있습니다. 허나 이번에 마한의 도움으로 자립할 수만 있다면, 장차 고구려로부터 벗어나 기꺼이 마한의 후국으로 들어와야 하지 않겠습니까? 그럴 경우 미추홀이 감히 마한을 배신한다는 것을 꿈이라도 꿀 수 있겠습니까? 또한 소신들은 은혜를 원수로 갚는 그런 부류가 되지 못하니, 부디 통촉해 주옵소서!"

그 말에 한껏 우쭐해진 중마한왕이 인질을 보내는 조건으로, 동북쪽 백 리의 땅을 통 크게 미추홀에 빌려주기로 했다. 중마한왕의 입장에서 어쨌거나 고구려에서 쫓겨난 신세인 미추홀 세력을 끌어들일 수만 있다면, 강성한 고구려를 견제하는 데 커다란 도움이 될 것이라 기대한 듯했다. 그런데 당시 중마한의 속국들은 종주국의 허락 없이 철광석을 캐내는 일은 물론, 병과兵戈(무기)를 주조하는 일 모두가 금지되어 있었다. 온조가 내친김에 중마한왕에게 중요한 부탁 하나를 더하였다.

"대왕, 아울러 미추홀은 철을 제련하고 병장기를 만드는 데 능한 숙련공들을 제법 거느리고 있습니다. 이번에 미추홀에 대해 한시적으로 철을 캐내고 무기를 직접 제작할 것을 허용해 주신다면, 질 좋은 철제 병장기를 자체 조달하고, 마한에도 공물로 바칠 것이니 부디 허락해 주옵소서!"

중마한왕은 미추홀이 마한의 방어 임무 일부를 수행하기로 약속한 만큼 이를 거절할 명분이 없어, 온조의 나머지 부탁까지도 한시적으로 들어주기로 했다. 온조는 중마한왕과의 협상을 원만하게 마무리하고는 마한왕으로부터 후한 대접까지 받고 돌아올 수 있었다. 온조가 미추홀로 돌아와 낭보를 전하니, 비류와 군신들 모두가 크게 기뻐했다.

그해 겨울이 되자 중마한왕이 미추홀에 사신을 보내 인질과 함께 왕녀를 보내 달라 요청했다. 엄표왕은 인질은 보내 주되, 공주가 아직 나이가 어리다는 핑계로 왕녀를 보내 달라는 요구는 정중하게 사절했다.

당시 중마한의 임금과 조정 신하들은 주색과 환락에 빠져 백성들을 구휼하는 데 소홀했다. 그렇게 나라의 기강이 떨어져 있던 탓인지, 이 문제를 끝까지 추궁하려 들지도 않았다. 당시 낙랑과 (진변)가야에서도 매년 미녀를 바치는 대신, 중마한 땅의 경계를 침입해 들어와 갈수록 나라의 강역이 줄고 있었음에도, 정작 마한 내에서는 이를 바로잡으려는 사람이 없었다.

그러던 중 미추홀로 이주한 지 6년째인 BC 13년, 엄표왕 비류의 왕후인 벽라碧蘿가 서른넷의 나이로 갑자기 죽음을 맞고 말았다. 그녀는 행인국의 공주 출신으로 경국지색의 미모에다 바른 성품과 덕행을 지녔기에, 비류가 몹시 비통해했다. 딸 셋을 두었는데 모두 모후를 닮아 절세미인이었으나, 아들이 없어 동생 온조의 아들을 양자로 삼아 나라를 잇고자 했다. 그런데 벽라왕후가 죽기 직전 비류에게 다소 고약한 유언을 남겼다.

"전하, 부디 내가 죽더라도 다시 장가를 들지는 마소서. 아이들 문제라면 온조에게 맡기시고, 집안일은 여자들 서열에 따라 맡기시면 될 것입니다……"

비류가 그러겠노라고 약속을 했는데, 당시 장녀인 총희가 이미 열여섯이라 능히 왕후를 대신해 집안일을 돌볼 수 있었기 때문이었다. 그러나 실제로는 온조의 비이자 자신의 동생이기도 한 감아를 궁으로 오게 해 궁정 안의 일을 대행하게 했다. 이를 안타깝게 생각한 소서노가 탄식을 했다.

"내가 비류에게 죄를 지었도다……"

그러자 온조가 모후를 위로했다.

"어머니의 재혼이 어찌 잘못이란 말입니까? 형님이 재혼을 마다하는 것은 형수님을 사랑하는 마음이 그토록 큰 때문이니, 아마도 형수님에게는 최상의 선물이 되지 않겠습니까?"

그 후에도 비류는 따로 왕후를 들이지 않았다고 한다.

그런 일이 있고 난 후 얼마 지나서, 말갈의 습격이 부쩍 잦아져 크고 작은 전투가 이어졌다. 엄표왕 8년인 BC 11년, 3천에 달하는 말갈병이 느닷없이 쳐들어와서 위례성慰禮城을 포위했다. 위례성 역시 오리골을 뜻하는 이두식 표기였는데, '위례'는 곧 부여(불이, 비리)의 또 다른 발음이라고도 했다. 여기서 오리는 집에서 기르는 가금家禽이 아니라 철 따라 수천, 수만 마리가 이동하는 청둥오리와 같은 철새무리를 말하는 것이었다. 위례성이 난하로 추정되는 한수汗水(漢水) 근처였던 것이다.

위례성은 당초 한남왕인 온조가 다스리기로 했던 땅이었기에 이때 엄표왕 비류가 온조를 도와 출정한 것으로 보였다. 그때 엄표왕이 위례성의 성문을 굳게 닫은 채로 나가지 않고 열흘이 넘도록 버티니, 결국 식량이 동난 말갈병들이 퇴각하기에 이르렀다. 때를 기다렸던 엄표왕이 날쌘 병사들로 구성된 별동대를 조직해 대부大斧 고개까지 추격해, 단 한 번의 싸움으로 적을 크게 격파하고 말갈병 5백여 명을 살획하는 전과를 올렸다.

이후 엄표왕은 말갈의 공격에 대비하고자 마수馬首에 성을 쌓고 병산甁山에 목책을 세우게 했다. 그러자 이번에는 이를 경계한 이웃 나라 〈진한낙랑〉에서 사자를 보내와 크게 항의했다.

"근래에 서로 예방도 하고 우호를 맺어 양측이 한 집안과 같았습니다. 그런데 최근 우리 영토 가까이에 성과 목책을 세우고 말았으니, 이는 우리 영토를 야금야금 먹어 들어오려는 의도가 아닌지 의심스럽습니다. 그러니 스스로 성을 다시 허물고 목책을 깨뜨린다면 시기하거나 의심할 바가 없겠지만, 그게 아니라면 청하건대 한 번 싸워서 양국 간에 승부를 결정하는 것이 맞을 것입니다."

그러자 엄표왕이 단호하게 답했다.

"요새를 만들어 나라를 지키는 것은 예나 지금이나 떳떳한 일이거늘, 어찌하여 이를 두고 감히 화친과 우호를 저버리는 행위로 단정 지을 수 있단 말인가? 이는 사신인 그대가 의심할 바도 아니거니와, 만일 그대의 나라가 우리보다 강할 것이라 오판해 군사를 보내겠다면 우리도 마땅히 그에 대응할 뿐이오!"

이런 강 대 강의 대치 끝에 결국 엄표왕은 〈진한낙랑〉과의 우호관계를 잃고 말았다. 엄표왕 11년(BC 8년)이 되자, 급기야 낙랑의 사주를 받은 말갈이 병산책을 습격해 무너뜨리고 노략질을 해갔다. 이에 엄표왕은 독산禿山과 구천狗川 두 곳에 다시 책柵을 세우게 하고, 진한낙랑의 침입에 본격 대비토록 했다.

그러던 엄표왕 13년(BC 6년) 초, 동북의 여걸 소서노가 병이 들어 앓다가 춘추 61세의 나이로 죽음을 맞이했다. 비류 형제는 모후인 소서노를 동명성제가 묻힌 용산龍山에 장사 지냈다. 미추홀은 물론 고구려의 온 백성들이 사실상 오래도록 국모의 역할을 해 온 그녀의 죽음을 애도했고, 이후 사당을 세워 제사 지내며 추모했다. 연타발의 딸로 키가 크고 아름다웠으며, 떠오르는 태양처럼 좋은 기운을 지녀 나라를 세울 만한 영웅들을 품었다.

병든 부친을 대신해 〈홀본부여〉를 사실상 다스렸고, 추모를 만나서는 〈고구려〉를 건국시켰다. 이어 유리가 나타났을 때는 이를 다투지 않고 두 아들과 〈미추홀〉로 과감하게 이주해 또 다른 나라를 세웠으니, 사람들이 고금을 통틀어 이만한 여걸을 찾아보기 힘들다고 했다. 소서노는 사후에도 이들 세 나라의 모든 백성들로부터 신처럼 추앙받는 존재가 되었다.

그런데 소서노의 죽음은 이후로 따뜻해만 보였던 비류와 온조 형제의 결별을 낳고 말았다. 사실 비류와 온조 형제는 주로 고구려에 대한 견해 차이로 그간 적지 않은 갈등을 겪고 있었다. 비류는 모친인 소서노와 마찬가지로 유리태왕에 대해 굴욕과 배신감에 치를 떠는 상황이었다. 반면에 온조는 두 명의 부인인 감아와 재사공주 모두가 유리태왕의 여동생으로, 유리와는 처남 매부지간이 되다 보니 훨씬 온건한 입장이었다. 아래로 중마한 땅을 노리던 온조는 오히려 북방의 강국으로 자리 잡아 가는 고구려와 연대할 필요성을 더욱 절실하게 느끼고 있었다.

일설에 의하면 이들이 고구려를 놓고 벌인 노선 갈등 끝에 결국 온조가 미추홀을 나왔다고 했다. 온조는 원래 추모대제 시절에도 3살 위인 형 비류를 제치고 정윤의 자리에 오른 인물이었다. 그만큼 자질이나 포부, 권력의지 등에 있어 비류를 능가한다고 평가받았다. 이후 모친을 따라 홀본을 떠나 미추홀에 자리 잡았으나, 모후인 소서노가 맏이인 비류를 끼고 도는 데 대해 내심 불안과 불만이 쌓여 갔을 것이다. 그러한 터에 현실감 없이 감정에만 치우쳐 반反고구려 정책으로 일관하다가, 이렇다 할 성과도 없이 10년의 세월을 보낸 데 대해 마침내 온조의 불만이 폭발하고 말았다.

'모후께선 나이가 들어서도 도무지 권력을 내어줄 생각을 하지 않으신다. 형님 또한 그런 모후의 비위나 맞추려 들며 고작 말갈을 막아내는 데 급급할 뿐, 장차 마한을 공략해 나라를 키우려 들질 않는다. 두 분이 고구려에 대한 해묵은 감정을 버리지 못하고 도통 변할 기색이 없으니, 여기서 마냥 이러고 있다가는 도무지 희망이 없다. 이럴 바에는 차라리 원래 내게 주어진 한남 땅으로 떠나 스스로 독립을 시도하고, 내 뜻을

직접 실행으로 옮기는 것이 나을 것이다……'

이런 결심 끝에 결국 온조가 자신을 따르던 무리를 이끌고 과감하게 미추홀을 나왔던 것이다.

온조가 성을 나갔다는 소식에 소서노는 크게 놀라는 동시에 속으로 후회가 밀려왔다.

'아, 내가 방심을 했구나……. 온조는 비류와 달리 포부가 크고 결단력이 있으니 내버려 둔다면 영영 돌아오지 않을 것이다. 태자 책봉이라도 해서 비류의 뒤를 이을 것을 보장해 주었어야 했건만, 때를 놓치고 말았다. 이대로 나라가 분열되기 전에 내가 서둘러 온조를 만나 설득을 해야겠구나……'

결국 두 형제는 물론 미추홀 전체의 분열을 막아야 한다며, 소서노가 직접 움직였다. 소서노가 수소문 끝에 온조 일행이 머무는 장소를 알아내고는, 날을 택해 직접 온조를 찾아 인근의 강변까지 걸음을 했다. 그런데 막상 소서노가 온조의 막사로 들어가 보니 마침 온조가 보이질 않았다. 사전 기별도 없이 갑작스레 나타난 여왕의 출현에 막사 안에 있던 온조의 수하들이 당황했다. 그런 모습을 본 소서노가 다부지게 캐물었다.

"대체 한남왕은 어딜 가고, 너희들만 있는 게냐?"

그럼에도 불구하고 온조의 수하들이 그의 행방을 잘 모른다면서 금세 냉랭하게 대하는 것이었다. 이를 수상쩍게 생각한 소서노는 그들이 반란군으로 혹여 온조를 죽인 것은 아닌가 하고 의심하게 되었다. 잠시 후 밖으로 나온 소서노가 그녀를 수행해 온 병사들에게 다급히 명을 내렸다.

"막사 안에 한남왕의 부하들이라는 자들이 반란을 일으키고 왕을 시해한 것이 틀림없다. 지금 즉시 저자들을 공격해 제압하도록 하라!"

그리하여 소서노의 병사들이 우르르 막사로 몰려가 온조의 부하들을 공격하기 시작했다. 그러자 온조의 부하들은 오히려 비류가 병사들을 보내 온조를 쳐부수러 온 것이라 짐작하고, 죽기를 각오하고 맞서 싸웠다. 막사 안에서 크게 소동이 일자 막사 주변에 있던 온조의 병사들이 사방에서 몰려들었고, 순식간에 소서노의 병사들을 몰살시켜 버렸다. 안타깝게도 그 와중에 소서노마저 어이없이 희생당하고 말았다.

사실 소서노의 죽음은 자세히 알려지지 않아 의혹투성이였다. 일설에는 온조가 낙랑인들을 사주해 모후를 죽게 했다는 흉흉한 소문도 파다했으나 이는 정황상 개연성이 떨어지는 얘기였다. 어쨌든 소서노는 온조와의 노선 갈등에 이어 아들 형제가 권력투쟁을 벌이는 와중에 이를 무마하려다 안타깝게도 희생당한 것으로 보였다.

이후 비류와 온조 형제는 모친의 죽음을 놓고 서로 상대방을 탓하며 더욱 멀어져만 갔다. 소서노의 어이없는 죽음이 서로에게 씻을 수 없는 상처를 남긴 것이었다. 그러던 어느 날 온조가 측근들을 불러 모아 논의했다.

"나라의 서북쪽에는 진한낙랑이 있고 북쪽으로는 말갈이 있어 국경을 수시로 침범하니 백성들이 편할 날이 없소. 게다가 모후께서 어이없게 돌아가시고 말았으니 차라리 우리가 원래 내게 주어졌던 한남 땅으로 돌아가는 것이 어떨까 생각 중이오……"

그 말에 모두들 심각한 표정을 짓자 온조가 말을 이었다.

"최근 내가 순행을 나가 한수汗水 남쪽을 돌아보았더니 땅이 기름지고 비옥하였소. 따라서 장차 도읍을 옮겨 그곳에서 오랫동안 편안하게 지낼 방도를 찾았으면 하오……"

"하오나 전하, 형님이신 엄표왕께서도 이 일을 아시고 서로 논의를 마치신 일이온지요?"

"아니오! 이는 형왕과 상의할 일이 아니오! 형왕은 이곳을 떠나려 하지 않을 것이오! 그러나 내 생각은 다르오! 알다시피 이곳은 사방이 적이라 지리적으로도 불리하고, 거대 호수가 있어 항상 습한 데다 땅도 소금기가 많아 농사도 잘 안되는 곳이오. 나는 이곳을 피해 새로운 땅에서 새로운 대업을 이룰 것을 꿈꾸어 왔소! 그러니 형왕이 동의하지 않는다면 나는 나를 따르는 자들과 따로 행동할 작정이오. 여러분께서도 나와 같은 생각을 하리라 믿고 있소!"

듣고 있던 신하들이 처음엔 크게 동요했으나, 온조의 말에 그른 것이 없어 저마다 깊은 고민에 빠지게 되었다.

그해 여름이 되자 온조는 마침내 비장한 각오로 엄표왕 비류에게 한산에 목책을 세우고 독립하고자 한다면서, 서로 나누어 살 것을 허용해 달라 청했다. 비류가 처음엔 완강히 반대했으나, 온조의 생각이 워낙 확고하여 고심 끝에 백성들을 나누어 살 것을 허락했다. 이듬해 온조는 결국 미추홀의 백성들 일부를 엄표왕으로부터 나누어 인계받고, 사람들을 이끌고 한산汗山으로 옮겨 가 그곳에 도읍을 정하였다.

당시 비류의 강역 아래는 이미 중마한이 장악하고 있어 넘볼 수 없었으므로, 한수 아래 한산汗山 일대가 사실상 온조 일행이 택할 수 있는 최상의 땅이었을 것이다. 무엇보다 한수汗水를 가까이 두고 있어, 남쪽의 발해를 이용할 경우 중원 대륙과의 물자 교류나 무역이 가능하다는 이점도 갖고 있었다.

온조는 〈중마한〉에 사람을 보내 천도遷都 사실을 알리고, 나라의 강역을 정하는 동시에 경계 지역 주변의 땅 일부를 빌려달라는 요청까지 했다. 마한의 입장에서는 온조가 스스로 동북쪽으로 올라갈 경우 말갈이나 낙랑을 막는 데 더욱 유리한 측면이 있었기에 이에 동의해 주었다. 그 결과 한남왕이던 온조의 강역이 북쪽으로는 패하浿河, 서로는 웅천熊川, 남쪽으로는 대해大海(발해), 동쪽으로는 주양走壤에 이르렀다고 했는데, 그리 큰 것은 아니었을 것이다. 이때 열 명의 대신들이 온조를 따라 함께 하니 나라 이름을 〈십제什濟〉라 부르게 하고, 한산汗山(漢山)을 도읍으로 했다. 십제의 탄생은 고구려에 대한 찬반 노선을 놓고 정치적 갈등을 겪어오던 비류와 온조 두 형제가 완전히 갈라선 것으로, 이 지역의 또 다른 변화를 예고하는 사건이었다.

3. 위나암 천도

〈동부여〉에서 내려와 어렵게 황위를 물려받기는 했지만, 유리태왕은 지지기반이 빈약할 수밖에 없어 여전히 애를 태웠다. 소서노를 비롯한 홀본의 강성한 토착 세력에 맞서고자 그는 유력 가문과의 혼인을 통한 기반 강화를 꾀하고자 했다. 그 첫 번째 조치가 옛 비류국으로 다물多勿 자치 지역을 통치하던 송양松讓 가문과의 결합이었다. 유리태왕은 이를 위해 소서노와의 갈등을 무릅쓰고 송양의 첫째 딸인 송화를 궁 안으로 들여, 아이후와 동등하게 우대했다. 송화는 그러나 시집온 이듬해 허무하게 사망하고 말았다. 그러자 유리태왕은 송양의 둘째 딸(송화의 동생)을 연이어 맞아들여 妃로 삼고, 송씨 가문과의 외척 관계를 유지하고자 했다.

이어서 골천鶻川의 유력자 화서禾黍의 딸인 화희禾姬를 비로 삼은 데 이어, 같은 골천의 유력자였던 정공鄭共의 딸 치희雉姬를 연달아 후궁으로 맞아들였다. 정공은 이민족인 漢人 출신이었지만 조상 대대로 염수하鹽水河가 흐르던 이 지역(옥전玉田 추정)에서 염전鹽田으로 돈을 모은 대부호였다. 당시 발해만을 낀 옛 번조선 지역 중 창해국과 낙랑 등지에는 漢족 출신들도 많이 진출해 조선인들과 뒤섞여 살았던 것이다.

한편, 동명성제가 생전에 짓기 시작했으나 미완성이었던 별궁에 대해 유리태왕이 완성을 서두르게 했던 이면에는, 도성인 홀본의 토착세력을 피하기 위한 노림수도 있었다. 엉뚱하게도 그 과정에서 생전의 소서노에게 불똥이 튀고 말았다. 유리태왕이 측근들의 성화에 못 이겨 소황후에게도 홀본 도성을 떠나 줄 것을 요청한 것이었다. 유리태왕의 도발에 소서노가 펄쩍 뛰며 분개했다.

"무어라? 태왕께서 나더러 홀본을 떠나 양곡의 별궁에서 살라 하셨다고? 그 말이 정녕 사실이렷다? 대체 나를 어찌 생각하시고……"

홀본을 기반으로 하는 소서노 일파가 당연히 크게 반발했고, 결국 그녀의 참을 수 없는 분노가 그녀의 미추홀 이주를 앞당기는 단초가 되었던 것이다. 그러나 결과적으로 그 역시 나쁜 결과는 아니었다.

유리태왕은 도道로써 나라를 다스린다는 '이도여치以道與治'를 내세웠는데 이는 홍익인간弘益人間과 같은 단군조선의 통치이념과 크게 다르지 않은 것이었다. 태왕은 혼인을 통한 지지기반 강화를 위해 귀족들에게 자치권을 부여하는 한편, 바로 이도여치와 같은 정치적 명분을 앞세우면서 온건한 태도를 유지하려 했다. 그러나 대외적으로는 단호하게 변경을 확장하고, 국방을 튼튼히 하는 데 게을리하지 않았다.

BC 16년 3월, 유리태왕은 부분노와 구추勾鄒를 시켜 북옥저의 돈하敦河를 평정하게 했다. 이듬해에는 동해東海에서 명마 7천 필을 사들여 오늘날 기갑부대에 해당하는 〈거기부車騎府〉를 설치한 다음, 을두지乙豆智를 장군으로, 어가菸賈를 주부注簿에 각각 임명해 관리토록 했다. 또 그해 5월에는 쌍산의 구루성溝婁城에 漢人 전용의 교역시장인 〈호시互市〉를 열게 했다.

이듬해에도 〈개마국〉을 쳐서 그 도읍인 개로開魯를 점령하고 왕을 사로잡아, 매년 양 5천 마리 외에 소와 말 각 2백 마리씩을 바치게 했다. 한편 漢나라의 현도군을 내쫓고 고구려 영역에 새롭게 세운 〈현토군〉에는 을음이 태수로 있었는데, 홀본 서남쪽의 홍륭興隆 일대로 보였다. 그러나 을음이 소서노를 따라 떠난 이후로 태수자리가 오래도록 비어 있자, 마침내 태왕이 현토玄免태수를 임명하면서 단단히 수성守城할 것을 주문했다.

"현토태수의 자리를 너무 오래 비워두었다. 구추를 새로이 현토태수에 임명할 것이니, 반드시 성을 잘 지키도록 하라!"

한편 〈낙랑국〉에서는 그 무렵 추모대제와 오랜 난적 관계였던 시길柴吉이 나이가 들어 죽고, 그의 아들 창특昌特이 새로이 왕위에 올랐다.

그 무렵 송비松妃 역시 두곡豆谷에 행궁行宮을 지어 따로 살게 했는데, 그녀가 아들 해명解明을 낳았고, 화비禾妃 역시 도稻공주를 낳아 황실에 경사가 겹쳤다. 그러던 중 뜻밖의 사건이 벌어지고 말았다. 하루는 유리태왕이 신하들과 기산箕山으로 사냥을 나가 7일 동안이나 궁을 비웠는데, 그사이 도성에서 화희와 치희 두 여인이 마주친 끝에 말다툼이 벌어졌다. 이때 동궁東宮의 화희가 漢人 출신인 서궁西宮의 치희에게 심한 모욕을 주고 말았다.

"漢나라 출신 비첩인 주제에 네가 어찌 이리도 무례하게 구는 게냐?"

이민족 출신이라는 아픈 곳을 찌르며 거칠게 비난을 퍼붓자, 치희는 부끄럽고 분한 마음에 차마 대꾸도 하지 못하고 화희를 피해 버렸다. 그러자 기세가 오른 화희가 며칠을 서궁으로 찾아와 욕을 퍼붓고 돌아갔다. 결국 서러운 마음에 치희가 그만 궁을 떠나 골천의 친정으로 가 버렸다. 치희는 화희보다 나이도 어리고 예쁜 데다 노래를 잘해, 유리태왕이 자주 그녀를 찾다 보니 화희의 질투가 폭발했던 것이다.

마침 사냥에서 돌아온 태왕이 소식을 듣고 곧장 치희를 찾아 서궁으로 갔더니, 그녀의 시중을 들던 궁녀가 울면서 아뢰었다.

"태왕폐하, 그동안 동궁마마께서 수시로 서궁으로 찾아와 서궁마마를 비난하고 욕을 퍼붓자, 마마께서 더는 욕을 들을 수 없다며 본가로 가 버리셨습니다. 집으로 출발하신 지 얼마 되지는 않았지만, 다시는 돌아오지 않겠다고 다짐하며 떠나셨습니다, 흑흑!"

이 말을 듣고 놀란 유리태왕이 바로 말에 올라 치희를 쫓아갔으나, 단단히 화가 난 그녀는 돌아오지 않았다. 태왕이 지쳐 큰 나무 아래서 한숨을 쉬고 있자니 노란색 날개를 한 꾀꼬리들이 모여들어 사랑을 나누는 정겨운 모습이 눈에 들어왔다. 태왕이 그 광경을 보고는 자신의 신세를 빗대어 노래하니, 이것이 저 유명한 〈황조가黃鳥歌〉였다.

꾀꼬리 날며 암수가 서로 의지하는데
翩翩黃鳥 雌雄相依
홀로 남은 이내 몸은 뉘와 함께 돌아가리.
念我之獨 誰其與歸

당시 고구려는 漢나라를 비롯한 주변 외국과의 물자교역을 위해 쌍산의 구루성溝褸城에 호시互市를 열고 외국인들과 활발하게 교류했지만, 그렇다고 漢나라가 정치적으로 고구려에 지대한 영향력을 끼치던 때도 아니었다. 그럼에도 불구하고 골천에 있던 치희의 본가, 즉 정공의 세력이 막강했으므로, 유리태왕은 당장 조치를 취하지도 못한 채 그저 아쉬운 이별의 노래로 스스로를 달래야 했던 것이다. 당시 태왕의 지지기반이 그만큼 취약한 것이었다. 명석했던 유리태왕이 〈황조가〉를 지어 퍼뜨리니, 노래를 통해 태왕의 사랑을 확인한 치희는 다시 궁으로 돌아오지 않을 수 없었을 것이다. 얼마 후 치희는 태왕의 딸 정鄭공주를 낳았다.

유리태왕은 이 정도로 나라의 강역을 확장하는 데 신경을 썼고, 특히 漢나라 세력을 끌어안고자 각별히 공을 들였다. 그 일환으로 호시를 설치하는 외에도 西河와 하빈河濱 일대에 漢人 전용의 객사인 〈한관漢館〉을 늘리게 했다. 그뿐 아니라 한 가지 기술이라도 갖춘 漢人이라면 누구든지 불러서 후하게 녹봉을 주고, 처와 여종을 내려 주기까지 하면서 적극적으로 고구려 정착을 지원했으니, 이는 부친인 동명성제 추모의 정책 그대로였다.

그런데 그 무렵 북쪽 변경에서 새로이 일어선 선비족이 계속 세를 더해가면서 남하하기 시작했다. 선비鮮卑는 당초 朝鮮(진한)의 속민에 해당했으나, BC 2세기 초 훈족의 묵돌선우가 동도를 공략할 때 같이 무너지면서 대흥안령의 북쪽 선비산으로 숨어든 민족이었다. 그때 무리가 분리되어 남쪽의 오환산으로 숨어든 족속은 따로 오환烏桓이라 불렸는데, 이때를 계기로 남북으로 양분된 이들 두 민족은 이후 각자 저마다의 길을 걷게 되었다.

사실 〈鮮卑〉라는 말은 '朝鮮의 비왕裨王이 다스리는 민족'이라는 뜻이었으나, 漢族들이 조선인에게 천하다는 뜻(卑)을 붙여 비하해 부르는 말로 둔갑되었다. 훈족을 흉노라 부르고, 辰韓(동도)인들을 동호東胡라 부른 것과 같은 이치였다. 이때부터 이들 선비와 오환 모두는 조선에 쉽사리 복속하지 않고, 오히려 조선의 열국들을 공격하면서 수시로 적대세력으로 돌변하곤 했다.

당시 동북의 〈朝鮮〉, 중원의 〈漢〉, 북방의 〈薰〉과 같은 古아시아의 3大 강호들이 주춤해진 사이, 이들 선비족들이 기지개를 켜고 일어나기 시작했던 것이다. 특히 漢나라와의 오랜 전쟁으로 흉노가 궤멸되다시피 하고, 삼조선 역시 번조선인 위씨낙랑의 붕괴로 열국시대를 거쳐, 이제 겨우 〈고구려〉로 재통합되던 중이었다. 왕정군과 성제가 다스리던 漢나라 역시 정국이 혼미해지다 보니, 선비족들이 발흥하기에 더없이 좋은 여건이었던 것이다. 이들 선비족이 나날이 세력을 키우면서 부여와 고구려 변방으로의 진출을 끊임없이 시도하고 있었다.

그들은 자주 현 요하遼河의 상류인 시라무룬강(서요하)을 넘어 내려와 사방에서 고구려의 변경을 공격하고 약탈을 일삼았는데, 예맥(말갈)과 구분이 어려울 정도였다. 이들이 나라의 경계가 느슨해지면 여지없이 기습해 오고, 강화되면 험준한 산속으로 달아나는 전술을 주로 쓰다 보니, 변방의 백성들이 크게 불안해하고 있었다. 특히 백성들의 다수가 같은 선비족으로 구성된 〈자몽국紫蒙國〉이나 〈개마국盖馬國〉에서 이들 선비족들을 대거 영입하면서, 동명성제 사후의 고구려에 점차 반기를 들고 급기야는 상국인 고구려에 대한 위협까지 일삼다 보니, 이 지역에서 전운이 고조되는 형국이었다.

〈자몽국〉은 특히나 주로 선비족으로 이루어진 나라였는데 BC 10년경, 자몽국왕 섭신涉臣이 고구려에 사자를 보내와 자기 아들과의 혼인을 청했다. 표면적으로는 화친을 제안하는 듯했으나, 그 이면에는 고구려와의 대등한 관계를 꾀하는 불순한 의도가 다분했으므로 고구려에서는 공주가 아직 어리다면서 청혼을 거절했다. 당연히 화친의 기회는 날아가 버렸고, 상황의 악화를 감지한 유리태왕은 군에 엄중한 명령을 하달했다.

"선비 나라들의 분위기가 심상치 않다. 남구南口(북경창평昌平)에서 대규모 군사훈련을 실시해 저들에게 분명한 경고의 뜻을 보내고, 동시에 우리 군 또한 실제 있을지도 모를 개마, 자몽과의 일전에 철저하게 대비토록 하라!"

그 무렵 재사再思가 사망하는 바람에 태보의 자리가 비어 있었다. 유리태왕이 이때 엄표왕 비류를 태보로 임명하는 뜻밖의 인사를 단행했다. 미추홀을 다스리는 비류와 그 생모인 소서노가 자신과 고구려에 대해 서운한 감정을 지닌 채, 독립을 꿈꾸고 있음을 알면서도 내린 조치였기 때문이다. 아마도 자몽 등 선비와의 갈등이 고조되는 가운데, 아랫녘에 있는 미추홀이 혹시 반기라도 들 것을 염려한 나머지, 명분상이나마 화해의 손짓을 보낸 듯했다. 실제로 비류가 입조해 태보의 직을 수행하지 않았음에도, 어쨌든 유리태왕은 오래도록 태보의 자리를 비워두었다.

이듬해 4월이 되자 모두의 예상대로 자몽왕 섭신이 기어코 반란을 일으켰다. 생전의 동명성제를 두려워해 온갖 수모를 감수해야 했던 섭신이기에, 그 아들인 유리태왕에게 마치 앙갚음이라도 하려는 듯싶었다. 그러자 장군 부분노가 예사롭지 않은 전략을 제시했다.

"폐하, 우리 군을 둘로 나누되 하나는 태왕께옵서 직접 지휘해 자몽국의 전면을 공격하고, 그사이 다른 부대로는 자몽의 샛길로 들어가 그 후면을 쳐서 양쪽에서 협공하는 방안이 좋을 것입니다!"

"오오, 훌륭한 전략인 듯싶소, 그리하는 것이 좋겠소! 아울러 이번 자몽과의 전쟁에 반드시 승리해야 할 것이오!"

유리태왕이 이를 흔쾌히 받아들이기로 하고 군사를 크게 일으킨 다음, 군대를 둘로 나누어 부분노의 전략을 실행에 옮겼다. 먼저 태왕이 직접 이끄는 군대가 곧장 자몽군의 주력부대를 공격해 전투를 개시한 끝에, 짐짓 패하는 척하면서 달아나는 시늉을 했다. 그러자 예상대로 자몽국의 군대가 서둘러 성채를 나와 고구려군을 추격했다.

그사이 부분노는 급히 병사들을 재촉하고 있었다.

"모두 서둘러라! 지금 태왕의 군대가 자몽왕의 군대를 공격하고 있을 것이다! 우리는 그사이 자몽국의 상도上都인 곤도昆都로 진입할 것이다. 자몽군이 태왕의 군대에 정신이 팔려 있을 때, 재빨리 도성을 점령하는 것이 우리의 임무다. 진군을 서둘러라!"

결국 부분노의 부대가 자몽국의 곤도를 기습적으로 쳐서 점령하는 데 성공했다. 이후 태왕의 군대와 함께 양쪽에서 협공하니, 결국 자몽왕의 군대가 무너져 크게 패하고 말았다. 자몽왕 섭신은 부리나케 남쪽으로 달아나 버렸고, 〈자몽국〉은 다시금 〈고구려〉의 속국으로 돌아오게 되었다.

부분노는 추모대제 때부터 행인국을 포함한 많은 고구려의 영토 전쟁에서 공을 세운 영웅이었으며, 풍부한 경험에서 나온 뛰어난 전략으로 이번 〈곤도전투〉에서도 선비족을 굴복시킬 수 있었다. 유리태왕은 이 토벌전쟁에 참가하여 전군을 직접 지휘함으로써 정복군주로서의 위엄을 갖추게 되었고, 이 기회에 결집된 힘을 바탕으로 정권 장악을 노릴 수 있는 중요한 전기를 마련하게 되었다.

그런데 그때 선비족의 나라들을 굴복시킨 일이 뜻밖에도 그 북동쪽에 경계를 둔 〈동부여〉를 크게 자극하는 결과를 초래하고 말았다. 이 일로 동부여는 고구려에 사신을 보내 고구려를 압박하기도 했고, 실제로 동부여 변경에서의 긴장이 새로운 쟁점으로 떠오르게 되었다.

그 무렵 황후인 아이阿爾가 남藍공주를, 송비는 딸 은殷을 낳았다. 그러나 그 이듬해인 BC 7년 정월, 아직은 젊은 아이후가 병을 앓다가 더럭 죽고 말았다. 아이황후는 소서노가 구태와의 사이에서 낳은 딸로, 추모대제가 살아서 유리태왕과 혼인을 시킨 이래로 줄곧 황후의 지위를 지켰다. 그러나 숙명적으로 유리태왕이 소서노의 홀본세력과 대립하면서 비류국 송씨 가문과 손을 잡게 되자, 부득이 본인을 포함한 홀본의 토착세력들이 홀대받는 것을 감수해야만 했다.

급기야는 모후인 소서노와 오빠들인 비류, 온조와 여동생인 감아 마저 한남汗南으로 이주하는 생이별을 감내해야 했다. 그럼에도 아이후는 온후한 품성으로 인내하면서 장남인 도절都切태자를 비롯해 세 딸을 키워 냈다. 장차 도절이 태왕에 오를 것을 희망 삼아 지내 오던 중이었으나, 이때 속절없이 세상을 하직하고 만 것이었다. 아이후의 갑작스러운 죽음은 태자인 도절을 비롯해 그를 강력하게 지지하던 홀본의 토착세력에게 적지 않은 충격과 실망을 안겨 주었다.

그럼에도 유리태왕은 그간의 노고에 보상이라도 해 주듯이 송비松妃를 황후의 자리에 올려 주었다. 그런데 그즈음 동부여로부터 긴박한 소식이 전해졌다.

"아뢰오, 동부여의 금와대왕께서 노환으로 돌아가시고, 대소태자께서 동부여의 왕위에 오르셨다고 합니다."

"무엇이라? 흐음……"

오랜 세월 동부여를 다스려온 금와대왕이 마침내 사망했고, 그의 뒤를 이어 태자인 대소帶素가 왕위에 올랐다는 것이었다. 원래 대소는 차남이었음에도 그 형제 중에 가장 용맹하여 좌현왕에 올랐고, 거듭된 왕자들의 소요 속에서 태자의 지위를 차지하고 있었다. 그러한 터에 때마침 미추홀에서도 소서노의 사망 소식이 함께 전해져, 홀본의 고구려 조정을 더욱 어수선하게 만들었다.

확실히 금와왕은 온후한 성품으로 재위 기간 내내 이웃과의 전쟁을 자제하면서, 수성하기에 바빴다. 초창기 유화부인을 왕후로 맞아들이고 장인인 청하백 옥두진屋斗辰을 재상으로 발탁하면서, 동부여의 강역을 크게 확장시킬 때만 해도 장차 〈북부여〉를 대신할 것으로 기대되면서 동제東帝라 불리던 시절도 있었다. 그러나 두진의 사후에는 그를 대신할 인물을 찾지 못했고, 애당초 漢나라를 두려워한 나머지, 고두막한 사후의 옛 부여고지故地를 통일해 부여(古조선)를 부활시키기에는 역부족이었다.

결국 그의 재위 기간에 신흥 고구려가 북부여를 잇는 것을 허용하고 말았다. 그럼에도 친자식이나 다름없던 추모대제가 건국한 나라이다 보니 갈등을 피하고 오래도록 평화를 유지하려 했다. 그러나 그런 안온한 태도가 결국은 고구려가 강국으로 성장하는 것을 도운 셈이 되고 말았다. 동부여 내에서는 그런 금와왕의 소극적인 통치에 불만을 가진 자들도 많았고, 특히나 추모에 대해 강한 경쟁의식과 혈통적 우월감을 갖고 있던 대소태자가 더욱 그러했다. 따라서 금와왕의 죽음은 동부여의 또 다른 분열은 물론, 고구려와의 새로운 갈등을 예고하는 것이라서 고구려 조정을 긴장시키기에 충분했다.

실제로 대소는 왕위에 오르자마자 본격적으로 고구려를 직대시하고, 심심치 않게 일부 고구려 변경에 대한 도발을 감행하기 시작했다. 그 배경에는 금와왕이 오랜 세월 재위하면서 전쟁을 피하다 보니, 상대적으로 나라가 안정되고 인구가 늘면서 동부여의 국력 또한 부쩍 강해진 이유도 있었을 것이다. 게다가 대소왕이 생전의 추모제는 물론, 조카뻘인 유리에 대해서 누구보다 잘 알고 있었기에 고구려를 마치 아래 사람이 다스리는 나라처럼 임의롭게 여긴 듯했다.

그러나 대소왕의 反고구려 정책은 그리 오래 지속되지 못했다. 그 역시 동부여의 새로운 왕위에 올랐던 만큼 내부 단속과 통합에 어려움을 겪고 있던 터라, 유리태왕 14년(BC 6년)에는 오히려 고구려에 사신을 보내 화친을 제의해 왔다.

"태왕폐하, 고구려의 뿌리는 원래 우리 동부여에 있는 것이 아니겠습니까? 따라서 저희 대왕께서는 앞으로 고구려가 신하 된 도리로써 우리 동부여를 예우한다면 서로 다툴 이유가 없을 것이라고 하셨습니다. 다만, 이를 담보하기 위해서 양국에서 서로 태자를 인질로 교환할 것을 제안하라 하셨습니다. 그게 아니라면 우리 동부여에 고구려의 태자를 사위로 보내 주시는 방법도 있을 것입니다……"

순간 고구려 조정의 대신들이 술렁이자, 유리태왕이 나서서 답했다.

"동부여는 내 숙부의 나라고 황후 또한 내 고모요. 황실 전체가 내 혈족으로 가득하니, 의당 고구려가 동부여와 다툴 일은 없을 것이오. 태자를 서로 교환하거나 혼인동맹을 맺는 것도 나쁘지 않으니 적극 검토해 조만간 답을 주겠소!"

당시 대소왕은 딸은 두었으되 후사를 이을 아들이 없었고, 유리태왕의 맏아들인 도절都切태자는 아직은 열일곱의 어린 나이였다. 그런데 유리태왕은 그 자신이 동부여 출신이라서 그랬는지 유독 동부여에 대해서만큼은 두려운 마음으로 대했고, 따라서 태자인 도절을 동부여의 인질로 보내고자 했다. 그러자 예상대로 동부여에 대한 강경론자들이 이에 적극 반대하고 나섰다.

그들은 주로 소서노가 다스리던 홀본 출신들로 아이후가 죽은 마당에 소서노의 외손자인 도절마저 동부여로 보내는 것에 대해 노골적으로 거부감을 드러냈다. 더구나 당시 도성인 홀본에서는 소서노의 죽음을 동부여에서 사주한 것이라는 등, 흉흉한 소문까지 나돌던 터라 동부여에 대한 시선이 곱지 않았다. 결국 탁리託利와 사비斯卑를 중심으로 하는 강경론자들이 모여 이 문제를 논의했다.

"지금의 태왕은 즉위 전부터 우리 홀본과 대립했던 터라 이제껏 우리를 홀대해 왔소. 연타발왕께서 동명성제를 발탁하시고 나라를 통째로 넘겨주었거늘, 하늘 같은 그 공은 어디 가고 우리는 이제 개밥의 도토리 신세로 전락한 지 오래요. 소황후께서 태자들을 거느리고 고구려를 떠나신 이래 홀본은 그나마 아이황후께서 중심이 되어 버터 주셨으나, 이제 소황후를 비롯한 아이황후마저 돌아가셨으니 우리의 유일한 희망은 그 아들이신 도절태자에게 있을 뿐이오. 태자는 장차 고구려의 황위를 이으실 분인데, 태왕은 태자마저 동부여로 보내려 하니, 이를 좌시해서는 절대로 안 될 일이오!"

"당연한 말씀이오. 확실하진 않으나 이 모든 것이 오이와 송후松后를 비롯한 다물계가 뒤에서 동부여를 사주해 일어난 일임이 틀림없소. 만일 그게 사실이라면 더더구나 이를 막아야 할 일이오. 다행히 도절태자께서도 동부여에 인질로 가는 것을 극구 꺼리고 계시니, 우리가 태자와 하나가 되어 태자의 동부여 인질행을 기필코 막아 내야만 합니다!"

홀본 계열 대신들의 의심에는 그럴 만한 이유가 있있으니, 송의외 모친인 관패貫貝부인이 동부여 수도인 책성柵城에서 지낸 적이 있었고, 동부여 출신인 오이 또한 그 부친이 책성태수 출신이라 이들이 동부여와 내통했을 가능성이 매우 크다고 본 것이었다. 결국 이들 강경론자들이 도절을 부추겨 인질로 가는 것을 적극 거부하게 했다. 그러는 사이 동부여의 대소왕은 인질교환을 통한 화친 제의에 고구려에서 신속한 답변을 보내오지 않자, 이를 거절한 것으로 간주했다. 대소왕이 크게 분노했다.

"유리 이것이 가타부타 답도 없이 시간만을 끌 요량이니 틀림없이 제 아비를 닮아 사특하기 그지없구나. 내가 관대한 마음으로 화친을 제의한 것이거늘 이를 거절했으니, 이는 우리 동부여 전체를 무시한다는 뜻이다! 앞날을 생각할 때 절대로 좌시할 수 없는 일이니 즉시 출병해 본 때를 보여야 할 것이다!"

그러자 해소解素태자를 포함한 대신들이 나서서 이를 만류하려 들었다.

"대왕폐하, 고정하소서! 이제 곧 계절이 겨울의 문턱에 접어들 텐데 장거리 원정을 수행하기에는 적절치 않습니다. 날이 풀리기까지 거병을 미루는 것이 옳을 것입니다!"

그러자 대소왕이 고개를 가로저으며 기다렸다는 듯이 답을 했다.

"아니다, 바로 그 점을 노려야 한다! 곧 겨울이 시작된다는 생각으로 고구려는 우리의 공격을 감히 생각지도 못하고 방심하고 있을 것이다. 이번 목표는 송강松江을 확보하는 것까지다. 내년 봄에 눈이 녹으면 다시금 본성을 공격해야 하니, 미리 그 교두보를 확보할 필요가 있다. 겨울이 깊어지기 전에 속전속결로 움직이면 신속하게 끝낼 수 있는 전쟁이니 너무 걱정들 하지 마라!"

결국 대소왕이 주변의 반대를 무릅쓰고 나름의 전략을 내세우며, 무려 5만에 이르는 대군을 일으켜 직접 고구려 공격을 감행했다. 그러나 아무리 속전속결이라고는 해도 고구려까지는 워낙 거리가 있는 데다, 불행히도 행군 도중에 그해 유달리 일찍 시작된 겨울 한파와 맞닥뜨리고 말았다. 그 결과 송강에 도착도 하기 전에 7일 동안 대규모 폭설이 이어져, 나아가거나 물러서지도 못하는 치명적인 상황에 빠지고 말았다. 그 바람에 얼어 죽은 동사자가 속출하여 살아남은 자가 열에 한둘뿐이었다.

"폐하, 여기서 머뭇거리다가는 군사들 전원을 잃을 수도 있습니다. 속히 퇴각 명령을 내려 주옵소서!"

"아아, 하늘이 나를 도와주질 않는구나……"

대소왕은 부하 장수들의 성화에 어쩔 수 없이 진격을 포기하고, 제풀에 퇴각하지 않을 수 없었다.

〈송강공략〉의 실패로 크게 체면을 구긴 대소왕이 배다른 아우인 해소태자를 불러 넌지시 후회막급이라며 끓는 속마음을 털어놓았다.

"모든 것이 네 말을 듣지 않은 탓이로다……. 군사들에게 최소한의 겨울용 방한복도 제대로 입히지 않은 채 서둘기만 하다가 이처럼 어처구니없는 상황을 초래하고 말았다. 모두 나의 불찰이다!"

말은 그렇게 했으나 대소왕은 이후에도 지속적으로 고구려에 대해 크고 작은 도발을 멈추지 않았다.

뜻하지 않은 하늘의 도움으로 대소왕이 스스로 퇴각하는 바람에 고구려로서는 한시름을 놓게 되었지만, 조정 안팎에서는 어수선한 분위기가 좀처럼 가라앉지 않았다. 이에 불안을 느낀 유리태왕이 고심 끝에 다시금 대소왕의 화친제의를 받아들이려 했다. 그러나 그때마다 강경론자들이 거세게 일어나 화친을 반대하고 나섰는데, 태왕은 태왕대로 화친에 대한 미련을 쉽사리 버리지 못했다. 그런 분위기 속에서 장남인 도절태자마저 자신의 뜻을 따르지 않고 어긋난 행동을 보인 것이 이내 유리태왕의 화를 돋우고 말았다. 끝내는 태왕이 송후에게 화를 내면서 도절을 비난할 정도였다.

"태자가 홀본 강경파들의 사주에 놀아나, 그들과 하나가 되어 친부인 내 뜻에 반하는 태도로 일관하니, 도대체 이를 어찌 처리하면 좋단 말이오?"

"폐하, 고정하시지요……. 도절이 무슨 의도를 갖고 있겠습니까? 모두 태자를 이용하려는 홀본의 강경파들이 분란을 일으키는 게지요……"

그렇게 유리태왕의 도절에 대한 분노가 서서히 끓어오르는 동안, 한편으로 태왕은 이들 강경론자들과 태자 사이를 떼어놓을 방법을 찾느라 고심하고 있었다. 마침 누군가가 도성인 홀본을 떠나 다른 지역으로 천도를 하는 것이 어떻겠느냐는 말에 태왕이 커다란 관심을 갖게 되었고, 실제로 천도를 추진할 방안을 찾기 시작했다. 그러한 때 태왕의 측근 한 사람이 묘안을 하나 제시했다.

"폐하, 이제 곧 교제를 올릴 때가 되었습니다."

교제郊祭란 고대로부터 매년 풍작을 기원하는 의미에서 교외로 나가 들판에 짐승을 바치며 천지신명께 올리는 제를 말함인데, 고구려에서도 임금이 직접 주관하는 중요한 국가적 행사 중 하나였다. 그가 말을 이었다.

"그때 제사에 쓸 돼지(교시郊豕)를 슬쩍 풀어놓고는 저들을 시켜 달아난 돼지를 다시 잡아 오라고 명을 내리십시오! 돼지를 잡아 오지 못한다면 그것을 빌미로 벌하고, 설령 잡아 온다 해도 제사에 쓸 당초의 돼지가 아니라는 핑계로 벌을 내리시면 될 일이 아니겠습니까?"

유리태왕이 비로소 입가에 미소를 띠면서 반색을 했다.

"허허! 그거 아주 좋은 명안이로다. 은밀하고 신속하게 처리토록 하라!"

그리하여 유리태왕은 우리에 가두어 놓은 교시용 돼지를 사람을 시켜 몰래 풀어놓게 한 다음, 강경파인 탁리와 사비를 불러 도망간 돼지를 잡아 오라 명했다. 이들이 용케도 같은 돼지를 잡아 오는 데 성공하긴 했으나 왠지 불안한 마음을 떨칠 수 없었다.

"도망간 돼지를 하필이면 우리더러 잡아 오라는 것 자체가 의심스럽기 짝이 없소. 혹여 잡은 돼지를 누군가를 시켜 다시 풀어놓고 달아나게 한다면 큰일을 당할 수도 있으니, 이참에 아예 돼지 다리의 힘줄을 잘라버려 더 이상 도망가지 못하게 합시다!"

탁리와 사비가 상의 끝에 결국 칼로 돼지 다리의 힘줄을 잘라버렸다. 그러자 태왕의 측근들이 기다렸다는 듯이 일제히 일어나 이들을 비난했다.

"폐하, 제물에 흠집을 낸 것은 중요한 행사를 앞두고 부정을 타게 한 무도한 짓입니다. 반드시 저들을 벌하옵소서!"

유리태왕이 가차 없이 지엄한 명을 내렸다.

"탁리와 사비를 즉시 구덩이에 파묻어 버려라!"

그리하여 도절의 동부여 인질 행을 비롯해 사사건건 동부여와의 화친을 반대하던 핵심 인물들이 손쉽게 제거되었다. 그런데 이 사건 이후 유리태왕이 갑자기 중병을 앓더니, 급기야 자리에 눕고 말았다. 대신들이 병의 원인을 몰라 무당을 불러 알아보았더니 답을 주었다.

"탁리와 사비의 귀신이 화근입니다. 임금께서 귀신에게 사죄해야 합니다!"

이에 유리태왕이 병든 몸을 이끌고 송후와 함께 이들의 죽은 영혼을 달래고 위로하는 제를 올렸다. 그랬더니 기이하게도 얼마 지나지 않아 태왕의 병이 낫게 되었다. 이것이 바로 BC 1년 여름에 일어난 〈교시郊豕 사건〉이었다. 유리태왕은 이 사건으로 일단 홀본의 강경파를 제거하는 데 성공했으므로, 민심을 고려하여 한발 물러나기로 하고, 천도 계획은 후일로 미루기로 했다.

그런데 이듬해인 AD 1년 정월이 되자 고구려 황실에 예기치 못한 일대 사건이 벌어졌다. 바로 직전에 유리태왕은 도절태자에게 명을 내려 우선 신년하례 겸 〈동부여〉로 가서 대소왕을 알현하고 오도록 했다. 도절은 결코 내키지 않았지만 대소왕의 〈송강침공〉도 있어서 마지못해 책성柵城을 찾아 대소왕에게 입조했다. 그런데 얼마 후 책성으로부터 날벼락 같은 급보가 전해졌다.

"아뢰오, 황공하오나 책성에 갔던 도절태자께서 무슨 연유인지 그곳에서 그만 훙薨(죽음)을 당하셨다는 비보입니다……"

"무어라, 대체 그게 무슨 말이냐?"

예기치 못한 도절都切태자의 갑작스러운 사망 소식에 고구려 조정이 발칵 뒤집혔으나, 누구도 그 사망원인을 알지 못했다. 동부여왕 대소조차도 그 까닭을 몰라 태자의 죽음에 대해 크게 자책하고 있다는 소식만 들려왔다. 얼마 후 책성으로부터 도절태자의 싸늘한 시신이 고구려 도성으로 돌아왔으나, 조정에서는 동부여에 항의한다거나 사망원인을 알아보는 등의 어떤 조치도 취하지 않았다.

자세히는 알 수 없지만 태자의 죽음이 동부여와의 사이에 불필요한 갈등을 초래할 것을 우려해, 유리태왕이 서둘러 이 문제를 덮으려 한 것으로 보였다. 그만큼 고구려의 힘이 아직은 동부여에 미치지 못했던 것이다. 그러나 유리태왕의 이런 소극적인 태도에 많은 사람들이 수긍하지 못했고, 특히 홀본 세력의 불만이 커져만 갔다. 언제부턴가 도절태자의 석연치 않은 죽음을 놓고 도성 안팎으로 흉흉한 소문이 나돌았다.

"그거 알어? 동부여에서 죽은 도절태자는 병상에서 일어난 태왕이 사주해 죽인 거라네……"

"에이, 그게 아니라, 송황후를 비롯한 다물계의 사주로 도절태자가 피살된 거래!"

그 와중에 5월이 되니, 이번에는 미추홀로 떠났던 비류沸流태자가 사망했다는 소식까지 들어왔다. 모후인 소서노가 죽은 지 6년 만의 일이었다. 소서노 사망 후 1년 뒤에 아우인 온조溫祚가 독립해 〈십제〉를 건국했으나, 비류는 끝내 온조와 화해하지 못한 채 지내다가 쓸쓸히 세상을 뜨고 만 것이었다. 이는 미추홀에 남아 있던 反고구려 세력의 소멸을 의미하는 것이기도 했다. 소식을 접한 유리태왕이 미추홀과는 별개로 황후와 함께 형제의 예로 비류의 상을 치렀는데, 상중에 음식을 삼가는 감식減食까지 할 정도로 깊은 애도를 표했다.

얼마 후 상을 마치고 난 유리태왕이 그간 10년이 지나도록 비워 두었던 태보太輔의 자리에 협보를 임명한다는 명을 내렸다.

"나라의 중추인 태보 자리를 너무 오래 비워 둔 데다 이제 엄표왕마저 떠났으니, 협보에게 중책을 맡기고자 한다."

원래 태보의 자리에는 엄표왕 비류를 내정했으나, 그가 미추홀을 다스리며 입조하지 않아 공석으로 있었다. 마침 도절태자가 의문의 죽임을 당한 그 무렵에 태왕이 새삼스레 대표적 친親소서노계이자 친홀본계 인사로 알려진 협보를 임명한 것이었다. 이를 지켜본 홀본 백성들은 민심을 달래려 애를 쓰는 태왕의 의도로 인식하기는 했으나, 오히려 이런 과도한 조치들이 백성들의 의심을 더욱 키우는 결과를 낳고 말았다.

이처럼 교시사건으로 탁리와 사비가 처형당하고, 그 뒤 얼마 지나지 않아 도절태자마저 그들의 뒤를 이어 저세상으로 떠나 버리자, 도성 안 홀본 백성들의 불안이 가중되면서 민심이 점차 유리태왕을 떠나는 조짐을 보였다. 그렇게 민심 이반의 분위기를 감지한 태왕이 난국을 타개할 요량으로 결국 그동안 몰래 계획했던 일을 본격 추진하기로 작심했다.

AD 2년 봄, 유리태왕이 장생掌牲(제수담당관)인 설지薛支를 조용히 불러 명을 내렸다.

"그대는 즉시 교시로 쓸 돼지를 우리에서 풀어주도록 하라! 그런 다음 주변에는 놓친 돼지를 잡으러 간다고 말하거라!"

교시사건을 누구보다 잘 아는 설지가 영문을 몰라 불안한 표정으로 태왕을 올려다보았다. 그러자 태왕이 말을 이어 나갔다.

"물론 돼지를 쫓으라는 말이 아니다. 이번 일은 새로이 도읍을 옮길 만한 길지를 찾아 나서는 중차대한 일이 될 것이다. 들자니 국내國內 위나암尉那嵒 인근이 도읍지로 삼을 만하다고 한다. 그대가 이번에 그곳을 둘러보고 길지인지를 반드시 확인하고 오라!"

그리하여 태왕의 명을 받은 설지가 위나암 쪽으로 이동해 사방을 꼼꼼하게 둘러보았다. 홀본 동남쪽 아래로 일백km 정도 떨어진 위나암(울암蔚岩)은 과거 〈북부여〉의 도성이었던 불이성不而城이 있던 지역으로 예전부터 산수가 깊고 험준하여 방어하기 좋은 곳으로 유명했다. 게다가 그 땅마저 기름져 오곡이 잘 되고, 사슴과 물고기 등 사냥과 낚시 하기에도 좋은 천혜의 땅이었다. 설지가 위나암을 순시한 끝에 태왕에게 결과를 보고했다.

"태왕폐하, 소신이 꼼꼼하게 위나암을 둘러보니 그곳은 과연 천도를 할 만한 길지 중의 길지라고 사료됩니다!"

설지가 위나암 천도를 적극 추천하고, 그럴 만한 이유를 상세히 보고하니, 유리태왕이 크게 만족해했다.

그다음 달이 되자 유리태왕은 직접 위나암 근처에 있는 위중림尉中林까지 가서 사냥하는 등 법석을 떨면서, 사람들에게 서서히 위나암에 대한 관심을 갖게 했다. 그러더니 가을이 되자 아예 공공연하게 황후와 측근들을 대동하고 위나암으로 순행하면서 장차 이전할 도읍 후보지를 손수 둘러보고 돌아왔다.

국내國內는 황후를 포함한 송씨 가문이 다스리는 다물도多勿都(비류국)의 영내로, 동명제 고두막한의 압록행궁이 있던 지역이었다. 고구려 5部 중 연노부에 해당했고, 북부여의 도성이 있던 자리라 하여 고국원故國原이라고도 불렀다. 유리태왕은 도성인 홀본의 민심이 흉흉해지자 자신과 송황후의 강력한 지지 세력인 다물도 영내로 천도해 정권의 안정을 꾀하려 했던 것이다. 마침내 태왕이 공언하고 나섰다.

"홀본은 선제 때부터 고구려의 도읍이었다. 그러나 최근 동부여로부터의 압력이 심해져 민심이 흉흉한 데다, 도성이 비좁고 수비에 불리한 구석이 있다. 하여 미리 알아본 결과 동쪽 국내 위나암이 방어에도 유리하고, 토양이 비옥해 농사를 짓거나 사냥하기에도 좋다. 따라서 앞으로 빠른 시일 내에 國內에 성과 신궁을 짓고 위나암으로 천도할 것을 천명하니, 조정 대신들과 백성들은 내 뜻에 따라 주기 바라노라!"

도읍인 홀본 백성들이 놀라 크게 반발했으나, 그때쯤엔 사실상 모두가 천도를 예상해 왔던 터라 곧바로 잠잠해졌다. 유리태왕은 이듬해부터 구려하(구하洵河) 남북의 백성들을 동원해 본격적으로 위나암에 성을 쌓게 하고, 은천령銀川嶺 학립 아래에 〈주류신궁朱留新宮〉을 짓게 했다. 그리고는 마침내 유리태왕 22년인 AD 3년 가을, 위나암으로 천도를 단행하니, 홀본에 이어 〈북도北都〉라 칭했다. 이로써 유리태왕의 부친인 추모대제가 고구려의 건국과 함께 시작했던 〈홀본시대〉가 끝나고, 새로운 국내성 〈위나암시대〉가 시작되었다.

고구려 최초의 위나암 천도를 성공적으로 마치고 나름대로 조정의 장악력을 높이게 된 유리태왕은 그런데 그때부터 다소 이해하기 어려운 행보를 이어 갔다. 원래 수렵을 좋아했지만, 전에 없이 부쩍 사냥을 즐기더니 점차 정사를 소홀히 하는 모습을 보인 것이다. 겉으로는 동부여와의 변경에서 더욱 멀어진 위나암에서 홀가분하게 사생활을 즐기고 오랜만에 홀로 여유를 즐기려는 것처럼 보이기도 했다. 그러나 그 정도가 점점 심해져 한겨울이 되어서도 좀처럼 사냥을 멈추질 않았다. 심지어는 질산음質山陰이라는 곳의 북쪽에서 무려 닷새 동안이나 궁을 비운 채, 사냥에 빠져 돌아오지 않은 적도 있었다. 급기야 개국공신들이 나서야 했고, 우선 태보인 협보가 간하였다.

"태왕폐하, 임금이 사냥을 함은 주로 병사들을 훈련시키기 위함입니다. 이러한 풍설에 사냥마를 심하게 내돌려서 행락하심이 가당한 일이옵니까?"

협보가 따지듯이 말하자 태왕의 표정이 어두워졌다. 그러자 이내 협보가 부드러운 말투로 말을 이었다.

"폐하, 홀본에서 천도한 지가 아직 얼마 지나지 않았습니다. 하오니 신도新都를 안정시키는 일에 좀 더 신경을 써야 하므로, 이제는 사냥을 줄이시고 정사에 힘쓰셔야 할 줄 압니다. 통촉해 주소서!"

그러나 이미 화가 나 마음이 상한 유리태왕이 비꼬듯 답했다.

"태보는 지금 무슨 말을 하는 게요? 그 말은 내가 정사를 소홀히 하고 사냥이나 하고 놀러 다닌다는 말뜻이 아니오?"

협보가 당황하여 성급히 말을 거두려 했다.

"폐하, 그게 아니오라 소신의 말뜻은……"

유리태왕이 협보의 말을 끊고 버럭 화를 내며 신하들을 다그치기 시작했다.

"그렇다면 대체 내가 이곳 위나암으로 천도한 이유가 무엇이겠소? 그대들과 같은 충신들이 있어 그 지지기반이 튼튼한 이곳으로 옮긴 것이 아니었겠소? 그러니 이제부턴 일상적인 정무들이야 그대들이 나서서 해결해 주면 되는 것이거늘, 임금이 사냥을 좀 나갔기로서니 정무를 소홀히 한다고 그렇게 면전에서 비난해도 되는 것이오? 그것이 태보인 그대가 정녕 태왕인 내게 할 말이오? 이래 가지고서야 내가 누굴 믿고 정사를 펼칠 수 있단 말이오? 내 참……"

태왕이 잔뜩 짜증 섞인 말투로 간언을 하는 협보와 대신들을 무섭게 몰아붙이니, 모두가 쩔쩔매다가 감히 아무도 나서서 답하지 못했다.

어전에서 혼쭐이 난 채 물러 나온 대신들이 저마다 납득이 가질 않는다며, 태왕의 태도가 전과 달리 매우 이상하다고 고개를 내저었다. 협보가 말했다.

"태왕폐하의 태도가 다소 이상하질 않소? 전 같으면 당연히 받아들이셨을 충언이건만 저토록 짜증을 내며 화를 내시는 건 처음 보는 일이 아니겠소? 지금 태왕께서 무슨 생각으로 저러시는지 도통 감을 잡을 수 없구려……"

집으로 돌아온 협보는 왠지 불안한 마음이 가시질 않았다. 애당초 유리태왕이 동부여에서 들어와 비류와 동궁 자리를 놓고 경합할 때, 그는 소서노의 편을 들어 태자의 교체를 반대했었고, 이번에도 위나암 천도를 반대했건만 오히려 태보 자리에 오른 것 자체가 앞뒤가 맞지 않는 듯한 일이기 때문이었다.

아니나 다를까 얼마 지나지 않아 모두가 놀랄 만한 깜짝 인사가 이루어졌는데, 태왕이 태보(국무총리격)인 협보의 관직을 파하고 그를 한낱 관가에 딸린 농원의 관리인으로 좌천시켜 버린 것이었다. 말힐 필요도 없이 협보는 시조인 동명성제를 도와 고구려를 건국한 일등 개국공신이었다. 더구나 국정을 총괄하는 태보에 올라 있던 터라 조정 대신 모두가 크게 놀라고 말았다. 그런데 당사자인 협보는 정작 그 소식을 듣고는 오히려 예상한 일이라는 듯 담담하게 굴었다.

'이제야 본색을 드러내신 게지. 차라리 대범하게 귀양을 보내시든지……. 개국공신인 내게 일개 농원이나 지키는 사원소형司園小兄 자리라니……. 그릇이 고작 이래서야 원……. 쯧쯧!'

협보의 마음속에 회오리치던 서운한 마음은 이내 분노가 되어 들끓었다. 그러나 어느 순간 서서히 두려움으로 바뀌기 시작했다. 협보는 추모대제와 함께 동부여를 떠나 고구려를 세운 일등공신이자 그중에서도 가장 핵심인 동사호東四豪의 일원이었다. 이후 낙랑왕 시길이 보낸 공주를 추모대왕이 협보와 혼인시키니 그는 낙랑왕의 사위가 되었다. 그러다 시길이 또 다른 작공주를 추모대제에게 주니 그 사이에서 작鵲태자가 태어났고, 그는 이모부로서 낙랑계인 작태자를 가까이에서 보살피는 입장이었다.

작태자가 장성하자 유리태왕은 소서노의 딸인 아이후와의 사이에서 낳은 둘째 딸 현㷉공주와 그를 혼인시켰다. 그러나 이제 소서노의 홀본계가 철저히 배척당한 상황이라 소서노의 외손녀를 부인으로 둔 작태자 역시 조정에서 홀대받는 신세로 전락하고 말았다. 노련한 협보는 유리태왕이 마지막 남은 소서노의 홀본계를 끝내 손볼 것이라고 의심하기 시작했다. 당시 그는 도절태자의 죽음도 태왕과 결코 무관치 않다 여기던 차였다. 그런 태왕의 성정으로 보아 어쩌면 언젠가는 모두 죽임을 당할지도 모른다는 두려움에 사로잡힌 것이었다.

생각이 여기까지 미치자 협보는 중대한 결심을 하고 유리태왕의 배 다른 동생인 낙랑계 작태자를 찾았다. 이제 이십 대 초반의 젊은 작태자가 형편없이 좌천을 당한 이모부 협보를 위로하려 들었다.

"태보께서는 너무 상심하지 마시지요……. 태왕께서 다른 속뜻이 있을 겁니다. 시간이 지나면 다시 중용하지 않겠습니까?"

그러자 협보가 빙그레 웃으면서 답했다.

"태자는 아직도 모르시겠소? 태왕은 이제 나를 마지막 남은 홀본계로 간주하고 그 정리를 하신 게요……. 태왕은 무서운 분입니다. 절대로 다른 이들과 권력을 나누실 분이 아니지요. 소황후를 비롯해 자기를 도운 이들은 물론, 심지어 자신의 혈육인 도절태자마저 가차 없이 희생시키지 않았소이까? 자신의 권력을 위해서라면 누구와도 손을 잡으셨고, 대신 그 권력을 장악한 뒤에는 여지없이 제거하는 모습을 반복해 오셨지요. 나도 여기서 머뭇거리다간 잘못하면 죽을지도 모를 일이랍니다……"

협보의 비장한 말을 들은 작태자가 잔뜩 걱정스러운 눈빛으로 그를 바라보았다. 잠시 그런 작태자의 눈을 들여다보던 협보가 이내 말을 이었다.

"난 그래서 마음을 굳혔습니다. 소황후께서 그리하셨던 것처럼 고구려를 떠나려 합니다……. 한남왕(온조)이 세운 나라에 뒤늦게 합류할까도 생각해 보았지만, 한남은 고구려에서 지나치게 가까운 데다 여전히 고구려의 분국에 불과하니 고구려를 떠나는 의미가 없고, 오히려 한남왕을 곤혹스럽게 할 뿐이겠지요. 게다가 한남왕이 엄표왕과는 달리 태왕과도 친하게 지내는 사이니 더더욱 그리할 수 없는 노릇이라서……"

"……"

작태자가 말없이 더욱 안쓰러운 표정으로 협보를 바라보니, 협보가 다시 말을 이었다.

"그런데 사실 마한의 서남쪽으로 멀지 않은 곳 바닷가에 창해라는 곳이 있소이다. 그들도 실은 우리와 같은 예인濊人들이고 옛 조선족들이지요. 해서 이참에 진한辰韓 쪽으로 움직여 볼까 생각 중이오만……. 그래서 하는 말인데, 태자도 부인이신 현공주가 소황후의 외손녀인 만큼 홀본계라는 허울에서 벗어날 도리가 없는 것 아니겠소이까?"

그러자 새로운 호기심으로 두 눈을 반짝거리며 협보의 말을 듣고 있던 작태자가 기다렸다는 듯 답했다.

"잘 아시면서, 두말이 필요 없는 일이지요……. 공주와 제가 황실로부터 홀대받은 지는 이미 오래전 일입니다. 낙랑국도 시길 외조부님께서 돌아가신 이후로는 도통 고구려의 기세에 눌려 언제 병합당할지 몰라 전전긍긍하고 있질 않습니까? 그러니 더는 기댈 곳도 없고, 이젠 실망하거나 낙담하는 것조차 잊은 지 오래입니다, 휴우!"

"그러시겠지요, 허나 태자는 아직 한창 젊은 나이가 아니시오? 한번 생각해 보시오! 태왕의 홀대나 받으며 평생을 불안과 절망 속에 사느니, 차라리 이곳을 과감히 떠나 새로운 나라를 세워보겠다고 생각해 본 적은 없으셨소? 누가 뭐래도 태자는 고구려 추모대제와 낙랑국왕 시길柴吉의 혈통을 이어받은 존귀한 몸이지요! 엄표왕과 한남왕이 하는 일을 태자라고 하지 못할 이유가 어디 있냔 말입니까?"

작태자가 침을 꼴깍 삼키면서 협보를 바라보았다.

"그러니 태자께서 이번에 나와 같이 서북쪽으로 이주하는 것이 어떠하겠소이까? 내 일찍부터 태자를 눈여겨보아 왔지만, 태자의 영민함과 용기라면 한 나라를 통치하는 왕이 되기에 충분하단 생각이오. 솔직히 내가 비록 나이가 들긴 했으나 그간의 경륜으로 태자를 일국의 왕으로 세우고, 태자에게 기대어 생을 마감할 수 있다면 그보다 더 보람된 일은 없다고 생각해 왔소. 어쩌시겠소, 태자? 이참에 결단을 내려 같이 고구려를 떠나 새로운 나라를 세우고 그 나라의 주인이 되어 보시지요!"

그러자 작태자가 눈물을 글썽이면서 이모부인 협보의 두 손을 꼭 잡고 말했다.

"이모부, 저 역시 태보의 능력을 누구보다 잘 알고 있지 않습니까? 태보께서 진정 저를 도와주신다면야, 저는 모든 것을 바칠 각오가 되어 있습니다. 빠른 시일 내에 이곳을 정리하고, 저의 가솔들을 거느리고 함께 새로운 나라를 찾아 떠날 수 있습니다! 부디 저를 도와주세요!"

그리하여 협보와 작鵲태자가 조만간 고구려를 떠나 새로운 나라를 세우기로 뜻을 함께했다. 이를 위해 당장 위기에 처한 협보가 먼저 고구려를 떠나 정착할 곳을 마련한 다음, 이후 은밀히 내통해 작태자 일행이 추가로 합류하기로 다짐했다. 마치 비류와 온조 형제가 유리태왕을 떠나던 때와 비슷한 모양새였다. 실제로 그해 협보가 먼저 은밀하게 고구려를 떠났다. 그는 물길을 이용해 고구려의 서남쪽 예맥, 옛 창해 방면으로 이주를 감행했다. 뒤늦게 소식을 들은 태왕이 허탈하게 웃으며 말했다.

"역시 협보로구나. 상황을 파악하는 능력이 탁월하신 게지, 허허허!"

그러나 이것으로 끝난 것이 아니었다. 이듬해인 AD 4년경, 이번에는 작태자 일행이 어느 날 갑자기 사라졌다는 보고가 들어왔다. 협보로부터 연락을 받은 작태자가 가족과 일행을 데리고, 똑같이 물길을 이용해 창해 지역으로 떠나갔던 것이다.

4. 해명과 仟濟

고구려에서는 도절태자의 석연치 않은 죽음 이후에도, 유리태왕이 정윤의 자리를 3년 동안이나 비워 두고 있었다. 아무래도 주변의 곱지 않은 시선을 의식한 듯했다. 그러다 천도를 마친 다음 이듬해인 AD 4년이 되어서야 비로소 송후松后의 소생인 해명解明을 정윤(동궁)에 임명했다. 모친인 송후가 란鸞새가 날아오르고 해가 뜨는 꿈을 꾼 뒤로 낳았다고 했으며, 영명하고 씩씩한 데다 유리태왕을 많이 닮아 태왕이 총애했.

유리태왕이 이와 함께 해명태자의 혼사를 추진했는데 매우 각별한 것이었다.

"동궁비로는 진공주가 마땅하니, 두 사람의 혼례를 진행토록 하라!"

진珍공주는 아이후의 소생으로 태왕의 첫째 딸이었다. 다물계인 해명과 소서노의 외손녀로 홀본계인 진공주의 혼사는 누가 보아도 다물계와 홀본계의 화합을 노린 것이었다. 태왕 부부는 친히 태자부부와 함께 온천을 다녀오는 한편, 태자의 혼사를 축하하기 위해 다물계와 홀본계 대신들 30여 명을 따로 불러 성대한 잔치까지 열게 했다. 뿐만 아니라 나라 안의 죄수들을 크게 풀어주는 등 대내외에 화합을 과시하려 애썼다.

그 무렵 송후가 은천의 언덕 꼭대기에 위치한 신궁新宮에서 아들인 무휼無恤을 낳는데, 붉은빛이 들어와 실내를 밝혀 주었다 하여 신궁의 이름을 〈주류신궁朱留新宮〉이라 불렀다. 또 흰 학이 신궁이 위치한 고개 위를 빙빙 돌며 선회하였다 하여 언덕을 학반령鶴盤嶺이라 불렀다.

그런데 유리태왕은 위나암으로 천도하면서 아직은 태자 신분인 해명에게 흘승골성을 지키라 명하고, 태자를 홀본에 남겨 두고 왔었다. 이는 일종의 분조分朝(조정을 나눔)나 다름없는 것이어서, 적지 않은 수의 신하들이 홀본에 남아 태자를 보필했다. 다물계 태자인 해명을 홀본에 남겨 둠으로써 홀본 백성들의 불안을 다소나마 진정시키는 한편, 그들을 감시 또는 견제하려는 의도로 보였다.

그 후 해명이 정윤이 된 이후로도 태왕은 무슨 생각에선지 태자를 위나암으로 부르지 않았다. 대신, 태자의 신변 보호를 강화하기 위해 태자에게 홀본의 동궁東宮을 내어주고, 별도의 호위 병사를 거느리게 했다. 해명태자가 그렇게 홀본을 떠나지 않고 오래 생활하는 사이, 영민한 태자는 홀본 백성들을 위로하고 진정으로 아끼는 모습을 보였다. 그러자 많은 홀본의 백성들이 누구보다 활을 잘 쏘는 명궁에다, 건장한 영웅의 풍모를 지닌 해명태자에게 신뢰를 보내기 시작했다.

그러던 중 AD 7년경, 〈십제什濟〉 왕 온조가 〈중마한〉의 힘이 점점 쇠약해진 틈을 타 마침내 마한馬韓을 병합하겠다는 큰 뜻을 세웠다. 그사이 미추홀에 머물러 있던 비류가 수년 전 사망하는 바람에, 홀본에서 이주한 세력들이 이제 온조에게 찾아가 합류했다. 덕분에 십제의 세력을 더욱 키우긴 했으나, 여전히 마한을 공략하기에는 미미한 수준이었다. 방법을 모색하던 온조가 군사적 지원을 요청하기 위해 고구려에 은밀하게 사신을 보냈다.

"태왕폐하를 뵈옵니다. 폐하의 하늘 같으신 은덕으로 십제가 조금씩 소국의 면모를 갖춰 나가고 있으니, 실로 신들은 고구려를 우리의 큰집으로 여기고 있습니다. 다름 아니라 최근 마한은 우리의 종주국이 아님에도 처음 땅을 일부 빌려준 것을 구실로 걸핏하면 방어용 책성을 허물라며 내정에 간섭해 왔습니다. 그러나 사실 마한은 왕실과 조정이 정치를 등한시해 국력이 크게 쇠락한 상태입니다. 이에 아왕我王께서는 기회를 보아 차라리 마한을 공략하겠다는 큰 뜻을 세우셨습니다……"

그 말을 듣는 순간, 고구려 조정 대신들이 놀라 술렁였다.

"다만, 아시다시피 저희가 나라를 연 지 얼마 되지 않아 아직은 그 세가 미약한 실정입니다. 그러나 강성한 고구려로부터의 군사지원만 있다면, 반드시 승산이 있을 것으로 판단하고 있습니다. 이번에 종주국의 군사적 지원이 이루어진다면 향후 동부여를 비롯해 고구려에 적대적인 나라에 대해서는 저희도 적으로 간주하고 반드시 그 의리를 지킬 것이니, 이는 고구려의 앞날에도 이익이 될 것입니다. 하오니 부디 형제간의 의리를 생각하시어 저희 아왕의 요청을 수락해 주실 것을 간절하게 바랄 뿐입니다!"

유리태왕은 당시〈동부여〉를 크게 경계하고 있었다. 따라서 아래쪽 온조의 나라〈십제〉와도 동맹관계를 단단히 해두는 것이 후일을 위해 바람직할 뿐 아니라, 장래에 십제를 통제할 명분도 될 수 있다고 판단했다. 태왕이 기꺼이 십제의 중마한 공략을 적극 지원하라는 명을 내렸는데, 이는 사실 부친인 동명성제가 남긴 유언과도 깊은 연관이 있는 것이었다.

"선제께서는 장차 곤방坤方(중원)을 도모하되 반드시 남방南方(중마한)을 먼저 제압하라는 유고를 남기셨다. 십제의 온조왕이야말로 같은 형제로서 이 일을 수행하기에 가장 적합한 인물이다. 그러니 앞으로 십제왕의 요청이 있을 경우 즉시 병사와 군량을 보낼 것을 적극적으로 검토하라!"

그러나 홀본에서 이 소식을 들은 해명태자는〈십제〉에 대한 지원이 장차 온조의 나라가 커지는 계기를 제공할 가능성이 더 크다며 부친의 결정을 걱정했다. 해명은 유리태왕이 크게 신임하는 황룡국왕 오이를 찾아 부친을 설득할 것을 권유해 보기로 하고, 이웃한 황룡국을 찾았다.

"전하, 부제父帝께서 이번에 십제를 도우려 하고 계십니다. 그러나 십제왕은 원래부터 부제 이전의 정윤을 지닌 자로 야심이 큰 인물입니다. 엄연한 고구려 출신에다 사실상 부제께 반기를 들 정도로 나라를 경영할 능력이 충분한 사람들입니다. 그렇게 마한을 병합하는 데 성공한다면, 똑같은 방식으로 장차 우리 고구려와 경합하려 들 것이 뻔하지 않겠습니까? 우리가 작은 것을 얻는 대신 저쪽이 훨씬 큰 것을 얻을 수 있게 된다면, 이는 아니함만 못하겠지요. 전하께서는 부제께서 가장 신임하시는 개국공신이십니다. 부제께서 십제 지원을 포기하도록 설득하는 데 적임이시니 이번에 꼭 좀 나서 주셔야겠습니다!"

황룡국왕 오이는 젊은 해명태자의 논리 정연한 얘기에 귀 기울이지 않을 수 없었다.

"노신이 태왕폐하를 설득하는 게 그리 쉬운 일은 아니겠지요……. 허나 태자의 말씀도 타당하므로 맘에 새겨 두었다가 꼭 그리 말을 전하도록 하겠습니다!"

그런데도 뜻밖에 해명이 두 눈을 부릅뜬 채로 한 발 앞으로 다가서며, 오이를 강하게 압박하고 나섰다.

"잠깐만요! 전하께서는 이 일을 그냥 해도 되고 안 해도 될 일이라 생각하시면 오산이십니다! 이는 장차 고구려의 국운이 달린 중차대한 문제란 말입니다. 반드시 부제를 설득해서서 십제의 지원을 막아내셔야 합니다!"

해명태자의 단호한 태도는 단순한 요구 수준이 아니었다. 이쯤 되면 산전수전 모두를 겪은 개국공신이자 엄연히 소왕의 지위에 있는 자신을 협박하는 것이나 다름이 없었다. 오이는 나이 어린 태자의 당돌하면서도 결기 가득한 행동에 한편으론 놀라우면서도, 또 한편으로는 어처구니가 없어 실없는 웃음으로 분위기를 무마하려 했다.

"허허허, 알겠습니다! 태자의 결기가 그저 놀라울 따름입니다! 조만간 서둘러 일정을 잡고 태왕폐하를 알현하여 꼭 그리 말씀드리도록 하겠습니다. 일단 노신을 믿어 주십시오, 태자!"

그제야 해명이 표정을 풀고는 다소 미안한 듯 주위의 분위기를 살폈다.

"태자께서 이렇듯 나라의 일을 손수 챙기시니 장차 고구려의 앞날이 더욱 탄탄대로일 것입니다, 껄껄껄! 그리고 태자, 오랜만에 황룡국에 납시었으니, 이제 딱딱한 정치 얘기는 그만하시고, 즐거운 마음으로 계시다 가셔야지요?"

문득 오이는 해명의 기개를 여기서 다소 꺾어 놓을 필요가 있다는 생각이 들어 태자의 용력을 시험해 보고자 했다.

"그나저나 태자, 원래부터 활을 잘 쏘시니 명궁으로 소문나지 않았습니까? 우리 황룡국에 이름난 장인이 만들어 신물神物처럼 떠받드는 강궁彊弓이 하나 있는데, 5백 근을 들어 올릴 수 있는 힘이 아니라면 활을 당기는 것조차도 어렵다고 합니다. 이참에 어디 한번 태자의 궁력弓力을 보여 주실 수 있겠는지요? 여봐라, 속히 그 일장궁을 가져오너라!"

해명은 원래부터 용맹한 데다 그때 막 스무 살을 넘어 거칠 것이 없는 혈기방장한 나이였다. 속으로 고구려 태자의 힘과 위엄을 과시하고 싶어 황룡왕의 도발에 선뜻 응하고 말았다. 궁인들이 서둘러 강궁을 대령하는 사이 해명은 이런 생각을 하고 있었다.

'너구리 같은 늙은이가 나를 시험 삼아 망신을 주려는 게지……. 차라리 잘된 일이다. 내 이참에 동부여 출신들의 기를 가차 없이 꺾어 주리라……"

일장궁一張弓을 받아든 해명이 이리저리 활을 살펴보니, 과연 대단히 강해 보였고, 활대에는 10개의 꽃문양이 적색과 청색으로 양감되어 있어 아름답기까지 했다. 해명이 보물이라도 만난 듯 크게 흥분하며 활대에 시위를 걸고 가볍게 당겨 보면서 말했다.

"오오, 과연 아름답고도 강한 기운이 넘치는군요! 이것이 진정 황룡국에서 아끼는 신물이란 말이지요? 내 그럼 온 힘을 모아 한번 당겨 보리다!"

그 순간 황룡왕을 비롯한 주위 사람들 모두의 시선과 관심이 일제히 해명에게 쏠리고, 숨 막히는 분위기가 연출되었다. 이윽고 해명태자가 호흡을 크게 가다듬고는 일장궁을 정성껏 들어 올려 힘껏 당겨 보았다. 그러나 과연 강궁은 쉽게 휘어지지 않았고 태자의 얼굴만 벌게졌을 뿐이었다. 순간 좌중에 모여 구경하던 사람들 모두가 크게 웃고 말았다.

"와아, 하하하!"

살짝 약이 오른 태자도 같이 헛웃음을 웃고 나서는, 다시금 이를 악물고 온 힘을 다해 강궁을 당겼다. 태자의 얼굴이 시뻘겋게 변하는 동시에 일장궁이 점점 둥그렇게 반원을 그리더니 한순간 팽팽하게 유지되었다. 사람들이 숨을 죽이고 이 광경을 목격하는 사이, 갑자기 좌중을 압도하는 해명태자의 우렁찬 기합 소리가 터져 나왔다.

"이야아압!"

"우지직, 뿌악!"

동시에 나무 부러지는 소리와 함께 활대 자체가 거칠게 부러지고 말았다. 순간 좌중에서 와아 하는 탄성과 함께 우레와 같은 박수 소리가 터져 나왔다.

"어휴! 아니 이걸 어쩌지요? 강궁이 그만 부러져 버렸네요……"

해명태자가 난처한 표정으로 멋쩍게 웃으며 힘없이 꺾인 대궁을 흔들어 보이자, 황룡국왕 오이가 좀처럼 벌어진 입을 다물지 못했다.

"어허! 분명 태자는 보통 분이 아니십니다. 지금껏 활을 당기는 장사는 몇 명 보았으나, 이처럼 신궁이 꺾여 나간 일은 처음입니다. 태자는 진정 동명성제에 버금가는 영웅이 되실 분이십니다……"

오이가 극구 칭찬을 하며 해명태자에게 정중하게 머리를 조아려 경의를 표하자 해명이 손사래를 쳤다.

"아니올시다. 내가 힘이 좋은 것이 아니라, 활이 생각보다 굳세지 못한 게지요. 하하하!"

해명이 보기 좋게 황룡국왕과 그 수하들의 기세를 면전에서 꺾어 놓고 호기롭게 웃어대자, 다시금 좌중에서 와아 하는 박수와 웃음소리가 끊이질 않았다. 그날 해명이 황룡국의 신궁인 일장궁을 부러뜨려 버렸다는 소문은 삽시간에 황룡과 홀본은 물론, 고구려 전역으로 퍼져나갔다.

이후로 황룡국왕 오이는 위나암성의 유리태왕에게 사람을 보내 해명태자가 다녀간 사실을 소상히 보고했다. 그런데 그 보고 내용이 어떠했는지 갑자기 유리명제가 조정 회의 석상에서 〈일장궁사건〉을 거론했다.

"홀본의 동궁이 분조를 다스리는 일에 힘쓸 줄 알았더니, 내 뜻을 거스른 채 이웃 나라를 찾아다니며 나를 비방하고 다닌다 들었다. 게다가 공연한 힘자랑으로 이웃한 제후국의 신물을 파괴하고 백성들의 원성이나 사고 있으니, 참으로 한심하기 짝이 없는 일이로다!"

뜻밖에 태왕이 격하게 화를 내며 해명태자를 비난하는 통에 조정 대신 모두가 크게 당황했다. 태왕이 이에 아랑곳하지 않고 말을 이었다.

"대체 황룡국왕이 누구이더냐? 자타가 인정하는 개국공신인 오이경인데, 그런 나라의 노신을 면전에서 겁박한 것도 모자라 모욕까지 주었으니 이는 태자가 평소에도 사직을 가벼이 여긴다는 증거가 아니고 무엇이란 말이더냐?"

유리태왕은 이에 그치지 않고 나아가 태자의 사생활까지 들먹이며 더욱 노골적으로 힐난했다.

"이게 다가 아니다! 듣자니 해명은 동궁비인 진공주를 아끼지도 않고,

후첩이나 찾는다고 들었다. 이는 부모를 거역한 것이나 다름없는 후안무치한 행동이다. 도대체가 정윤으로서 지켜야 할 위엄과 체통을 하나도 찾아볼 길이 없으니 원……. 장차 이를 어찌해야 좋을지 모를 일이다!"

유리태왕의 비난 수위가 걷잡을 수 없는 수준이라 대신들이 서로 눈치를 보며 전전긍긍했다. 특히 해명의 외가인 다물도 송씨 일가는 태왕의 발언에 대한 진의를 파악하느라 홀본에 사람을 보내 알아보는 등 분주하게 움직였다.

그러나 유리태왕은 그저 운만 띄운 것이 아니었다. 급기야 황룡국왕 오이에게 은밀하게 밀서를 보내 해명태자를 아무도 모르게 제거하라는 황당한 당부까지 하고 말았다. 이는 유리태왕이 〈일장궁사건〉 이전부터 해명과 그 지지 세력인 송씨 일가를 심각한 수준으로 경계해 왔음을 뜻하는 것이었다. 태왕의 밀서를 받은 황룡왕 오이도 내용을 확인하고 나서는 밀서를 들고 있던 두 손이 떨릴 정도로 경악했다.

'동궁을 제거하라니……. 큰일이로다! 일장궁사건을 세세하게 보고함은 태자와 그 비호 세력들의 움직임이 예사롭지 않아 이를 경계토록 하고자 함이었는데, 태왕께선 이미 그 너머를 보고 계셨구나. 내게 이런 감당키 어려운 일을 맡기시다니, 오히려 나야말로 덫에 걸린 느낌이로다. 장차 이 일을 어찌할꼬……'

오이는 속으로 크게 후회했으나, 사태는 이미 엎질러진 물이 된 격이었다. 유리태왕의 속을 누구보다 잘 아는 오이가 사건 발생 두어 달 후에 홀본에 사람을 보내 해명태자를 다시 초청했다. 홀본에서도 태자의 〈일장궁사건〉을 유리태왕이 크게 나무란 사실을 알고 있음은 당연한 일이었다. 해명이 궁리 끝에 황룡국왕의 초대에 응하려 하자 측근들이 극구 만류했다.

"태자마마, 황룡국은 얼마 전 이미 다녀오셨는데, 황룡국왕께서 특별한 사유도 없이 다시 만나자고 하니 그 저의가 매우 의심스럽지 않습니까? 일장궁사건으로 조정의 분위기가 좋지 않고 소문도 흉흉하니, 일단 병을 핑계로 응하지 마시고, 당분간 분위기를 관망하셔야 합니다!"

그러나 해명은 결연하게 이를 뿌리쳤다.

"아니오! 일장궁 사건을 시시콜콜 부제에게 보고한 이가 황룡왕이 아니오? 그를 직접 만나 진의를 따지고, 부제의 진정한 속내를 알아야겠소. 그리고 걱정들 마시오! 아무리 공신이라 한들 황룡왕 따위가 감히 날 어찌하겠소? 만일 그렇지 않다면 그 또한 하늘의 뜻인 게지요……"

해명태자는 그렇게 주위에 의미심장한 말을 남긴 채 당당하게 황룡국으로 향했다.

황룡국왕 오이는 난감한 일이긴 하지만 어쩔 수 없이 황명을 받은 만큼 처음에는 해명태자를 제거할 계획을 마련해 놓고 있었다. 그러나 해명은 그런 것에 아랑곳없이 자신의 부탁을 유리태왕에게 소상히 보고한 일을 따져 오이를 매섭게 추궁했다.

"전하께서는 자타가 공인하는 이 나라 최고의 공신이 아니십니까? 나와의 약속을 어찌하여 그토록 가볍게 처리하실 수 있단 말입니까? 부제께서 그리도 역정을 내신 이유는 또 무엇이란 말입니까?"

크게 난감해진 오이가 쩔쩔매며 애써 변명했다.

"태자, 소왕은 그저 있는 그대로의 상황과 위나암 조정과는 다른 태자의 생각 그대로를 보고했을 뿐입니다. 태왕의 신하로서 당연히 해야 할 일이었지요……. 게다가 태자의 영웅적 용력을 드러내면 태왕이 크게 기뻐하실 줄만 알았던 게지요. 사태가 이리 확대될 줄 알았다면 그리 했겠습니까? 태자께서 그러했듯이 소왕 또한 나라를 걱정하여 생긴 일이니, 부디 노신의 충정을 헤아려 주시기 바랍니다. 사실 이 자리를 마련한 이유도 바로 그 때문이었습니다."

그 말을 듣고서야 해명태자는 조금 누그러지는 표정을 지었다. 한편으로 오이는 해명태자의 당당함과 뛰어난 사리분별에 새삼 놀라지 않을 수 없었다. 거듭 훌륭한 태왕 감이라는 생각이 드는 데다, 장차 조정에서 일어날 파문을 생각할 때 도저히 태자를 제거할 수 없는 일이라고 판단했다.

"태자, 지금 무엇보다 중요한 것은 소왕이 아닌 위나암의 태왕이십니다. 이번에 홀본을 바라보는 태왕의 시선이 얼마나 차갑고 준엄한지를 확인하셨을 것입니다. 당분간은 자숙하는 모습을 보이시고, 위나암의 우려를 불식시키려는 특단의 노력이 필요할 것입니다……"

오이는 오히려 태자에게 조언을 건네고는 정중히 대접해 홀본으로 별 탈 없이 돌려보내고 말았다.

그러나 사건이 여기서 마무리된 것이 아니었다. 이듬해 봄이 되자 유리태왕이 기다렸다는 듯 직접 황명으로 해명태자에게 청천벽력 같은 엄명을 내리고 말았다. 해명태자에게 스스로 자결을 택하라는 명이었던 것이다.

"내가 도읍을 옮긴 것은 백성들을 편안하게 하고 나라의 안위를 더욱 튼튼히 하기 위한 대업의 하나였다. 또한 십제를 지원하려 함은 우선 온조와 연합해 마한과 동부여를 견제하고 이로써 선제의 유지를 받들고자 하는 뜻이었거늘, 홀본의 너는 정윤이 되어 이러한 아비의 뜻을 헤아리기는커녕 경박스러운 논리로 나를 비방하고 노신을 겁박해, 공공연하게 내 뜻을 돌리려 했다. 이 어찌 자식 된 도리이고, 고구려의 국본이 취할 수 있는 행동이란 말이더냐? 차라리 네가 죽는 것이 사느니만 못할 것이니, 너는 죄를 뉘우치는 뜻에서 스스로 자결하도록 하라!"

그리고는 자결에 쓰일 칼까지 태자궁으로 직접 내려보냈다. 홀본의 태자궁이 발칵 뒤집혔다. 황룡왕이 아무리 최고의 공신이라고는 해도 그를 협박하고 고작 활 하나를 부러뜨린 것이 태자를 죽게 할 정도의 이유가 될 수는 없었다. 또 동명성제의 유지라고는 해도, 온조는 사실상 독립하여 이미 십제를 거느리는 소왕의 신분이기에 장차 고구려를 넘볼 수 있는 가능성에 대해 충분히 우려할 만도 했다. 동궁비 진珍공주와의 사이도 따지고 보면 어려서부터 궁 안에서 친하게 함께 자란 배다른 여동생이라, 애당초 내키지 않았던 일일 뿐이었다.

결국 문제의 원인은 온조에 대한 지원 의지를 돌리려던 태자의 과잉 행동이었다. 가뜩이나 경계의 눈으로 홀본을 주시하고 있던 터에, 나이 어린 태자가 주제넘게 나섰다가 괘씸죄에 걸리고 만 것이었다. 그렇다 하더라도 이 모든 것들이 태자를 죽음에 이르게 할 만한 사유가 되기에는 충분치 않았다.

그러나 한편으로 유리태왕의 거친 행동에는 일관된 측면이 있었다. 우선 처음 소서노 세력과 3분할 통치를 받아들이고 화합하는 모양새를 취했으나, 이내 송씨 비류계를 앞세워 소서노 중심의 홀본계를 축출했다. 이어 천도를 하면서 마지막 패로 남겨 두었던 소서노계 협보를 좌천시키고 모욕을 줌으로써, 결국 작태자 일행과 함께 고구려를 떠나게 만들었다.

그리고 이번에는 그동안 소서노계를 누르고 천도를 이끈 비류계의 독주를 내심 우려하던 터였다. 유리태왕이 해명을 위나암으로 대동하지 않고 굳이 홀본에 남아 흘승골성을 지키게 한 것도 태자가 위나암으로 따라오면, 비류계 세력들이 전적으로 태자를 중심으로 움직일 것이라는 걱정거리도 있었다.

　그런데도 그 핵심 인물인 해명태자를 따르는 이가 점점 늘고, 태자가 자신의 뜻을 거스른 채 공신을 압박해 제 뜻을 관철하려 한 행동을 보고, 유리태왕은 이제 해명을 자신의 황권을 위협하는 존재로 인식하기 시작한 것으로 보였다. 태왕은 또 이 상황이 자신의 뜻을 거역하다가 죽은 도절태자를 보는 것 같아 섬뜩한 느낌마저 들 정도였다. 유리태왕으로서는 위나암 천도를 계기로 북부여를 계승한 고구려의 정통성을 새로이 정립하고, 제2의 도약을 추진하는 과정에서 해야 할 일이 산적해 있었다. 남방(중마한)을 공략하라는 부친의 유지 또한 태왕이 마음속 깊이 간직하고 있던 중요한 과제 중의 하나였고, 이를 추진하기 위해서는 여전히 흔들리지 않는 절대 권력이 필요했다.

　더구나 조정에는 가뜩이나 천도 문제에 더해 십제 지원을 반대하는 목소리가 커지고 있던 터라, 태자까지 나서서 이를 주도하게 된다면 태왕의 뜻을 펼치는 데 결정적 방해가 될 수도 있었다. 이는 장차 자신의 권위에도 크게 손상을 끼칠 수 있는 일이기도 했다. 태왕은 다물계에 대해서도 이렇게 의심했다.

　'내가 황권을 공고히 하는 데 가장 크게 조력한 것이 다물계였으나, 이제 그들이 장성한 태자를 중심으로 뭉치게 되는 날엔 자칫 나의 존재가 크게 위축될 것임이 틀림없다. 더구나 해명은 홀본에서도 인기 있는 영웅 대접을 받고 있지 않은가? 만일 해명을 제거한다면 다물계의 구심점이 사라지는 일이 될 것이고, 이는 당분간 다물계의 독주를 견제하는 데 커다란 효과가 있을 것이다……'

　한마디로 도절태자의 사태를 겪었던 유리태왕으로서는 송황후를 위시한 다물계가 해명을 업고, 자신에게 등을 돌릴 수도 있어 지레 겁을 먹은 것이나 다름없었던 것이다. 태왕은 당장 자신의 권력을 흔드는 어떤 존재도 허용할 수 없고, 그 권력은 설령 부자지간이라도 결코 공유해선 안 된다는 강력한 자기 강박을 품고 있던 것이 틀림없었다.

이와는 별개로 젊고 기개가 넘치던 해명은 도통 두려움이 없는 데다, 자신의 주변에 사람들이 모이고 인기가 오르는 것을 의식하기 시작하면서 점차 체면과 명분을 중시하게 되었다. 그는 애당초 형인 도절태자의 죽음과 관련해서도 부친인 유리명제가 동부여에 굴복하는 모습을 보인 것을 내심 마땅치 않게 여겼다. 그러던 차에 〈일장궁사건〉이 터졌고, 사소한 일로만 여겼던 그 일이 일파만파가 되어 급기야 부친으로부터 자살을 하라는 명령과 함께 칼까지 전해지고 말았다. 해명 또한 이 황당한 상황에 대해 도무지 납득할 수가 없었다.

"태자마마, 비록 태왕폐하의 명이라고는 하나 절대로 급히 따르시면 아니 됩니다. 태왕폐하의 명령이 잘못 전달된 것일 수도 있고, 혹은 폐하 측근의 음모가 있을 수도 있습니다. 하오니 일단 몸부터 피하셔서 태왕폐하의 화가 풀어지기를 기다리시고, 그런 연후에 차차 시간을 갖고 문제를 해결해 나가시면 되실 것입니다!"

해명의 측근들은 너무도 황당한 명령에 필시 무슨 곡절이 있을 것이라며, 자초지종을 알아보기까지는 절대로 성급히 자결을 결행하면 아니 된다고 태자를 극구 말렸다. 그러나 자존심이 있는 대로 상한 해명은 다른 생각을 하고 있었다.

'아버님이 어째서 이런 사소한 일로 내게 자결을 명하셨을까? 설령 내 모든 행동이 주제넘은 것이었다 해도 그것이 정녕 나라와 아버님을 위한 것임을 어찌 몰라주신단 말인가? 분명 아버님은 나를 신뢰하시지 않는 것이다. 도절 형님도 생전에 아버님의 동부여 인질 요구에 얼마나 괴로워했는가? 아버님의 자결 명령은 필시 도절 형님의 죽음과 같은 연장선 위에 있는 게다. 형님은 이곳 홀본계의 구심점이었고, 이제 나는 위나암 다물계의 중심이 아닌가? 아버님은 틀림없이 대체 권력의 부상을 철저하게 경계하고 계신 것이다. 그렇다면 이건 함정이다. 도절 형님처럼 나 역시 결코 빠져나갈 수 없는 덫에 빠지고 만 것이다……. 아아!"

생각이 여기까지 미치자 해명은 괴로움에 머리를 쥐어뜯었다. 옆에서 이 모습을 보던 동궁비 진공주가 하염없이 눈물을 흘렸다. 그리고는 도저히 부친의 뜻을 이해할 수 없다며 자신이 위나암으로 직접 가서 하소연할 테니 원행을 허락해 달라고 했다. 그러나 해명은 손사래를 쳤다.

"그래서 해결될 일이 아니란 말이오! 그간 내가 어리석었을 뿐이오……. 재기를 감추고 바보처럼 살았어야 했거늘, 주제넘게 아버님의 뜻을 거역하는 것도 모자라, 일장궁을 부러뜨리고 한없이 용력을 드러내려 했으니 진정 내가 바보였단 말이오, 흑흑!"

부부이자 남매지간인 두 사람은 서로 부둥켜안고 서러운 눈물만을 흘릴 뿐이었다.

며칠 후 막 동이 트기 전이라 사방이 어슴푸레한 새벽, 여진礪津의 동원東原 뜰 안에 말을 탄 한 사나이의 모습이 어른거렸다. 이마에 붉은 띠를 두르고 장창을 겨드랑이에 낀 채 나타난 그는 해명태자였다. 이미 마음을 굳힌 듯 의외로 덤덤한 표정을 한 태자가 궁정을 한 바퀴 돌고 난 다음, 말에서 내려 뜰 한가운데 바닥을 창끝으로 파내고는 거꾸로 창을 깊이 박았다. 하늘을 향해 세워진 날카로운 창날이 새벽 별빛에도 시퍼렇게 번득였다. 태자는 다시금 말에 올라 뜰의 가장자리를 천천히 돌면서 몇 번이고 하늘을 올려다보고 무어라 중얼거리는 듯했다. 그러더니 이내 말고삐를 세차게 당기고 박차를 가해 급하게 말을 몰았다.

"하아, 하앗!"

그리고는 이내 해명이 달리는 말 위에서 번개처럼 창 위로 몸을 던지니, 억 하는 외마디 소리와 함께 창날에 꽂힌 그의 몸뚱이가 곧바로 땅바닥을 나뒹굴고 말았다.

부친의 억지스러운 명령에도 이를 거역하지 않고 순순히 받아들인 해명태자의 나이 이제 겨우 스물하나로 아직 새파란 청춘이었다. 태자들이 연달아 둘씩이나 죽음에 이르는 것을 본 홀본 백성들이 슬퍼하며 말했다.

"용맹한 사람은 반드시 죽는 법이로구나!"

그리고는 해명을 태자의 예로 동원에서 장사 지내고, 사당을 세웠는데 〈창원槍原〉이라 불렀다.

해명태자의 비극적 자살 이후 조정이 어수선해지고 민심이 자신에게서 멀어지는 듯하자 유리태왕은 이내 차기 정윤 책봉을 서둘렀다. 골천 출신 화비禾妃에게도 왕자 해술解術(여율如栗, 여진如津)이 있었다. 해명보다 세 살 아래인 해술은 해명과는 비록 이복형제 사이였으나, 둘 다 용맹하고 총명해 어릴 적부터 붙어 다니면서 둘도 없이 친하게 지내는 사이였다. 따라서 모두들 해명이 아니었다면 해술이 태자였을 거라고 말할 정도였다. 유리태왕이 곧바로 해술을 정윤으로 삼고 사태를 수습하려 드니 화비가 반색을 하고 좋아했던 반면, 비탄에 빠진 송황후와 그녀의 친정인 송씨 일가는 더욱 좌절했다.

그해 유리태왕은 병사와 군량을 〈십제什濟〉에 지원했고, 온조왕은 3년여의 지루한 투쟁 끝에 결국 중마한왕 韓씨 일가를 축출하는 데 성공했다. 마침 동부여는 대소 형제의 난에 휘말려 있었고, 중원의 漢은 왕망의 무혈혁명으로 〈신新〉이 개국되던 때였다. 온조왕이 이 틈을 놓치지 않고 고구려의 지원을 성사시킴으로써 중마한과 온전하게 전쟁을 치르는 것이 가능했다. 이렇게 되기까지 그 이면에서는 반드시 남방南方(중마한)을 도모하라는 부친의 유지를 받들고자 했던 유리명제의 의지가 더욱 크게 작용한 것이 틀림없었다.

온조왕은 유리명제의 지원에 대한 보답의 성격으로 왕비인 재사再思공주와 아들 다루多婁왕자를 고구려 위나암으로 보내 문안케 했다. 재사공주는 유리의 생모인 예禮태후가 고구려에 들어와 추모제와의 사이에서 새로이 낳은 공주로 유리태왕의 유일한 친동생이었다.

온조왕이 고구려에 호의적인 태도로 일관하고 군사지원을 요청한 배경에는 이처럼 유리태왕과 온전한 처남 매부지간이라는 점이 크게 작용한 듯했다. 죽은 비류가 소서노의 장남으로서 유리태왕에 대해 유달리 각을 세웠던 반면, 온조는 이런 연유로 고구려에 대한 반감이 덜하였고, 결국은 고구려와의 동맹체제를 구축한 것이었다. 아울러 온조왕은 후일 유리명제의 사후는 물론 자신이 죽을 때까지도 고구려와의 의리를 지켜냈으니, 자식인 해명태자를 죽음으로 내몰면서까지 십제를 지원해 준 유리명제의 굳은 의지를 누구보다도 잘 헤아렸기 때문이었을 것이다.

고구려에 온 재사공주는 오랜만에 노모인 예태후를 만나 눈물의 상봉을 했다. 그녀는 예태후를 보자마자 달려가서 태후를 품에 안으며 눈물을 뿌렸다.

"어마마마, 그간 강녕하셨습니까? 재사이옵니다. 어머니, 왜 이리 늙으셨어요? 흑흑!"

"오오, 어서 오너라! 내 너와 외손주를 보려고 여태 살아 있었느니라! 그간 맘고생이 얼마나 심하였겠느냐? 고구려와 십제 사이에서 네 맘이 시커멓게 타들어 갔을 것이다……"

유리태왕은 여동생을 위해 특별히 무당까지 불러 외조카인 다루의 복을 기원하게 했다. 장차 다루가 십제의 왕위를 이어받아 양국이 화평한 관계를 이어 나가기를 소망한 것이었다. 재사공주는 친정에서 꿈처럼 달콤한 5일간을 보냈으나, 이내 십제로 환궁해야만 했다. 사실 국내성과 한남은 그리 먼 길도 아니었건만, 노모인 예태후와는 언제 또다시 볼 수 있을지 기약도 없는 일이었기에, 힘들게 눈물의 이별을 해야 했다. 친오빠인 유리태왕 또한 동생이 안쓰러워 손수 한남까지 배웅하며 혈육의 정을 아쉬워했고, 공주 또한 애틋한 눈물을 흘리며 돌아갔다.

5. 왕망의 新과 後漢

AD 5년경, 중원의 漢나라에서는, 왕망王莽이 14살 평제平帝를 독살한 뒤 강보에 싸인 2살짜리 유영劉嬰을 새로이 황제로 내세웠다. 본인 스스로도 섭황제攝皇帝에 올라 있었는데, 사실상 황제나 다름없는 실권을 행세하고 있었다. 그의 고모이자 태황태후인 왕정군王政君이 뒤늦게 왕망의 음모를 깨닫고 대노했으나, 이미 왕망의 전횡을 막을 수가 없었다.

그러나 달도 차면 기우는 법이다. 상황이 이쯤 되자, 황실 가문인 유씨劉氏 종실을 비롯해 많은 사람들이 본격적으로 왕망을 의심하기 시작했다. 섭황제 원년인 AD 6년이 되자, 황실 출신을 중심으로 여기저기에서 난을 일으키고 장안을 공격하는 일까지 일어났다. 이듬해는 동군東郡 태수 적의翟義가 엄향후 유신劉信을 천자로 옹립하겠다고 거병하면서 격문을 돌렸다.

"왕망이 평제를 독살하고, 천자를 대행하여 한나라 황실의 대를 끊으려 한다. 그러니 하늘을 대신해 왕망을 벌하는 데 모두들 나서야 한다!"

이에 여러 제후국들이 동요하면서 소란이 이어졌고, 급기야 동조하는 세력이 앞을 다툴 정도로 늘어갔다. 이런 상황에 놀란 왕망은 먹지도 마시지도 못한 채 신묘神廟에서 어린 황제 유영을 안고 기도에 열을 올렸다. 그리고는 훗날 유영에게 제위를 돌려줄 것임을 천명하는 글을 천하에 공표하게 하는 한편으로, 장수들과 병력을 파견해 난을 진압하는 일에도 집중했다.

그 결과 12월이 되어 최측근인 왕읍王邑이 적의를 격퇴하면서, 이듬해 봄까지 나머지 소요를 진정시킬 수 있었다. AD 8년, 왕망의 속을 간파한 애장哀章이란 한량이 관직이라도 얻을 요량으로 남몰래 청동함을 만들어 고조 유방의 묘지기에게 바쳤다. 함 속에는 다음과 같은 글을 써놓은 종이가 들어 있었다.

"왕망이 반드시 진짜 천자가 될 것이니, 황태후는 하늘의 뜻을 따라야 할 것이다!"

이는 필시 왕망의 측근들이 꾸민 일이었을 것이다. 어쨌든 소식을 들은 왕망은 이것이 거짓인 줄 뻔히 알면서도 대신들을 거느린 채, 고조의 사당으로 향했다. 그리고는 엄숙하게 함을 받들고 다음과 같이 선포했다.

"漢나라를 대신해 황제가 되어 천명을 받들겠노라!"

그리고는 국호를 〈신新〉이라 하고, 연호를 시건국始建國으로 바꿨다. 이어 측근인 왕순王舜을 태황태후에게 보내 옥새를 받아 오도록 했다. 왕정군이 그 말을 듣고는 격노해 왕순에게 욕을 퍼부었다.

"너희 부자와 일족은 한나라 덕에 대대로 부귀영화를 누려왔다. 하물며 지금 그 큰 은혜에 보답은커녕 황제가 어리다고 왕망의 찬탈을 도우려 하다니, 개나 돼지만도 못한 놈들이로다! 그래, 나는 한황실의 늙은 과부다. 이제 곧 죽으면 이 옥새도 함께 묻을 것이니 왕망에게 꿈도 꾸지 말라고 전해라!"

왕순이 바닥에 엎드린 채 전전긍긍하였다.

"왕망이 황제가 될 수 있다면 책력과 의복을 바꾸고 옥새도 다시 새기면 될 일이지, 뭐 하러 망한 나라의 옥새를 쓰려 드는 게냐?"

왕정군이 화가 나 씩씩거리다 눈물을 흘리자, 왕순도 한참이나 같이 눈물을 쏟았다. 그리고는 이내 말했다.

"태황태후마마 황송합니다만, 왕망이 옥새를 손에 넣기 전까진 절대 멈추지 않을 것임을 잘 알고 계시지 않사옵니까?"

그 말을 들은 왕정군이 감정이 북받쳐 한참을 울면서 고민하다가, 이내 숨겨 둔 옥새를 땅바닥에 내던지며 소릴 질렀다.

"가져가거라! 내 늙은 몸이라 곧 죽지 않겠느냐? 내 죽어서라도 너희들 일족을 모조리 멸할 것이다. 두고 보거라!"

분노한 왕정군이 저주를 퍼부으며 내던진 옥새는 이때 한쪽 귀퉁이가 떨어져 나갔는데, 왕망이 황금 테를 두르게 하여 고쳤다고 한다. 그리고는 태연하게 미앙궁에서 연회를 베풀고, 마침내 옥새를 손에 넣게 된 것을 자축했다.

신新 건국 원년인 AD 9년 원단, 왕망이 문무백관들의 축하 속에 미앙궁에서 정식으로 황제에 올랐다. 그토록 오래 기다리던 꿈을 이룬 기쁨에 감격해 눈물을 흘리면서도, 이내 또 가증스러운 말을 남겼다.

"옛날 주공께서는 섭정을 하면서 성왕이 친정을 하실 날만을 기다리셨는데, 나는 천명에 떠밀려 충신의 도를 다하지 못하는구나!"

왕망은 어린 유영을 정안공定安公으로 삼고, 높은 담으로 둘러싸인 저택에 유폐시켰다. 나중에 유영은 어른이 되어서도 짐승을 구별 못 할 정도로 폐인이 되어 있었다고 한다. 유영의 아내인 왕망의 딸도 같이 높은 담벼락 안에 갇혀 꽃다운 청춘을 보냈는데, 나중에 新 왕조가 망해 미앙궁이 불타오르자, 그녀는 漢나라 조상들 뵐 면목이 없다며 불 속에 뛰어들었다고 한다.

원제가 태자일 때 하룻밤을 잤을 뿐, 이후로는 그가 변변한 손길도 주지 않았다니, 왕정군의 삶은 여인으로서는 박복하기 그지없는 것이었다. 그 대신 왕정군은 선제의 며느리로 시작해 이후로 원제, 성제, 평제, 그리고 갓난쟁이 유영에 이르기까지 5명의 漢나라 황제를 모시면서, 60년이 넘도록 황후 이상의 영예와 권력을 마음껏 누렸다. 왕정군은 漢나라만을 생각해 새로운 新나라의 예를 완강히 거부했고, 시종들에게도 漢나라의 흑초黑貂(흑담비가죽옷)를 입게 했다. 왕정군은 그렇게 울분 속에 수년을 더 살다가 AD 13년, 84세가 되어 병사했으니, 참으로 극적인 삶을 산 漢황실의 여인이었다.

왕망은 유교적 복고주의를 표방하면서 새로운 나라의 국호를 자신의 봉지 명칭 그대로 〈신新〉으로 했다. 이처럼 그의 머릿속에는 온통 새로움에 대한 갈망으로 가득 차, 그저 천하를 새롭게 바꾸려는 시도만을 꿈꾸는 듯했다. 첫해부터 〈왕전령王田令〉과 〈사속령私屬令〉이 하달되었다. 천하의 모든 밭을 왕전王田이라 하여 나라(황제)의 소유로 하고 사적인 매매를 금지시키되, 일정 기한이 지나면 재분배하겠다고 했다. 노비 역시 사속私屬이라 고쳐 부르게 하고 사사로운 매매를 금하게 했다.

"노비는 소나 말이 아니다. 그러니 이제부터 노비의 매매와 살육을 금하고, 노비 스스로의 권리가 있음을 인정하게 하라!"

토지의 국유화는 얼핏 오늘날 사회주의나 공산주의 국가의 체제를 연상시킬 정도로 파격적인 조치였다. 토지 다음으로 귀족들의 큰 재산인 노비의 인권을 강조하고 나섰는데, 이 모두는 개인 재산에 대한 정부의 지나친 간섭이었다. 당시 혁명과도 같은 급격한 개혁조치에 귀족들의 격렬한 반대가 이어지면서 나라 전체가 동요하고 민심이 불안해졌다.

노비문제에 있어서 왕망의 의도는 수많은 자유인들이 노비화되는 것을 막아 농촌의 노동력을 확보하고, 장차 나라의 세입을 늘리려는 것이었다. 문제는 당사자인 노비가 자유인이 된다 해도 당시로선 땅을 얻을 수도 없고, 자신들을 보호해 주던 생활 근거만 사라지게 되니, 오히려 크게 불안해하고 생활고에 시달리게 되었다는 점이었다. 노비들을 일거에 빼앗긴 노비 소유주들의 불만은 말할 것도 없었는데, 그 이면에는 귀족들의 힘을 빼려는 왕망의 의도가 깔려 있었기 때문이다.

다음으로 〈오균육관법五均六管法〉이라는 것이 나왔다. AD 10년, 당시 新나라 전역에는 6개의 중심도시가 있었다. 즉 수도인 장안을 포함, 낙양, 한단, 임치, 완성宛城, 성도成都가 그것이었다. 이 6大 도시에 오균관五均官을 설치하고 외상판매를 담당하는 교역승 5인과 세수를 담당하는 전부승 1인을 두어 상인들의 매점을 단속하고 물가를 평준화하려는 것이었다.

그런데 오균관을 맡은 자들은 모두 장안의 거상으로 거액의 재산을 지닌 부호들이었다. 이들이 싼값에 물건을 사들였다가 비싸게 되파는 매점을 일삼고, 물가를 올리는 주범이 되었다. 무엇보다 관리들에 대한 감독이 소홀하다 보니, 거래 중에 수시로 뇌물이 판을 치고 법을 어기면서까지 남의 재산을 빼앗는 일이 비일비재했다. 균관의 거상들은 나날이 배가 불러지는 데 반해, 백성들과 나라는 갈수록 가난해지는 어이없는 결과가 초래되었다.

　육관六管이란, 상공업에 대해 취해진 조치로 사대賒貸(외상판매), 소금, 철, 화폐, 산림천택山林川澤(산, 숲, 내, 연못)을 모두 나라에서 관장하되, 이를 관리할 여섯 종류의 관을 두고, 백성들이 이용할 때마다 세금을 거두려는 것이었다. 그러나 거상들이 백성들에게 고리대금을 놓는 중요한 통로로 이들 육관을 악용하면서, 백성들을 기만하고 가혹하게 착취하는 수단으로 전락하고 말았다.

　육관의 세수 명목은 그 종류가 너무 많고 다양했는데, 특히 〈비생산세非生産稅〉라는 것이 문제를 일으켰다. 이는 흉년으로 소작이 적다거나, 과수 또는 야채를 심지 않았다거나, 옷감을 적게 만들어 내는 등 기대치보다 생산량이 떨어지는 모든 경우에 대해 벌금 조로 세금을 내게 하는 것이었다. 이를 어기면 고된 노동으로 대신해야 했다.

　또 소상공인이나 가내수공업 및 한가한 직업에 부과하는 〈직업세〉도 있었다. 양잠이나 옷을 짓는 여자, 장인, 의원, 무당, 숙박, 목축이나 낚시, 사냥꾼 등은 실제 수입을 관에 모두 보고해야 하는데, 밑천을 제외한 1/10을 무조건 세금으로 내게 했다. 이렇듯 사회 아래층에서 생계형으로 이루어지는 복잡다양한 일들에 대해 일일이 간섭하고 세금을 부과하려드니, 오히려 그들의 생계를 어지럽히게 되어 불만이 고조되고 말았다.

　가장 중요한 조치는 화폐개혁이었다. 무제 이래 오수전이 널리 유통되어 자리를 잡았는데, 금의 함유량이 높은 데다 작아서 휴대하기 편해 약 1백 년간 사용되었다. 왕망이 여기에 다른 다양한 종류의 화폐를 개발해 유통시켰는데, 금의 함량이 늘어난 것도 있어 전에 없이 민간에서 불법으로 만든 위조화폐가 확산하는 원인이 되었다.

혼란이 가중되자 민간의 화폐제조를 근원적으로 막기 위해 민간에서 동銅을 캐거나 제련을 위해 숯불을 피우는 행위 자체를 금하게 했다. 나아가 아예 백성들의 황금 소지 자체를 금지하니, 기존 황금 소유자들도 황금을 관아에 들고 가서 돈으로 바꿔야 했으므로, 중소 지주들의 불만도 극에 달했다. 나중에는 총 28종의 화폐가 유통되면서 명칭도 복잡하고, 백성들이 이용할 줄을 몰라 갈팡질팡하게 되었다. 이런 식으로 화폐 유통이 증가하다 보니 필연적으로 물가인상이 야기되어, 민생고가 더욱 가중되고 말았다.

그렇게 시간이 흐르자 민간에서는 점점 아예 대놓고 불법으로 화폐를 조제하는 사례가 횡행했다. 이렇게 불법화폐의 유통이 크게 늘자, 격노한 왕망이 더욱 엄한 령슈을 내렸는데, 불법화폐를 주조하다 걸리면 한 집당 이웃의 다섯 집이 연루된 것으로 간주해 가족 모두를 관노로 만드는 것이었다. AD 21년경 그렇게 몰래 화폐를 주조하다 걸렸거나, 그에 연루되어 온 가족이 노비로 전락한 백성들이 10만 명에 달했다고 한다. 그 와중에 이산가족이 속출하고 관노 중 열에 8, 9명은 고된 노역으로 죽어 나갔다. 이처럼 조석으로 바뀌는 화폐정책으로 백성들의 삶이 더욱 피폐해지고, 사회적 혼란으로 농, 상, 공업과 유통시장이 마비되니, 백성들의 원성이 날로 높아져 갔다.

백성들의 민생을 포함한 경제 상황이 무너져 내리는 가운데, 외교에 있어서도 왕망은 주변국에 매우 강압적인 분위기를 조성했다. AD 2년 평제 때, 漢나라는 흉노와 새로운 조약을 체결했다. 내용인즉 앞으로 흉노가 漢나라나 오손, 서역의 제후국들과 오환에서 유입되는 주민들을 받지 못하도록 강요하는 것이었는데, 이는 훈족을 철저히 고립시키려는 것이었다. 오주류선우가 부득이 조약을 받아들이기는 했지만, 상당한 반감을 갖게 되었다.

　그뿐 아니었다. 선우의 본명은 낭지아사囊知牙斯였는데, 이름이 지나치게 길다며 간단하게 줄여서 한식漢式으로 이름을 바꿀 것을 주문했다. 훈족의 전통과 자존심에 상처를 입히는 조치였으나, 선우는 이를 받아들여 자신의 이름을 '지知'라 개명하고, 수하들에게도 개명을 권장했다.

　AD 9년, 새로이〈新〉나라가 출범하자 왕망은 주변국에 사신을 보내 漢나라에서 내려 준 수綬(직인끈)를 반납하고 대신 새로운 인새印璽(도장)를 받아 가라고 강요했다. 이렇게 이웃 나라들을 하대하고 대놓고 무시하려 드니, 무제 이후 漢나라 역대 제왕들이 그토록 어렵게 이룩한 흉노와의 평화라든가, 서역과의 교역에 어두운 그림자가 드리워지면서 긴장이 고조되었다.

　薰족에게도 과거 漢나라가 호한야선우에게 주었던〈흉노선우새璽〉를 회수하고, 새로 만든〈新흉노선우장章〉을 보냈다. 새璽가 장章으로 바뀐 것은 이제 薰이 새로운 新나라의 신하임을 노골적으로 드러내는 것이었다. 이처럼 공공연하게 체면이 구겨지자 인내심이 다한 오주류선우가 우현왕에게 급히 명을 내렸다.

　"왕망, 이자의 교만함이 도를 지나쳤다. 이렇게 대놓고 우리 大薰을 무시해도 되는 것이냐? 우현왕은 조서를 가져온 자를 뒤따라 잡아, 예전의 선우새를 되찾아 오라!"

　우현왕이 조서를 전한 오위장을 따라가 선우새를 돌려 달라 하니, 그는 오히려 흉노가 新과의 조약을 어긴 것이라며 호들갑을 떨고는, 제멋대로 흉노 아래에 있는 오환 주민을 수용하겠다고 했다. 소식을 들은 오주류선우가 분노하여, 오환 백성을 구한다는 명분으로 곧장 오환족들이 기주하는 삭방으로 출병 명령을 내렸다. 漢선제 이후 한 번도 봉화가 오르지 않았으나, 그날로 오랫동안 유지해 온 흉노와의 평화관계가 또다시 깨지고 말았다.

왕망이 황제에 오르던 그해에는 이상하게도 홍수와 가뭄, 전염병, 병충해와 같은 자연재해가 끊이질 않아 백성들의 고통이 가중되고 민심이 흉흉했다. 그러자 왕망이 민심을 안정시키겠다는 의도에서 공연스레 주변 나라들을 핍박하기 시작했다. 왕망은 여러 나라의 王들을 후侯로 강등시키고, 흉노를 공노恭奴 또는 항노降奴로, 선우單于를 복우服于로 부르게 하면서, 다시 한번 굴욕을 주었다. 또 흉노를 분열시키고자 죽은 동흉노 호한야의 아들과 15명의 손자 모두를 선우로 삼고, 서로를 이간질했다.

한편으로 왕망은 30만에 이르는 군사를 일으켜 10군軍으로 나누고 본격적인 흉노 공략에 나섰다. 선제宣帝 이래 반세기 동안 전쟁이 없었건만, 이제 다시 커다란 전쟁이 불가피해졌음을 감지한 오주류선우는 단호하게 반격을 결심했다.

"우리 대훈은 비록 북방의 초원에서 생계를 이어오면서도, 한나라에게 받은 은혜를 대대손손 잊지 않겠노라고 했다. 그러나 지금 유씨 자손도 아닌 왕망이 신하 된 자로서 한나라 황제의 자리를 빼앗고, 제멋대로 날뛰며 주변의 나라들을 탄압하니 훈국의 대선우로서 이를 절대 좌시할 수 없는 노릇이다. 이에 우리 대훈의 병사들은 분연히 일어날지어다!"

그는 사방의 왕들에게 격문을 돌리고 군사를 일으켜, 안문과 삭방부터 공격해 들어갔다. 그러자 오랜 평화로 싸우는 방법을 잊었는지, 이제 오합지졸이 다 된 新나라 군대는 흉노의 맹공에 맥없이 무너지고, 양쪽 태수들이 모두 죽임을 당했다. 그러한 와중에 잠자던 초원의 맹주 흉노를 당장이라도 깨울 것만 같던 오주류선우가 AD 13년, 덜컥 세상을 떠나고 말았다.

동흉노의 호한야선우가 漢나라에 투항하기는 했지만, 이후에도 훈족은 친한파와 반한파로 양분되어 있었다. 오주류가 죽자 훈족의 정권은 왕소군의 사위로 新나라의 후원세력인 우골도후 수복씨가 독점하다시피 했다. 그의 아내가 바로 왕소군의 딸인 수복거차 운云으로 漢나라와의 화친을 중재하는 중요한 역할을 맡고 있었다. 수복씨는 오주류의 아우들 가운데 주전파인 우현왕 여輿를 등지고, 우려오왕 함을 밀었는데, 결국 그가 무난히 선우자리에 올라 19대 오루약제烏累若鞮선우가 되었다. 오루선우는 아들이 新나라와의 전투에서 전사했지만, 복수를 접고 우골도후 수복씨의 제안을 따라 〈신〉과의 화친을 추진했다.

그러나 AD 18년, 오루선우가 5년 만에 죽고, 마침내 우현왕 여輿가 20대 선우에 오르니, 그가 호도이시도고약제呼都而尸道皐若鞮선우(~AD 46년)였다. 호한야선우의 사망 이후 50년간 복주루선우를 비롯한 호한야의 여섯 아들이 줄줄이 선우에 올랐지만, 오주류선우를 제외하고는 대부분 재임 기간이 10년 안팎으로 짧아서 정국이 안정되지 못한 원인이 되었다. 호도선우는 주전파主戰派였지만 대의를 위해 왕망의 新나라에 대해 우선 화친을 표방했다. 대사마가 혼란스러운 국내 사정을 고려해 양측의 화친이 우선이라고 충고했지만, 왕망은 이를 무시한 채 다급하게 화친후 왕흡을 불렀다.

"호도선우는 전부터 한나라에 반대하던 대표적인 강경파 인사다. 짐은 그를 믿을 수 없다. 경이 이 길로 변경으로 가서 수복씨 부부를 장안으로 데리고 와 줘야겠다. 이참에 왕소군의 사위로 우리와 화친을 주도해 온 수복씨를 새로운 흉노의 선우로 세우고 호도를 제거해야 되겠다!"

사실 수복씨는 정통 선우 혈통인 알지 계열이 아니었음에도, 왕망이 그를 새로이 선우로 내세우자 훈족 내의 수많은 주화파 세력들이 그를 지지했다. 이로써 과거에 비해 상대적으로 정통 알지씨의 지위도 많이 흔들리고 있음이 여지없이 드러났다. 어쨌든 뒤늦게 왕망의 계략이 드러나자 분노한 호도선우 또한 곧장 병사들을 대거 이끌고 변경 지역으로 쳐들어갔다.

그런데, 호도선우 즉위 이듬해인 AD 17년에 형주 일원에서 굶주린 백성들이 신시 사람 왕광, 왕봉의 인도 아래 봉기했다. 이들이 녹림산綠林山을 거점으로 했기에 〈녹림군〉이라 했다. 그다음 해에는 번숭樊崇의 지도하에 태산 등지에서 적미군赤眉軍이 봉기했는데, 이들은 서로를 구분하기 위해 눈썹을 붉게 물들여 〈적미군〉이라 했다. 이렇게 시작된 내란이 쉽게 평정되지 못한 채 수년을 끌어가게 되었다. 그러한 때에 흉노를 자극했으니, 〈新〉나라의 내란을 모두 알고 있는 호도선우도 이틈을 이용해 국경을 공략하려 든 것이었다. 안에서 내란이 일어나 어지러운 지경에 막상 흉노 호도선우까지 공격에 나섰다는 소식이 들려오자 왕망은 몹시 다급해졌다.

거듭된 개혁실패로 민생이 피폐해지고 내란이 확산되면서 혼란이 커지는 상황이었으나, 왕망은 민란을 잠재우는 일보다는 당장 흉노와의 전쟁에 나서는 것이 시급하다고 판단했다. 왕망은 수백만 명 분량의 식량을 거두어, 서둘러 변경으로 보냈다. 왕망이 흉노와의 일전을 위해 작심하고 한창 준비에 나서고 있었으나, 엎친 데 덮친 격으로 좋지 않은 보고들이 속속 들어왔다.

"황상, 황공하오나 흉노와의 전쟁 소문이 퍼지면서 내란에 참가하는 반군의 수가 급격하게 늘어났다 합니다. 자칫하면 장안이 떨어질 수도 있다는 다급한 보고입니다!"

"무어라? 에잇 참……"

왕망이 크게 실망해 한탄했다. 이제 안팎으로 진퇴양난에 빠진 왕망은 흉노와 전쟁을 하는 대신, 내란을 먼저 평정하기로 전략을 급히 수정했다. AD 23년 6월, 왕망이 대사공 왕읍王邑과 대사도 왕심王尋에게 42만의 정예병력을 주는 외에, 각지마다 징병을 추가해 반란군 토벌에 힘쓰라 명했다. 이때 녹림군의 주력부대가 남양南陽의 성도가 있는 완성宛城을 포위 공격 중이어서, 왕읍의 군대는 곧장 집결지인 낙양을 떠나 완성을 향해 나아갔다.

이들이 행군할 때 호랑이나 코끼리, 거인 등을 앞세워서 요란하게 세를 과시하니 무시무시한 데다 호화롭기 그지없었다. 나중에 엄우嚴尤와 진무陣茂의 부대까지 가세했는데, 가는 도중에 녹림군이 함락시킨 곤양昆陽을 거치게 되었다. 노련한 엄우가 사령관인 왕읍에게 건의했다.

"유현劉玄이 이끄는 녹림군의 주력이 완성 아래에 있으니, 지금 곧장 서둘러 쳐들어가면 성을 차지할 수 있을 것입니다!"

이는 곤양의 작은 부대는 그냥 지나치고 진격을 서둘러 곧바로 완성에 있는 녹림군의 최고사령부를 덮치자는 뜻이었다. 그러나 자만심으로 가득했던 왕읍은 엄우의 말 따위는 받아들이려 하질 않았다.

"무슨 소릴! 백만 군대가 이 성을 공격하게 되면, 유혈이 낭자한 가운데 노래 부르고 춤추며 들어갈 텐데 무얼 그리 따지는가?"

그리고는 곤양성을 수십 겹으로 에워싸라는 명을 내렸다. 성안에서 겁에 질린 반란군이 항복을 청했음에도, 왕읍은 이를 거들떠보지도 않았다. 그때 고작 13명의 경기병을 이끌고 포위를 뚫고 나가는 데 성공했던 유수劉秀가 정릉, 언현鄢縣에서 1만여 원군을 이끌고 돌아왔다. 유수가 직접 선봉에 나서 1천여 기병을 이끌고 왕읍이 보낸 부대와 용맹하게 교전을 벌였는데, 놀랍게도 두 차례나 승리하는 전과를 올렸다. 왕읍의 정예군을 연거푸 격파한 유수는 사기가 올라, 서둘러 3천 결사대를 급히 조직한 다음 이내 지시를 내렸다.

"잘들 들어라! 이제부터 곤양성 서쪽에 있는 치수滍水로 들어가서 왕읍 군대의 급소를 전면 공격한다! 우리는 일당백으로 싸우는 녹림군의 최정예 전사다. 죽기를 각오하고 싸우자!"

녹림군의 결사대가 공격해 들어오자, 그 숫자가 얼마 되지 않는다고 판단한 왕읍이 이를 우습게 보고 직접 1만 병력을 이끌고 대적해 싸웠다. 그러면서 승리를 확신한 나머지, 다른 부대에 자신의 명령 없이는 함부로 움직이지 말 것을 단단히 지시했다. 그러나 싸움은 숫자보다는 기세로 하는 것이었다. 유수의 3천 결사대가 용맹하게 돌진하니, 왕읍의 1만 군대가 오히려 밀리기 시작했다. 후방에서 대기 중이던 왕읍의 군대 숫자가 워낙 압도적이라 다른 부대에서 즉각 지원을 나오면 해결될 문제였으나, 왕읍이 미리 내린 명령에 따라 도통 움직이려 하지 않은 탓에, 유수의 부대는 거침없이 진격을 거듭할 수 있었다.

그 모습을 본 성안에서 커다란 북소리가 울리기 시작했다.

"둥둥둥!"

"와아, 와아!"

그러자 녹림군이 성 안팎에서 요란하게 호응하면서 사기충천한 모습을 보였다. 예상치 못한 상황에 순간 왕읍의 진영 전체가 크게 혼란에 빠졌는데, 마침 엄청난 폭풍이 불어와 기왓장이 날리고 폭우가 쏟아지기 시작했다. 마치 하늘에 구멍이라도 난 듯 물 폭탄이 이어지더니, 순식간에 치수가 빠른 속도로 불어났다. 갑작스러운 기상악화에 왕읍의 병사들이 놀라 우왕좌왕하던 중에, 누구부터랄 것도 없이 빗물에 젖어 무거워진 갑옷을 벗어 던지기 시작했다.

그러나 이러한 행동은 영문도 모르던 많은 병사들에게 마치 적에게 쫓겨 달아나는 듯한 오해를 불러일으켰다. 비좁은 병영에서 너무도 많은 병사들이 몰려 있다가 갑작스러운 공포가 엄습하자, 여기저기서 필사적인 탈출소동이 벌어지기 시작했다. 그러자 어느 순간 서로 앞다투어 한꺼번에 달아나려 하니 곳곳에서 같은 전우들끼리 깔려 죽는 불상사가 이어졌다.

순식간에 벌어진 대참사에 압사당한 병사들의 시체가 강물에 떠내려가면서 1백여 리에 걸쳐 뒤덮였는데, 강물이 흐르지 못할 정도였다고 한다. 왕읍을 비롯한 소수의 장수들만이 겨우 살아남아 낙양으로 후퇴했는데, 왕망의 주력부대는 이 싸움으로 거의 괴멸되다시피 했다. 왕망의 군대는 물론, 패전 소식을 들은 조정 사람들의 사기도 크게 떨어졌다. 무엇보다 곤양에서의 참상이 하늘이 외면해서 일어난 것이라는 불안감이 널리 퍼졌다.

8월이 되자 드디어 녹림군이 장안성 아래까지 진격해 들어왔다. 왕망은 사심史諶에게 명하여 죄수들을 풀어주게 하고, 성 밖으로 내보내 방어에 나서게 했다. 비록 죄수들로 이루어진 오합지졸이었으나 이들이 위교渭橋에 이르자, 갑자기 반란군으로 돌변하더니 왕망의 조상묘를 파헤치고 구묘九廟와 명당 등을 불태우며 난리를 피웠다.

마침내 그해 10월, 반란군이 장안성의 동쪽 벽을 뚫어내고 성안으로 밀려들었다. 이내 몇 시간에 걸쳐 시가전이 벌어지고 저녁 무렵엔 성벽에서 6km 이상 떨어진 황궁까지 도착했다. 그때 왕망은 식음을 전폐하고 바짝 여윈 상태로 자줏빛 의복을 입고 제왕의 인장을 흔들며, 마치 마법의 힘으로라도 궁을 지키려는 듯 기도에 매달렸다. 새벽이 되자 백성들까지 가세해 황궁 곳곳에 불을 질렀다. 왕읍이 다급하게 왕망에게 뛰어와 보고했다.

"황상, 황궁이 불타고 있습니다. 서둘러 피하셔야 합니다! 일단은 미앙궁으로 피하시지요!"

그리하여 왕망 일행은 1천여 최측근 호위병들과 함께 새벽에 전차를 타고 미앙궁으로 옮겨 갔다. 그러나 곧이어 반란군이 미앙궁까지 추격해 오니, 왕망이 왕읍의 호위를 받으며 점대漸臺로 몸을 피했다. 왕망의 장수들과 호위병들은 화살이 떨어질 때까지 저항하다 마지막엔 단도를 들고 육탄전을 벌였으나, 끝내 모조리 전사하고 말았다. 그 와중에 결국 왕망도 상인 출신 두오杜吳의 손에 피살되고 말았다.

두오는 왕망을 죽이고도 황제를 알아보지 못하여 왕망의 수대綬帶(수를 매단 허리끈)만을 거둬 갔다. 뒤늦게 시체를 치우던 교위가 왕망의 시신을 알아보고 그의 목을 베었는데, 그러자 수십 명의 병사가 달려들어 그의 시체를 찢고 가져갔다. 왕망의 머리는 녹림군의 우두머리인 갱시왕更始王 유현에게 보내진 다음 완성 거리에 내걸리니, 지나던 백성들이 분을 참지 못하고 머리를 향해 돌을 던졌다.

유교적 전통의 부활을 꿈꾸며 오로지 개혁만을 추구하던 왕망과 그가 세운 〈新〉나라는 고작 15년 만에 속절없이 사라지고 말았다. 조실부모하고 어려서 고생은 했으나, 38세에 대사마에 올라 이후 69세에 죽기까지 30년 동안 최고의 권력을 다 누렸고 장수한 셈이니, 분명 그는 좋은 운을 타고난 사람이었다. 그러나 2백 년 역사의 漢나라를 무너뜨린 장본인이라 그는 '찬탈자'로 기록되었고, 현실을 도외시한 이상적 개혁주의자로 조롱의 대상이 되었다. 유교적 명분을 중시해 평생 자기를 낮추며 고단한 모습으로 살았으나, 스스로의 삶 자체는 이중적이었고 위선투성이였다.

그러나 고대 중국의 통일제국을 다스리며, 짧은 기간에 농경, 교육, 후생, 화폐 및 경제, 군사 등 모든 분야에 걸쳐 새로운 제도를 구상하고, 개혁이 시도되었다는 점에서 그는 가공할 정도로 부지런하고 열정적인 사람이었으며, 시대를 앞서간 천재 같은 구석도 없지 않았다. 그가 시도했던 대다수의 개혁은 사익이라기보다는 나라와 백성을 위해 추진된 측면도 많았다. 이제 겨우 통일제국을 이룬 상태라 인간의 지식체계는 물론, 각종 제도운영의 경험치가 절대 부족했던 고대 사회에서, 어떻게 오늘날 사회주의와 유사한 제도들을 창안해 낼 수 있었는지 놀랍기만 하다.

고대의 세상에서는 주로 물질적 영토 전쟁, 즉 하드웨어 확장에 힘쓴 제왕만을 기억해 주기 쉽다. 그러나 그보다 훨씬 복잡하고 중요한 사회제도와 정책 같은 소프트웨어를 개발하는 데 있어서 왕망만큼 많은 것을 시도한 제왕은 찾아보기 어렵다. 왕망의 개혁 속에는 나라의 통치를 위해 다양한 정책을 개발하고 시험하려 했던 흔적들이 보인다. 그러나 무릇 나라의 정치는 '생선을 굽듯 조심스레 살펴야 된다'고 했으니, 자칫 새로운 정책이 또 다른 사회적 혼란을 야기하는 일이 다반사였기 때문이다.

왕망의 개혁도 사전에 충분히 검토되고 신중하게 이루어져야 했으나, 성급하게 정책만을 남발하다 보니 실패가 불을 보듯 뻔한 것이었다. 따라서 수천 리 장성을 쌓은 진시황의 백성들처럼, 왕망의 동시대 사람들은 그의 잦은 개혁조치에 힘들고 고단할 수밖에 없었다. 다만, 그가 보여 준 개혁의 실패사례는 두고두고 후대에 전해져 2천 년이 지난 오늘날에도 본보기가 될 만한 구석이 있으니, 그의 실패사례를 반복하지 않도록 기억해야 한다는 점이었을 것이다.

〈곤양昆陽대첩〉으로 新나라를 무너뜨린 갱시제 유현劉玄이 어느 날

남양에서 군신들에게 연회를 베풀던 도중, 전에 자신을 황제로 옹립하는 데 반대해 유연劉縯을 추대했던 장수를 죽이는 일이 벌어졌다. 유연이 달려와 시시비비를 따지자 갱시제는 마침 눈엣가시로 여기던 유연마저 참형에 처해버렸다. 날벼락 같은 소식에 놀란 유연의 아우 유수는 위기가 닥쳤음을 직감하고, 그 즉시 완성으로 달려가 갱시제에게 울며 매달렸다.

"황상, 소신의 맏형이 황제폐하의 존엄을 모르고 불경죄를 저질렀습니다. 같은 배에서 태어난 동생인 소신 또한 죽을죄를 지은 것이나 다름없으나, 부디 하늘 같으신 은혜를 베푸시어 소신의 죄를 용서해 주옵소서, 흑흑!"

갱시제로서는 곤양대첩의 영웅인 유씨 형제 모두를 제거하기가 부담스러운 데다, 이렇게 한달음에 달려와 용서를 구하니 유수를 제거할 명분도 없는 터였다. 결국 갱시제가 잠시 경계심을 풀고 유수를 살려 두기로 했다. 유수는 형의 죽음을 애도하기는커녕 상복도 입지 않은 채, 아무렇지도 않은 듯이 술을 마시고 고기를 뜯으며 자존심도 없는 양 처신했다. 사람들이 그런 유수에게 손가락질을 했으나, 유수는 끓어오르는 슬픔과 분노를 가슴에 묻은 채, 우선 살아남는 것이 중요하다는 일념으로 그 순간을 버텨 냈다.

유수의 가문은 漢경제의 후손이라지만 황족과는 거리가 멀어 쇠락한 집안이었다. 그래도 젊어서 태학太學에 들어갔던 유수는 《상서尙書》와 유학을 공부해 나름 학식을 쌓은 지식인이었다. 얼마 후 왕망 치하에 내란이 일어나자 자신의 형인 유연과 함께 농민군인 기의군과 손을 잡았고, 그 후 반란군의 우두머리 격인 갱시왕 유현 아래로 들어가 그의 수하가 되었다. 그러나 〈곤양성대첩〉 이후의 내분으로, 한껏 재능을 뽐내던 형 유연이 강직한 성정 탓에 갱시왕에게 살해되는 시련과 맞닥뜨리고 말았다.

갱시제는 그런 유수에게 미안함이 들었는지, 유수를 사례교위에 앉혔다. 마침 그 무렵 유독 하북 지역이 진정되지 않았고 북쪽으로 왕망의 잔당이 주둔해 있다 보니, 갱시제는 유수를 대사마 대행으로 삼아 하북으로 보내되 군사를 딸려주지는 않았다. 갱시제의 측근들은 이조차도 반대하고 나섰다.

"황상, 유수처럼 걸출한 인물을 하북으로 보내는 것은 범을 야산으로 돌려보내는 것이나 다름없는 일입니다!"

그러나 유수는 유수대로 갱시제 주변의 심복들을 매수해, 자신의 자리를 높여 주도록 손을 써 놓은 뒤였기에 무사히 하북의 계성薊城으로 떠날 수 있었다.

AD 24년, 新나라를 멸망시킨 갱시왕 유현劉玄은 스스로를 〈현한玄漢〉의 황제라 칭하며 장안을 그대로 수도로 정했다. 그러나 안으로는 여전히 정정이 불안했고, 곳곳에서 적미군의 잔당 등이 새로운 정권에 도전했다. 나라의 안정을 우선시했던 갱시왕은 특히 변방의 흉노가 신경 쓰였다. 그는 급한 대로 흉노에 과거 漢선제가 주었던 새璽(인장)를 돌려보내면서 화친을 시도하려 했다.

그러나 이제 막 오랜 잠에서 깨어난 훈족의 호도선우는 여기서 멈출 수가 없었다. 그때는 선우가 이미 대표적 친한파로 왕망이 내세웠던 수복須卜씨 부부를 제거한 뒤라, 흉노 왕정은 이제 주전파가 권력을 장악하고 있었다. 호도선우가 당당하게 선포했다.

"짐과 우리 大薰이야말로 왕망의 죽음에 일조하지 않았더냐? 짐이 나서지 않았다면 한나라의 부흥이 과연 가능했겠느냐? 그러니 이제부턴 한나라가 마땅히 우리를 따라야 할 것이다!"

북방 초원의 맹주였던 흉노가 다시금 묵돌의 전투적 기상을 되찾으니, 이제는 漢나라가 훈족에게 또다시 조공을 바치는 신세로 전락하고 말았다.

그 무렵 하북에서는 三王 중 한 명이라는 왕랑王郞이 한단에서 황제를 칭하고 있던 터라, 유수의 주요 임무는 그 세력을 진압하는 일이었다. 막상 유수 일행이 하북의 계성에 당도해 보니, 광양왕廣陽王 유접劉接이 한단왕邯鄲王 왕랑과 호응해 유수를 잡으려고 혈안이 돼 있었다. 황급히 성을 빠져나오긴 했으나 유수는 그때부터 도망자 신세로 전락하고 말았다. 우여곡절 끝에 유수는 당시 河北 삼왕 중 또 다른 인물로 십만 대군을 거느리고 있던 진정왕眞定王 유양劉楊을 찾아갔다. 이때 유양의 매제인 곽씨를 만나 포섭하는 데 성공해 그의 딸과 결혼까지 했는데, 유수는 이미 1년 전에 혼인한 상태였다.

어쨌든 유수는 진정왕을 설득해 대규모 병력을 휘하에 끌어들일 수 있었고, 이전부터 어양과 상곡을 지키던 기병대 외에, 갱시제가 유수를 감시할 목적으로 사궁謝躬에게 보내온 지원부대까지 더하여 막강한 군사력을 확보하는 데 성공했다. AD 24년, 유수가 마침내 한단으로 향해 왕랑을 공격했는데, 연전연승 끝에 왕랑의 목을 베어 버릴 수 있었다.

그때 한단의 궁전에 입성한 유수가 수많은 서신 더미를 발견했는데, 그 속에는 자신의 수하 장병들 중에서 왕랑과 내통하면서 충성을 맹세한 것들로 가득했다. 그가 병사들을 불러 모은 다음 외쳤다.

"이 편지들은 우리를 이간질해 서로를 다투게 하려는 목적으로 적들이 가짜로 써놓은 것이다. 모조리 불살라 버리도록 하라!"

이 일로 유수는 넓은 도량과 지혜를 갖춘 지도자로 널리 알려지게 되었고, 많은 인재가 그를 따르게 하는 계기가 되었다.

유수는 그렇게 슬픔과 고통을 참고 인내하면서, 친형을 살해한 갱시제에게 충성해 왕랑을 주살하는 공을 세웠다. 그러자 갱시왕이 유수를 소왕蕭王에 봉하면서, 장안으로 귀경해 자신을 알현하라는 명령을 내렸다. 그러나 갱시왕을 의심하던 유수가 이를 받아들일 리가 없었다. 이제 하북을 대표하는 군벌로 우뚝 서게 된 유수가 마침내 갱시제에 반기를 들고, 하북 호성鄗城에서 호걸들을 모아 거병했다.

그런데 당시 장안에서는 갱시제의 대신들과 장수들이 제멋대로 날뛰고 부패가 만연해, 백성들의 원성이 자자했다고 한다. 오죽하면 왕망의 시대로 돌아가는 게 낫겠다는 푸념이 들릴 정도였다. 마침내 이에 격분한 적미군의 지도자 번숭이 수십만 병력을 이끌고 장안을 공격하기 시작했다. 그사이 하북의 유수는 서남쪽 장안의 일에 신경 쓰지 않는 대신, 과거 연燕과 조趙의 옛 땅을 차지하는 데 주력했다.

그러던 AD 25년, 서른 살 유수가 내란에 뛰어든 지 3년 만에 황제를 자칭하니 바로 〈후한後漢〉의 광무제光武帝(~AD 56년)였다. 당시 곳곳에서 황제를 칭하던 인물들이 여럿이고 유수도 그들 중의 하나였지만, 유수의 세력은 이제 갱시제에 맞먹을 정도로 막강한 군사력을 지니고 있었다. 얼마 지나지 않아 유수는 낙양을 공격해 입성하는 데 성공했고, 그곳으로 도성을 옮겼다.

이때부터 갱시제가 서쪽 장안長安에, 광무제는 동쪽인 낙양洛陽을 도읍으로 했기에, 사람들이 두 나라를 각각 〈서한西漢〉과 〈동한東漢〉으로 구분해 불렀다. 그러나 이런 시기는 그리 오래가지 않았다. 석 달 후 장안성을 공격하던 적미군이 마침내 도성의 방어망을 무너뜨린 것이었다. 결국 전쟁에 패한 갱시제가 주살되면서, 이제 유수에게 일방적으로 유리한 국면이 전개되기 시작했다.

그런데 이듬해인 AD 26년, 삼수三水(영하寧夏 일대)를 평정한 노방盧芳이 스스로 유劉씨의 후계자임을 내세우며 왕망의 잔당을 누르고 서평왕西平王에 올랐다. 원래 갱시제가 장안에 입성했을 때 노방을 기도위騎都尉로 삼아 안정군安定郡의 서쪽을 무마토록 했었다. 그러나 이후 갱시제가 적미군에 패해 사라지자, 삼수현의 군벌들이 노방을 추대하고, 북방의 흉노와 화친을 맺었다. 북방 군벌들의 움직임이 시시각각 빠르게 변하고 있었던 것이다.

한편 갱시제가 죽고 〈후한〉의 유수가 유리해졌다는 소식을 접한 흉노 호도선우 또한 모처럼 맞이한 중원의 정권 교체기를 가만히 구경만 하고 보낼 수는 없게 되었다. AD 28년 호도선우가 무루차거왕無樓且渠王을 오원五原태수 이흥李興에게 보내 서평왕 노방에 대한 선우의 뜻을 전했다.

"훈과 한은 원래 형제국이었다. 과거 훈이 쇠약해지자 호한야선우가 한에 귀부했고, 한이 군대를 일으켜 선우를 지원하는 대신, 훈은 대대로 칭신을 했다. 그러나 이제 반대로 漢이 쇠하고 유劉씨가 내게 귀부했으니, 한이 나를 사대하면 될 일이다. 해서 나는 서평왕이 漢나라의 황제에 올라 薰과 화친하여 형제국의 관계를 지속하길 바란다!"

이에 이듬해 AD 29년, 노방이 오원태수 이흥, 대군代郡태수 민감閔堪 등과 병력을 이끌고 선우정으로 향하니, 선우 또한 구림왕句林王에게 수천 기를 내주고 노방을 영접하도록 했다. 결국 호도선우가 노방을 한껏 치켜세운 뒤 화친의 관계를 맺고, 漢나라의 황제로 추대했으니, 선우의 의도는 漢나라에 자신의 괴뢰 정권을 세우려는 것이었다. 선우정을 나온 노방은 이후 구원현九原縣에 수도를 두고 漢나라의 새로운 황제임을 선포했다.

이어 오원, 삭방, 운중, 정양, 안문의 5개 郡을 점령하고 수령을 파견해 다스렸는데, 이들 북방 5郡은 하나같이 흉노가 중원으로 진출하는 길목에 있는 주요 거점이었다. 노방은 이렇게 이흥, 전삽田颯, 민감 등의 군벌들을 휘하에 두고 胡(선비)의 군대와 내통하면서, 후한의 북변을 자주 침공했다.

호도선우가 漢나라에 자신의 꼭두각시에 불과한 괴뢰 정권을 내세운 채 薰족의 재기에 힘쓸 무렵이었다. 이 시기에 그간 漢나라에 귀속되었던 오환족도 훈족으로 다시 돌아가면서 漢에 맞서기 시작했고, 서역 또한 가만히 있질 않았다. BC 10년경, 왕망에 의해 하루아침에 王에서 侯로 강등된 많은 나라들이 분노를 참고 기회를 엿보고 있었다. 바로 이 무렵에 이들이 서로 힘을 모아 漢의 서역도후 단흠但欽을 살해하고, 다시금 훈족의 세력 아래로 모여들었다.

당시 오환의 주거지가 대군代郡 일대라 〈후한〉의 수도 낙양까지 한나절이면 입성할 수 있어 후한으로서는 난감한 처지가 되었다. 가뜩이나 사방에서 군벌들이 저마다 황제라 일컫는 마당에 하북을 기반으로 일어났던 광무제 유수로서는 뒤통수를 겨냥하고 있는 흉노와 노방의 연합이 여간 성가신 일이 아닐 수 없었다.

그런데 이듬해인 AD 30년이 되자 이들의 결속에 균열이 생기기 시작했다. 노방의 수하 장군 가람賈覽이 호胡의 기병을 이끌고 代郡을 공격해, 대군태수 유흥劉興을 살해하는 사건이 벌어진 것이었다. 이후에도 노방은 오원태수 이흥의 형제들을 주살해 버렸는데, 이흥이 노방을 믿지 못하고 거병했기 때문이었다. 그러자 漢나라 북방의 태수들이 노방에 대해 두려움을 갖기 시작했고, 급기야 삭방태수 전삽과 운중태수 교호橋扈가 2군郡을 광무제에게 바치고 후한에 귀부해 버렸다.

필시 사전에 후한의 이간계에 넘어간 북방 태수들이 하나둘씩 흉노에 등을 돌린 듯했다. 광무제는 이들에게 그 직책을 그대로 인정해 주고 흉노와 노방에 맞서게 하는 한편, 이때부터 본격적으로 노방의 토벌에 나섰다.

"동북의 태수들이 드디어 노방에 등을 돌리기 시작했다. 분위기가 반전된 지금이 노방을 토벌할 적기니, 대사마 오한吳漢과 표기대장군 두무杜茂는 군사들을 이끌고 나아가 노방의 군대에 총공격을 가하라!"

그러나 흉노를 등에 업고 있던 노방의 전력 또한 결코 만만한 것이 아니었다. 그 결과 싸움이 쉽게 끝나지는 않았고, 지리한 공방전이 이어졌다. 그러던 AD 36년 노방이 가람과 함께 운중군을 공격했으나 실패하고 말았다. 그러자 구원을 지키던 부하 장수 수욱隨昱이 노방에게 반기를 들고 〈후한〉에 항복할 것을 강요했다. 운중군과의 싸움에서 전투력을 상실한 데다 수욱의 압박을 견디지 못한 노방이 이때 〈흉노〉로 달아나 버렸고, 수욱은 〈후한〉에 항복해 오원태수가 되었다.

그런데 흉노로 들어갔던 노방이 선우의 응대에 크게 실망한 듯했다. 4년 뒤인 AD 40년에 노방은 다시금 흉노 선우에 등을 돌린 채 후한에 항복을 타진해 왔고, 광무제는 이를 받아들여 노방을 代王에 봉해 주었다. 노방이 이때 흉노에 대한 많은 정보를 유수에게 제공했다고 한다. 갈 길이 바쁜 광무제로서는 여기저기서 터지는 싸움에 일일이 응하기보다는, 자신에게 귀의해 오는 장수들을 벌하지 않고, 대범하게 포용한 것이 주효했던 것이다. 漢나라에 괴뢰 정권을 수립해 한나라를 좌우하려던 호도선우의 의도도 허망하게 빗나가고 말았는데, 이는 과거 묵돌선우가 위만을 이용했던 수법과 비슷한 구석이 있었다.

2부 후한과의 대격돌

6. 麗新전쟁과 학반령전투
7. 온조대왕의 伯濟
8. 서나벌과 낙랑
9. 대무신제와 울암대전
10. 金씨 일가의 한반도행

6. 麗新전쟁과 학반령전투

유리명제 31년인 AD 12년 무렵이 되자 중원이 내란에 휩싸인 틈을 타 선비(동호)와 흉노가 대거 남하하기 시작했다. 패수 서쪽의 漢나라 현도군에 예속되어 있던 요서의 구려현에서도 〈예맥濊貊〉이 일어났다. 그런데 그 3년 전인 AD 9년, 중원에서는 개혁의 화신 왕망이 2백 년 漢 왕조를 무너뜨리고 〈신〉나라를 세웠다. 이후 新에서는 극심한 개혁 조치로 온 백성이 몸살을 앓아야 했고, 주변국에도 지나친 핍박으로 일관한 나머지 반세기 만에 흉노와의 전쟁에 돌입하게 되었다. 훈국薰國의 오주류선우가 왕망에 반기를 들자, 왕망은 30만의 대군을 동원해 흉노를 토벌하려 들었다.

이처럼 新나라와 薰國 사이에 재현된 갈등이 급기야 이웃한 고구려에까지 불똥이 튀고 말았다. 왕망이 현도군 내 구려현에 속한 병사들을 징발해 흉노와의 전쟁에 동원하려 들었던 것이다. 구려현은 고구려와 국경을 맞대고 있었으나 옛 〈위씨낙랑〉(번조선)의 강역이었으며, 〈자몽국〉의 도읍이 바로 흥륭興隆 일대의 구려성句麗城이었다. 그곳에 사는 백성들은 주로 선비족과 기타 번조선의 예맥인들이라 사실상 고구려 사람이나 다름없었다. 구려현의 대다수 병사들이 공연히 남의 나라 싸움에 휘말리기 싫다면서 국경을 넘어 자몽 영내인 고구려로 달아났다.

이에 新나라의 요서대윤遼西大尹 전담田譚이 이들을 추격하다가 국경에 이르자, 고구려에 漢나라 병사들의 송환을 요구했다. 고구려 측에서도 영내의 현토태수로 있던 구추勾鄒가 장수 연비延丕를 내보내 이에 맞대응하도록 했다. 전담이 말했다.

"귀국으로 달아난 병사들은 원래 우리 新의 백성들이오! 허니 귀국에서는 즉시 그들을 체포해 우리에게 송환하든지, 아니면 우리가 고구려의 영내로 진입해 그들을 잡아 올 수 있도록 돕든지 해야 할 것이오. 만일 이를 거절할 시엔 중원의 나라와 전쟁을 벌여야 할 것이오!"

사실 연비는 소서노의 조카이자 을음의 아들로 황실의 일원이라는 자부심이 누구보다 투철한 인물이었다. 그런 사실을 모르는 전담이 중원의 대국임을 앞세워 무례하게 굴자, 연비가 발끈하여 주변에 말했다.

"저놈이 내가 누군지도 모르고 함부로 지껄이는구나. 저 건방진 놈의 모가지부터 쳐서 우리 고구려 황실의 위엄을 보여야겠다!"

연비가 병사들을 시켜 다짜고짜 전담에게 대들어 그 수하들과 함께 전담을 체포해 무릎을 꿇게 했다. 전담의 배후에는 많은 新나라 병력이 있었으나 협상 도중에 순식간에 벌어진 일인 데다, 전담이 체포되어 목숨이 경각에 달린 만큼 아무런 손도 쓰지 못하게 되었다. 그저 연비의 고구려군과 대치하면서 구경이나 하는 상황이 벌어진 것이었다. 전담이 악다구니하며 대들었다.

"네 이놈들! 이게 무슨 짓들이냐? 당장 오라를 풀지 못할까? 너희들이 이러고도 장차 무사할 듯싶더냐?"

그러자 연비가 나서서 준엄한 목소리로 전담을 꾸짖었다.

"무엄한 놈! 네 일개 변방의 관리 주제에, 고구려 황실 가족도 몰라보고 그리 함부로 입을 놀리는 게냐? 너희가 나라는 제법 큰지 모르겠으나, 너희 황제가 역모로 漢나라 정권을 탈취한 것도 모자라, 주변의 나라까지 제멋대로 탄압하다 기어코 흉노와 전쟁이 터진 것임을 세상이 다 알고 있거늘 무얼 그리 큰 소리더냐? 말이야 바른말이지, 네가 시키는 땅이야말로 옛날부터 우리의 강역이라 조용히 물러가도 부족할 텐데, 적반하장도 유분수지 어찌 그리도 떵떵거릴 수 있단 말이냐?"

그리고는 가차 없이 전담의 목을 베어 버렸다. 연비는 이어서 곧장 먼발치에서 이를 구경만 하고 있던 新나라 병사들에 대한 총공격을 명했다.

"공격하라! 모두 총공격하랏! 요서의 도적놈들을 모조리 쓸어버려라!"

너무도 갑작스레 벌어진 상황인 데다, 고구려 병사들이 고함을 지르며 달려들자, 졸지에 지휘자를 잃은 신新의 병사들이 우왕좌왕하다가 이렇다 할 싸움도 해 보지 못하고 달아나기 바빴다. 연비는 적당히 추격한 끝에 병사들을 물리고 철수해 버렸다.

전담의 전사 소식을 접한 新나라 조정에서는 왕망이 대노했다. 왕망이 길길이 날뛰며 당장 군사를 동원해 고구려를 치라고 명했다. 그러자 엄우嚴尤가 차분하게 간했다.

"황상, 변방의 맥인貊人(고구려)들이 이번에 감히 큰 죄를 범했습니다. 그렇더라도 이번엔 현도태수로 하여금 사태를 수습하고 조용하게 마무리하도록 하는 것이 좋을 듯합니다. 지금 자칫 대죄를 너무 크게 물어 사태를 키운다면, 반드시 맥인들이 반발해 우리를 배반하고 부여족들과 하나가 될 가능성이 매우 크기 때문입니다. 흉노를 제압하지 못한 때에 부여와 예맥을 자극해 그들이 또다시 일어난다면 전선이 확대되고 사태가 걷잡을 수 없이 커질까 봐 우려됩니다!"

그러자 왕망이 펄쩍 뛰며 말했다.

"그게 무슨 말이더냐? 우리 新나라가 변방의 맥국 하나 따위에 쩔쩔매서야 되겠느냐? 사방에서 신생국인 우리를 예의주시하고 있느니라! 반드시 나라의 위엄을 떨치고 내보여야 흉노를 비롯한 오랑캐들을 쉬이 제압할 수 있을 것이다! 그대는 즉시 병력을 몰고 가서 맥국貊國을 공격하라!"

신생국의 황제로서 국내외에 스스로의 위엄을 떨치고 자신의 존재를 알리는 데 주력할 필요가 있다고 본 왕망이 엄우에게 직접 고구려를 칠 것을 명했다. 결국 엄우가 대규모 병력을 동원해 고구려 원정길에 나서는 수밖에 없었다.

엄우가 이끄는 新의 대규모 원정군이 현도 국경에 도착하자, 고구려에서도 현토태수 구추가 출병해 대응에 나섰다. 첫 전투에서는 엄우의 新나라 군대가 수적인 우세를 믿고 고구려군을 얕보았다가 구추의 고구려군에게 크게 패하고 말았다. 그 결과 고구려는 엄우의 장졸 2천여 명을 사로잡고, 수많은 군마와 병장기를 노획했으며, 변경의 7백여 리 땅을 빼앗는 대단한 성과를 올렸다.

그러나 두 번째 전투에서는 그 반대의 상황이 벌어졌다. 엄우는 그렇게 호락호락한 장수가 아니었다. 1차 전투에서의 참패를 만회하기 위해 엄우가 온갖 계책을 궁리한 끝에 매복전을 펼치기로 작전을 세웠다. 엄우가 고구려군을 유인하고자, 직접 변경으로 나가 고구려군을 도발했다. 전담을 살해한 데다, 1차 전투에서 대승을 거둬 기세가 올라 있던 연비의 고구려군이 엄우의 新나라 군대를 얕보고 급히 병력을 몰고 나오며 공격했다. 엄우가 밀리는 척하며 후퇴를 거듭하다 新나라 국경 안 깊숙이 연비의 군대를 끌어들이는 데 성공했다. 이윽고 달아나기만 하던 엄우가 뒤돌아서서 미리 매복해 있던 병사들을 향해 깃발을 흔들며 신호를 했다. 그러자 날카로운 고각 소리와 함께 천지를 울릴 듯한 함성이 터져 나왔다.

"뿌웅, 뿌우웅!"

"와아아! 공격하랏, 맥적을 총공격하라!"

숲속 사방에서 新나라 매복병들이 나타나 총공세를 펼치자 연비가 그제야 매복에 걸려들고 만 것을 알았다.

"앗차! 속았구나. 내가 적들을 너무 얕보았구나. 아아!"

후회해도 이미 때는 늦어 사방에서 달려드는 엄우의 병사들에게 고구려군이 속수무책으로 당하고 말았다.

그 시간, 후방에 있던 현토태수 구추는 연비가 달아나는 新나라군을 추격하면서 급하게 국경을 넘었다는 보고에 왠지 불안한 생각이 들었다. 그가 서둘러 본대를 이끌고 연비를 따라나섰는데 아니나 다를까, 지원군이 도착하자 연비의 군대는 이미 궤멸된 상태였고, 엄우의 新나라 군대가 구추의 본대를 기다리고 있었다.

"이크, 너무 적진 깊숙이 들어와 버렸구나, 후퇴하라! 당장 말머리를 돌려 후퇴하랏!"

그러나 이미 늦어 엄우의 대군이 순식간에 고구려군을 포위한 채 공격해 들어왔다. 곧바로 격전이 벌어졌으나 워낙 중과부적이라 후방에 뒤따르던 고구려군 일부만이 퇴각했을 뿐, 전방에 있던 병사들 대부분이 크게 희생당했고, 구추마저 체포되고 말았다. 복수심에 불타는 엄우가 구추를 크게 꾸짖은 다음 가차 없이 그의 목을 베어 버렸다.

엄우는 그 즉시 현토태수 구추의 목을 장안에 보내고는 그때부터 일체 고구려와의 싸움을 멈추게 하는 대신, 변경의 방어를 강화하면서 고구려군과 대치하는 영민함을 보였다. 구추의 목을 받아든 왕망이 크게 기뻐하면서, 이를 대내외에 알려 자신과 新나라의 위력을 드러내고자 했다. 왕망이 주변에 엉뚱한 명령을 내렸다.

"지금 당장 구려후句麗侯 추鄒의 목을 베었노라고, 사방팔방에 알리도록 하라! 아울러 앞으로는 고구려 임금의 호칭을 하구려후下句麗侯로 낮추어 부르도록 하고, 이를 천하에 포고토록 하라!"

그리하여 新나라는 변방 일개 제후의 죽음을 과대포장 해서, 마치 고구려 태왕의 목이라도 벤 것처럼 세상천지에 떠들어 댔다. 자신들의 위력을 거짓으로나마 떨쳐서 주변국들에 겁을 주려 한 의도였다. 또한 남의 나라 임금의 호칭을 제멋대로 낮추어 부르도록 했으니, 차마 대제국의 황제가 할 짓은 아니었다.

고구려에서는 현토태수 구추가 新나라 장수 엄우에게 죽임을 당했으므로 당장이라도 병력을 보내 보복에 나서야 했으나, 그렇게 할 형편이 아니었다. 공교롭게도 고구려가 新나라와 전쟁에 돌입했다는 소식을 접한 〈동부여〉가 대부대를 동원해 고구려의 동부 전선을 공략해 들어왔기 때문이다. 사실 서쪽 新나라의 현도 변경에 있던 구추의 군대가 중과부적으로 참패하기까지는 이미 많은 주력부대가 동부 전선으로 분산된 탓도 있었다.

마침 新나라의 공격이 잦아들면서 대치 국면이 지속되자, 유리태왕은 동부여의 침공을 막아내는 데 총력을 기울이기로 했다. 다행스럽게도 그사이 新나라 또한 시간이 갈수록 흉노와의 싸움에 깊이 휘말렸고, 갖은 개혁 조치로 온 나라의 백성들이 혼란 속에 고통을 당하면서 점차 동북 변경에 신경 쓸 겨를이 없게 되었다.

BC 6년, 동부여왕 대소가 5만의 대군을 이끌고 초겨울에 고구려를 침공했다가 실패한 〈송강松江공략〉이 있었다. 대소왕은 그 충격으로 이후 고구려와 화친하려 들었으나, 동부여 조정에서는 여전히 틈만 나면 고구려를 침공하려 드는 강경파가 있어 화친 온건파와 대립했다. 이러한 상황이 지속되던 AD 9년경, 고구려 홀본에서 해명태자가 자결했다는 비극적 소식이 동부여에 전해졌다. 기회를 노리던 동부여의 강경파들이 들고일어나 고구려의 내분이 주된 원인이라며, 이번에야말로 고구려를 칠 절호의 기회라는 주장을 펼쳤다.

그러자 대소왕은 전쟁을 택하는 대신, 먼저 사신을 고구려에 보내 동부여를 섬기라며 으름장을 놓았다. 동부여 사신이 고구려 조정에 나가 유리태왕에게 말을 전했다.

"지금 아국인 부여 조정의 분위기가 매우 험악합니다. 태왕께서는 우리 부여의 대왕을 섬기셔야 하고, 이를 맹약하셔야 할 것입니다. 그렇지 않으면 부여의 군대가 반드시 고구려를 공격해 올 것입니다. 이점을 두루 감안해 주소서!"

해명의 자살로 가뜩이나 침체되어 있던 고구려 조정이 갑작스러운 동부여의 도발로 다시금 발칵 뒤집혔다. 고구려의 강경파들은 동부여와 전쟁도 불사하자고 대들었으나, 인구나 병력 면에서 여전히 열세에 있던 유리태왕은 동부여에 대한 두려움을 떨치지 못하고 있었다. 설왕설래 끝에 유리태왕은 일단 동부여를 섬기기로 하고, 이를 맹세한다는 답신을 대소왕에게 보냈다.

그런데 동부여 조정에서 갑자기 뜻밖의 사건이 터지고 말았다. 대소왕은 부친인 금와왕이 낳은 여섯 명의 형제를 두고 있었는데, 각자 개성이 달라 형제들이 강온파로 서로 나뉘어 있었다. 이중 강경파 태자들을 중심으로, 대소왕이 이번에도 사신을 보내는 것으로 무마하려 한다며 서로를 비난하고 다투었다. 그렇게 시작된 싸움이 걷잡을 수 없이 커져, 끝내 형제간에 죽고 죽이는 2차 형제의 난으로 번지고 말았다.

동부여 태자들의 살벌한 정권 다툼은 고구려가 전열을 가다듬고, 동부여에 대비할 수 있는 여유를 제공해 주었다. 크게 한숨을 돌린 고구려가 그 틈을 이용해 온조왕의 요청을 받아들여 〈십제〉에 병사들과 군량을 지원할 수 있었다. 결국 온조왕이 3년여의 공략 끝에 나약해진 〈중마한〉을 축출하는 데 성공할 수 있었다.

그 와중에 오랫동안 잠잠하던 중원에서 기어코 漢나라가 망하고 말았다. 漢나라를 대신해 새로이 왕망의 新나라가 들어섰지만, 곧바로 흉노에 이어 고구려를 도발하면서 〈여신麗新전쟁〉이 발발했다. 그러자 동부여의 강경파들이 이를 절대로 놓칠 수 없는 기회라 주장하며 대소왕을 강하게 압박했다. 사실 직전에 있었던 형제간의 골육상쟁에서 대불帶弗을 비롯한 강경파들이 권력을 장악한 뒤라, 대소왕도 무언가 행동에 옮기지 않을 수 없게 되었다.

대불은 대소의 형이자 금와왕의 장남인 대백帶伯의 아들로 자신의 부친을 제치고 왕위에 오른 대소왕에 대해 늘 불만이 많았다. 그러나 숙부인 대소왕이 이제는 칠십 대의 늙은 왕이다 보니, 사실상 조정은 금와왕의 장손 격인 대불이 장악하고 있었고, 그는 대소의 뒤를 이어 자신이 왕위에 오르고자 호시탐탐 기회를 노리고 있었다. 그런 그가 이번 〈여신전쟁〉을 이용해 고구려를 때려야 할 때라며 대소왕을 강하게 압박한 것이었다.

"15년 전 대왕께서 구려를 치기 위해 우리 부여의 정예병 5만을 이끌고 나가셨던 〈송강 원정〉을 생각해 보십시오. 그때 폭풍한설을 만나 대부분의 병력이 희생되는 바람에 이후로 구려를 재차 공략할 엄두도 내지 못했습니다. 하오나 이번에 중원의 新나라가 구려를 때려 〈여신전쟁〉이 일어났으니, 구려의 동쪽 경계가 소홀해진 이때야말로 유리의 나라를 쓸어버릴 절호의 기회가 아니고 무엇이겠습니까? 이는 송강전투의 한을 갚아달라는 원혼들의 뜻이자 하늘이 내려주는 기회니만큼, 다소 무리가 따를지언정 망설이지 말고 구려 원정에 나서야 할 때입니다!"

동부여왕 대소가 강경파의 압력에 못 이겨 또다시 고구려에 사신을 보냈는데, 이번에는 전보다 한 단계 수위를 높여 노골적으로 동부여에 곧바로 조공을 보내라고 압박했다. 서남부 현토군 국경지대에서 이미 新나라와 전쟁 중이던 유리태왕은 반대쪽 동북쪽에서 동부여가 공격해 올 경우 두 대국으로부터 양쪽에서 협공을 당할 우려가 있어 크게 걱정하던 차였다.

"드디어 우려하던 사태가 목전에서 벌어지고 말았다. 우리 고구려가 양 대국으로부터 협공을 당해낼 재간은 없다. 동부여왕에게 조공을 수락한다는 답신을 즉시 보내고 그들을 달래서, 우선 동부여의 침공을 막는 수밖에 없다!"

유리태왕이 동부여 사신을 달래고, 동부여의 요구를 수락할 테니 부디 전쟁은 삼가 달라며 거의 애걸에 가까운 내용의 편지를 대소왕에게 보내려 했다. 이때 자결한 해명의 뒤를 이어 정윤으로 있던 해술解術이 가만히 있지 않았다. 그 역시 용맹하고 넘치는 기개가 죽은 이복형 해명解明에 못지않았다.

당시 고구려 조정에서는 태왕이 동부여에 나약한 모습으로 일관해 온 것이 오히려 동부여의 잦은 위협을 유발하는 원인이라고 비난하는 이도 많았고, 해술 또한 이를 걱정하고 있었다. 해명의 죽음을 목도했던 해술태자는 공공연하게 부제의 뜻에 반기를 들기보다는, 소리 없이 직접 동부여의 사신을 찾아갔다. 해술은 유리태왕의 말을 전하기 위해 온 것처럼 둘러대고는, 사신을 마주하게 되자 태도를 바꿔 대놓고 그를 나무랐다.

해술은 그 옛날 동부여의 금와왕이 추모로 하여금 책성을 떠나게 하는 수모를 주었다는 점과, 그 아들인 대소왕 역시 어린 추모를 질시해 위해를 가하려 한 것도 모자라, 이를 피해 달아나는 추모를 죽이려 추격 전까지 펼쳤던 일 등을 나열하며 동부여 왕실의 대를 이은 핍박을 상기시켰다.

"그래도 동명성제께서는 고구려를 건국한 이래 단 한 번도 동부여를 먼저 공격한 일이 없었고, 이는 모후인 유화성모聖母께서 돌아가신 이후에도 지속된 일이오. 동부여에서 자랐고, 동부여 왕실이 부모 형제나 다름없다 여기며 의리를 지키기 위함이었던 때문이오. 지금 동부여의 대소왕은 이런 고구려 황실의 선의를 무시하고, 왕위에 오른 이래 십여 년 전 송강전투를 포함해 줄곧 고구려를 괴롭혀 왔소."

"……."

동부여 사신이 태자의 눈치를 살피며 아무 대답도 못 하였다. 해술이 말을 이었다.

"더구나 고구려가 중원의 新과 전쟁 중이라는 현실을 악용해 조공을 하라는 등 협박을 가하고 있으니, 뿌리가 같은 동족으로서 군사지원을 해 와도 모자를 판에 어찌하여 이처럼 무도하기 짝이 없고 교만한 짓을 저지를 수 있단 말이오? 고구려인들은 더는 동부여의 위협을 좌시하지 않을 것이니 사신은 이 말을 대소왕에게 똑바로 전하시오!"

추상같은 해술태자의 태도에 동부여 사신이 무슨 위해라도 입을까 벌벌 떨며 달아나듯 귀국해 버렸다.

고구려에서 돌아온 사신으로부터 고구려가 강경하게 반발했다는 보고를 들은 대소왕은, 이 이상 자신의 힘만으로는 전쟁을 막을 수 없게 되었다고 느꼈다. 그도 이제는 나이가 들어 늙은 데다, 같은 동족 간에 참혹한 전쟁만큼은 가급적 피하고 싶었다. 그러나 옛 부여(조선)의 강역을 놓고 진정한 패자를 가려야 하는 만큼 고구려와 나라의 명운을 건

한판 승부가 불가피하고, 이는 숙명과도 같은 것이라고 결론지었다.

대소왕은 즉시 나라에 총동원령을 내리고 병사와 군마를 직접 챙겼다. 그리하여 AD 13년 늦가을, 갑옷으로 무장한 대소왕이 5만이나 되는 대부대 앞에 흰 수염을 휘날리며 위풍당당한 모습으로 다시금 나타났다.

"구려는 옛부터 우리의 속국에 다름 아니다. 그러나 그사이 힘을 길러 우리를 섬기지 못하고, 부여의 패자인 양 굴었다. 그러니 이제 진정 옛 부여와 조선의 계승자가 누구인지를 분명히 가릴 때가 되었다. 또 지난번 송강 원정 길에 희생당한 수많은 구국장병들의 원혼을 달래기 위해서라도 결코 피할 수 없고, 나라의 사활이 걸린 전쟁이다. 먼 원정길이라 다들 힘들고 지칠 테지만, 모든 병사들이 우국충정으로 죽기를 다하고 싸운다면 반드시 저 교만한 구려 무리를 참패시키고 승리를 쟁취할 것이다! 불굴의 정신으로 전진하랏!"

"와아! 부여 만세! 대소대왕 만세!"

대소왕이 병사들에게 전의를 일깨우고 진군을 알리는 격려의 말을 마치기가 무섭게 천지를 진동시키는 함성과 함께 색색의 장군기가 펄럭이고 둥둥, 들판 가득 진군을 알리는 북과 나팔 소리에 맞춰 고구려 원정이 시작되었다. 1차 〈송강 원정〉에 이어 약 20년 만에 이루어진 동부여의 2차 원정이었다.

얼마 지나지 않아 고구려 조정에서는 급한 파발마가 뛰어들어 동부여 대군의 침공 소식을 알렸다.

"속보요, 동부여 대소왕이 5만의 병력을 이끌고 국경을 넘었습니다!"

동부여의 침공 소식과 함께 자초지종을 보고받은 유리태왕이 해술태자의 오만한 행동이 전쟁을 불러일으켰다며 격노했다.

"이 일을 어찌하면 좋겠느냐? 내가 전생에 무슨 죄가 있어 아들인 태자들이 하나같이 번갈아서 내 뜻을 어기니 이 무슨 조화란 말이냐? 그렇다고 이제 다 늙은 나이에 도절과 해명에 이어 또다시 태자를 죽음으로 내몰 수도 없는 노릇이 아니냐……. 낭패로다!"

화가 난 유리태왕이 해술을 불러 크게 나무랐다.

"태자, 네가 지금 무슨 일을 벌인 건지 정녕 알고는 있느냐? 너의 경망스러운 행동이 나라를 누란의 위기로 몰아넣었느니라! 중원의 신나라 하나와 전쟁하기도 버겁거늘, 동부여의 침공으로 이제 양쪽에서 협공을 당하게 되었다. 고구려가 이 싸움을 당해낼 것 같더냐?"

그러나 해술태자는 동부여에 당당히 맞서는 게 옳다며 자신의 고집을 꺾지 않았다.

"폐하, 어차피 동부여와의 한판 승부는 옛 부여의 주인 자리를 가려야 하는 피할 수 없는 것이 아니겠습니까? 태왕폐하, 소자에게 병력을 내어 주옵소서! 비록 능력은 부치겠지만, 목숨을 걸고 싸워 반드시 동부여를 막아 낼 자신이 있습니다!"

그리고는 오히려 자신이 전선에 나가서 싸울 테니 병마와 지휘권을 달라고 애걸하면서 드높은 기개를 드러냈다. 이제는 늙고 나이가 들어 자신감이 떨어진 유리태왕이 지푸라기라도 잡는 심정으로 모든 병력을 태자에게 맡기고, 동부여를 격퇴할 것을 명했다.

이제 전쟁의 승패와 나라의 명운을 모두 걸머진 해술태자는 결연한 각오로 전쟁에 임했다. 당시 도성에 남아 있는 병력은 모두 합해 2만 남짓한 수준이었는데, 해술이 출정에 앞서 신속하게 장수들을 소집해 전략회의를 숙의하고는 결론을 내렸다.

"동부여는 5만이나 되는 많은 병력을 데리고 왔으나, 우리 고구려의 병력은 서쪽 구려현 전선으로 분산되어 동부여군의 절반에도 미치지 못한다. 동부여는 주로 막강한 기병으로 이루어져 있으나, 지금 도성을 지키는 고구려군 대부분은 보병으로 이루어져 있다. 전투력에서 열세에 있는 소수의 보병이 다수의 기병을 상대로 평지에서 싸울 수는 없다. 따라서 우리 고구려군은 깊은 산골짜기에 진을 치고 동부여 군대를 유인해야 할 것이다!"

그리하여 해술은 동부여 군대가 지나치게 될 학반령鶴盤岺에서 결판을 보기로 마음을 굳혔다. 고구려 군사들은 학반령 아래 학립동 깊은 골짜기에 숨어서 동부여 병력이 다가오기만을 기다렸다.

한편, 동부여 군사들은 머나먼 행군을 거쳐 마침내 험준하기 그지없는 학반령 계곡에 다다랐다. 대소왕을 포함한 장수들이 계곡을 살펴보니 누가 봐도 매복 공격하기에 딱 좋은 곳이라, 일단 행군을 멈추고 주위를 살피게 했다.

"흐음, 여기는 계곡이 험준하고 깊어 매우 위험해 보인다. 반드시 척후를 기다린 다음 행군을 지속하도록 하고, 경계를 강화하라!"

그리하여 동부여 군대의 긴 행렬을 멈추게 했다가 척후를 기다린 끝에 고구려군이 보이지 않는다는 것을 확인한 다음, 다시 행군을 이어가는 신중한 태도를 유지했다. 그러나 계곡이 너무도 비탈져 동부여 군사들이 말에서 내려 걸어야 할 지경이 되자, 결국 행렬이 좁아지고 길게 늘어지면서 행군 속도가 더디고, 경계도 자연스레 느슨해졌다.

그때 앞쪽에서 형형색색의 깃발을 든 고구려 선봉대가 느닷없이 나타났다. 동부여 병사들이 놀라 우왕좌왕하며 전열을 정비하려는 사이 계곡의 비탈길 숲속 여기저기에서 불화살이 날아올랐다. 이어 우레와 같은 함성이 골짜기를 가득 채우면서 사방에서 매복해 있던 고구려군의 기습이 시작되었다.

"매복이닷! 전군은 당황하지 마라! 흩어지지 말고 전열을 갖춰랏!"

그러나 슈슉, 하는 소리와 함께 계곡 사방에서 하늘 가득한 화살비 공격이 수차례나 이어지자 동부여 병사들이 속절없이 쓰러져 나갔다. 그리고는 좌우 양쪽 계곡에서 바위돌과 나무기둥들이 쏟아져 굴러 내렸다.

"우지끈, 콰콰 쾅!"

"둥둥둥! 와아, 와아!"

이어 계곡을 흔들어대는 북소리와 엄청난 함성이 메아리치자, 동부여 군사들이 혼이라도 나간 듯 두려움에 떨며 좌충우돌했다. 이윽고 양쪽 진영에서 쌍방 간에 화살이 날아다니고, 사방에서 칼과 창이 부딪치며 양측 병사들 간에 격렬한 충돌이 시작되었다. 어느덧 양쪽 병사들의 고함과 말 우는 소리, 병장기 부딪치는 소리가 골짜기를 가득 메웠다.

치열한 전투와 함께 한순간이 지나가자 동부여 군대의 대오가 급하게 무너지더니, 병사들이 말을 버린 채 다른 쪽 산 위로 기어오르며 달아나기 시작했다. 이를 지켜보던 해술태자가 다시 고동을 불게 했다.

"뿌웅, 뿌웅!"

그렇게 전군을 몰아 쉴 틈 없이 공격해 댔고, 산 위로 기어 달아나려는 동부여 병사들을 추격했다. 동부여가 그토록 자랑하던 기병대를 포함한 정예군은 변변한 저항도 하지 못한 채 고구려군에 궤멸되다시피 했다. 오후 한나절 지속된 고구려군의 매복 공격으로 학반령 골짜기가 수많은 동부여군의 시체와 죽은 말들로 뒤덮였다. 하늘 높이 학반령 고개 위로는 우아한 학鶴이 나는 대신, 까마귀 떼가 새까맣게 날아들어 계곡 상공을 빙빙 선회하고 있었다. 태자 해술이 이끄는 고구려군의 완벽한 승리였고, 단군조선 이래 같은 동족 국가 간에 벌어진 가장 큰 규모의 전쟁 중 하나였다. 이것이 바로 저 유명한 〈학반령전투〉였다.

학반령에서 절반의 병력에 불과한 고구려군에 참패를 당하고, 겨우 퇴각한 동부여군은 더 이상 고구려와 싸울 수 없을 정도로 치명적인 타격을 입었다. 두 차례에 이르는 고구려 원정에서 모두 실패하게 된 대소왕은 이제 정치적으로 돌이킬 수 없는 최악의 상황을 맞이해야 했다. 반면, 군사적 열세를 극복하고 뛰어난 전술과 용기로 기적과 같은 대승을 이끈 해술태자는 이제 명실공히 고구려의 영웅으로 거듭나게 되었다.

그러나 바로 그 무렵, 반대편 고구려의 서쪽 전선에서는 新나라 엄우의 유인책에 걸려든 현토태수 구추가 패하여 목숨을 잃고 말았다. 그럼에도 불구하고 유리태왕은 해술태자의 승리가 그저 놀랍고 반갑기 그지없었다. 그는 승전 영웅으로 돌아온 아들을 크게 반기며 칭송을 아끼지 않았다.

"오오, 태자야, 어서 오느라! 네가 진정 백척간두에 선 나라를 구했구나! 장하도다! 네 용맹함과 하늘 높은 기개는 진작 알고 있었다만, 천하의 동부여 정예 기병군단을 한나절 싸움으로 끝장낼 줄 어찌 알았겠느냐? 진정 추모대제께서 다시 나타나신 듯하구나! 너야말로 고구려 황실의 위상을 드높인 진정한 구국의 영웅이로다. 하하하!"

유리태왕은 아들을 불러 친히 덥석 안아 주고 어루만지며 극구 칭찬했다. 아울러 전투에서 공적이 두드러진 장수와 병사들에게 후한 포상을 내리고, 전사자 가족과 부상자들을 위로하라 일렀다.

유리태왕의 해술태자에 대한 자부심과 사랑이 더욱 높아져만 가는 와중에도 조정 한편에서는 이를 크게 걱정하며 경계하는 무리가 있었다. 바로 송황후를 비롯한 다물도 송씨 일가들이었다. 송후가 해명을 잃고 난 후 그간 세월이 흘러, 해명의 어린 아우였던 무휼이 이제 부쩍 자라 있었다. 무휼 역시 아직은 어리지만 총명하고 담대해, 장차 황위를 잇기에 충분한 자질을 지녔다는 평판을 듣고 있었다. 송씨 일가의 제일 웃어른인 다물후多勿侯 송의松義가 오랜만에 입조했다가 귀가하는 길에 여동생인 송후를 찾으니, 송후가 반갑게 달려 나와 오라버니를 맞았다.

"황후마마, 강녕하십니까? 요즘 무휼태자는 어찌 지내신 답니까?"

그러자 송후가 죽은 해명의 생각이 났는지 낮은 한숨을 내쉬며 말했다.

"네, 무휼은 이제 열 살이 되어 말도 잘 타고, 잘 지내고 있습니다. 당차고 총명한 것이 마치 제 형을 빼다 박은 듯합니다. 요즘 부쩍 검술에 관심이 많은 듯하더이다……"

"그렇군요, 열 살이 넘었다면 이제 본격적으로 무술을 연마할 나이가 되었습니다. 도성에 좋은 스승을 천거해 말타기와 활쏘기, 용병술 등에 대해서 제대로 공부하도록 조치하겠습니다."

그러자 송후가 깊은 한숨을 토해내며 말했다.

"에휴, 허나 그리하면 무얼 하겠습니까? 요즘 태왕께서는 자나 깨나 오로지 해술, 해술 타령뿐입니다. 하도 칭찬을 아끼지 않으니, 그럴 때마다 나로서는 죽은 해명이 생각도 나고, 마음이 아파 속병이 날 지경입니다……"

그러자 이제 나이가 들어 백발노인이 다 된 송의가 애틋한 눈으로 송후를 바라보았다. 그러다가 문득 주위를 살피더니 무릎을 당기며 송후에게 다가서면서 말했다.

"황후께서는 그리 속단하실 필요가 없습니다. 아무리 해술이 태왕의 총애가 크다 해도, 그 모친인 화후禾后가 별 볼 일 없는 골천 가문인데 무슨 힘이 되겠습니까? 비록 태왕께서 여전히 우리 다물도 송씨계를 크게 견제한다고는 해도 우리에겐 황후마마와 더불어 저토록 씩씩하게 자란 무휼이 있질 않습니까?"

이 말에 송후가 약간 놀라는 표정으로 송의의 말에 귀 기울였다.

"무릇 사람이 하는 일이란 게, 아무도 그 앞을 내다볼 수 없다 하지 않습니까? 무휼이 진정 태자 감이라면 더더욱 그렇겠지요. 황후께서도 인내심을 갖고 기다려 보시지요. 모름지기 강력한 지지 세력을 가진 태자야말로 황실의 안위를 위한 제일의 조건이 틀림없으니까요……"

송후가 비로소 오라버니 송의와 의미심장한 눈길을 주고받았다.

그 무렵 이제는 나이가 든 유리태왕이 조정의 많은 일들을 해술태자에게 일임했기에, 사실상 해술이 이곳저곳 실질적인 권한을 행사하는 경우가 늘어만 갔다. 학반령 전투를 맡긴 것도 따지고 보면 같은 연장선상에 있던 일이기도 했다. 어쨌든 동부여의 위협으로부터 당분간 자유롭게 된 고구려는 이제 서쪽 중원 新나라와의 전쟁에 전념할 수 있게 되었다. 해술은 태왕의 스승으로 태왕이 각별히 아끼던 현토태수 구추가 엄우에게 희생당한 일을 잊지 않고 있었다. 해술이 수하들에게 지시했다.

"신나라 조정과 구려현 변경에 세작을 보내 첩보를 수집하고 부지런히 新의 동정을 살펴 보고토록 하시오!"

그 결과 급진적 개혁으로 크게 몸살을 앓고 있는 新나라가 동북에 신경 쓸 겨를이 없을 것이라는 판단을 내렸다. 그리하여 해가 바뀌는 대로 新나라 변경을 공격하기 위해 현토군에 인접한 양맥과 자몽국(新의 구려현)을 차례로 공략할 전략을 세우고 있었다. 해술은 동부전선의 병력을 서쪽 변방으로 옮겨 집중배치하고, 장차 현토군 인근에 있는 황룡국과 비리국의 두 왕인 오이와 마리를 시켜 新나라를 공략하려 했다.

그렇게 한창 〈신〉과의 일전을 준비하는 동안 도성과 조정안에 갑자기 해술태자를 헐뜯는 악의적인 소문들이 급속하게 퍼지기 시작했다. 즉 태자가 고구려 노신들을 혹사시키려 한다는 둥, 마치 황위에 오른 듯 벌써부터 교만하다는 둥, 뒤에서는 주색을 탐한다는 둥 하나같이 사실과 무관한 헛소문들이 여기저기 퍼지고 있었다. 그러나 정작 해술 본인은 그런 것에 전혀 아랑곳하지 않고 정무에 임했다. 특히 14살 터울이나 차이가 나는 어린 이복동생 무휼을 아껴 종종 무술을 직접 가르치는 등 각별한 우애로 대했고, 무휼태자도 그런 해술을 존대하며 따랐다.

그러나 이듬해인 AD 14년 정월이 되자, 해술에 대한 악의적 비방이 본격화되더니 급기야 조정에 태자를 탄핵하는 상소문이 빗발치기 시작했다.

"해술태자가 용맹하기는 해도 어진 인군仁君의 자질이 전혀 보이질 않고 자주 포악한 성정을 드러내 전쟁만을 일삼으려 하니, 장차 나라의 안위를 위해 서둘러 태자의 자리에서 내려오게 하셔야 합니다!"

처음에는 그러려니 하던 유리태왕도 그 수위가 점점 올라가니 더럭 태자를 의심하는 눈치를 내비치기 시작했다. 그러자 해술의 측근인 화禾씨 무리들이 이에 적극 맞대응해야 한다며 태자를 설득하고 나섰다.

"태자마마, 저들의 악의적인 비방을 방치해서는 아니 됩니다. 그 배후가 황후이신 송씨 일가라는 것은 삼척동자도 다 아는 사실이 아니겠습니까? 그들이 태자마마를 끌어내리고 무휼태자를 새로이 정윤으로 올리려 드는 것입니다!"

"그렇습니다! 무휼태자가 있는 한 저들은 결코 정윤의 자리를 포기하지 않을 것입니다. 그러니 차제에 마마께서는 이제부터 서둘러 사병私兵을 기르시고 만일의 사태에 대비해야 합니다!"

그러자 말을 듣던 해술태자가 지그시 눈을 감았다. 불현듯 도절과 해명태자의 악몽이 되살아나는 듯했던 것이다. 따지고 보면 그의 모계인 골천 출신들은 소서노의 홀본계가 몰락한 이후로 다물계의 송씨 일가에 완전히 밀려 있었다. 그러다 자신이 태자에 오른 뒤부터 화禾씨들을 중심으로 사람들이 모이고는 있으나 여전히 비교할 수 없이 미미한 형편이었다. 해술이 고개를 저으며 말했다.

"만일 내가 사병이라도 키우고 본격적으로 세력을 부풀리려 한다면 송씨 일가도 똑같은 행보를 걸을 것이오. 그럴 경우 자칫 내란으로 이어질 것이 뻔하거늘, 나라에 무슨 도움이 된다고 그리하겠소?"

그러나 측근들도 물러서지 않았다.

"그것은 지나치게 안일한 생각이십니다. 상대는 이 나라 최고 세력가이자 황실을 능가하는 송씨 일가입니다. 지금 이 나라에서 그들이 마음만 먹는다면 하지 못할 게 어디 있겠습니까? 그들은 나라보다는 자신들의 권력을 더욱 우선시하는 자들로, 절대로 마마처럼 나라와 황실을 먼저 생각하려 들지 않을 것입니다. 태자마마, 이것은 전쟁입니다!"

측근들이 한바탕 소란을 피우고 돌아가자 해술의 마음은 심란하기 그지없었다. 생각해 보면 수하들의 말이 그른 것이 없었다.

'아버님이 선제(추모)로부터 겨우 황위를 이어받기는 했지만, 동부여 출신으로 지지기반이 취약하다 보니 여태까지 크게 나아진 것도 없다. 그 와중에 도절과 해명 형님만 애꿎게 목숨을 잃고 말았다. 지금은 학반령의 승리로 나에 대한 믿음도 크지만, 아버님의 성정을 생각할 때 상황이 바뀌면 언제든 또 다른 선택을 할 가능성도 있을 것이다. 그렇다면 나는 어찌 해야 되나……'

해술은 그 이후부터는 더 이상 생각하고 싶지도 않았다. 그냥 新나라 공략에만 몰두하고 싶었다. 그런데 얼마 지나지 않아 궁에서 청천벽력 같은 조서가 내려왔다. 해술을 태자에서 내려오게 하고, 새로이 나이 어린 태자 무휼을 정윤으로 삼는다는 내용이었다. 분노한 해술의 측근들이 우르르 몰려들었다.

"태자마마, 이는 말도 되지 않는 일입니다! 틀림없이 송씨 일가가 태왕폐하를 겁박했을 것입니다! 당장 태왕을 알현하시고 조서의 철회를 요구하셔야 합니다, 마마!"

"그렇습니다, 마마! 송씨 일가의 이번 폭거에 강력하게 대응하시지요! 태왕폐하께서도 이제는 늙으셨으니 마마께 서둘러 선위를 하셔도 될 일이 아니겠습니까? 당장이라도 11살 무휼왕자가 황위에 오르게 된다면, 사실상 고구려는 고씨가 아닌 송씨의 나라가 될 것이니, 나라를 위해서라도 일어나 저항하셔야 합니다!"

"……"

그러나 막상 우려하던 일이 눈앞에서 현실로 벌어지자 해술은 크게 낙담한 나머지 맥이 빠져 아무 말도 할 수 없었다. 그러자 측근들이 더욱 과격한 제안을 하며 그를 다그쳤다.

"마마, 태자의 보위에 오르신 지도 벌써 5년째입니다. 그간 동부여와의 전쟁으로부터 나라를 구하셨는데, 태왕께서 어찌하여 구국의 영웅을 이다지도 모질게 핍박하신단 말입니까? 당장 사병을 모으고, 서둘러 병권을 장악하셔야 합니다!"

"……"

두 손으로 얼굴을 가린 채 고개를 파묻고 있던 해술이 눈물 가득한 얼굴을 들어 올리더니 기어가는 목소리로 답했다.

"다 부질없는 짓이오……. 해명은 용맹했고, 도절 형님도 그토록 인자하셨지만 결국은 두 분 다 부황이 허용하질 않았소. 하물며 내 어머니는 골천의 미미한 신분이니 내 어찌 정윤의 자리를 지켜 낼 수 있겠소? 나 하나가 조용히 있으면 황실과 나라 전체가 조용해지는 게지요……"

해술의 나약한 대답에 누구는 격하게 화를 내기도 했고, 누구는 같이 눈물을 흘렸다. 유리태왕은 해술을 일절 부르지도 않았고, 해술 또한 태왕을 찾지 않았다.

그 후 얼마 지나지 않아 유리태왕은 한술 더 떠 어린 태자 무휼에게 군국軍國의 모든 사무를 일임한다고 발표했다. 무휼이 병권과 함께 나라의 주요 업무를 맡는 형식을 취했지만, 사실상 그 배후에는 송松씨 일가들의 손길이 골고루 닿아 있었다. 한동안 낙담해 있던 해술은 그때부터 하릴없이 사냥이나 다니는 등 정치와 거리를 두는 모습이 역력했다. 그러자 날이 갈수록 해술의 측근이었던 사람들이 무휼의 세력으로 빠르게 떠나갔는데 다들 한마디씩 했다.

"해술태자는 아니 되겠소이다. 무릇 태왕에 오를 사람이라면 권력욕도 충만하고 자기 자리를 지킬 줄 알아야 하거늘, 저리 모질지 못해서 장차 무슨 큰일을 할 수 있겠소이까? 학반령의 영웅은 이미 사라져 버린 겝니다!"

그러는 사이 현토태수 구추의 죽음에 절치부심하던 유리태왕이 다시 움직이기 시작했다. 고구려가 동부여의 대군을 패퇴시키고 나서 1년이 지난 AD 14년 8월, 기회를 엿보던 유리태왕이 마침내 新나라 공략에 나서기로 결심했던 것이다.

"현토태수 구추는 동부여시절부터 내 스승이었다. 내가 어찌 스승의 죽음을 모른 척할 수 있겠느냐? 마침 신나라에 내란이 일어 동부 전선이 잠잠해진 만큼 때가 되었으니, 신나라에 반드시 그 책임을 묻고, 고구려의 위세를 확실하게 보여야 할 것이다!"

그리하여 잠시 휴전 상태에 있던 〈여신麗新전쟁〉이 다시금 불붙기 시작했다. 유리태왕은 당초 해술이 수립해 놓았던 계획을 채택하기로 하고 주위에 명을 내렸다.

"황룡왕 오이와 비리왕 마리는 2만의 병력으로 우선 현토군에 인접한 양맥을 함께 공격하도록 하라!"

양맥梁貊은 말 그대로 맥족이 세운 소국이었으나 당시 新나라의 현도군에 속한 채 고구려와 경계를 이루고 있었다. 따라서 구려현과 함께 고구려 서진의 교두보 역할을 해 왔으므로, 먼저 이곳부터 치게 한 것이었다. 양맥인들은 심정적으로 이미 고구려 사람이나 다름없다 보니 커다란 저항 없이 쉽사리 성을 내주었다.

양맥을 정복하고 이를 멸망시킨 오이와 마리는 곧이어 고구려군을 이끌고 新의 구려현을 공격했다. 구려현은 옛 〈자몽국〉의 왕으로 추모대제에게 패해 漢나라로 달아났던 섭신涉臣이 이끌고 있었는데, 주로 선비족으로 구성된 나라였다. 新나라 공략을 시작한 뒤 2달 뒤인 10월, 마침내 구려성이 오이가 이끄는 고구려군의 무차별 공격으로 무너졌고, 자몽왕 섭신이 생포되었다. 이로써 자몽에 속했던 12개 소국 모두가 비로소 평정된 셈이었다.

이와는 별개로 마리가 이끄는 군대 역시 고구려에 저항하던 맥인들의 소굴이었던 패사貝沙를 정벌하는 데 성공했고, 오이와 함께 개선했다. 이로써 新나라와 전쟁을 한 지 2년여 만에 新나라 현도군 내에 속해 있던 구려성이 마침내 고구려에 재차 편입되었고, 동북을 노리던 왕망의 꿈을 좌절시켰다.

고구려와의 전쟁에서 참패한 데다 흉노와의 전쟁을 지속하기 위해 다급해진 왕망이, 조세를 턱없이 인상하고 백성들의 징발을 강화하는 무리수를 두니 원성이 더욱 커지고 말았다. 이러한 실정은 급기야 新나라 민초들의 농민봉기로 이어져 〈녹림군〉과 〈적미군〉이 일어나게 했다. 왕망은 지나치게 성급한 개혁으로 나라 안의 불만이 고조되자, 슬그머니 그 시선을 외부로 돌리고자 무리하게 고구려와의 전쟁을 일으켰다. 그러나 이것이 오히려 독이 되어 新나라가 패망의 길로 가는 것을 가속화시켰을 뿐이었다.

무엇보다 그 과정에서 당시 왕망이 대제국임을 앞세워 필요 이상으로 이웃 나라에 언어와 문자, 종교와 생활 습관마저 강요하고 탄압을 가했는데, 결과적으로 그 오만함이 스스로의 멸망을 자초한 셈이었다. 고구려는 이제 동북쪽 위로는 〈동부여〉를 막아내고, 남서쪽 아래로는 옛 漢의 후신인 〈新〉을 패퇴시키면서 그 누구도 넘볼 수 없는 동북의 강호로 우뚝 서게 되었다. 유리태왕 33년 AD 14년경의 일이었다.

그런데 그해 가을, 이웃 나라 동부여에서 엄청난 사건이 터지고 말았다. 고구려에 대한 강경파로 대소왕의 조카인 대불帶弗이 결국 난을 일으켜 늙은 대소왕을 살해하고 왕위에 오른 것이었다. 5년 전 형제 간의 싸움 이래 또다시 일어난 내란이었으나, 이는 학반령전투에서 참패한 대소왕의 책임을 묻는 것이기도 했다. 그러나 동부여는 이후에도 내부 갈등을 수습하지 못하고 분열로 나아가기 시작했다.

〈대불의 난〉은 그 파장을 우려하는 사람들 때문에 고구려 조정에까지도 심각한 긴장을 야기했다. 사실상 고구려에 온건파였던 대소왕이 죽고 강경파인 대불이 동부여의 왕위에 올랐으니, 동부여와의 전쟁을 원하지 않던 유리태왕은 상대적으로 동부여에 대한 강경파들을 눌러야 하는 입장이었다. 그런 연장선에서 동부여에 대한 대표적 강경론자이자 학반령전투의 영웅인 해술에 대한 감시가 더욱 강화되었고, 그 바람에 해술은 이제 자유롭게 바깥출입을 하는 것조차 어렵게 되었다.

그렇게 갑갑하기 짝이 없는 시간이 지속되더니 어느새 4년이란 세월이 무심코 흘러갔다. 유리명제 37년인 AD 18년, 어느 정도 장성해 제법 호걸의 풍모를 갖추게 된 무휼이 동궁으로서의 역할을 수행하게 되자, 해술은 열서너 살이나 어린 아우 밑에서 머리를 조아리는 일이 여간 수치스럽게 느껴지는 것이 아니었다. 괴로운 마음에 술이 늘고, 건강을 해칠 정도가 되자 모친인 화후禾后가 걱정을 할 지경이었다.

그러던 4월 어느 날, 궁정 안으로 날벼락 같은 비보가 전해져 궁 안이 발칵 뒤집혔다.

"태왕폐하, 황공하옵니다! 해술태자께서……. 여진礪津 근처의 강물에 빠져 익사했다는 소식입니다. 흑흑!"

순간 유리태왕은 기절할 지경이 되었다. 정신을 차린 태왕이 겨우 옥좌에서 일어나 소리를 질러 댔다.

"그게 무슨 소리냐, 무슨 소리냐고?"

그뿐이 아니었다. 벌벌 떨던 궁인들이 더더욱 기막힌 소식을 전했다.

"폐하, 그것이, 다름 아니옵고……. 저, 아직 해술태자님의 시신을 찾지 못해, 사람들이 급히 시신을 찾아 헤매고 있다 하옵니다."

할 말을 잃은 유리태왕이 충격에 털썩 주저앉고 말았다. 자신의 처지를 비관하던 해술이 여진에 가서 죽은 해명태자에게 제사를 지내고는, 그만 물로 뛰어들었다는 것이었다. 유리태왕이 비통하게 울부짖으며 말했다.

"내가 자애롭지 못해 세 아들이 차례로 목숨을 끊었으니, 앞으로 어찌 사람들을 대할 수 있겠느냐? 어이어이!"

해술의 시신은 이후 7일이나 발견되지 않았다. 그러다 제수祭須라는 비류 사람이 강 하류에서 해술의 시신을 찾아내 알려왔는데, 이미 시신 일부가 부패해 훼손된 뒤라 사람들을 더욱 경악하게 만들었다. 조정에서는 그간 신세를 비관하던 해술의 자살이라고 했으나, 백성 중에는 그 말을 의심하는 사람들도 많았고, 유리태왕을 향해 아들 셋을 죽인 피도 눈물도 없는 태왕이라며 욕하는 이들도 많았다. 〈학반령전투〉의 영웅이었던 해술의 나이 이제 한창인 스물여덟에 불과했으니, 참으로 허망한 죽음이 아닐 수 없었다.

궁에서는 비탄 속에서도 해술의 시신을 수습해 동궁의 예우로 장사 지내고 왕골령에 자리한 죽은 해명의 곁에 묻었다. 그런데 더욱 안타까운 일이 벌어지고 말았다. 해술의 죽음에 충격을 받은 태자비 역시 삶을 비관한 나머지 태자를 따라서 더럭 자결해 버린 것이었다. 거듭된 비극으로 고구려 황실 전체가 헤어날 길 없는 깊은 슬픔에 잠기고 말았다.

"이제 내가 죽어 이승에 간다 한들, 어찌 죽은 자식들을 대할 수 있겠단 말이냐?"

세 명의 장성한 태자를 연달아 저세상으로 먼저 보내고 깊은 상실감에 고통스러워하던 유리태왕은 하늘이 자신을 벌한 것이라며 자책하더니, 이내 몸져눕고 말았다.

그런데 엎친 데 덮친 격으로, 여름에는 유리태왕의 생모인 예禮태후마저 75세의 춘추로 세상을 뜨고 말았다. 태왕이 병든 몸을 이끌고 두곡豆谷의 동원東原에 태후를 모시고 장사 지냈다. 예태후는 청하백 옥두진의 아내이자 유화부인의 모친인 호인好人이 금와왕과의 사이에서 낳은 동부여의 공주 출신이었다. 주몽의 나이 어린 이모였음에도 금와왕이 주몽을 가까이 두고자 주몽과 혼례를 성사시키면서 추모제의 아내가 되었다. 온화한 성품에 덕성이 가득한 여인이었음에도 추모제가 일찍 세상을 떠나는 바람에 지아비 복은 없었으나, 대신 자신의 아들이 태왕이 되었고 장수했으니 동시에 화복을 누린 셈이었다.

10월에 유리태왕이 황후와 함께 예태후의 능을 겨우 알현하고 송후의 거처인 두곡의 별궁으로 돌아왔다. 그러나 이미 반년 가까이 병상에 누워 있던 유리태왕이 이후로 좀처럼 일어나지 못하더니, 결국 그 길로 파란만장한 생을 마감하고 말았다. 예태후의 능 옆에 장사 지내니 57세의 나이였고, 시호를 유리명제琉璃明帝라 했다. 추모대제로부터 황위를 물려받고도 지지기반이 부실하다 보니, 곧바로 소서노와 비류형제의 분조分朝를 지켜봐야만 했다. 이후에도 토착세력에 이은 신흥 귀족들을 견제하기 바빴고, 그 과정에서 결과적으로 3명의 태자를 연달아 죽음으로 내몰게 되어 죽어서도 좋은 평가를 받을 수 없었다.

그러나 그는 결코 우유부단한 태왕이 아니었다. 오히려 매사에 용의주도하고 냉정하면서도 상황에 유연하게 대처했으며, 천도를 감행할 정도로 결단력도 있었다. 부친인 동명성제처럼 잦은 정복활동은 아니었으나, 두 차례에 걸친 동부여 대소왕의 대규모 침공을 막아냈다. 무엇보다 중원의 혼란을 틈타 일어나던 선비를 제압했고, 중원의 대제국 新나라와의 전쟁까지 승리로 이끌면서 패하를 넘어 서쪽 현도군 일대를 확실하게 되찾고, 고구려의 기초를 탄탄하게 하는 위업을 달성했다. 또 간접적이나마 온조왕을 지원해 옛 번조선 땅을 차지하고 있던 중마한 세력을 몰아낸 것도 그의 빼놓을 수 없는 치적이었다.

37년이라는 비교적 긴 재위 기간도 초창기 고구려 황실의 기반을 다지는 데 커다란 도움이 되었다. 고구려는 이를 토대로 바로 다음 대에 고대 동북아 최강의 나라로 자리매김할 수 있게 되었던 것이다. 공교롭게도 유리명제가 죽은 다음 얼마 되지 않아 개국공신이자 황룡왕인 오이烏伊도 83세로 운명을 달리했다. 유리명제(BC 19~AD 18년)의 뒤를 이어 이제 15세가 된 무휼태자가 고구려 3대 태왕에 오르니 대무신제大武神帝였다.

7. 온조대왕의 伯濟

비류의 미추홀에서 떨어져 나와 한수汗水 인근에 〈십제什濟〉라는 나라를 세우고 독립한 이래, 온조 역시 〈말갈〉(예맥)과의 싸움에 크게 시달리게 되었다. BC 1년 가을이 되자 갑작스레 말갈이 공격해 왔다. 온조왕이 직접 장수가 되어 병사들을 이끌고 칠중하七重河에서 말갈에 맞서 전투를 벌였다. 격렬한 싸움 끝에 말갈의 공격을 물리치고 추장 소모素牟를 사로잡게 되니, 흥분한 장수들이 간하였다.

"어라하, 소모를 어찌하시겠습니까? 당장 저자의 목을 베어 말갈에 본보기로 삼으셔야 합니다. 허락해 주소서!"

그러자 온조가 차분한 목소리로 명령을 내렸다.

"아니다! 소모 하나를 죽여서 무얼 얻겠느냐? 저자는 살려서 (중)마한왕馬韓王에게 보내, 우리의 실력을 드러낼 필요가 있다. 대신, 나머지 잔병들은 모두 구덩이에 파묻어 버리도록 하라!"

그 말에 장수들이 깜짝 놀라 온조의 표정을 되살피자, 온조가 단호하게 말했다.

"우리를 공격하면 그 말로가 어떻게 되는지를 분명하게 보여줄 필요가 있다. 한 놈도 살려 두지 말고, 즉시 이행하라!"

장수들이 온조의 냉정함과 과감한 결단에 새삼 고개를 끄덕였다.

그런데 사실 말갈의 십제 침공은 그 뒤에서 漢나라로부터 떨어져 나온 〈진한낙랑〉이 사주한 것이었다. 따라서 낙랑樂浪에 대한 온조의 분노가 좀처럼 수그러들지 않았다. 〈칠중하전투〉가 끝나고 다음 달이 되자, 온조는 병력을 재정비해 손수 병력을 이끌고 진한낙랑의 근거지인 우두산성牛頭山城으로 향했다. 그러나 우두산성에 도달하기 직전, 구곡臼谷에 이르렀을 때 갑자기 폭설이 내리기 시작했다. 수하 장수들이 간했다.

"어라하, 이런 폭설에 눈밭을 뚫고 성벽을 오를 수는 없습니다. 더구나 이제 곧 한겨울에 접어들게 되면 전쟁 자체를 수행하기도 어려울 것입니다. 하오니 큰 눈을 피해 서둘러 철수를 명하시고, 진한은 다음번에 공략하기로 하옵소서!"

온조가 어쩔 수 없이 우두산성의 코앞에서 철수해야 했다.

그런데 이듬해인 AD 1년 무렵, 미추홀에 있던 비류왕이 50도 안 된 나이에 석연치 않은 죽음을 맞이하고 말았다. 이로써 미추홀 이주 세력은 사실상 온조의 〈십제〉로 모여들게 되었고, 온조가 사실상 유일한 왕이 되어 백성들을 다스리게 되었다. 비류는 〈홀본부여〉 세족 우태와 소서노의 장자로 소서노가 추모에게 재가하면서 고구려의 첫 태자가 되었다. 그러나 나약하다는 이유로 동생인 두근(온조)에게 정윤 자리를 내주어야 했다.

그러나 그 후 동부여에서 추모제의 아들 유리가 찾아오는 바람에 졸지에 온조 또한 정윤의 자리에서 물러나면서 두 형제 모두 찬밥 신세로 전락하고 말았다. 비류는 유리보다 7살이나 더 위의 나이였으니 그의 상실감은 이후 한이 되어버린 듯했다. 추모대제 사후 엄표왕에 봉해졌으나, 유리명제의 속내를 알고는 이내 홀본의 서남부 엄표땅 미추홀로 내려가 아우 온조와 함께 모후인 소서노를 사실상 여왕처럼 모시고 독립을 시도했다.

그런데 온조가 추모의 딸들인 감아(소서노의 딸)와 재사공주(예부인의 딸)를 부인으로 맞이해 유리명제와 처남매부 관계가 되면서, 고구려에 강경하게 맞서려던 비류와 갈등을 겪고 말았다. 소서노의 죽음을 계기로 두 형제는 감정의 골이 깊어져 결국 헤어지게 되었고, 온조가 동북쪽 한수 유역에 〈십제〉를 건설하자, 비류의 세력은 급격하게 위축되고 말았다. 공교롭게도 비류 사후 그의 가솔들 역시 큰 활약을 보이지 못하면서, 미추홀 건국의 영광도 연기처럼 사라져 버리고 말았다.

이듬해 온조가 큰 제단을 마련해 천지신天地神에 제를 올린 것은 새로이 하나가 되어 더욱 단단해진 십제와 그 유일한 어라하(왕)인 자신의 존재를 세상에 널리 알리기 위해서였다. 2년 뒤에, 온조는 석두石頭와 고목高木 두 곳에 성을 쌓아, 말갈의 공격에 대비토록 했다. 그 무렵 온조가 1천의 기병을 거느리고 사냥을 하다가 말갈과 마주친 적이 있었는데, 단 한 번의 싸움에서 말갈병을 격파해 버렸고, 이에 포로들을 수하 장수와 군사들에게 나누어 준 일도 있었다. AD 6년경 십제가 웅천熊川에 목책을 설치했는데, 갑자기 중마한왕(미상)이 사신을 통해 서신을 보내와 이를 책망했다.

"왕이 처음 강을 건너왔을 때, 발 디딜 만한 곳도 없어 내가 동북쪽 백리의 땅을 떼어 주고 편히 살게 해 주었으니, 왕을 대우함에 있어 후하지 않았다고 할 수 없을 것이다. 마땅히 이에 보답할 생각을 해야 하거늘 이제 나라가 완성되고 백성들이 모여드니, 생각 끝에 우리를 적으로 간주했는지 큰 성과 큰 못을 만들면서 우리의 강역을 침범한다면 이것이 과연 의리에 합당한 일인가?"

이에 온조가 사신에게 말했다.

"생각해 보니 구구절절 맞는 말이라 부끄럽기 그지없구려……"

온조왕은 아깝지만 힘들게 쌓은 목책을 다시 헐어 버리라는 명을 내렸다. 당시 〈중마한〉은 〈십제〉를 포함해 수많은 소국의 종주국으로, 전성기에는 54개의 소국을 거느렸을 정도였다. 비록 그 무렵엔 중마한이 쇠퇴일로를 걷고 있었지만, 온조의 십제가 당해 내기에는 여전히 역부족이기 때문이었다.

그러던 중 이듬해 AD 7년경, 위례慰禮 왕궁의 우물물이 갑자기 흘러넘쳤고, 한성 민가에서는 말이 흡사 소처럼 생긴 새끼를 낳았는데, 머리 하나에 두 개의 몸통을 가진 기형이었다. 이에 사람들이 불안해하고 흉흉한 소문이 나돌자 점성가를 불러 풀이를 하게 하니, 그가 놀라운 얘기를 했다.

"우물물이 갑자기 넘친 것은 대왕이 우뚝하게 일어날 징조요, 소가 머리 하나에 몸통이 둘인 것은 대왕이 이웃 나라를 병합할 징조입니다!"

이를 듣게 된 온조왕이 크게 기뻐해 마지않았다. 이를 계기로 온조왕이 비로소 〈진한낙랑〉과 〈중마한〉을 병합하겠다는 큰 뜻을 품기 시작했다. 다만, 중마한은 〈십제〉가 넘보기에는 여전히 강국이었으므로 특단의 수단을 강구하기에 이르렀다.

'아무래도 우리 십제 홀로 마한을 공략한다는 것은 무리다. 방법은 오로지 강성한 고구려의 손을 빌리는 것뿐이다……'

얼마 후 온조왕은 은밀하게 고구려 유리명제에게 사신을 보내 중마한 합병의 뜻을 밝히고, 군사 원조를 청했다. 이른바 〈십제〉와 〈고구려〉 사이의 군사동맹을 제안한 것이었다. 사망한 비류와 달리 차남이었던 온조는 유리명제와는 처남 매부지간이라 고구려에 대한 반감이 크지 않았다. 게다가 온조는 비류와 달리 다소 냉정하면서도 상황을 지극히 현실적으로 판단하는 성격을 가진 인물이었다. 유리명제에 크게 반발해 미추홀로 나왔던 모후(소서노)와 형인 비류가 모두 세상을 떠난 뒤였기에, 일국을 통치하는 왕으로서 온조는 그런 사소한 구원舊怨에 개의치 않았다.

마침 동북의 〈동부여〉와 서남 아래 〈漢〉나라 사이에 끼여 늘 불안해 하던 유리명제 또한 매제의 나라인 〈십제〉와 동맹관계를 맺어두는 것이 옳다고 판단해, 온조왕의 지원요청에 선뜻 동의했다. 당시 고구려는 동쪽으로 동부여와 대치 중인 데다 서쪽의 漢나라를 견제해야 했던 만큼, 십제를 지원할 만큼 여유로운 상황은 결코 아니었다.

그럼에도 유리명제가 온조를 지원하겠다는 통 큰 결정을 내리기까지는 동명성제가 남긴 유지, 즉 온조로 하여금 남방南方(중마한)을 도모케 하라는 유언이 크게 작용한 듯했다. 사실 옛 〈번조선〉의 땅을 차지하고 있던 〈중마한〉은 언젠가는 정리해야 할 대상이었으므로, 유리명제 또한 선제의 뜻에 일리가 있다고 판단한 나머지, 때를 보아 이를 실천에 옮기려 했던 것이다. 이렇게 사전에 외교적 조율을 마친 온조왕이 이듬해 여름이 되자 비로소 신하들에게 말했다.

"마한은 점점 쇠약해지는 데다, 상하 간에 서로 생각이 달라 그 형국이 오래 지속될 것 같지 않다. 마한이 이러다가 만일 다른 나라에 병합이라도 당하는 날엔 입술이 없어 이가 시린 격이 될 테니, 그땐 후회하더라도 이미 늦을 것이다. 그러니 차라리 남보다 먼저 마한을 손에 넣는 것이야말로 훗날의 어려움을 면하는 길이 될 것이다!"

그러자 많은 신하들이 놀랍고 두려운 마음에 술렁거렸다. 말은 맞지만 〈중마한〉을 공격하기에는 아직은 힘에 부치기 때문이었다. 온조왕이 말을 이었다.

"당연히 우리만의 힘으로는 지금의 마한을 꺾기에 역부족이다. 해서 미리 고구려에 군사동맹을 제안했고, 태왕이 이에 동의했다. 우리의 마한 공략에 맞춰 고구려에서 군사와 물자 지원을 보내올 것이다! 경들은 나라의 운명을 걸고 벌이게 될 마한 공략에 총력을 기울이고, 사전 준비를 각별히 해야 할 것이다!"

그제야 신하들이 안심하는 표정을 짓기 시작했고, 앞을 내다보는 온조왕의 탁견에 존경을 보냈다.

"어라하의 명을 받들어 모시겠습니다!"

가을이 되어 고구려에서 약속한 대로 병력과 군량을 지원해 오니 마침내 온조왕이 중마한 공략을 개시했다. 그러나 마한을 공격함에 있어서도 겉으로는 사냥대회를 하는 것처럼 꾸미고, 은밀하게 마한 국경 가까이 군사들을 집결시키는 치밀함을 보였다. 〈십제〉와 〈고구려〉 연합군의 갑작스러운 기습에 〈중마한〉은 별다른 저항도 하지 못하고 허물어졌다. 오직 원산성圓山城과 금현성錦峴城 두 곳만을 남기고 마침내 온조왕이 중마한의 땅을 차지하기에 이르렀던 것이다. 고구려를 떠나 미추홀에 정착한 이후 마한에게 땅을 빌린 지 20여 년만의 일이었고, 온조왕의 유연한 생각과 치밀함, 과감한 결단력이 빛을 발한 원정이었다.

〈십제〉의 공격에도 이를 막아내고 유일하게 버티던 원산, 금현 두 성의 백성들은 오래 버티지 못하고 AD 9년 봄이 되자 마침내 십제에 항복하고 말았다. 온조왕은 3년이나 강경하게 맞서 온 두 성의 백성들을 소개해 그 힘을 빼기로 했다.

"원산, 금현의 마한 백성들을 한산 북쪽으로 옮겨 살게 하라!"

이로써 온조왕이 중마한 땅 대부분을 병합하는 데 일단은 성공한 셈이었다. 〈위씨낙랑〉에 이어 고두막한의 〈북부여〉가 사라진 이후 古조선 지역에서 가장 강력한 세력을 이루고 그 땅을 지배했던 中마한이, 이때 십제에 완전히 밀려나고 말았다. 중마한왕을 비롯한 왕족과 지도층은 일찌감치 성을 버리고 달아나, 이 지역에서 다시는 일어설 수 없게 되었다. 이로 인해 상당수의 중마한인들이 이때부터 본격적으로 한반도의 중서부로 이주한 것으로 보였다.

이 역사적인 사건을 계기로 요동의 中마한인들이 한반도 중부 지역에 새로이 마한을 일으키게 되었다. 그러나 안타깝게도 한반도 〈마한馬韓〉 또한 2세기 초에 무너지게 되면서, 후대에 요동에 존재했던 〈中마한〉의 역사조차도 함께 잊히고 말았다. 게다가 한반도의 韓씨 마한이 〈기씨조선〉에 그 연원이 있다 보니, 마한의 역사 자체를 놓고 커다란 혼란이 가중되는 원인이 되었다.

그런데 사실 십제의 〈중마한 정벌〉은 기록이 부족해 구체적으로 어떤 양상으로 전쟁이 진행되었고, 고구려의 지원이 어떤 규모로 이루어졌는지 자세히 알려지지 않았다. 다만, 마한의 오랜 역사로 보아 결코 그리 쉬운 전쟁은 아니었을 것이다. 그나마 〈동부여〉의 내분으로 고구려 침공이 지연되었기에, 고구려와 십제 연합이 그 틈을 이용해 마한을 공략할 수 있었으니 두 나라로서는 하늘이 도운 셈이나 다름없었다.

어쨌든 생전의 온조왕은 어려운 결정으로 자신을 지원한 고구려를 결코 배반하지 않았다. 후일 온조왕 및 그의 후계자인 다루왕이 한남과 엄표 땅을 고구려에 양보하고, 中마한의 강역으로 들어간 것으로 미루어 온조왕은 끝까지 고구려에 의리를 지키려 했던 것이 틀림없었다.

〈십제〉가 요동(낙랑) 지역의 〈마한 정벌〉로 한성韓城 근처에 확실하게 자리를 잡게 되면서, 온조왕의 위상 또한 크게 높아지게 되었다. 그해 가을이 되자 온조왕은 대두산성大豆山城을 쌓아 주변에 대한 경계를 강화했다. 이듬해에는 재사再思왕후와 아들 다루多婁를 고구려의 신도新都인 위나암으로 보내, 군사지원에 대한 고마움을 표시하고 동맹관계를 강화시켰다.

십제에 대한 군사지원을 반대하던 해명태자가 자살하는 소동까지 겪은 터라, 고구려로서도 커다란 대가를 치러야 했던 것이다. 결과적으로 유리명제의 십제 지원이 남쪽의 중마한 세력을 축출하는 데 결정적으로 기여한 셈이었으니, 젊은 해명태자는 그런 태왕의 깊은 뜻을 헤아리지 못했던 것이다. 온조대왕의 〈中마한 정벌〉은 당시 속국이 상국을 꺾은 드문 사례임은 물론, 옛 번조선의 서북 지역을 차지하고 있던 〈中마한〉을 사라지게 한 역사적 대사건이었다.

다만, 그렇다고 십제가 이때 한꺼번에 〈중마한〉의 강역 모두를 장악하지는 못한 것으로 보였다. 비록 중마한이 소멸되기는 했지만, 이후로 〈십제〉를 포함해 중마한의 옛 후국들과 주변 나라들끼리 이 땅을 놓고 치열하게 경쟁하는 새로운 국면이 조성되었기 때문이었다.

그럼에도 온조가 다스리는 〈십제〉는 지역의 맹주인 〈중마한〉을 제압한 명성에 힘입어, 이웃 나라로부터 사람들이 유입되면서 백성들의 수도 꾸준히 늘어나게 되었다. 이에 온조왕이 나라 안을 남부와 북부 둘로 나누었다가, 이내 동부와 서부를 추가해 총 4부部로 나누어 다스렸다. 그렇게 나라가 커지던 와중에 AD 16년경이 되자 온조왕에게 달갑지 않은 속보가 들어왔다.

"아뢰오, 마한의 옛 장수 주근이 우곡성에서 일어나 반란을 일으켰는데, 우리 군사들이 많이 다쳤다고 합니다!"

"무엇이라, 마한의 장수라고?"

온조왕이 〈중마한〉 정권을 축출한 지 8년 만의 일로, 말갈이 드나들던 〈십제〉의 동북 산간에 은거해 있던 주근周勤이 병력을 일으켜 중마한 부활을 시도한 것이었다. 중마한을 축출하긴 했으나 십제가 곧바로 중마한 지역으로 내려가 그 땅 모두를 장악한 것이 아니었으므로, 그동안에도 곳곳에서 중마한의 속국이나 잔당들의 저항이 심심찮게 일어난 것이 틀림없었다. 다만 이때 주근의 우곡성牛谷城공략은 그 규모가 상당해서 십제의 피해가 매우 컸고, 이에 온조왕도 크게 놀라고 긴장했다.

"이번 마한 잔당의 거병은 결코 예사롭지 않다. 자칫 주근이 마한인 전체를 봉기하게 할 수도 있으니, 내가 친히 토벌에 나서서 그 뿌리를 완전히 제거하고 말 것이다!"

이에 온조왕이 직접 나서서 군사 5천을 거느리고 주근의 반란 세력 토벌에 나섰는데, 당시 십제가 거느리고 있던 상당수의 병력을 총동원한 것으로 보였다. 그만큼 〈주근의 난〉이 십제에 위협적이었던 것이다.

당시 전투 과정을 자세히는 알 수 없으나, 끝내 온조왕이 이끄는 십제군이 주근의 반란군을 패퇴시키는 데 성공했다. 패장의 신세가 되어 겨우 목숨을 구해 달아났던 주근이 탄식을 했다.

"아아, 하늘과 조상신이 도와주질 않는구나. 이제 다시는 조국을 일으킬 수 없게 되었으니 내가 살아서 무슨 의미가 있겠느냐?"

주근이 이때 조국인 중마한을 부활시키지 못한 데 대한 자책이 컸던지 스스로 목을 매 장렬하게 자결했으니, 그야말로 그는 중마한의 마지막 충신이 된 셈이었다. 그러나 온조왕은 주근의 반란군에 대해 놀라울 정도로 무자비하게 대했다.

"마한을 다시 일으키려 한 반란군에게 일체의 자비란 있을 수 없다. 반란군의 수괴 주근의 시신을 찾아 그 허리를 베고, 그의 처자 모두를 없애도록 하라!"

온조왕의 냉정하고도 추상같은 명령에 주변 사람조차도 벌벌 떨 정도였다. 온조왕으로서는 자신과 십제의 권위에 도전하는 어떤 세력도 용납할 수 없었기에, 마한인 전체에 본보기를 보여 두려움과 공포를 느끼게 할 필요가 있었던 것이다.

그사이 AD 13년에는 〈동부여〉 대소왕이 5만의 대군을 동원해 고구려를 침공했던 〈학반령전투〉가 벌어졌고, 태자 해술의 지휘로 매복전을 펼친 끝에 고구려가 대승하는 일이 있었다. 이후로 동부여에서는 대소의 조카 대불이 전쟁 패배의 책임을 물어 숙부인 대소를 죽이고 왕위에 올랐고, 고구려에서도 AD 18년 해술의 자살에 이어 유리명제가 사망하는 바람에 15세의 대무신제가 태왕에 오르는 등 크고 작은 역사가 이어졌다.

동쪽 고구려가 학반령 전쟁 등으로 커다란 전란을 겪는 사이, 온조왕의 십제什濟가 고구려를 지원했다는 흔적은 보이지 않았다. 오히려 십제가 이때 꾸준하게 국력을 키우기에 바빴던 것으로 보아, 말갈이나 낙랑 등 주변에서의 견제가 심했기 때문인 듯했다. 실제로 십제는 AD 18년경에는 서쪽으로 달아난 중마한의 잔류세력을 의식해 탕정성湯井城을 쌓고, 인근의 대두성에 살던 백성들을 나누어 살게 했다. 아울러 전쟁으로 파괴되었던 원산성과 금현성의 두 성을 대대적으로 보수하게 하고, 새로이 고사부리성古沙夫里城을 쌓아 낙랑樂浪에 대비하는 등 국방을 튼튼히 하는 일에 주력하고 있었다.

그러던 와중에 이듬해 봄이 되자, 갑자기 달걀 크기만 한 우박이 쏟아지는 바람에 참새같이 작은 새들이 우박에 맞아 죽는 황당한 일이 발생했다. 이어 지독한 가뭄이 시작되더니 여름이 다 가도록 이어졌다. 이때 십제의 분국이나 다름없는 패수浿水 유역의 옛 한남汗南 지역에서도 심각한 가뭄에 이어 황충이 일어났다. 그러자 백성들이 굶주림에 시달린 나머지, 이웃한 고구려로 이주하는 사태가 벌어졌다. 당시의 대기근으로 패수와 대수 사이가 텅 빌 지경이었는데, 고구려에서는 넘어오는 사람들을 막지 않고 식량을 지원함은 물론, 서하西河 유역에 살도록 배려했다.

해가 바뀌어 AD 20년이 되자, 정초부터 온조왕이 민심 수습에 적극적으로 나서기 시작했다.

"심각한 가뭄으로 폐허가 되다시피 한 패대浿帶 지역을 직접 돌아보고 민심을 달래야겠으니, 서둘러 순행을 준비토록 하라!"

온조왕이 이때 동으로는 주양走壤까지 돌아보고, 북으로 패하까지 이르렀는데, 대략 과거 위만이 들어왔던 상하장上下障과 겹치는 지역으로 보였다. 온조왕이 이후로 순행을 마치고 도성으로 귀경하기까지는 무려 5순旬(50일)이나 걸렸다니, 꽤 긴 여정이었다. 순행 길에서 돌아온 온조왕이 곧바로 명령을 내렸다.

"백성들에게 농사와 누에치기를 권장하고, 사소한 일로 백성들을 괴롭히는 일이 없도록 하라!"

그뿐이 아니었다. 온조왕은 그해 3월, 재사왕후와 다루왕자를 다시금 〈고구려〉로 보내 처남인 유리명제와 예태후의 서거를 애도하는 한편, 새로이 태왕에 오른 대무신제의 즉위를 축하해 주도록 했다. 이때 재사왕후는 사실상 섭정을 하고 있던 시누이 송태후를 설득해 아들인 다루를 형식적이나마 한남의 정윤으로 삼게 했다. 재사왕후와 다루가 돌아오자 온조왕이 곧바로 명을 내렸다.

"태자 다루를 한남의 정윤에 봉하노라!"

아울러 다루로 하여금 중앙과 지방의 군사 업무를 맡겨 자신의 왕위를 이을 준비를 착실하게 수행하도록 했다. 더욱 관심을 끄는 조치는 온조왕이 이 시기에 이르러 국호를 십제什濟에서 〈백제伯濟〉로 바꾸었다는 사실이었다. 자신을 도와주었던 유리명제가 가고 없는 만큼, 이제야말로 자신의 왕권을 더욱 강화하고 밖으로 나라의 존재감을 더욱 드러내기 위한 조치로 보였다. 그해 10월에는 온조왕이 큰 단을 쌓게 하고는 천지신명께 다시 제를 올려 나라의 안녕을 빌었다.

그 후 3년이 지난 AD 23년 정월, 〈백제〉에서는 오랜 세월 온조왕을 도왔던 우보 을음乙音이 서거했다. 그는 〈홀본부여〉 왕가의 혈통으로 소서노의 이부異父 오빠였고, 온조왕의 외숙이었다. 소서노를 보좌해 미추홀로 이주해 왔고, 이후 온조왕을 도와 백제를 일으키는 데 결정적 역할을 했던 일등 공신이었다. 온조왕은 그의 뒤를 이어 뜻밖에도 〈동부여〉 출신 해루解婁를 우보右輔로 삼았다. 해루는 유화부인과 금와왕 사이의 넷째아들인 해소解素의 장남으로 정세에 밝았다.

동부여 태자 해루가 백제로 들어온 과정을 자세히 알 수는 없지만, 그의 부친 해소는 유화부인의 시신을 나누는 일에 반대했던 인물로, 고구려에 그다지 호의적이지 못했다. 그런 연유에다 대불이 난을 일으켜 왕위에 오른 후로 그의 무도함을 비난하다가 위태로운 지경에 이르게 되었고, 이에 그의 차남인 해루가 〈백제〉로 들어온 듯했다. 그해에 백제는 한수 동북쪽에 소재한 모든 부락을 대상으로 나이 15세 이상의 사람들을 징발해, 위례성의 지붕을 덮고 대대적으로 수리했다.

그 무렵 중원에서는 왕망의 新나라가 15년 만에 연기처럼 사라져 버렸고, 2년 후에는 유수劉秀가 〈후한〉의 황제에 올라 새로운 역사를 시작했다. AD 25년경 온조대왕이 아산牙山 함종咸從의 벌판에서 5일간이나 사냥을 즐겼는데, 다음 달에 기러기 백여 마리가 왕궁에 날아들었다. 매일의 운세를 보는 일관日官이 이를 보고 해석하였다.

"기러기는 백성을 상징하는 새입니다. 따라서 장차 우리나라에 먼 곳으로부터 투항해 오는 사람들이 있을 것입니다!"

얼마 후 과연 남옥저南沃沮 사람 구파해仇頗解가 20여 가家를 거느리고 부양斧壤으로 귀순해 오니, 온조왕이 기꺼이 이들을 받아들이고 한산汗山 서쪽에 살게 했다. 백제의 인구가 착실히 늘고 있었던 것이다.

AD 28년에 마침내 십제국을 창건하고〈백제국〉으로 키워낸 어라하 온조가 재위 33년 만에 70세 전후의 고령으로 서거했다. 그는 소서노의 차남으로 형인 비류와 함께 미추홀로 옮긴 다음, 형을 도와 나라를 세우는 데 크게 협조했다. 그러나 이후 中마한으로의 진출을 노리던 그는 고구려의 지원이 절실하다며 친고구려 노선으로의 전환을 주장했고, 이 일로 모후 소서노 및 형인 비류와 갈등했다. 결국 소서노의 죽음을 계기로 비류로부터 독립해 한남汗南 부근에〈십제〉를 세웠으며, 이후 비류의 사망 뒤로는 한남으로 이주한 홀본부여계를 통합해 다스리는 실질적 지배자가 되었다.

온조 역시 처음에는 옛 번조선 땅의 토착세력이나 다름없던 중마한의 속국으로 시작했다. 그러나 선주先住 세력인〈진한辰韓낙랑〉과〈말갈〉의 끊임없는 도전을 물리치고, 고구려와의 군사동맹을 통해 마침내 자신들의 종주국이었던 요동의〈중마한〉마저 밀어내버리는 대반전의 위업을 달성했다. 그의 유연하고도 세심한 정책으로 북부여를 잇는 홀본부여계가 마침내 옛 번조선의 서남부 지역, 즉 주로 옛 낙랑의 서남쪽 땅에 굳건하게 자리 잡을 수 있었으니, 온조대왕이야말로 명실상부한〈백제伯濟〉의 시조였던 셈이다.

시조인 온조대왕의 뒤를 이어 정윤으로 있던 태자가〈백제〉의 2대 어라하에 오르니 다루왕多婁王이었다. 예태후의 딸인 재사왕후의 아들이니 추모대제의 외손이요, 고구려 대무신제와는 2살 위의 고종사촌이었다. 이십 대 후반의 나이로 도량이 넓고 위세와 명망을 갖춘 인물이었다. 이듬해 정월이 되자 다루왕이 동명東明을 모시는 사당에 배알하면서 조상께 즉위 사실을 알렸다.

〈동명묘東明廟〉는 사실 BC 18년 5월, 소서노와 비류, 온조형제가 홀본을 떠나 미추홀에 자리를 잡은 이후로 제일 먼저 세운 사당이었다. 동명은 〈북부여〉 시조 고두막한을 뜻하는 것으로 〈백제〉 또한 〈고구려〉와 마찬가지로 북부여를 계승하고 있음을 천명해 온 것이었다. 2월에는 다루왕이 남쪽 단壇에서 천지신天地神께 제를 올리고, 나라의 안녕을 기원했다.

그런데 이듬해인 AD 30년 10월이 되자 느닷없이 말갈이 쳐들어왔다는 속보가 날아들었다.

"아뢰오, 말갈이 쳐들어와 동부의 장군 흘우가 출정했다 하옵니다!"

이때 흘우屹于가 이끄는 백제군이 마수산馬首山 서쪽에서 말갈군을 상대로 전투를 벌였고, 그 결과 크게 승리해 살획한 말갈인들이 매우 많았다. 다루왕이 승전보를 접하고는 크게 기뻐해 흘우에게 말 10필과 벼 5백 석을 상으로 내려주었다. 그럼에도 말갈의 공격은 여기서 그친 것이 아니어서 이듬해 8월에도 다시금 고목성高木城을 공격해 왔다. 백제에서도 이번에는 장군 곤우昆優가 나가 싸워서 2백여 말갈병의 목을 베고 전투를 승리로 이끌었다.

그런데 사실 이들 말갈은 과거 고두막한의 〈북부여〉 잔류 세력으로 원래는 내몽골 시라무룬강 상류 일대에 살았다. 그러나 이후 〈숙신肅愼〉(말갈, 조선)에게 내쫓기면서 서남쪽으로 내려와 난하 상류에 머물게 되었는데, 아직 나라를 이루지 못한 상태다 보니 주변국들로부터 그냥 말갈末曷로 오인된 듯했다.

그러나 실제의 〈말갈〉은 시라무룬강 위아래를 오가며 생활하던 사나운 수렵민족으로 〈숙신〉으로도 불리던 세력이었다. 이들은 〈고구려〉의 지배를 철저하게 거부했으나, 사실 엄연한 〈고조선〉의 일원임이 틀림없었다. 주로 대릉하 동북쪽의 동부여를 비롯해 그 반대편 서쪽으로는 옥저, 고구려, 선비 등과 자주 충돌했고, 후대에 〈거란〉에 밀려 만주로 옮긴 뒤부터는 〈여진女眞〉으로 불렸다.

따라서 당시 온조왕의 백제를 공격한 〈말갈〉은 원래의 말갈과는 구별되는 〈古북부여〉 세력으로, 이들 또한 마찬가지로 고구려에 복속을 거부했던 〈비리卑離〉 출신들로 보였다. 바로 이들이 후일 〈서부여〉를 세운 위구태 세력의 조상일 가능성이 큰 집단이었던 것이다.

이들은 온조왕 시절부터 줄기차게 백제와 부딪쳐 왔던 세력으로, 백제가 마한을 밀어내고 남진하는 모습을 보이자 본격적으로 백제의 북부 지역을 공략하기 시작했던 것이다. 비록 백제가 이때 〈(비리)말갈〉의 공격을 막아내기는 했지만, 이들과의 충돌은 〈백제〉에게 있어 두고두고 커다란 우환거리가 아닐 수 없었다.

8. 서나벌과 낙랑

북경 동북쪽 연산燕山 아래 고허촌에서 선도성모仙桃聖母 파소부인이 세운 〈서나벌〉은 박혁거세의 부인으로 낙랑계 알영閼英부인을 영입하면서, 이웃한 〈진한辰韓낙랑〉과의 관계를 강화했다. 알영계 낙랑은 난하 좌우로 옥저라고도 불리던 〈최崔씨낙랑〉과는 다른 이들이었다. 이들은 진한秦漢시대를 거치며 중원의 속군이었던 낙랑군과 현도군에 속했던 토착 辰韓人들로, 중마한의 서북쪽 등지에서 말갈(예맥일파) 등과 뒤섞여 있던 세력으로 보았다.

BC 108년경, 옛 번조선 땅에 있던 衛씨낙랑이 몰락하자 漢무제가 그 땅으로 들어와 소위 漢四郡을 설치하려 들었다. 다행히 고리 출신 고두막한(동명제)이 일어나 한무제의 시도를 저지하고 한군漢軍을 패수浿水 서쪽으로 몰아내는 데 성공했다. 그러나 끝내는 발해만을 낀 〈낙랑군〉과 그 북쪽의 〈현도군〉 2郡이 설치되는 것을 막지 못해, 낙랑이 난하의 동(漢낙랑군)과 서(낙랑국)로 분열되고 말았으니 대체로 이것이 낙랑의 〈1차 분열〉이었다.

그 후 漢무제와 고두막한이 사라지고 나자, 漢나라의 정치가 혼탁해지면서 동북의 〈한이군漢二郡〉을 소홀히 하게 되었고, 〈북부여〉 또한 열국으로 분열되기 시작했다. 그 틈을 이용해 난하 동쪽에 있던 〈중마한〉이 서진해 古낙랑의 남서부 상당 지역을 장악하고 말았다. 그 과정에서 한이군에 반발했던 낙랑 토착세력들의 이탈이 이어졌고, 이들이 조선하와 패수의 상류 지역, 즉 현도 인근인 북경 북쪽의 사방으로 흩어진 것으로 보았다.

이외에도 중마한이나 신흥국 고구려 등의 지배를 피해 이들에게 내몰린 예맥(숙신, 말갈)이나 진번, 선비 등의 세력들도 당시 북경 북쪽 곳곳에 흩어져 이합집산을 거듭했다. 그 중 〈한이군〉으로부터 이탈해 나온 辰韓의 토착세력을 〈진한낙랑〉이라 구분한 것으로 보았다. 이처럼 한이군이 진한의 토착세력에 의해 대략 남북으로 나뉘게 된 것이 낙랑의 〈2차 분열〉에 해당되는 일이었다. 그럼에도 이들은 사실상 고조선과 古부여에 뿌리를 둔 같은 민족이나 다름없었다.

그런 배경 아래 당시〈서나벌〉은〈진한낙랑〉과의 혼인 동맹을 통해, 사나운 말갈(예맥, 숙신 일파) 등의 도전 속에서도 이후〈변한弁韓〉의 세력을 아우르고, 주변 세력들과 접촉을 늘려가면서 조금씩 세력을 키워 나갔다. 그즈음 서나벌은 북경 북쪽으로 조하潮河 상류 인근의 쇠성(금성金星)에 도읍을 이룬 것으로 보였다. 서나벌은 작은 소국임에도 백성들이 농사와 누에치기를 겸할 정도로 수준 높은 생활을 누리고 있었다.

그러던 AD 4년경 어느 새벽,〈진한낙랑〉의 도성에 피투성이가 다된 일군의 무리가 들이닥쳤다. 복장으로 보아 이들은 서나벌 사람들이었는데, 그중에는 박혁거세의 아들도 끼어 있었다. 그가 낙랑의 거수渠帥를 찾아 울면서 사정을 보고했다.

"간밤에 모친인 알영 성모님과 부친 혁거세께서 모두 서거하셨습니다……. 흑흑! 남해 그 흉포한 자가 결국 일을 저지르고 말았습니다."

"무어라, 알영이 죽었다고? 너희 부모 모두가? 오오, 남해 이 흉악한 놈을 장차 어찌해야 할꼬?"

분노한 진한낙랑의 거수가 가슴을 쥐어뜯으며 슬퍼했다. 알영 부부의 아들이 눈물을 삼키며 간절하게 호소했다.

"이는 진한에 대한 도전이나 다름없으니, 부디 병력을 일으켜 그 싹을 도려내야 할 것입니다! 부디 부모의 원수를 갚을 수 있도록 진한에서 도와주십시오, 흑흑!"

그 무렵 서나벌은 시조이자 초대 여왕인 선도성모(파소부인)가 나이가 들어 죽고, 그 아들 혁거세의 부인인 알영부인이 성모의 자리를 잇고 있었다. 당시 파소부인의 주요 신하 중 남해南解라는 자가 있었는데, 그는 원래〈십제什濟〉출신으로 이름 자체가 '남쪽의 해解씨'라는 뜻이었다. 나라의 제사를 주관하는 차차웅次次雄(차웅, 무당, 제사장, 중의 뜻)의 자리에 있었던 남해는 알영의 출현과 함께 〈진한낙랑〉 출신의 진출이 두드러지는 데 대해 줄곧 불만을 품고 있었다. 그런 그가 흑심을 품고 있다가, 반년 전에 전격적으로 반란을 일으키고 서나벌의 정권을 장악한 것이었다.

반란에 성공한 차차웅 남해는 이후 성모 알영과 박혁거세 부부를 포함한 많은 왕족을 성안에 유폐시켜 놓고 있었다. 십제 출신인 자신들의 세력이 크지 않은 상황이라 민심을 고려한 조치였는데, 그러다가 그 무렵 결국 알영과 박혁거세를 포함한 서나벌의 왕족들을 처형시키고 만 것이었다.

사실 서나벌은 작은 소국으로 일어났기에 건국 초기부터 주변의 여러 다른 나라 출신들을 영입하는 데 적극적이면서도 대단히 개방적이었던 것으로 보였다. 당연히 동맹관계인 진한낙랑인들을 포함, 변한과 동옥저, 동예와 말갈족, 그리고 십제 출신들까지도 서나벌국에 골고루 뒤섞여 있었다. 그러다 보니 나라가 점점 커지면서 세력들 간에 부득이하게 파벌이 생기기 시작했고, 이들 간의 알력과 다툼이 점점 심각한 국면으로 접어들게 되었다.

남해는 몸집이 장대하고 침착한 성품에 지략을 갖춘 인물로 그를 따르는 무리가 제법 많았다. 그는 틀림없이 소서노와 비류에 충성했던 인물로, 온조가 한산으로 이주해 십제를 건국했던 시기를 전후해 조정의 중심에서 소외된 듯했다. 그의 부인 아루阿婁 역시 같은 십제 출신이었는데, 그때 이들은 자기들을 따르거나 뜻을 같이하는 무리와 함께 새로운 기회를 찾아, 외부인에게 관대하고 개방적이었던 포구진한(서나벌)으로 들어온 듯했다.

이들 중에는 일찍이 고구려는 물론, 비류와 온조가 새로운 나라를 건국하는 것을 돕는 과정에서 풍부한 경험을 쌓은 사람들이 적지 않았을 것이다. 서나벌이 이들의 다양한 지식을 높이 사서 장차 이들을 중용한 다는 조건으로 영입했을 가능성이 매우 커 보였는데, 과연 남해는 제사장 격인 차차웅의 자리에 올라 나라의 중책을 맡고 있었다.

따라서 남해의 세력이 비록 소수로 출발했음에도 여기저기 나라의 중임을 맡다 보니 어느 사이 왕족과 개국 공신들 다음가는 무시 못 할 세력으로 커져 있었다. 한편으로 이들은 혁거세를 비롯한 辰韓人이나 漢나라에 예속되었던 진한낙랑 출신들을 깊은 산속에 갇힌 '우물 안 개구리'라는 식으로 얕잡아보는 경향도 있었다. 그러나 권력의 중심은 여전히 혁거세와 같은 서나벌의 왕족과 진한 6부 귀족들의 손아귀에 있어 남해의 세력들은 불만에 가득 차 있었고, 양측의 갈등이 서서히 고조되기 시작했다.

제사장 출신의 남해는 그때 자신의 부인인 아루를 장차 성모로 추대하고, 권력을 장악하려는 야심 찬 계획을 꿈꾸고 있었다. 그러던 중에 혁거세의 부인인 진한낙랑계 알영이 덜컥 성모로 추대되자, 남해와 그 세력들은 크게 낙담하고 말았다. 마침 그럴 무렵, 갑작스레 자기들 곁에서 나라를 세운 십제가 점점 세력을 키우는 것을 우려하던 〈진한낙랑〉이 〈십제〉를 매섭게 공격하기 시작했다. BC 2년에는 진한낙랑이 직접 십제를 침공해 도성인 위례성을 불태운 적도 있었고, 말갈을 사주해 자주 십제를 공격하게 했다. 분노한 온조왕이 그에 대한 보복으로 이듬해 우두산성을 공격하고자 출정했다가, 폭설로 돌아간 적도 있었던 것이다.

이처럼 〈진한낙랑〉과 〈십제〉의 갈등이 증폭되자 급기야 〈서나벌〉 내부에서도 노선 갈등의 조짐이 나타나기 시작했다. 여왕인 알영 부부와 토착 왕족들은 당연히 친親낙랑 정책을 고수하려 했다. 반면, 남해의 세력은 비록 십제에 등을 돌리고 서나벌로 망명했지만, 이때쯤엔 자연스럽게 친십제로 돌아서 있었다. 중원의 색채가 강한 데다 아직 나라를 이루지 못한 진한낙랑에 비해, 십제는 그래도 정식 나라의 형태를 갖춘 데다 자신들의 모국이기 때문이었다.

급기야 양측의 갈등과 불만이 더욱 증폭되는 가운데, 이 과정에서 남해의 세력들이 아래쪽의 십제인들과 접촉하면서 과도한 오해를 사게 되었고, 이것이 빌미가 되어 남해의 세력이 점점 궁지에 몰리게 되었다. 불안해진 남해의 세력들이 모여 이 문제를 숙의했다.

"차차웅, 큰일입니다. 아무래도 궁 안의 움직임이 수상하기 그지없습니다. 저들은 우리가 십제와 내통해 (진한)낙랑의 기밀 등을 빼돌리는 게 아니냐며, 이참에 우리를 몰아붙일 태세입니다. 이렇게 세작細作(밀정) 취급이나 받으며 가만히 구경만 하다가는 언제 큰일을 당할지 모르겠습니다……"

"그렇습니다. 차차웅, 우리가 저 우물 안 개구리처럼 무도한 자들에게 당할 걸 생각하면 억울하기 짝이 없습니다. 이렇게 손도 못 쓰고 당하느니 차라리 이참에 우리가 선수를 쳐서 정권을 뒤집어 버리고, 아루 부인을 성모로 추대하시지요! 이제는 차차웅께서 앞장서 일어나셔야 합니다. 더는 선택의 여지가 없어져 버렸습니다! 그렇지 않으면 우리가 당한다고요!"

차차웅 남해 역시 수하들의 생각과 다를 게 없었다. 결국 남해는 거사를 도모하기로 하고, 은밀하면서도 치밀하게 실행 계획을 준비하기 시작했다.

AD 3년 가을 어느 날 저녁, 그동안 남몰래 사병을 모아온 차차웅 남해가 마침내 거사 계획을 전격적으로 실행에 옮겼다. 출정에 앞서 그가 병사들 앞에서 사자후를 토하며 격문을 외쳐댔다.

"성모 알영을 비롯한 거서간 일파는 우리보다 선진적인 십제를 마다하고, 무도한 데다 漢의 속주나 다름없는 낙랑 일파에 의존해 나라의 발전을 더디게 하고 있다. 애당초 나라를 다스릴 능력도 부족한 그들이 이처럼 나라를 망치고 있는 현 사태를 더 이상 좌시할 수는 없는 노릇이다. 이제 내가 이 모든 것을 바로 잡고자 횃불을 높이 드노니, 모두들 두려워 말고 성안으로 진격하라!"

"와아, 와아! 차차웅 만세!"

남해의 반란군들은 곧바로 쇠성으로 쇄도해 들어가 직접 궁정을 공격했는데, 이때 성문을 연 것은 당연히 남해가 사전에 심어 둔 그의 일파였다. 물론, 서나벌의 왕족들도 그간 남해 세력의 범상치 않은 움직임을 간파하고 있던 터라, 왕궁 수비를 강화해 놓기는 했다. 그러나 거사일을 정확히 알지 못해 불의의 일격을 당하다 보니 왕궁 수비대가 치명적인 피해를 입었고, 밤새 이어진 싸움 끝에, 새벽 동틀 무렵에는 결국 알영 부부를 포함한 많은 왕족이 체포되고 말았다. 그나마 혁거서간이 체포되기 직전에 후일을 도모하고자 아들 일행을 서둘러 진한낙랑 진영으로 보내는 바람에 겨우 이들만이 사지를 탈출할 수 있었던 것이다.

비록 반란에는 성공했지만 남해 세력은 여전히 소수인지라 토착 백성들을 설득하는 일이 쉽지 않았다. 따라서 알영 일행을 바로 제거하지 못한 채 왕궁의 특정 지역에 유폐시켰는데, 이러한 상황이 무려 반년 가까이나 지속되었다. 〈진한낙랑〉에서는 즉시 출병해 남해 세력과 전쟁을 벌이려 했으나, 자칫 알영 부부에 해를 가할지 몰라 기회를 엿보고 있었다. 그동안 그들의 아들 일행만이 진한낙랑과 서나벌을 오가면서 알영 부부를 구출하려 했으나, 그 역시 삼엄한 경비로 적당한 기회를 잡지는 못했다.

그렇게 진한낙랑의 동태를 걱정하던 남해가 결국 지난밤 성모 알영은 물론, 거서간인 박혁거세와 수많은 서나벌의 왕족들을 무자비하게 도륙하고 만 것이었다. 이때 차차웅 남해는 성모 알영의 남편으로 배후에서 실권을 행사하던 박혁거세의 시신을 머리와 사지를 자른 채로 거리에 방치해 두는 잔혹한 행위를 일삼았다. 그렇게 7일이 지나서야 겨우 혁거세의 시신을 수습하라 명하면서 또 다른 주문을 했다.

"성모 알영의 시신을 혁거세와 따로 묻어 장사 지내되, 특히 혁거세의 시신은 머리와 사지를 각각 서로 다른 장소에 묻도록 하라!"

그 결과 머리와 사지가 잘린 혁거세의 시신을 따로 묻다 보니 모두 5개의 능(오릉)을 조성해야 했는데, 잔인하기 그지없는 행위였지만 이는 혁거세의 세력이 다시는 일어나지 못하도록 차차웅 남해가 각별하게 주문한 주술적 조치로 보였다.

〈섭라국〉파소여왕의 아들이자 고두막한의 외손으로 그의 모친인 선도성모가 세운 〈서나벌〉을 일으키는 데 지대한 역할을 했던 박혁거세(혁거서간)의 말로가 자신들이 영입했던 신하의 반란으로 인해 너무도 비참하게 끝나고 말았다. 그렇다고 혁거세의 후손들까지 사라진 것은 결코 아니었다. 이들은 또 다른 복수와 부활을 꿈꾸며, 끈질기게 박朴씨 혈통을 이어갔던 것이다.

망명인의 신분이면서도 정권 찬탈에 성공한 남해는, 서둘러 부인인 아루를 성모로 내세우고 운제雲帝부인으로 추대했다. 그 자신은 여전히 차차웅의 신분으로 성모 운제의 배후에서 나라의 실권을 행사했고, 서나벌의 국호도 그대로 사용했다. 곧바로 분노한 〈진한낙랑〉의 매서운 보복 공격이 몇 차례 있었으나, 그때마다 남해차차웅이 나서서 용케 이들을 막아낼 수 있었다.

이후 남해는 서둘러 자신의 친위 세력을 새로이 조정에 배치해 국정의 안정을 도모하려 했다. 그러나 여전히 소수 세력인데다 역성혁명으로 인한 백성들의 반발이 만만치 않다 보니, 정권 유지 차원에서 늘 반대파를 감시하고 숙청하는 일에 매달려야 했다. 그때 남해의 신하 중 한 사람이 새로운 안을 제시했다.

"아무래도 반대 세력의 저항이 끊이질 않으니, 저들을 탄압하기보다 이제는 생각을 바꾸어 저들을 달래고 포용하는 방식이 어떻겠습니까? 박씨 가문 중 살아남은 혁거세의 아들 중에 나로娝老라는 자가 비교적 온건하고 나랏일에 두루 밝다 하니, 차차웅께서 그자를 사위로 맞이하고 끌어안아 소임을 맡겨 보심이 가할 줄 압니다!"

남해도 이것이 꽤나 그럴듯하다고 여겨졌다.

"흐음, 혁거세의 또 다른 아들이라? 그자를 공주와 혼인을 시켜 반대파를 무마시킨다……. 그것 참 괜찮은 방법이로구나."

그리하여 남해가 나로를 전격 불러들였다. 27세의 나로는 과연 왕족답게 수려한 용모와 인품을 지니고 있어 남해가 마음에 들어 했다. 혁거세의 아들로 언제 죽임을 당할지 몰라 전전긍긍하면서 피해 다니기 바빴던 나로의 입장에서는 상상도 못 한 국면 전환이었던지라, 그저 놀랍기 그지없었고 조상과 하늘에 감사할 따름이었다. 얼마 후 마침내 운제성모와 남해차차웅이 자신들의 딸을 나로에게 주고 그를 사위로 맞이했다.

실질적으로 나로에게 부여된 임무는 박朴씨 가문을 포함한 반대 세력을 무마하여 저항을 없애도록 하는 것이었다. 이는 마치 주周무왕이 은殷나라의 마지막 왕자인 무경을 통해 은나라의 고지故地를 다스리게 하면서, 은나라 백성들의 반발을 줄이려 한 것과 유사했다. 서나벌 토착

세력을 설득하려는 나로의 노력에, 일부는 반발하고 모욕까지 주며 저항하는 자가 없지 않았다.

"당신은 박씨 왕족으로 언젠가 박씨 정권을 되찾을 생각은 하지 않고, 어찌 원수의 사위가 될 수 있단 말이오? 그렇게 구차하게 사는 것이 정녕 옳은 길이오? 당신은 자존심도 없소?"

그럼에도 불구하고 나로는 전혀 속을 드러내지 않은 채, 그런 사람에게는 고개를 숙이고 돌아서는 대신, 그렇지 않은 사람들에게는 남해의 新정권에 동조해야 한다고 설득했다. 그러다 보니 시간이 흐르면서 점차 국면이 바뀌어 나로의 입장에 동조하는 사람들이 오히려 늘기 시작했다. 운제 부부가 그런 나로를 높이 평가하고 진정 사위로 대했다.

그 무렵 〈고구려〉의 유리명제는 동명성제가 일으켰던 첫 도읍 홀본을 떠나 새로이 위나암으로 천도했다. 추모를 도와 고구려를 건국하는데 일등공신이었던 협보陜父는 소서노 편에 기운 데다, 위나암 천도에도 반대하면서 유리명제의 눈 밖에 나고 말았다. 결국 태보의 자리에서 쫓겨나 장원이나 지키는 사원소형으로 좌천되는 굴욕을 당하고 말았다. 위기를 의식한 협보는 그러나 여기서 좌절하지 않고, 낙랑왕 시길의 외손인 작鵲태자와 뜻을 같이하기로 했다. 이들은 고구려의 서남쪽 아래로 나아가 새로운 나라를 건설하겠다는 원대한 꿈을 품고, 고구려를 떠나는 모험을 감행했다.

협보 일행은 이때 육로가 아닌 수로를 이용해 배를 타고 이동했는데, 자신들을 따르는 커다란 무리와 함께하기에는 이 방법이 더욱 수월했기 때문이었다. 바로 가까운 난하灤河의 수로를 이용하면 곧바로 발해로 나갈 수 있었고, 발해만을 따라 서진하다가 천진天津 아래를 거쳐 한창 육지화가 마무리되던 내해의 안쪽에 닻을 내렸다. 그곳은 옛 창해조선이 있던 땅으로 추정되는 지역이었다.

당시 천진 일대는 호타하와 요수遼水, 조선하 등의 거대 하천들이 해수면이 낮은 발해로 쏟아져 들어오면서, 해하海河라고 불리는 거대 습지를 이루고 있었다. 흡사 바다처럼 광대한 지역임에도 염분이 많은 땅에 하천이 자주 범람하니 농사짓기에 적합하지 않아, 사람들 또한 많이 살지 않는 지역이었다. 협보 일행은 이런 곳을 찾아 우선 정착한 다음에 차츰 그 활동 반경을 넓히려 한 것으로 보였다. 한때 이곳은 옛 번조선의 서남쪽으로 북경의 북쪽 일대까지를 강역으로 하던 예맥濊貊의 고지故地였다. 그곳에는 〈위씨낙랑〉이 사라진 후에도 그 잔존 후예들이 소수맥小水貊 등의 이름으로 여기저기 산재해 있었고, 당시는 〈중마한〉의 세력과 뒤섞여 있을 가능성도 있었다.

협보 일행이 이때 유성柳城(하북대성大城) 일대에 자리를 잡은 것으로 보였는데, 먼저 고구려를 떠났던 협보가 이곳에 정착한 다음, 시차를 두고 이듬해 작태자를 불러들이는 치밀함을 보였다. 고구려 추모대제의 아들인 작태자와 개국공신 협보 일행이 해하 안쪽의 작은 마을에 새롭게 도착했다는 소문은 삽시간에 퍼져나가, 그 일대에 커다란 화제로 떠올랐다.

특히 협보는 추모를 도와 강호 고구려를 개국한 데다, 태보로서 나라를 실질적으로 경영하던 최고위 행정 관료 출신으로 그의 경험과 선진 지식은 누구도 넘볼 수 없는 소중한 것이었다. 작태자 역시 추모대제와 낙랑왕의 직계 태자로 고귀하기 그지없는 신분이라, 이들이 도착했다는 소식을 들은 지역민들이 앞다투어 이들을 맞이하기 위해 모여들었다.

"오오, 구려의 태자님과 태보께서 우리 땅을 직접 찾아오시다니, 놀랍기 그지없을 따름입니다. 우리 예맥의 행운이 아닐 수 없고, 조상님들께서 구려의 귀인들을 보내 주신 것이 틀림없을 겁니다. 여러분들 아니 그렇습니까?"

"그렇습니다. 우리는 멀리 구려에서 오신 귀하신 분들을 열렬하게 환영합니다. 앞으로 많은 지도를 부탁드립니다! 짝짝짝, 와아!"

이에 작태자가 나서서 환영에 대한 인사말을 했다.

"고맙소이다! 지역민들께서 우리를 이토록 환대해 주시니 감읍할 따름이오. 힘이 닿는 한 이 땅의 발전을 위해 최선을 다할 것을 약속드리고자 하오, 여러분들 진심으로 고맙소!"

그리하여 협보 일행은 토착민들의 뜨거운 관심과 기대 속에 고단한 망명길을 접은 채, 낯설고 풍토가 전혀 다른 환경 아래 새로운 생활을 시작했다.

사실 작태자 일행의 행적은 기록으로 충실히 남아 있질 않아 자세히 알 수 없었다. 다만 작태자 일행은 이곳에서 주변의 지역민들을 차츰 포섭해 나가면서 과거 흩어졌던 예맥의 무리를 모아 점점 큰 무리로 이끄는 데 성공한 것으로 보였다. 그때쯤에 멀리 북경 연산쪽의 〈서나벌〉과도 교류를 이어간 것으로 보이는데, 그 지역이 같은 예맥의 고지라 양쪽에 진한인(예맥)들이 많이 뒤섞여 있었을 것으로 추정되기 때문이었다. 대신 이들은 동쪽의 고구려와는 철저하게 거리를 둔 듯했다.

협보와 작태자 일행이 고국인 고구려를 떠나 예맥 일대에 정착하던 그 무렵, 공교롭게도 서나벌에서는 진한낙랑과 연합했던 혁거세와 알영의 박씨 세력을 누르고, 운제성모와 백제계인 남해차차웅이 정권을 장악한 지 얼마 지나지 않은 시절이었다. 쿠데타를 통해 시조인 박씨 혁거세 세력을 잔인하게 제거한 남해차차웅은 박씨 왕조에 충성하던 세력들을 누르고 새로운 왕조를 정착시키기에 바빴고, 작태자 일행 또한 신천지에 적응하느라 눈코 뜰 새 없는 시간을 보내야 했다.

그러던 AD 8년경, 서나벌 금성의 조정에 머물던 남해차차웅에게 놀라운 보고가 들어왔다.

"지금 구려의 작태자라는 사람이 남쪽 변방 인근의 예맥인들이 사는 지역에 들어와 산 지 오래되었다 합니다. 그는 구려국의 시조인 동명성제의 아들이라 하는데, 그의 곁에는 구려의 태보를 지낸 협보공이 늘 함께하며 작태자를 보필하고 있다고 합니다."

"무엇이라? 구려의 협보와 추모의 아들이 예맥고지에 들어와 살고 있었다고? 어찌 그런 일이……"

남해차차웅이 크게 놀라 당장 수소문한 끝에, 작태자 일행에게 사람을 보내 속히 금성으로 들어오게 했다. 그리하여 마침내 작태자가 고구려를 떠나온 지 4년여 만에, 서나벌의 왕궁에 들어가 임금과 마주하게 되었다. 당시는 북부여가 해체된 이래로 사실상 그 뒤를 잇게 된 고구려가 명실공히 이 지역의 맹주국으로 빠르게 부상하던 중이었다. 따라서 서나벌 왕실에서도 추모대제의 아들 작태자와 고구려 개국공신이자 태보 출신인 협보의 출현은 여간한 화젯거리가 아니었다. 조정의 대소 신료들은 물론, 왕후인 운제성모를 비롯해 왕자들과 공주 등 수많은 왕실 인사들까지 이들을 구경하기 위해 모여들었다.

"구려 출신의 작태자라 하옵니다. 서나벌의 임금을 뵙습니다."

먼저 작태자가 정중하게 남해차차웅을 향해 인사를 하니, 차차웅이 크게 반기며 답했다.

"오오, 어서 오시오 작태자, 내 진작부터 그대를 만나고자 기다리고 있었소. 반갑소이다. 과연 듣던 대로 훌륭한 풍모를 지니셨구려, 하하하!"

남해차차웅 부부는 물론, 주변 사람들 모두가 9척 장신의 큰 키에 수려한 얼굴을 가진 작태자의 외모에 다들 빠져들고 말았다. 수행한 협보 또한 구려의 천재이자 개국공신이라는 소문대로 과연 매사에 막힘이 없이 해박하고, 빼어난 식견을 자랑하니 이들 부부는 물론, 서나벌의 신료들이 탄복해 마지않았다.

　작태자 일행은 이때 남해와 운제 부부의 요청으로 며칠을 더 금성에 머물며 이들과 더욱 친밀한 시간을 가질 수 있었다. 이 자리에서 이들은 서로 간에 나라를 다스리는 일에 대해 토론하고, 새로운 제안을 주고받는 등 생산적인 시간을 나누었다. 작태자 일행은 그렇게 서나벌의 왕실로부터 국빈에 해당하는 예우를 받은 뒤 금성을 떠나 귀향했고, 소식을 들은 부락 사람들 모두가 기뻐하며 이들을 축하해 주었다.

　사실 기존 박씨 왕조를 물리치고 정권을 잡은 탓에 서나벌 조정은 여전히 불안한 구석이 남아 있는 상태였다. 남해차차웅으로서는 이러한 때 고구려의 유력한 황족 출신들을 가까이 포섭해 두는 것이 자신들에게 커다란 힘이 될 것이라 기대했다. 하루는 그가 운제성모에게 그런 자신의 뜻을 밝히며, 새로운 제안을 내놓았다.

　"이참에 작태자에게 우리 공주를 내주어 혼인을 시키고, 그를 사위로 삼고자 하는데 성모께서는 어찌 생각하십니까?"

　남해는 이미 혁거세의 아들인 나로를 사위로 삼은 바가 있어서 이와 같은 혼인을 이용하는 것이 새로운 것도 아니었다. 그러자 운제성모도 이를 크게 반기며 답했다.

　"실은 나도 같은 생각이었습니다. 작태자는 실로 군주의 얼굴을 한 범상치 않은 인물입니다. 그것이 우리 서나벌에 해가 되지는 않을 듯하니, 부디 그리하시지요."

　그리하여 그해 작태자는 뜻밖에도 남해차차웅의 딸과 혼례를 올리고, 서나벌 임금의 사위에 오를 수 있었다. 그 후로 날이 갈수록 작태자는 남해 부부로부터 더욱 큰 신임을 얻는 데 성공했고, 그 결과 2년 뒤인 AD 10년에는 서나벌의 최고관직인 대보大輔로 기용되어 군국의 정사를 좌우하게 되었다. 마침 그 무렵에 〈십제〉의 온조왕은 한산으로 천도를 했고, 이어 3년 만에 지역의 맹주나 다름없던 〈마한〉 세력을 축출하는 데 성공했다. 온조왕은 이때쯤에 나라의 위상을 높이고자 국호를 바꿔 〈백제伯濟〉라 부르게 했다.

원래 남해차차웅이 소서노여왕과 비류계였던 이유로 친고구려 노선을 주도했던 온조와 대립했기에, 서나벌에서는 온조의 부상을 예의주시했을 것이다. 따라서 이 사건은 남해로 하여금 반고구려 입장에 있던 작태자를 대보로 기용하는 데 크게 작용했을 가능성이 농후해 보였다.

이제 쿠데타가 있은 지도 5년이 넘은 시점인 데다, 어느 정도 정권이 안정되어 가고 있다고 판단한 남해가 그 무렵에 나로를 중용하면서, 남아 있던 박씨 문중을 추스르고 예우하는 모양새를 취하기 시작했다. 이로써 자신에게 원한을 품고 있을 박씨와 알영의 세력을 끌어안는 포용책을 펼치려 한 것이었다. 당시 남해 부부에게는 유리儒理라는 태자가 있었다. 남해차차웅은 유리태자와 함께, 사위인 대보 작태자, 나로 등이 서로 협조하고 견제하도록 하면서, 결국 자신에 대한 충성경쟁을 유도하려 했던 것으로 보였다. 결국 이 모든 것이 남해차차웅의 노련한 정치적 포석이었던 셈이다.

자세히는 알 수 없지만, 이후 작태자와 나로가 대보 자리를 교대했을 가능성도 커 보였다. 아울러 서나벌의 이러한 상황은 점점 이웃으로 다가오던 온조의 십제는 물론, 고구려 조정과 이웃 소국들에까지 널리 알려진 것이 틀림없었다. 그 무렵 고구려는 동부여 대소왕의 대규모 침공으로 야기된 〈학반령전투〉에서, 5만 동부여 대군을 패퇴시켰고, 이로 말미암아 대소왕은 조카인 대불왕이 일으킨 쿠데타에 희생되고 말았다.

그러나 고구려 또한 그 후유증으로 AD 18년에는 추모대제에 이어 40년 가까이 고구려를 이끌어 오던 유리명제가 사망했고, 그의 15세 어린 아들 무휼이 태왕에 올라 있었다.

그러던 이듬해에 금성의 서나벌 왕궁에 또 다른 보고가 날아들었다.

"지금 북명인들이 도성에 들어왔는데, 우리 서나벌에 예왕의 인장(예왕지인濊王之印)을 바치겠다고 합니다!"

"그게 무슨 말이냐? 예왕지인이라니 대체 그게 무엇인데 그리 호들갑들이냐?"

이는 예국왕이 쓰던 인장을 말하는 것으로 예국濊國이 부여夫餘라는 해석도 있지만, 산동의 청주靑州 일대를 말하는 것이었으니 틀림없이 〈예맥조선〉, 옛 창해국 왕의 인장이었을 것으로 보였다. 산동에서 보면 그 북쪽이 북명北溟이니 북명인들은 창해滄海 출신 예맥인들의 집단으로 해석되기 때문이었다. 협보와 작태자가 처음 서나벌로 들어왔을 때 바로 이들의 일부 부락민들을 다스린 것으로 보였다. 이로 미루어 그즈음에 창해 출신 예맥의 집단이 북쪽 서나벌과의 연합을 위해 서나벌에 귀중한 예왕지인을 바쳤던 것이고, 이 모두는 그 이면에서 작태자가 주도한 것으로 추정되는 사건이기도 했다.

BC 108년경, 옛 번조선 지역에서 흉노의 괴뢰정권으로 출발했던 〈위씨조선〉이 漢나라와 조선 열국의 연합공격으로, 3代 80여 년 만에 무너지고 말았다. 이듬해 한무제가 조선열국의 내분을 틈타 이 지역에 한사군을 설치하려 들었으나, 조선열국의 토착민들은 위씨왕조 때 이미 신물이 나도록 착취를 당한 뼈아픈 경험 때문에 또 다른 외세의 지배를 원치 않았다.

그런데도 진조선을 계승한 〈부여〉가 쇠락한 탓에 漢나라를 막지 못하니, 고리 출신의 고두막한이 분연히 일어났다. 이에 많은 사람들이 의병이 되어 그의 깃발 아래 모여들었고, 이들이 결국 무제의 한사군 설치 야욕을 저지했다. 고두막한은 무기력했던 기존의 부여 황실을 내쫓고 〈북부여〉를 세운 다음, 스스로 동명왕이 되어 홀본 등에 거점을 둔 채, 漢나라를 철저하게 견제했다.

원래 무제의 계획은 난하의 동쪽 너머까지 진출하는 것이었으나, 고두막한의 저지로 그 꿈이 무산되면서 난하 서쪽의 요동 지역에 현도와 낙랑 2개 郡을 두는 것에 그쳐야 했다. 그러다가 무제 사후 소제 5년인 BC 82년이 되자, 결국 계획만 갖고 설치도 못 했던 진번과 임둔 2郡을 26년 만에 아예 폐지하고 말았다.

漢나라는 먼저 진번을 폐지하여 평나平那와 3郡을 두었다가, 이내 임둔마저 폐지하는 대신, 이 지역 전체를 아우르기 위해 새로이 2部를 설치하는 행정개편을 단행했다. 즉 난하 서북쪽으로 평나와 현도군을 합쳐 〈평주平州도독부〉를, 그 남쪽으로 낙랑과 임둔을 합쳐 〈동부東部도위부〉로 했다. 평나는 왕검성이자 위씨조선의 도읍이었던 평양(하북한성)이었고, 동부도위의 치소는 과거 한때 현도군의 치소이자 옥저성沃沮城으로 불리던 유서 깊은 불이성不而城(하북관성)에 두었는데, 모두 난하와 패수를 끼고 있었다.

그러나 漢나라는 이마저도 지키지 못한 채 BC 75년경에 시작된 고두막한의 총공세에 밀려나, 패수 하류 동쪽의 땅 상당 부분을 잃고 강 서쪽으로 쫓겨나고 말았다. 동명왕 고두막한은 이때 漢나라에 더욱 압박을 가하고자 동부도위가 있던 서남쪽의 불이성으로 도성을 옮기는 천도를 단행하기까지 했다.

당시 현도군이 많이 밀리면서 漢나라의 영향력이 크게 위축되긴 했지만, 아래쪽의 낙랑군은 다른 군에 속했던 여러 현들을 병합하면서 오히려 영역이 확대되었고, 여전히 도위가 다스리는 곳으로 남았다. 군郡의 수장인 태수太守가 전체를 통할하는 권한을 지녔다면, 도위都尉의 권한은 병졸을 거느릴 수 있는 병권에 국한된 것이었다. 따라서 낙랑의 동부도위부는 낙랑의 동부와 남부를 태수의 아래 급인 도위가 다스리는 지역이 되었고, 이 모두는 토착민들의 저항이 컸기 때문이었다.

〈북부여〉를 일으킨 동명왕은 그의 말년인 BC 61년경, 흉노와 선비계열의 타리佗利에 이은 왕불旺弗의 난으로 사실상 유폐되었다가, 3년 뒤인 BC 58년경 황룡국에서 쓸쓸히 죽음을 맞이했다. 동명왕 사후로 시작된 북부여의 해체는 곧바로 고조선 땅 전체를 열국시대로 몰아갔고, 이제 주인 없는 땅으로 변한 옛 번조선 지역은 열국들의 극심한 각축장으로 돌변하고 말았다.

그 와중에 BC 57년경 북경 위 연산 아래에 〈포구진한〉(서나벌)이 들어섰는데, 그 아래 옛 번조선 땅에는 위만에게 망해 동쪽으로 피했던 기씨왕조의 후예들이 진즉에 다시 들어와 성을 韓씨로 바꾸고 새로이 〈中마한〉을 일으켰다. BC 54년경엔 난하의 북동쪽에 있던 시길이 최씨의 〈낙랑국〉을 세웠고, BC 37년에는 〈동부여〉를 탈출해 나온 추모가 홀본에서 〈고구려〉를 일으켰다. 그 밖에도 〈진변〉과 창해 지역의 〈예맥〉, 고구려에서 나온 〈십제〉 등이 이 지역을 노리고 있었다.

그 무렵 중원의 漢나라는 4대에 걸친 왕정군王政君의 섭정으로 국력이 쇠락하면서 오래도록 요동을 돌보지 못했다. 그 결과 漢에 속한 〈낙랑군〉 지역은 사실상 본국에서 소외된 채 부락별로 독립된 소국처럼 명맥을 이어갈 뿐이었다. 그 바람에 유리명제 3년인 BC 17년경에는 고구려가 난하 동쪽의 낙랑군 속현이었던 소위 영동칠현嶺東七縣까지 세력을 넓힐 수 있었다. 화희, 치희와의 혼인으로 골천의 세가들을 포섭하려 한 것도 바로 그 무렵의 일이었던 것이다.

이후 AD 9년, 중원에서는 왕망이 마침내 혁명을 일으켜 2백 년을 이어 오던 통일제국 〈전한前漢〉을 무너뜨리고 새로이 〈新〉나라를 건국했다. 이처럼 어수선한 틈을 타 같은 해에 온조대왕이 〈中마한〉을 멸망시켰으니, 세기말을 전후해 세상이 온통 전환기적인 몸살을 앓고 있었던 것이다.

그런데 왕망이 망하기 직전인 AD 22년경, 〈서나벌〉(진한)에서는 염사치(착)廉斯鑡이라는 인물이 우거수右渠帥의 자리에 있었다. 당시 고구려와 동부여는 최고조의 적대 관계에 처해 있었고, 백제 또한 말갈(비리, 숙신 일파)과의 크고 작은 전투에 시달리던 중이었다. 서나벌은 이 틈을 타 예맥과 연합하면서 백제의 서남쪽으로 영역을 넓히고 있었고, 그 일선에 염사치가 있었던 것이다. 그런데 염사치는 이때 동쪽의 낙랑이 토지가 비옥해 백성들이 안락하고 풍요로운 삶을 누린다는 말을 듣고는, 이참에 좁은 서나벌을 떠나 낙랑으로 귀부해 살고자 했다. 한마디로 역심을 품은 것이었다.

바로 이 낙랑이 백여 년 전 漢무제가 요동에 설치했던 낙랑군의 잔류세력이었던 것으로 추정된다. 어느 날, 염사치가 자신이 살던 부락을 떠나 길을 가던 중 밭 가운데서 참새를 쫓는 사내를 만났는데, 그가 쓰는 말이 같은 진한인辰韓人의 언어가 아님을 알게 되었다. 염사치가 그 까닭을 물으니 사내가 답했다.

"우리는 漢人이고, 내 이름은 호래戶來라 합니다. 전에 우리들 무리

1,500여 명이 다 함께 벌목 일을 하고 있었는데, 느닷없이 나타난 辰韓인들의 습격을 받았습죠. 그때 우리 모두가 포로가 되어 머리를 깎이고, 노예가 된 지 3년이나 지났습니다……"

여기서 호래가 말한 漢인이란 실제로는 新(漢)의 낙랑군 사람을 뜻하는 것이었다. 염사치가 되물었다.

"흐음, 그렇구나. 나는 이제부터 漢(新)나라의 낙랑에 들어가서 귀부하려고 하는데, 너도 같이 갈 생각이 있느냐?"

한마디로 자신의 길잡이가 되어 준다면 노예 신세에서 벗어나 고향으로 돌아갈 수 있게 해 주겠다는 말이었으므로, 호래가 반색하며 좋다고 화답했다. 이에 염사치가 호래를 앞세워 낙랑의 함자현含資縣으로 들어갔다. 두 사람에 대한 조사를 마친 낙랑에서는 염사치를 통역으로 삼아, 잠중岑中에서 큰 배를 동원해 辰韓(서나벌)으로 들어가게 했는데, 함자와 잠중은 모두 낙랑군의 속현으로 당시 대수帶水를 끼고 있던 요동遼東의 양평(계현) 일대였다.

호래의 길 안내로 염사치는 낙랑군 무리를 이끌고 진한(서나벌)에서 이들 漢인 포로 노예들을 빼내 오게 되었는데, 5백여 명은 이미 죽은 뒤라 무리 중 살아남은 1천여 명만이 구출되었다. 그런데 〈진한〉의 사정을 잘 아는 염사치인지라 이에 만족하지 않고, 그곳의 책임자를 찾아 오히려 추궁했다.

"진한 측에서 5백 명을 죽게 한 셈이니, 그에 해당하는 사람들을 우리 낙랑으로 보내 주어야 할 것이오. 만일 이를 거절한다면, 즉시 낙랑 군사 1만을 파견해서 배를 타고 진한을 공격할 것이오!"

다분히 황당한 요구였지만, 당시 진한에서는 낙랑군을 상대할 형편이 되지 못했는지 이를 수용하고 전쟁을 피하기로 결론을 내렸다. 진한

측에서 답했다.

"5백 명은 이미 죽었지만, 대신 우리가 그에 대한 보상을 넉넉히 치르겠소!"

그리하여 서나벌에서는 진한인辰韓人 1만 5천 명에, 변한弁韓에서 생산되는 질 좋은 포布 1만 5천 필을 내주고 사태를 수습했다. 겉으로는 〈진한〉이 스스로 이를 제공했다지만 그 대가가 파격적으로 후한 것으로 보아, 이를 그대로 믿기는 어려운 일이었다. 오히려 그와 반대로 염사치의 활약으로 낙랑군이 1만여 대군을 동원해 이들 지역을 급습한 다음, 진한 사람들을 강제로 납치하고 물건을 약탈해 간 것이 틀림없었다.

염사치는 당시 우거수였으니 결코 그냥 평범한 장수가 아니라, 진한의 우현왕이나 다름없는 막강한 권력을 지닌 자였다. 일설에는 그가 〈변한〉(진변) 사람이라고도 했는데, 일찍이 BC 39년경에 변한이 나라를 들어 서나벌에 바쳐 온 적이 있으니, 염사치는 당시 변한 무리를 대표하는 거수일 가능성이 매우 컸다. 그래서였는지 염사치는 당시 서나벌의 남해차차웅에 등을 돌린 채 서나벌과 적대 관계로 변한 〈진한辰韓낙랑〉으로 귀부했고, 그 후로 자신의 병력을 거느리고 아예 〈新〉(漢)의 〈낙랑군郡〉으로 넘어간 것으로 보였다.

어쨌든 新으로 귀부한 염사치는 辰韓의 낙랑인 피납사건을 침소봉대해, 자신의 군대를 포함한 대규모 낙랑군樂浪軍을 동원하는 데 성공했던 것이다. 그리고는 결국 자신의 모국이던 〈서나벌〉의 변경을 기습한 끝에, 수많은 서나벌 사람들을 납치해 포로로 끌고 가거나 약탈을 자행한 것으로 보였다. 당시 염사치가 구출해 냈다는 신인新人(漢人) 포로들이 벌목伐木 일을 한 것으로 미루어, 이들은 바로 소금을 생산하는 일에 강제 동원되었던 것으로 추정된다. 바닷물을 끓여 만드는 소금 생산을 위해서는 엄청난 양의 땔감이 필요했는데, 이들 노예들은 바로 그 땔감용 나무를 위한 벌목에 동원되었던 것이다.

〈낙랑군〉인 천진 아래 발해만 일대는 해수면이 낮아 사방 천지가 광활한 갯벌투성이였고, 따라서 유명한 염산과 염장이 있는 소금의 주요 생산지였던 것이다. 漢나라는 BC 119년경 무제 시절 흉노와의 전쟁을 위한 막대한 전비를 조달코자 〈염철제〉를 도입한 지 오래였다. 〈新〉의 낙랑군 지역 또한 농사 외에도 염철鹽鐵 무역 등으로 부를 쌓다 보니, 서나벌을 포함해 이웃한 조선의 열국보다도 풍요롭게 살았던 것으로 보였다.

그 무렵에 서나벌이 예맥과 연합하면서 남진을 지속해 이 일대까지 진출해 있었다. 그럼에도 불구하고 남해가 다스리는 〈서나벌〉에 한계를 느끼고 있던 변한 출신 염사치는 이미 〈新〉의 낙랑군 쪽으로 마음이 기울어 있었다. 염사치의 낙랑귀부는 사실상 新의 낙랑군에 의한 진한낙랑 정벌일 가능성이 커 보였고, 궁극적으로 〈辰韓낙랑〉의 해체를 야기한 역사적 사건임이 틀림없었다. 알영세력을 내친 위쪽의 〈서나벌〉과 적대관계를 지속하던 진한낙랑이 뜻밖에도 아래쪽의 新에 예속되는 최악의 사태를 맞이하고 만 것이었다.

당시 왕망의 新나라는 〈녹림군의 난〉 등에 휩싸여 동북의 낙랑을 쳐다볼 겨를이 전혀 없었다. 이에 가뜩이나 세가 위축되던 〈낙랑군〉으로서는 인구는 물론, 강역의 확대를 가져왔을 터이니 매우 큰 힘이 되었을 것이다. 염사치의 배신을 계기로 예맥의 위쪽이 낙랑군의 영향 아래 놓이게 되면서, 사실상 서나벌과 예맥의 연합에 커다란 차질이 생겼던 것이다.

이처럼 〈염사치의 난〉은 서나벌로선 감추고 싶은 패전의 흑역사인데다, 후일 낙랑의 역사가 중원과 韓민족 양쪽에서 모두 도외시되다 보니 자세하게 알려지지 않았다. 그러나 이 사건은 당시 〈서나벌〉과 新(漢)에 속한 〈낙랑군〉의 위상을 뒤바꾼 결정적 사건임이 틀림없었다. 서나벌로선 60년 만에 변한 세력을 낙랑군에 빼앗긴 데다 예맥과도 차단되다 보니, 나라가 휘청거릴 만큼 치명타를 입게 되었던 것이다.

당시 서나벌은 낙랑인들과 함께 작태자 세력이 귀부해 오면서 동남쪽의 예맥과 연합하는 등 한창 세를 불리고 있었던 반면, 新의 〈낙랑군〉은 조선열국의 틈바구니 속에서 갈수록 세력이 위축되던 중이었다. 그러나 〈염사치의 난〉으로 상황이 역전되고 말았고, 그런 어수선한 분위기 속에서 남해차차웅은 2년 후 세상을 달리하는 운명을 맞이하고 말았다.

이처럼 진한을 배신한 염사치의 눈부신 활약으로 뜻밖의 큰 성과를 올린 낙랑군에서는 태수가 나서서 염사치의 공과 기백을 높이 평가했다.

"염사치에게 관책冠幘과 전택田宅을 제공하는 등 그의 공에 대해 후하게 보상하라!"

그 후로 얼마 지나지 않아 왕망의 〈新〉이 사라지고, 〈後漢〉이 자리를 잡게 되면서, 낙랑군은 다시금 후한의 속군 낙랑군樂浪郡으로 되살아났다. 결국 위기에 처해 있던 중원계 낙랑의 존속에 크게 기여했던 염사치의 자손들은 후한의 안제安帝(~AD 125년)에 이르기까지 세금과 부역을 면제받는 등 부귀를 누렸다고 한다. 이렇듯 염사치의 낙랑 귀부사건은 서나벌로선 내부반란에 다름 아닌 것이었으며, 이후의 동북아 역사에도 지대한 영향을 끼치게 되는데, 바로 이 지역 소국들의 한반도 이주를 촉발하는 계기가 되었기 때문이다.

그러나 염사치가 낙랑군으로 들어간 이듬해 AD 23년경, 왕망의 죽음과 함께 新나라가 그림자처럼 사라지고 말았다. 중원은 같은 반란군이었던 녹림군과 적미군끼리 충돌하면서 진시황 사후 230여 년 만에 또다시 내란으로 몸살을 앓게 되었다. 2년 후인 AD 25년에는 반란을 주도했던 장안의 갱시제 유현이 적미군에 패해 죽음을 맞고 말았다. 그 바람에 하북에서 갱시제와 각을 세운 채 〈후한〉의 황제를 자칭했던 광무제 유수劉秀의 독주체제가 도래하게 되었다. 그때 난하의 서쪽으로 바짝 쪼그라든 낙랑에서는 토착민인 왕조王調라는 인물이 갱시제가 무너지는 것을 보고 거병을 결심했다.

"중원의 한나라가 수시로 주인이 바뀌고 그야말로 난리를 겪고 있다. 게다가 갱시제가 죽었다니 漢나라는 더더구나 낙랑군을 돌아보지 못할 것이다. 이는 하늘이 주는 기회니, 절대 가만히 있어선 안 된다. 이번에야말로 군사를 일으켜 낙랑을 차지할 때다!"

왕조는 그 성씨 때문에 한인漢人으로 보기도 하지만, 그는 분명 낙랑의 오랜 토착민으로 조선인朝鮮人이었다고 한다. 다만, 그가 낙랑군에 반기를 든 것으로 미루어, 어쩌면 그는 3년 전 〈염사치의 난〉으로 낙랑군에 예속된 〈辰韓낙랑〉 출신일 가능성도 농후했다. 어쨌든 그해에 중원의 속주인 〈낙랑군〉의 지배에 반발한 왕조가 마침내 봉기하여 낙랑태수 유헌劉憲을 죽이는 데 성공했다. 이로써 낙랑군 〈동부도위〉가 토착민의 손으로 넘어가게 되었고, 漢무제 이래 80여 년을 이어오던 漢나라 낙랑의 군현 지배 체제가 일단 붕괴되고 말았다.

주목되는 것은 이때 왕조가 스스로 대장군 겸 낙랑태수를 자칭한 것으로 미루어, 당시 고구려 등에 귀부하기보다는 스스로 독자 세력을 구축하려 한 듯했다. 자세한 내용은 알 수 없지만, 왕조의 봉기가 있기 직전 〈진한낙랑〉의 붕괴에 결정적 역할을 했던 염사치는 이후로 용케 왕조와 협조 관계를 유지한 것으로 보였다. 어찌 됐든 염사치가 漢族은 아니었기 때문에 가능한 일이었을 것이다.

마침 그 1년 전에 위쪽에서 늘 다투던 〈서나벌〉에서는 남해차차웅이 사망한 뒤 유리이사금이 막 임금의 자리에 올라 낙랑을 돌아볼 여유가 없었다. 십여 년 전에 〈마한〉을 내쫓고 그 땅을 차지한 〈백제〉 또한 온조대왕이 노쇠한 데다 (비리)말갈과 다투고 있었고, 〈고구려〉는 여전히 〈동부여〉에 신경을 곤두세우고 있었다. 서북의 상곡 등지에서도 노방이 서평왕에 올라 〈후한〉에 반기를 들었으니, 왕조로서는 사방이 어지러운 틈을 타 충분히 독립을 시도할 만했던 것이다.

갱시제가 사라진 중원에서는 〈후한〉 광무제 유수의 독주가 시작되었으나, 여전히 곳곳에서 할거 중인 군웅들을 제압하기에는 역부족이었다. AD 29년경, 〈흉노〉의 호도선우는 그 틈을 이용해 노방을 아예 漢의 황제로 내세워 괴뢰정권을 수립했고, 이에 유수는 더더욱 요동의 낙랑에 신경을 쓰지 못했다. 이런 상황에서 흉노와의 전쟁을 수행하기도 어려운 처지였기에, 광무제는 이전부터 노방 휘하의 동북 태수들에게 뇌물 공세를 펼치기 시작했다.

그런 노력 끝에 이듬해부터 사방에 돈을 뿌린 효과가 나타나더니, 마침내 삭방의 수욱 등이 노방에게 등을 돌리기 시작했다. 분노한 노방이 이들을 공격했으나 성공하지 못했고, 오히려 수욱 등에게 쫓겨 흉노선우에게 달아나고 말았다. 노방의 쇠퇴와 함께 흉노가 주춤하게 되자, 광무제가 서둘러 요동의 낙랑군으로 시선을 돌리기 시작했다. 갱시제 때 이미 계성을 들렀던 데다 인근의 요서를 기반으로 일어섰기에, 광무제는 요수遼水 일원의 상황에 대해 누구보다 훤했던 것이다.

건무 6년인 AD 30년 가을이 되자, 마침내 유수가 몇 년 전까지도 漢의 속군이었던 요동의 낙랑군에 손을 쓰기 시작했다.

"왕준王遵을 낙랑태수에 봉한다. 그대는 이 길로 군사들을 몰아 왕조가 다스리는 낙랑을 공격해 반드시 그 땅을 되찾도록 하라!"

황명을 받은 왕준이 후한의 군사들을 이끌고 대거 요동으로 밀려들자, 왕조 휘하의 토착민들이 잔뜩 겁을 먹고 동요하기 시작했다. 낙랑(옥저)의 모든 읍락에서는 거수들을 스스로 삼로三老라 했는데, 그 가운데 漢人 출신의 왕굉王閎이라는 인물이 있었다. 그가 후한에 매수를 당했는지, 군결조리郡決曹吏 양읍楊邑 등과 결탁해 낙랑 관리들의 포섭에 나섰다.

"잘들 들으시오. 漢軍이 다시 우리 낙랑을 공격해 오고 있소. 漢나라가 아직 내전 중이지만, 이제 곧 황제 유수가 내란을 평정할 날이 머지 않았소. 그대들도 알다시피 漢이 다시 통일된다면 그야말로 대국이라, 설령 우리 낙랑이 고구려와 손을 잡는다 해도 왕조가 홀로 낙랑을 유지한다는 것은 불가능한 일이오. 그전에 우리가 선수를 쳐서 살길을 찾아야 하지 않겠소?"

이처럼 왕굉과 양읍의 무리들이 함께 모의한 끝에 결국 왕조王調를 암살하는 데 성공했다. 이후 왕굉의 무리가 후한의 군사들을 열렬히 맞이하니, 왕준의 군사들은 제대로 싸움 한 번 해 보지도 않은 채 쉽사리 동부도위의 치소(미상)로 입성할 수 있었다. 이로써 어렵게 성사되었던 낙랑 토착민들의 항쟁이 싱겁게 제압되고 말았다.

이는 마치 〈위씨낙랑〉의 대신들에게 차례로 암살당했던 우거왕과 의사 성사成巳를 연상케 하는 사건이었다. 漢무제가 그러했듯이 이때 광무제 역시 이들 낙랑의 漢人 출신 군리郡吏들에게 뇌물 공세를 펼쳤을 가능성이 농후했던 것이다. 당시 후한이 다시금 낙랑을 장악했어도 고구려 등이 참전하지 않은 것으로 보아, 왕조는 처음부터 낙랑의 독립을 꿈꾸고 이들과 연합하지 않았음을 짐작할 수 있었다.

설령 그게 아니더라도 전투가 본격적으로 시작되기도 전에 왕조가 암살당하고 말았으니, 고구려 또한 참전할 여유조차 없었을 것이다. 어쨌든 이로써 낙랑 토착민의 지배는 고작 5년 만에 끝이 났고, 낙랑군은 다시금 〈후한〉의 지배 아래로 되돌아가고 말았다. 〈왕조의 항쟁〉을 진압하고 낙랑군을 되찾는 데 성공했다는 보고를 접한 광무제는 크게 기뻐했고, 공이 있는 자들을 열후에 봉하는 등 후하게 상을 내렸다.

그럼에도 불구하고 광무제는 이때 낙랑군의 옛 강역 모두를 회복하려 들지 않고 곧바로 군대를 철수시켰다. 당초 왕준의 출정이 어디까지나 낙랑군 내 조선 토착민들의 반란을 진압하고 〈낙랑군〉을 되찾는 데 주된 목적을 두고 있었다. 중원에서의 내란이 완전히 제압되지 못한 데다, 흉노와의 싸움에 대비해야 했으므로, 후한은 요동으로 전선을 확장시킬 여유가 없었던 것이다.

따라서 광무제는 오히려 〈동부도위〉를 폐지하는 대신 슬그머니 단단대령 동쪽의 소위 영동칠현에 자치를 인정해 주는 유연한 태도를 취했는데, 이는 곧 영동칠현을 토착민들에게 내준다는 의미였다. 당시 낙랑 동쪽은 난하의 동쪽 지역으로 토착민들의 저항이 워낙 거세 사실상 고구려의 땅이나 다름없었다. 따라서 상대적으로 後漢에 친화적이었던 낙랑 서쪽의 속현에 집중하겠다는 것이 광무제의 속셈이었던 것이다. 광무제는 이를 위해 낙랑태수를 시켜 고구려와 영동칠현 등 국경분쟁을 해결하기 위한 외교협상에 나서게 한 것이 틀림없었다. 고구려로서는 전쟁 없이도 강역이 넓어지는 일이었으니, 기꺼이 이를 수락하는 대신 난하 서쪽으로 낙랑군의 국경을 넘보지 않겠다는 상호 불가침조약을 맺었을 가능성이 커 보였다.

당시 〈후한〉의 너른 땅에는 동방의 유영劉永과 서북의 노방, 촉蜀의 공손술公孫術 등, 광무제에 반기를 들고 그에게 굽히려 들지 않는 경쟁자들이 여전히 강성했다. 그런 상황에서 갈 길이 바쁜 광무제는 한쪽의 전쟁에만 치우치기보다는 우선 저항이 강한 쪽을 제압한 다음, 나머지는 후일을 기약하겠다는 유연한 전략을 택한 듯했다.

그렇게 고구려와의 불가침조약이 성사되자마자, 후한은 서쪽의 흉노와 내란 수습을 위해 서둘러 군대를 철수해 갔던 것이다. 실제로 광무제가 끝까지 저항하던 공손술을 제압한 것은 6년 뒤인 AD 36년이었으니, 〈후한〉을 개국한 이후에도 중원 전체를 안정시키기까지는 십수 년이 걸린 셈이었다. 대국의 창업자가 겪는 고통이 그만큼 힘든 것이었다.

백여 년 전, 漢나라가 진번과 임둔을 포기할 때만 해도 낙랑군은 25현縣에 41만여 호의 인구를 가졌으나, 영동칠현을 포기한 이후로는 그 절반인 18현, 26만여 호로 축소되고 말았다. 7현 중에서는 화려華麗(舊 승덕)와 불내不耐(불이)가 동예東濊였고, 나머지 5현은 옥저沃沮에 해당하는 것들이었다.

〈후한〉의 낙랑군은 이후에도 〈고구려〉에 이은 〈서부여〉(비리)의 반복된 공격으로 더욱 축소되었고, 2세기 말에는 아예 공손公孫씨 정권에 낙랑 전체를 내주고 말았다. 공손씨는 낙랑을 대방으로 다시 분할해 다스렸는데, 후일 사마씨의 〈서진西晉〉 시대에 이르렀을 때 낙랑군에는 고작 6현 3,700여 호만 남아 있었다고 한다. 이때쯤에는 3백여 년을 지속해 온 후한의 〈낙랑군〉이 사실상 궤멸된 것이나 다름없었던 것이다.

사실 낙랑樂浪은 〈기씨조선〉을 일으킨 번조선의 주된 강역이었다. 이후 위만에게 속아 준왕이 나라를 빼앗긴 뒤로는 80여 년을 위씨 왕조에 예속된 채 착취당하기에 바빴다. 다시 〈위씨조선〉이 망하고 비로소 열국시대가 도래하면서 낙랑의 세력이 여기저기로 흩어졌고, 그때 주로 난하 하류의 서쪽 지역이 漢의〈낙랑군〉에 편입되다 보니, 마치 낙랑 전체가 중원에 예속된 듯한 인상을 주게 되었다.

그러나 낙랑군은 엄밀하게 낙랑의 일부일 뿐이며, 주로 관료출신이었던 漢人들을 제외하고는 그마저도 대다수가 옛 번조선의 토착민들이었다. 따라서 낙랑인들은 기씨왕조와 위씨왕조로 이어지던 번조선의 후예들에다 낙랑의 유민들과 동예 사람들로 구성된 엄연한 韓민족임이 틀림없었다.

대다수 낙랑인들은 위만정권이 시작될 때 상당수가 흩어지기도 했고, 열국시대 때에는 난하의 동쪽으로 남북 옥저(낙랑)의 소국을 이루었으며, 그중 북옥저가 바로 최崔씨들이 다스리던〈낙랑국〉이었다. 이들 낙랑의 이런저런 세력들이 한반도 여기저기로 들어오면서 한반도에도 옥저, 동예 등이 생겨났다. 특히 漢무제의 한사군은 실제로는 현도와 낙랑의〈한이군漢二郡〉에 불과했는데, 그조차도 마치 한반도에 위치했던 것처럼 잘못 인식되어 왔다.

이는 모두 후대에 다양한 방식으로 자행된 역사 조작 때문이었다. 종종 북한 평양에서 낙랑의 고급유물이 쏟아지는 것은 주로 4세기 초 고구려 미천제 때 낙랑군을 편입하면서, 이들 낙랑의 지도층들을 대거 한반도 평양으로 강제 소개시킨 데 기인한 것이었다. 낙랑의 왕족과 귀족들이 자신들의 가보나 귀한 물건들을 소지한 채 반도로 이주해 왔고, 그들이 사방에 남긴 흔적들이 마치 낙랑군이 처음부터 한반도에 위치했다는 증거로 잘못 인용된 것이었다.

지금으로부터 무려 2천 년 전에 낙랑은 한때 2백만의 인구를 자랑할 정도로 커다란 세력을 이루기도 했다. 그러나 중원의 나라들이 강력한 고구려를 견제하고자 낙랑군을 집요하게 물고 늘어지다 보니 일찍부터 한족화漢族化가 진행되었고, 그 바람에 언제부터인가 낙랑이 중원의 漢족이라는 오해가 생기고 말았다. 반대로 중국의 입장에서 보면 낙랑의 기원은 어디까지나 古조선, 韓민족에 있었으므로 그들 역시 낙랑의 역사를 자기네 역사로 편입하기를 꺼린 듯했다. 그 때문에 낙랑의 오랜 역사가 韓민족과 중국(漢) 양쪽 모두의 역사에서 배제되는 불행한 결과를 맞고 말았다.

그러나 낙랑은 古조선의 서쪽 최전방에서 중국인들의 동진을 막아내는 방패 역할을 충실히 해낸 번조선의 중심세력이었다. 그와 동시에 중국과 韓민족 양쪽의 문화를 연결해 주는 가교bridge 역할을 도맡아 했다. 반대로 중원 화하족의 입장에서 古조선 韓민족의 중원 진출을 막고 방파제 역할을 해낸 것은 주로 연燕나라 세력이었다. 이처럼 〈연〉과 〈낙랑〉은 자신들이 속한 진영만 달랐을 뿐, 양대 세력의 사이에서 각자 비슷한 역할을 수행했던 것이다.

그 와중에 그 땅의 주인이 수시로 바뀌면서 여러 세력이 충돌하는 요동 내 최대의 화약고로 변해 버렸다. 이처럼 다른 어떤 지역보다도 잦은 전화戰禍에 시달리다 보니, 낙랑의 경우에는 끝내 민족 자체가 뿔뿔이 흩어지는 비운을 겪고 말았다. 그러나 낙랑인들의 수준 높은 문화는 한반도로 가장 먼저 유입되어 위대한 〈가야加耶〉 문화를 꽃피웠으며, 이후 일본日本 열도까지 전해졌으니, 문화전달자로서의 역사적 소임까지도 충실히 수행해 낸 셈이었다.

연산 아래 서나벌 조정에서는 AD 22년 〈염사치의 난〉으로 인한 충격 때문이었는지, 2년 뒤인 AD 24년에 남해차차웅이 세상을 뜨고 말았다. 그해는 중원의 장안에서도 갱시제 유현이 주살되던 해였다. 사실 남해차차웅과 운제성모는 작태자 세력의 등장으로 예맥과의 연합이 성사된 것을 제외하면, 재위 기간 내내 이렇다 할 성과를 드러내지 못했다. 새 왕조를 다스리는 데 필요한 선진형 관제를 정비하는 등의 개혁조치에도 나서지 못했고, 바깥으로 영토 확장은커녕 염사치의 배신으로 오히려 강역이 축소되는 결과를 초래하고 말았던 것이다.

〈십제〉 출신 남해의 세력이 여전히 소수인 데다, 모반을 통해 왕조를 찬탈하다 보니 정통성 확보와 지도력에 한계가 있었던 것이다. 무엇보다 〈辰韓낙랑〉의 집요한 공격에 시달린 탓에 정권을 유지하는 일만도 버거웠을 것으로 보였다. 실권자였던 남해차차웅은 〈서나벌〉을 20년간이나 다스리고도, 이렇다 할 공적도 없이 조용히 눈을 감았다.

이후 여왕인 운제성모 또한 자신의 아들인 유리儒里의 부인이자 일지갈문왕日知葛文王의 딸이기도 한 아리阿利부인에게 성모의 자리를 물려주고 후선으로 물러났다. 유리 또한 아리성모의 남편으로 그녀의 배후에서 실권을 행사했다. 일설에는 이때 남해의 아들인 유리와 사위인 작태자 사이에 남해차차웅의 빈자리를 놓고, 치열한 경합이 벌어졌다고 한다. 그 결과 남해의 직계인 유리가 부친의 자리를 차지했으나, 그럴 만큼 작태자 세력의 위세도 결코 만만치 않았던 것이다.

유리가 이때 자신의 호칭을 새로이 이사금尼師今으로 부르게 했는데, 이는 고대에 군왕을 뜻하는 '임금'의 다른 말이기도 했다. 권력을 장악한 유리가 주변에 말했다.

"그동안 남왕男王의 호칭으로 거서간이나 차차웅 같은 말을 사용했으나, 이런 것들은 어엿한 나라에 어울리지 않는 후진적 호칭이다. 따라서 앞으로는 당당하게 이사금이라는 호칭을 사용할 것이다."

새로 만든 이사금이라는 호칭은 이후 〈서나벌국〉 왕의 호칭으로 굳어져 근 4백 년 동안 사용하게 되니, 이 시기부터 본격적으로 여왕보다는 남성 임금이 정치를 주도하는 시대가 새로이 열린 듯했다. 서나벌을 둘러싼 주변 정세가 전쟁이 난무하는 시대로 본격 돌입하다 보니, 더욱 강력한 지도력을 갖춘 남성이 직접 통치할 필요성이 높아졌기 때문으로 보였다. 이는 절대군주인 王을 중심으로 하는 중앙집권 체제로 이행하는 과정에서 생긴 필연적인 결과였다.

유리이사금 5년 겨울에 국내를 순행하던 임금이 길에서 추위와 굶주림에 얼어 죽게 된 노파를 만났다. 임금이 마음 아파하며 말했다.
"내가 이사금의 자리에 올라 백성들을 기르지 못하고, 노파가 이 지경에 이르도록 했으니 모두 나의 죄일 것이니라……"
그리고는 이사금이 옷을 벗어 친히 노파를 덮어주고, 음식을 먹게 도와주었다. 궁으로 돌아온 이사금이 관리들에게 명하였다.
"나라 안에 홀아비, 홀어미, 고아, 자식 없는 노인, 병든 사람들 가운데 스스로 자립할 수 없는 자들을 찾아 음식과 물자를 지원해 주고 부양토록 하라!"
그러자 이웃 나라 사람들이 소문을 듣고 서나벌로 찾아오는 자가 많았다. 이후 점차 민속이 편안해지니, 비로소 이사금이 〈도솔가兜率歌〉를 지어 불렀다고 한다. 아쉽게도 이 노래의 구체적인 내용이 전해지지는 않았으나, 이것이 가락歌樂(노래)의 시초라고도 했다.
유리이사금은 또 선왕과 달리 선진 제도를 도입하는 데 주력했는데, 우선 왕권과 중앙의 권력을 강화하기 위해 중원 방식의 관제정비에 들어갔다. 유리이사금이 이 문제를 논하기 위해 조정 대신들을 모아놓고 말했다.
"중원은 너른 대륙을 효율적으로 다스리고자 도성에 있는 황제의 권한과 중앙 조정의 권한을 대폭 강화한 지 오래되었소. 그러나 우리 옛 단군조선의 후예들은 부여도, 고구려도 그렇고 대부분의 군소국들 대다수가 여전히 관할 속국의 자치권에 의존하는 구태에서 벗어나지 못하였소. 그러다 보니 강력한 중원의 대국들에 늘 밀리게 되고, 이것이야말로 그들을 두려워하게 되는 근본 원인의 하나가 아니겠소? 해서 차제에 우리 서나벌도 발달한 중원 대륙의 관제를 조사해서 이를 정비하고자 하니 경들이 적극적으로 나서 주기 바라오!"

그리하여 서나벌은 중앙집권형 관제정비에 나섰고, 오랜 논의 끝에 모두 17개의 차별화된 관등을 두게 되었다. 제일 위로는 이벌찬伊伐湌, 다음으로 이척찬伊尺湌, 세 번째가 잡찬迊湌, 넷째가 파진찬波珍湌, 다섯째가 대아찬大阿湌, 여섯째가 아찬阿湌 등이었으며, 아홉 번째까지는 계급 어미에 '찬湌(can)'을 붙였다. 이는 북방민족의 수장(우두머리)을 뜻하는 '칸'(가한)에서 나온 말로 고유의 문화와 습성이 가미된 것이었다. 열 번째부터는 나마奈麻, 이하 열일곱째를 조위造位라 불렀다.

물론 이들 새로운 관제가 초기에 한꺼번에 만들어진 것은 아니었고, 처음 몇 개의 관제에서 점차 추가하고 발전시켜 모두 17개의 새로운 관등 체제를 운영하게 된 것이었다. 이들 관등에 따라 서로 다른 임무가 주어지고 관복을 달리하여 외관으로 구분하면서, 서나벌은 점차 국가로서의 면모와 조직체계를 다져 나갔던 것이다.

초창기 〈서나벌〉이 연산 아래 포구의 고허촌에서 출발했을 때, 인근의 6개 촌村을 합쳐서 나라를 이루었다. 이들을 〈辰韓6촌〉이라 했고, 선도성모가 6部로 개편했는데, 유리이사금이 이들 6부의 명칭을 바꾸고 확대 개편하면서 이들 6大 세력에 새로이 고유의 성씨를 부여하게 되었다. 고허촌高墟村은 사량부沙梁部로, 양산촌楊山촌은 량부梁部, 기타 간진부干珍部는 본피부本彼部로 삼았다. 그런데 이들 6부의 성씨는 후대에 〈통일

신라〉가 당唐의 문물을 적극 수용하면서 이李, 최崔, 정鄭, 손孫 등과 같이 중국식 외자 성姓으로 바뀌게 되었다.

그 무렵 유리이사금이 6부의 이름을 고친 뒤, 나라를 두 편으로 나누고 두 명의 왕녀를 배치해, 각각 자기 휘하의 부에 속한 아녀자들에게 편을 짜서 패를 맞추게 했다. 이들로 하여금 가을 7월 기망일旣望日(16일)부터 매일 같이 대부大部의 마당에 모여, 저녁 늦은 10시경까지 〈길쌈〉을 하게 했다. 그렇게 해서 한 달 뒤인 8월 보름(15일)에 이르러 그 공의 크고 작음을 평가해, 지는 편이 술과 음식을 장만해서 이긴 편에 제공하도록 했다.

이렇게 길쌈의 승패를 겨룬 후에는 서로 화합하여 노래와 춤을 추고 모두가 즐기니 이를 〈가배嘉俳〉(가위, 아름다운 놀이)라 불렀고, 이것이 발전해 오늘날 韓민족 최대 명절이 된 〈한가위〉의 시초가 되었다. 이때 진 편에서는 한 여인이 일어나 춤추며 탄식하는 소리로 회소회소會蘇會蘇 하는데, '아서라, 말아라'의 의미로 추정되는 말이라니, 길쌈에 진 것을 후회하는 내용이었을 것이다. 그 음조가 제법 슬프고 아름답다 보니 후세 사람들이 그 소리에 노래를 지어 부르기 시작했고 이를 〈회소곡會蘇曲〉이라 했다.

AD 36년경, 이제는 소멸된 줄로만 알았던 〈辰韓낙랑〉이 느닷없이 서나벌의 북쪽 변경에 있는 타산성陀山城을 침공해 오는 바람에 서나벌이 성을 빼앗기고 말았다. 그런데 이듬해가 되자 서나벌 조정에 뜻밖의 보고가 날아들었다.

"아뢰오, 지금 도성 밖에 5천여 명에 이르는 낙랑의 병사들이 찾아와 우리 서나벌로의 망명을 요청하고 있습니다."

"무어라, 진정 낙랑인들이 귀부해 왔다는 것이냐? 대체 이게 무슨 조화인고?"

사태를 파악해 보니, 이들은 서나벌에 우호적인 낙랑의 토착민 출신들로 타산성을 공격하는 등 서나벌을 적대시하던 세력과 구별되는 또 다른 세력이었다. 당시 후한이 새로이 낙랑군에 집중하면서 필시 그 북쪽에 흩어져 있던 진한낙랑 세력으로 하여금 서나벌을 공격하게 했을 가능성이 매우 컸다. 이런 배경하에 옛 번조선의 토착민들로 이루어진 진한낙랑 세력이 중원(후한) 출신 낙랑 세력과 헤어져 아예 서나벌로 귀의해 들어온 것이었다.

사실 서나벌은 십여 년 전 염사치가 후한의 낙랑군으로 들어가면서 크게 위축되고 말았다. 그 무렵 비록 적대세력이긴 했으나, 건국 초기부터 동맹이었던 〈진한낙랑〉과의 관계를 회복하지 못한 것도 끝내 아쉬운 일이 아닐 수 없었다. 진한낙랑이 해체되면서 결국 낙랑군으로 편입되고 만 데다, 이후로 후한의 낙랑군과 직접 부딪치게 되면서 더더욱 위기감이 고조되었기 때문이다.

마침 그 무렵에 後漢과 고구려 사이에 〈울암대전〉이 벌어졌는데, 후한이 참패하면서 한창 세력을 키워 나가던 〈낙랑군〉의 세력이 크게 꺾이고 말았다. 그러던 차에 진한낙랑의 잔류세력이 서나벌로 귀의해 오니, 부지런히 세력을 키워야 했던 유리이사금으로서는 반갑기 그지없는 일이었기에 이들을 열렬히 환영해 주고 적극 수용했다. 이 사건은 가뜩이나 의기소침해 있던 유리이사금과 서나벌 조정에 큰 힘과 활력을 불어넣어 준 것으로 보였다. 이후로 서나벌이 동맹관계인 서남쪽의 예맥 잔류세력과 힘을 합해 적극적으로 남진을 시도했기 때문이었다.

당시 서나벌은 서쪽으로는 통일제국인 〈후한〉, 동으로는 〈고구려〉, 그 아래로는 〈백제伯濟〉와 후한의 〈낙랑군〉 등에 둘러싸여 좀처럼 나라를 키울 여력이 되지 못했다. 따라서 늘 이들 강국으로부터의 침공 위협에 노출되다 보니 전혀 새롭고 획기적인 돌파구가 아니면 지리적, 영토적 한계를 벗어나기가 좀처럼 어려웠다. 그것은 〈서나벌〉의 깊은 고민이 아닐 수 없었다.

9. 대무신제와 울암대전

AD 18년, 고구려의 대무신제는 태왕에 오르자마자 연호를 〈대무大武〉로 고쳤다. 이어 용산의 동명릉을 찾아 시조인 동명성제에게 즉위 사실을 고했다. 그리고는 자신을 정윤에 오르게 하고, 결국 태왕이 되는데 결정적 기여를 한 외숙부이자 다물후로 있던 송의松義를 태보 겸 주민대가로 삼았다. 모친인 송후가 송태후에 올랐고, 아직은 15세의 나이 어린 대무신제를 대신해 사실상 섭정을 했으니, 마침내 송씨 일가의 천하가 된 것이나 다름없었다.

그런데 과거 BC 18년에 유리명제는 부황인 동명성제의 유지를 받들어 소서노의 두 아들인 비류, 온조와 함께 국토를 셋으로 나누고 일시적이나마 〈삼분통치〉를 시도한 적이 있었다. 그때 홀본부여의 땅이었던 계루, 관나부를 온조에게 주고 그를 한남왕汗南王에 봉했으나, 그 후 소서노가 유리명제의 홀대에 반기를 들고 두 아들과 함께 미추홀로 이주했었다.

유리명제는 이 한남 지역에 대해 형식적이나마 온조의 자치권을 보장해 주는 분국의 형태를 그대로 취해 오고 있었다. 그러나 한남 지역은 소서노의 홀본 지역으로 유리명제에 대한 반감이 컸고, 이후 국내성의 위나암 천도, 도절과 해명태자의 죽음 등으로 여전히 반고구려 정서가 가장 큰 지역으로 남아 있었다.

대무 2년인 AD 19년경, 바로 이 한남 지역에 유례가 없는 자연재해가 잇달아 엄습했다. 달걀 크기의 우박이 내리더니 여름 내내 석 달간 가뭄이 지속되었고, 다시 메뚜기 떼(황충)가 내습해 한수汗水 동북쪽 부락의 백성들이 심각한 굶주림에 시달렸다. 결국 한남 지역의 동북쪽 마을에 살던 1천여 호의 백성들이 패수를 넘어와 고구려로 밀려 들어왔다.

당시 한남의 대기근으로 패수와 그 남쪽의 풍윤豊潤을 지나 서남으로 흐르는 대수帶水(경수浭水) 사이가 텅 비어 사람들을 보기 어려울 지경이었다고 하니, 〈십제〉에 심각한 위기가 닥친 것이었다. 그런데 이와 같은 자연재해는 십제만 겪은 것이 아니었다. 이미 그에 앞선 정월에 고구려 북도北都(위나암)에 커다란 지진이 일어나, 고구려에서도 부득이 동도東都(홀본)로 일시적이나마 천도를 해야 했던 것이다. 그 와중에 십제인들이 밀려 들어오자, 고구려 조정에서는 논의 끝에 이들을 받아들이기로 했다.

"대기근을 피해 강을 넘어오는 한남인들을 막지 말고 식량을 제공토록 하라!"

아울러 이들 십제의 이주민들을 서하西河 유역에 모여 살도록 배려해 주었다. 그런데 시간이 지나면서 이 일이 사태를 전혀 엉뚱한 방향으로 흘러가게 하는 계기가 되고 말았다.

이듬해 AD 20년 봄이 되자, 고구려에서는 마침내 용산중령에 〈동명신묘東明神廟〉를 세우고 제사를 지냈다. 이 행사에 맞춰 십제왕 온조가 왕후인 재사공주와 아들 다루多婁왕자를 보내 문안을 왔다. 재사공주의 입장에서 조카 무휼이 새로이 태왕에 즉위한 것을 축하하고, 2년 전 함께 세상을 떠난 오빠 유리명제와 모친인 예태후의 제도 올릴 겸 방문한 것이었다. 재사공주는 대무신제의 유일한 고모로, 두 살 위인 사촌 다루왕자와 함께 이미 한 차례 고구려 조정에 다녀간 적이 있었다.

"왕후마마, 어서 오시지요, 다루왕자도 어서 오십시요! 먼 길 오시느라 노고가 많으셨습니다!"

늠름하게 장성한 대무신제가 태왕이 되어 고모를 맞이하자, 재사공주가 크게 감격하였다.

"오오, 태왕! 그사이 이토록 훌륭하신 제왕이 되셨으니, 이게 모두 동명성제와 오라버니 유리명제의 공덕이 아니고 무엇이겠습니까? 실로 고구려의 홍복입니다……"

이어 재사공주는 신후인 송태후와 반갑게 재회한데 이어, 돌아가신 모친과 오라버니인 유리명제를 추모하고 한바탕 눈물을 쏟았다. 재사공주로서는 오랜만의 친정 나들이였으나, 사실 정치적인 속내도 깔려 있었다. 겉으로는 대기근에 시달렸던 한남의 백성들을 위로하고, 식량 등의 경제적 지원을 요청한 듯했다. 그러나 실제로는 고구려에서 아들인 다루를 지극히 형식적이긴 하지만 한남왕의 후예로 자리매김해 주기를 원했다. 재사공주가 신후인 송태후에게 넌지시 청을 넣었다.

"태후마마, 한남 지역은 사실상 고구려의 땅이 된 지 오래되지 않았습니까? 그래서 말인데, 이번에 우리 다루왕자를 한남의 정윤(태자)으로 세워 주셨으면 합니다."

"……"

순간 송태후가 대답 대신 의아하다는 표정을 짓자 공주가 말을 이었다.

"아시다시피 십제는 신생국으로 여전히 낙랑이나 말갈 등 주변국들과의 경쟁이 치열합니다. 온조대왕께서도 이젠 나이가 들었고요……. 하니 고구려태왕께서 다루를 한남국의 정윤에 봉해 주신다면, 장차 다루가 왕위를 물려받거나, 나라를 다스리는 데 있어 커다란 힘이 될 것입니다. 그렇게 형식을 갖추면 이후 고구려와 우리 십제가 어려울 때 서로를 도울 명분이 튼튼해지는 셈이고요. 태후마마께서 꼭 이 일을 성사시켜 주세요!"

듣고 있던 송태후가 그제야 빙그레 웃으며 답했다.

"공주의 말씀이 일리가 있습니다. 나도 이제 나이가 들었으니, 언제 또 공주를 만난다는 보장이 있겠습니까? 새로운 태왕이 원행을 마다않으신 고모님께 선물 하나 드려야겠지요. 후후!"

그리하여 대무신제는 다루를 한남의 정윤正胤에 봉하고, 관모와 보검을 내려주었다. 아울러 선蘚, 백晳이라는 이름을 가진 두 명의 공주를 다루에게 시집보내고 후하게 대접해 귀국길에 오르게 했다. 그해에 온조왕은 나라 이름을 십제什濟에서 다시금 〈백제伯濟〉로 바꾸었으며, 해소의 차남인 해루를 〈동부여〉에서 영입해 우보로 삼았다. 당시 동부여 대불왕의 핍박과 전횡에 해소 일가가 불안을 느끼던 터에 해루가 먼저 망명을 한 듯했다. 동부여가 두 차례나 고구려를 침공한 전례가 있다 보니, 고구려 조정에서 동부여에 지극히 적대적인 분위기가 팽배해 있었기에 해루가 백제행을 택한 것으로 보였다.

그 무렵 〈동부여〉의 대불왕이 오랜만에 사신을 보내 새로이 대무신제가 다스리는 고구려에 화친을 제의했다. 이를 위해 자신의 이복동생이자, 동명성제의 동복동생인 해소의 딸을 고구려에 시집보내겠다면서 공주를 보내왔다. 그런데 이때 동부여 사신이 또 하나 특이한 선물을 가져왔는데, 그것은 머리가 하나에 몸통이 둘인 붉은 까마귀였다. 이 쌍신오双身烏는 당초 동부여의 한 대신이 기르다가 동부여의 길조라며 대불왕에게 바친 것이었는데, 그는 그 이유를 점성가의 말을 빌려 이렇게 설명했다.

"이 까마귀는 태어날 때부터 두 몸통의 색깔이 달라 한쪽은 검정색이고, 다른 한쪽은 붉은색이었습니다. 그런데 올해부터 검정색 몸통이 점차 붉은색을 띠기 시작하더니, 보시다시피 이제는 두 몸통 모두가 하나같이 붉은색이 되었습니다. 이는 두 나라가 하나로 합쳐진다는 징조이며, 이 까마귀가 대왕께서 다스리시는 나라에서 태어났으니, 이는 장차 우리 동부여가 고구려를 병합시킬 것이라는 하늘의 뜻이 아니고 무엇이겠습니까?"

대불왕은 이 희귀한 쌍신오의 출현이 동부여의 길조라는 말에 크게 기뻐했다. 그는 당장이라도 고구려를 치고 싶었으나, 그의 숙부인 대소왕이 두 차례의 고구려 원정에 실패했던 터라 신중하지 않을 수 없었다. 대불왕은 오랜 궁리 끝에 이 쌍신오를 고구려왕에게 직접 보내 반응을 살피기로 했다. 장차 동부여가 고구려를 합치게 될 징조라는 점성가의 해석과 함께 그것이 하늘의 뜻임을 고구려에 알리고자 한 것이었다. 그러자 아니나 다를까 고구려 조정이 발칵 뒤집혀졌고, 기이하게 생긴 까마귀를 놓고 해석이 분분했다. 그러던 차에 고구려 측의 점성가가 전혀 다른 반대의 해석을 내놓았다.

"까마귀는 고구려를 상징하는 국조로 이 새는 우리 고구려의 길조입니다. 원래 검은색은 북방의 색이며, 붉은색은 남방의 색깔입니다. 따라서 검은색의 까마귀가 부여를 상징하는 붉은색으로 변한 것은, 장차 고구려가 동부여를 하나로 만들 것이라는 하늘의 뜻이며, 이것이 더욱 타당한 해석일 것입니다!"

동부여의 해석과 전혀 반대의 해석을 들은 대무신제가 신하들과 함께 이를 크게 반기고 웃으며 좋아했다.

"동부여왕께서 진정 고구려에 커다란 선물을 한 것이 틀림없나 보오. 하하하!"

난감해진 동부여 사신이 서둘러 귀국해 대불왕에게 고구려 측의 해석을 보고하자, 대불왕이 붉은 까마귀를 보낸 것을 크게 후회했다. 사실 대불왕의 처음 속내는 새로이 태왕에 오른 젊은 대무신제와 함께 그가 다스리는 고구려 조정의 반응을 떠보려던 것이었는데, 오히려 아니함만 못한 결과가 되고 만 것이었다.

결국 이〈쌍신오双身烏 사건〉은 고구려 조정을 자극해 오히려 고구려가 동부여 원정에 나서야 한다는 동기부여를 제공하는 결과를 초래하고 말았다. 마침 중원의〈新〉은 과도한 개혁으로 극심한 내홍을 겪던 터라 고구려 등 요동을 쳐다볼 여유가 전혀 없었다. 그리하여 대무신제가 조정대신들과 동부여 문제를 논의했다. 병무를 맡고 있던 우보 오루烏婁가 말했다.

"태왕폐하! 우리 고구려의 오랜 걱정거리는 아래로부터는 중원의 新나라가, 위로부터는 동부여가 동시에 협공을 가해 오는 상황이 아니겠습니까? 다행히 지금 아래쪽 중원이 우리 쪽 동북을 쳐다볼 겨를이 없을 것이니, 이러한 때 우리가 위쪽의 동부여를 쳐서 한쪽의 위험이라도 확실하게 제거해 버리는 것이 나라의 안녕을 위한 길일 것입니다!"

이에 새로이 비류국의 다물후가 된 송옥구松屋勾도 거들었다.

"그렇습니다. 중원이 어지럽다 해서 마냥 평화만을 누리며 나태하게 굴다가는, 후일 중원이 안정되었을 때 그 대가를 톡톡히 치러야 할 것입니다. 동부여는 수년 전 학반령의 참패로 내심으로는 우리 고구려를 두려워하고 있음이 틀림없습니다. 게다가 지난번 대불왕이 보낸 붉은 까마귀도 고구려에 유리한 것으로 해석된 만큼, 청컨대 이 절호의 기회를 놓치지 마옵소서, 폐하!"

결국 붉은 까마귀 사건을 계기로 이후 고구려는 비류수 상류에서 대규모 병력을 동원해 군사훈련을 실시하는 등 전쟁준비에 돌입했다.

그 무렵 중원 땅에서는 漢 왕조의 후예인 유연과 유수 형제가 일어나 한의 부흥을 외치며 왕망의 〈新〉나라 정부군과 치열한 격전에 돌입했다. AD 23년 왕읍이 이끄는 42만 대군이 곤양에서 녹림군에 패하고 왕망이 주살 당하면서 新나라가 15년 만에 사라져 버렸다. 마치 2백여 년 전 연기처럼 사라져 버린 통일제국 〈秦〉을 연상케 하는 역사적 사건이었다.

2년 뒤인 AD 25년 유연의 동생인 유수가 새로이 〈후한〉의 황제에 오르니 광무제였다. 이때부터 新 이전의 漢을 〈전한前漢〉이라 불렀는데, 이처럼 중원이 왕조 교체로 혼란을 겪는 틈을 타, 고구려는 관제를 정비하고 밖으로의 팽창을 준비했다. 동시에 漢나라로부터는 각종 병서와 농서 외에도《효경孝經》과《사기史記》등의 서적을 부지런히 구입해 들여왔다. 상고시대엔 고조선이 모든 문명을 선도했으나, 진시황 이래로 중원에 통일제국이 등장하면서 모든 것이 역전되고 말았다. 중원이 5백 년간 지속된 〈춘추전국〉 시대를 통해 경쟁과 혁신에 몰두한 나머지 이제는 중원의 기술과 사상이 古조선 열국의 수준을 압도하고 있었던 것이다.

이듬해 대무 14년인 AD 31년 12월이 되자, 이제 이십 대 후반으로 한창 혈기 왕성한 나이가 된 대무신제가 마침내 5만의 병력을 동원해 〈동부여〉 원정에 나서기로 마음을 굳혔다. 전년도에 서쪽의 낙랑군과 상호 불가침조약을 맺어 두었기에, 동쪽 원정을 서두를 필요성이 대두된 것이었다. 새로이 우보右輔가 된 을두지乙豆智를 행군대주부行軍大注簿로 삼고, 태왕이 친히 갑옷을 입은 채 선두에 서서 정벌에 나섰다.

고구려 원정군이 비류수에 머물러 밤을 지내는데, 한밤중에 어디선가 쇳소리가 요란하게 들려와 이튿날 사람을 시켜 알아보게 했다. 그러자 그 지역이 부정負鼎씨 집단이 거주하는 곳으로, 철이 많이 생산되는 주요 철鐵산지임을 알게 되었다. 그때 부락의 촌장이 마을에서 병물兵物로 보관해 오던 金으로 만든 인장과 보검을 태왕에게 바치자, 신하들이 말했다.

"태왕폐하, 이는 하늘이 내려 준 것이 틀림없습니다!"

그 말에 태왕이 엎드려 절하고 이를 받았다. 아울러 부정씨 집단의 도움으로 많은 병장기를 확보하게 되어 병사들의 사기가 오르는 데 힘이 되었다.

이튿날 예인濊人들의 마을인 북명北溟부락을 지나는데 키가 2m를 훨씬 넘는 9척 장수가 도로 중앙에 단정하게 앉아 진로를 방해하고 있었다. 그는 요란한 군마 행렬이 다가와도 꿈쩍 않은 채 도무지 길을 양보하려 들지 않았다. 보고를 받은 대무신제가 이를 기이하게 여기고 가까이 다가서자, 그가 비로소 일어나 태왕에게 큰 절을 하면서 말했다.

"신은 북명 사람 괴유怪由라 하옵니다. 지금 태왕폐하께서 북으로 동부여를 치러 가신다 들었습니다. 원컨대 종군을 허락해 주신다면, 신이 반드시 부여왕의 머리를 바치도록 하겠습니다!"

태왕이 자세히 바라보니 얼굴은 백설같이 흰데, 둥근 두 눈에 섬광이 이는 것처럼 광채가 번득여 언뜻 보기에도 보통 사람이 아님을 알 수 있었다. 대무신제가 크게 기뻐하면서 답했다.

"장사께서 나라를 위해 참전하겠다는데, 내가 어찌 그 고귀한 뜻을 불허할 수 있겠소?"

그리고는 이내 그를 선봉으로 삼았다. 이어 적곡赤谷(적봉赤峰 추정) 부락을 지날 때도 마로麻盧라는 자가 자원해 왔는데, 그는 빼어난 창술을 지닌 인물로 밝혀졌다. 대무신제는 이번에는 그를 유격으로 삼았다. 고구려軍은 그렇게 원정길에서 자원해 오는 병사들을 적극 받아들이고 새로운 세력들을 포섭해 간 끝에, 이듬해 2월이 되어 마침내 동부여의 서남쪽 도성인 책성柵城 인근에 도달했다.

고구려군의 침공 소식이 전해진 동부여에서도 서둘러 동원령을 내리는 등 전쟁준비로 부산해졌다. 대불왕이 신하들에게 말했다.

"새로운 구려왕이 어린 줄로만 알았더니 오히려 우리 부여를 침공해 오다니, 도통 겁이라고는 없는 인사로다! 제법이야······"

결국 동부여에서도 대불왕이 직접 나서서 고구려군에 맞서 싸울 태세를 갖추고, 책성 인근에서 고구려군을 기다리기로 했다. 그런 와중에 책성까지 원거리 행군을 거듭해 오던 고구려 원정군이 드디어 50리 정도의 거리를 두고 동부여군과 맞닥뜨리게 되었다. 마침 저녁 무렵이라 날이 어두워져서 고구려군은 일단 동부여군의 진영이 잘 보이는 책성 남쪽의 높은 언덕에 올라 진영을 꾸리기로 했다. 그렇게 동부여군과 대치하면서 병력을 정비하고 전세를 파악하려는 계산 때문이었다.

그런데 고구려군이 진영을 꾸리고 난 뒤 자세히 살펴보니, 언덕 아래 사방이 소택지沼澤地라 온통 진창에 둘러싸여 있음을 알게 되었다. 책성 자체가 주변에 늪이 많고 땅이 무르다 보니, 튼튼한 석성石城 대신 목책으로 된 책성을 쌓을 수밖에 없었던 것이다.

"아뿔싸, 눈에 보이는 동부여 진영만을 신경 쓰다가 언덕 아래가 온통 진흙 천지라는 것을 보지 못했다. 이쪽 지리에 훤한 동부여군의 전술에 그대로 말려들었으니 낭패로다!"

고구려 진영이 뒤늦게 사태를 파악했으나, 이미 돌이킬 수 없는 진퇴양난에 빠진 뒤였다. 대무신제는 적의 기습에 대비해 발 빠른 기마부대를 언덕 맨 아래쪽에 배치하고, 어둠을 이용한 기습에 대비해 갑옷도 벗지 못한 채 전 병력이 밤새 경계를 철저히 하라고 지엄한 명을 내렸다.

그때 반대편 동부여 진영에서는 대불왕과 수하 장수들이 멀리 고구려군이 책성 언덕에 서둘러 진을 치는 모습을 바라보고 있었다. 동부여군은 고구려군이 원거리 행군에 지쳐있을 때 서둘러 공격하기로 하고, 밤이 되기를 기다리고 있었다. 얼마 후 사방이 캄캄해지자 먼저 아래쪽의 동부여 진영에서 수많은 횃불이 올라왔다. 그러자 동시에 위쪽의 고구려 진영에서도 화답이라도 하듯 비슷한 규모의 횃불이 올라왔다. 양쪽 진영에서 동시에 수없이 많은 횃불을 들어 올리니 언덕 위아래로 마치 거대한 횃불 파도가 출렁이듯 보기 드문 장관이 연출되었다.

그때 갑자기 동부여 진영에서 여러 대의 시뻘건 불화살이 밤하늘을 가르며 솟아올랐고, 공격을 알리는 뿔고둥의 낮고 묵직한 소리가 언덕 위로 메아리쳤다.

"뿌앙, 뿌아앙!"

대불왕이 기다렸다는 듯 고구려군에 대한 총공격 명령을 내렸다.

"보아라! 구려 도적들이 빠져나올 수 없는 진창에 걸려들었다! 전군은 즉시 구려군을 향해 총공격하랏! 돌격하랏!"

언덕 위에서 부산하게 전열을 가다듬던 고구려군은 동부여군이 총공격을 해 오자, 바짝 긴장했다.

"둥둥둥! 적들의 공격이다! 전원 대비태세를 하라! 적의 공격이닷!"

이어 동부여군에 맞서기 위해 선두에서 경계를 맡던 기마부대가 이 순간을 기다렸다는 듯 횃불을 든 채로 성급하게 언덕을 내려갔다. 그러나 이 선봉대는 곧바로 진창에 갇혀 오도 가도 못하는 신세가 되고 말았다. 눈앞에서 이를 목도한 동부여군의 빗발 같은 화살 공격에 고구려 병사들의 희생이 줄을 이었다. 그때 선봉을 따르던 고루高婁왕자가 앞장서 전투를 독려하다가 흐르는 화살에 맞아 말에서 굴러떨어지고 말았다. 사방이 어두워 누구도 왕자를 구하지 못했으나, 이를 본 대무신제가 다급히 소리를 질렀다.

"괴유는 어디 있느냐? 선봉장 괴유를 찾아라!"

괴유가 번개처럼 대무신제 앞에 나타나자, 대무신제는 손짓을 해가며 방금 전 말에서 떨어진 고루왕자를 가리켰다.

"괴유야, 고루숙부를 구해야 한다!"

그러자 말이 떨어지기가 무섭게 괴유가 칼을 빼 들고 천둥 같은 고함을 질러대며 진탕을 넘어 동부여 군진을 향해 유성처럼 돌진해 들어갔다. 순간 적병들이 추풍낙엽처럼 쓰러졌고, 겁에 질린 병사들이 주춤거리며 피하기 바빴다. 이를 보고 용기를 얻은 한 무리의 고구려 병사들이 재빨리 괴유의 뒤를 쫓아 적의 본진으로 곧장 쇄도해 들어가니, 놀란 동부여 군사들이 뒤돌아 달아나기 바빴다.

그때 뒤에서 답답한 마음으로 이 광경을 지켜보던 동부여 대불왕이 후퇴해 돌아오는 병사들의 싸움을 독려하려고, 부리나케 고구려 진영을 향해 몸소 말을 몰아 달려 나갔다. 그러나 대불왕이 탄 어마御馬 또한 곧장 말발굽이 진창에 빠져 더 이상 움직이질 못했다. 9척 장수 괴유가 이를 놓치지 않고 달려들어 이내 대불왕의 목을 가차 없이 날려 버렸다. 어둠 속의 백병전이고, 아수라장 속에서 워낙 순식간에 벌어진 일이라 누가 누구를 말리고 할 겨를도 없었는데, 어디서 큰 외침 소리가 들렸다.

"대불왕을 잡았다! 부여왕의 목을 잘랐다!"

"와아! 와아! 부여왕이 죽었다!"

갑자기 고구려 병사들이 함성을 지르고 기뻐하는 소리에, 그제야 자신들의 대왕을 잃어버린 것을 알게 된 동부여군이 크게 당황하면서 진영이 무너지기 시작했다. 대불왕의 아우인 대만帶万이 이끄는 부대도 그 와중에 다급히 퇴각하다가 뒤늦게 대불왕의 죽음을 알게 되었다. 분노한 대만이 후퇴하는 동부여 군사들을 세우고자 울부짖는 목소리로 무섭게 꾸짖었다.

"달아나지 마라! 대왕의 복수를 해야 한다! 죽기를 각오하고 싸우자!"

이에 동부여 군사들이 분발해 뒤돌아서서 다시금 고구려군과 맹렬하게 싸웠다. 그렇게 한밤중이 지날 무렵이 되자, 결국 수적으로 우세하던 동부여 군사들이 진격을 거듭한 끝에 고구려군의 진영인 언덕을 겹겹이 에워싸고 말았다. 그러나 언덕으로 물러난 고구려 병사들이 아래쪽에서 올라오는 동부여 병사들에게 화살 세례를 퍼부으니, 동부여군도 더 이상 어쩌지 못하고 새벽쯤에는 다시금 양측이 위아래로 대치하는 소강상태가 이어졌다.

그렇게 날이 밝아 오자 사방이 병사들과 군마들의 사체로 가득했고, 밤새 전투가 얼마나 치열하고 참혹했던지를 드러내고 있었다. 비록 대불왕을 죽이기는 했으나, 사방이 진창인 언덕 위에 갇혀 있자니 대무신제가 좌불안석이 되어 상황을 크게 걱정했다. 이에 을두지가 태왕을 위로했다.

"대불왕이 죽었으니, 동부여군이 곧바로 싸움을 걸어오기는 쉽지 않을 것입니다. 하오니 태왕께서는 지나치게 걱정을 하지 않으셔도 될 것입니다! 성모신聖母神(유화부인)께서 반드시 고구려를 도우실 것입니다, 폐하!"

이후 을두지의 말대로 동부여가 공격을 멈추니, 양측의 소강상태가 길게 늘어지게 되었다. 그사이 눈앞을 분간하기 어려울 정도의 큰 안개가 전쟁터를 감싸더니 무려 7일간이나 지속되었다. 책성 주변이 온통 소택지투성이라 생기는 자연현상이었다. 대만이 지휘하는 동부여군도 무슨 일이 벌어질지 걱정스러워, 병력을 다소 후방으로 물리게 되었다. 이를 감지한 고구려 진영이 재빠르게 움직였다.

"정신들 바짝 차려라! 적들이 뒤로 물러난 지금이 기회다! 이제부터 서둘러 허수아비를 만들어 병사인 양 단단히 세워놓고, 막사고, 깃발이고 심지어 군마까지 모두 그대로 둔 채 어둠을 타고 조용하고 신속하게 여길 빠져나간다!"

마침 날씨가 차가워지면서 진창이 얼어붙는 바람에, 고구려군은 샛길을 통해 신속하게 포위망을 벗어나는 데 성공할 수 있었다. 고구려군이 소택지를 빠져나와 10리 정도 이르렀을 때 날이 밝아지기 시작했다. 그들이 언덕 쪽을 돌아다보니, 책성의 언덕 아래 소택지에는 여전히 깊은 안개가 휘감고 있어 아무것도 보이지 않았다.

그러나 한밤중의 어둠 속에 많은 것을 놓고 겨우 몸만 빠져나오다 보니 고구려군의 손실이 이만저만이 아니었다. 위나암까지 돌아오는 길에는 먹을 식량이 없다 보니, 오랫동안 굶주린 병사들이 이동할 수 없을 지경이 되었고, 그때마다 들짐승을 잡아먹어야 할 정도로 고난의 행군이 되고 말았다.

위나암으로 돌아온 대무신제는 서둘러 살아 돌아온 병사들을 배불리 먹게 하고 충분히 휴식을 취하게 해 주었다. 본인이 처음으로 진두지휘한 〈책성전투〉에서 비록 동부여왕을 죽이는 결정적인 성과를 올렸음에도 사실상 패배나 다름없는 결과를 얻게 되자 대무신제는 크게 낙담했다. 병력 손실은 이루 말할 것도 없고, 오히려 부정씨 부락을 포함한 일부 영토마저 동부여에 빼앗기고 말았던 것이다.

게다가 숙부인 고루왕자와 창술의 대가인 유격 마로가 전사했다. 9척 장사 괴유도 대불왕을 베는 등 눈부신 전과를 올리고 〈책성전투〉의 영웅이 되었으나, 전투 중에 창을 여러 개 맞는 바람에 치명적인 부상을 입고 말았다. 대무신제가 손수 전사자 가족을 찾아 조문하고, 부상자들을 위로하며 말했다.

"내가 부덕해, 동부여를 너무 가벼이 보고 덤벼들었소. 겨우 대불왕의 목숨을 빼앗기는 했으나, 동부여를 멸하지도 못하였소. 이기지도 못한 싸움에 병사들만 수없이 상했으니, 모두가 나의 잘못이오!"

그러나 고구려 백성들은 대무신제의 솔직한 자책에 오히려 크게 감복했고, 전쟁터에서 병사들과 생사고락을 함께한 젊은 태왕의 의리와 덕을 칭송했다.

대무신제는 이어 고루왕자를 그의 생모인 계후릉 경내에 장사 지냈다. 당시 황후는 진珍황후였는데 그녀는 유리명제와 아이황후(소서노의 딸)의 맏딸로 한때 해명태자의 비妃였었다. 해명의 사후에도 그를 따라 죽거나 수절하지도 않았는데, 워낙 미모가 아름다운 데다 밝고 애교 넘치는 성격이라 일찍이 무휼이 10대인 태자 시절에 엄명으로 진공주를 취했고, 이후 황후가 되었다. 대무신제가 고루왕자를 장사 지내고 허전한 마음이 되어 진황후에게 한마디 건넸다.

"계황후 모자가 모두 나라를 위해 죽었소……. 당신도 계황후께서 낳은 아들 같은 자식을 낳아 주셔야겠소!"

그러자 태왕의 눈치를 살피던 진황후가 답했다.

"태왕의 처자식 모두는 장차 지아비를 위해 마땅히 죽을 것입니다. 그런데도 이번에 태왕께서 저를 두고 홀로 원정길에 나섰으니, 소첩이 어떻게 죽을 수 있었겠습니까?"

진황후의 말에 대무신제가 비로소 웃으며 말했다.

"그렇구려……. 그렇다면 당신은 이제 다시 살아난 사람과 같을 터이니, 내 어찌 사랑스럽지 않을 수 있겠소!"

첫 전투에서 이기지 못해 크게 자책하고 실의에 빠진 남편을 진황후가 슬기롭게 위로하고, 살아남은 자에게 서둘러 활력을 되찾아 주려 했던 것이다. 그해 봄이 되자, 놀랍고도 반가운 소식 하나가 들려왔다.

"아뢰오, 책성전투 때 버리고 왔던 어마 거루가 우리 고구려의 말 백여 마리를 이끌고 학반령 거회곡車回谷에 도착했다는 소식이옵니다!"

"무엇이라, 거루가 돌아왔다고?"

거루巨婁는 태왕의 분신과 같은 존재로 아래 사람들이 신마神馬로 여기며 아끼던 명마였다. 그러나 책성에서 야반 탈주하면서 거루를 놓고 와야 했으니, 태왕의 상실감이 못내 컸던 이유 중의 하나였다. 대무신제가 반갑고도 미안한 마음에 당일 중에 친히 교외까지 나가 거루를 마중하고는, 갈기를 어루만지며 위로했다고 한다.

책성에서 벌어졌던 동부여와의 전쟁은 분명 동부여의 승리로 널리 인식되고 있었다. 그런데 시간이 지나면서 그와는 반대로 오히려 고구려의 승리였음이 서서히 드러나기 시작했다. 전사한 대불왕이 이렇다 할 후사를 남기지 못하다 보니, 왕의 동생들과 사촌들까지 나서서 권력 다툼을 벌이는 바람에 동부여 조정이 극심한 혼란에 빠지고 만 것이었다. 사태를 주시하던 해소解素의 장남인 갈사曷思왕 산해山解는 장차 동부여가 망할 것이라고 판단했다. 그가 먼저 따르는 무리 백여 명을 이끌고 동부여에서 이탈해 압록곡에 이르렀다.

그때 사냥을 나온 말갈추장 출신 해두海頭왕을 만나 함께 사냥을 하자 청했는데, 그가 산해를 의심하며 무례하게 굴었다. 갈사왕 산해가 해두왕을 기습공격해 죽이고 내친김에 그 백성들까지 인수하고는, 압록곡 북쪽에 자리한 해두의 땅을 다스리고 싶다며 고구려 조정에 청을 해 왔다. 갈사왕 산해의 귀부 요청에 고구려 조정이 흥분에 휩싸였다.

"폐하, 갈사왕의 귀부 요청은 틀림없는 동부여의 분열을 의미하는 것입니다! 이는 이제 시작에 불과하니 아마도 조만간 더 큰 소식들이 뒤를 잇게 될 것입니다!"

대무신제는 즉각 이를 허락했고, 이 땅은 〈갈사부여〉라 불리게 되었다.

추모대왕의 모친인 유화부인(성모)은 금와왕과의 사이에서 8남 2녀를 두었는데 맏이인 해불解弗은 일찍 사망했고, 해주解朱와 해백解百, 해소解素 등이 있었다. 그중 산해의 부친인 해소는 생전의 대불에 대해 난으로 왕위에 오른 무도함을 비판해 왔다. 이에 신변의 위협을 느낀 해소의 차남 해루解婁는 〈백제〉에 귀의해 우보가 되어 온조왕의 오른팔이 된 지 오래였고, 이번에 장남인 산해가 〈고구려〉로 귀부한 것이었다. 갈사왕은 이때 대무신제에게 딸을 바치기까지 했는데, 그 딸이 덕망을 갖춘 데다 피부가 희고 아름다워 얼마 되지 않아 대무신제의 사랑을 독차지했다.

여름이 되니 이번에는 갈사왕 산해의 사촌 동생인 낙문絡文이 동부여 백성 1만여 명을 이끌고 고구려 변경으로 내려와 귀부를 청했다. 산해와 낙문은 유화부인의 자손들로 당연히 고구려 황실과 혈연관계가 있었다. 그러므로 이 일이 단행되기 이전부터 고구려 조정에서는 동부여의 친고구려 세력을 통해 이들과 연락하고 정보를 파악하는 등 포섭에 공을 들인 것이 틀림없었다. 한 차례 전쟁을 경험한 대무신제로서는 직접적인 전쟁 없이도 후방에서의 첩보전을 통해 소기의 목적을 달성할 수 있다는 것을 실감했을 것이다. 낙문이 전한 귀부의 변은 이런 것이었다.

"성인이 다스리는 나라의 백성으로 살게 해 주옵소서!"

소식을 접한 고구려 조정에서는 대무신제가 그 누구보다 기뻐했다.

"낭보로다! 지난 책성 원정이 결코 헛된 게 아니었음이 이제야 속속 입증되고 있는 것이 아니겠소? 뭐니 뭐니 해도 동부여왕 대불을 제거한 것이 결정적이었던 게지요. 하하하!"

그러자 조정 신하들 모두가 고개를 끄덕이고 웃음을 지으며, 기꺼이 태왕의 말에 찬동했다. 그때 을두지가 나서서 쐐기를 박는 말을 추가했다.

"그러하옵니다, 폐하! 책성 원정은 반드시 고구려와 폐하의 승리로 귀결될 것입니다!"

사실 산해와 낙문의 귀의는 동부여의 어지러운 상황을 그대로 반증해 주는 사건이었다. 고구려의 침공으로 동부여왕 대불이 죽었고 이것이 지금 동부여가 겪고 있는 극심한 혼란의 결정적 원인이기 때문이었다. 이로써 늦게나마 전쟁의 명분이 다시금 빛을 보게 되니, 태왕 스스로를 포함해 그동안 전쟁을 주도했다가 체면을 구겼던 세력들의 위상이 크게 회복되게 되었다. 기쁨에 들뜬 대무신제는 친히 낙문왕을 맞이하기 위해 교외까지 나갔으며, 정중하게 손님으로 예우하고 명하였다.

"낙문왕을 구다국의 서쪽에 있는 연나부에 살도록 하고, 안서왕安西王에 봉하노라!"

이로써 안서왕이 다스리는 연나부를 한 때는 〈연나椽那부여〉라 부르기도 했다.

혼란이 가중된 동부여 왕실 안에서는 결국 큰 내란이 일어나 남은 형제들 간에 서로가 서로를 잔인하게 죽이는 살상이 지속되었다. 그 와중에 〈책성전투〉의 영웅 정여征余장군 괴유怪由가 전투에서 입은 부상으로 병상에서 고생해 오던 중, 그해 가을 병을 이기지 못하고 끝내 눈을 감고 말았다. 대무신제가 고구려의 영웅을 잃은 것을 크게 슬퍼하며, 1품 대가大加의 예로써 북명산 남쪽에 장사 지내 주었다. 사람들은 그가 옛 〈창해국〉 예인濊人들의 후손이라고 했다.

그 사이 산해의 딸인 동부여 출신 갈사후가 대무신제의 아들 호동好童을 낳았다. 그런데 이듬해인 AD 34년이 되자 대무신제의 모친인 송태후가 57세의 나이로 세상을 떠났다. 덕성스러워 태왕의 위로도 도조, 해명태자 외에 여러 공주들을 낳았고, 그림과 기악에 능했는데, 특히 선도仙道에도 심취했다고 전해졌다. 얼마 후에는 늙고 병들어 물러나 있던 그녀의 동복 오빠인 태보 송의松義도 죽어 비류국의 송씨 원로들이 차례대로 사라져 갔다.

원래 이들의 모친이었던 관패貫貝부인이 남편 송양松讓에게는 나라를 고구리에 바치라 권유했고, 자식들에겐 충성하라고 가르쳤다. 송의가 모친의 말을 충실히 따라 유리명제의 오른팔이 되었고, 대무신제를 태왕으로 올렸다. 그런 공에도 불구하고 스스로는 검약하게 지내니, 송씨 3대가 큰 벼슬을 하는 복을 누렸다.

대무신제는 송의의 뒤를 이어 그 동생인 송옥구松屋勾를 좌보에, 을두지를 태보로 삼았고, 마리離摩의 아들 마경麻勁을 우보로 삼았다. 그 사이 추모대제와 함께 고구려를 건국한 공신들 중 황룡왕 오이烏伊와 비리왕 마리摩離, 묵거默居가 80대의 고령으로 모두 세상을 하직했다. 이들 모두는 원로가 될 때까지 고구려 황실 3代를 변함없이 뒷받침한 충신들로 후세에 널리 이름을 남겼다.

AD 36년 가을, 〈개마국蓋馬國〉이 한 여인의 욕망으로 혼란에 빠지고 말았다. 개마국왕 소쾌小噲에게는 반을卋乙이라는 처가 있었는데, 그녀가 남편을 죽이고 아들인 숙을叔乙을 왕으로 내세웠다. 이에 반발해 소쾌가 전처 사이에서 낳은 후만厚滿과 구문狗文 형제가 들고 일어섰다. 다만 두 형제 모두가 서로 왕위를 탐내고 경쟁하는 사이였는데, 후만이 먼저 입성해 반란의 주역인 숙을을 죽여 버렸다. 졸지에 아들을 잃고 위기에 처한 반을이 반전을 시도하기 위해 남몰래 구문을 찾아가 말했다.

"그대의 형 후만이 내 아들을 죽이고 말았으니, 그는 이제 나의 원수가 되었소. 나는 이제 남편도, 친자식도 없는 몸이 되고 말았소. 그대가 나와 힘을 합한다면, 내 그대를 도와 후만을 없애고 그대를 반드시 개마왕이 되도록 할 참이오! 어떻소?"

사실 반을은 소쾌의 젊은 아내로 구문과 엇비슷한 나이였고, 여전히 나름의 미색을 지니고 있었다. 결국 구문이 반을과 밀통하고는 그녀와 힘을 합해 후만을 공격했다. 그러자 힘에서 밀린 후만이 결국 〈고구려〉로 달아나 개마국의 토벌을 요청했다.

"태왕폐하, 개마국이 지금 한 사악한 여인의 권력 놀음에 엉망이 되었습니다. 부끄럽게도 신이 힘이 부쳐 이를 막지 못했으니, 부디 고구려에서 개마국을 평정해 안정을 되찾도록 도와주소서!"

이에 대무신제가 직접 출병해 단숨에 〈개마국〉을 평정하고 구문왕을 죽여 없앴다. 이어 개마국을 고구려에 편입해 버리고는 개마군蓋馬郡으로 삼았다. 이 소식이 주위에 알려지자 위협을 느낀 구다국왕勾茶國王 후린厚燐도 고민에 빠졌다.

'개마국 구문왕이 저리도 간단하게 무너지다니, 과연 동부여왕을 죽인 무휼이 대단한 모양이다. 이제 곧 우리 구다국 차례일 텐데, 공연히 미련 갖지 말고 서둘러 항복하는 것이 살길이다……'

그리하여 후린도 스스로 고구려에 항복하고 나라를 넘겨주고 말았다. 후린은 섬니閃尼의 아들로 전에 연나부를 낙문에게 넘겨주었으나, 내심 때를 보아 사태를 뒤집을 궁리를 하고 있었다. 그리하여 개마국왕 소쾌가 죽었을 때 후린은 재빨리 구문의 편에 서서 그를 도와주었고, 그 대가로 장차 구문과 함께 서하西河와 남구南口를 정벌하자고 약조했었다. 그러나 구문이 대무신제에게 맥없이 정복당하면서 모든 일이 발각되자, 나라를 바칠 수밖에 없었던 것이다. 대무신제는 구다국 역시 고구려에 편입하고 郡으로 삼았다.

애당초 고구려 건국 초기에 추모대제는 지배력이 미약하다 보니 주변의 여러 나라들을 병합할 때도 해당 부족들의 자치권을 인정해 주는 느슨한 연맹의 형태로 시작할 수밖에 없었다. 그러나 이번 대무신제의 개마국과 구다국 병합은 선황인 유리명제가 행인국과 옥저를 성읍으로 삼은 것과 같이, 힘의 우위를 앞세워 완전하게 통합을 이룬 것으로, 추모대제 시절과는 달리 강력한 중앙집권 체제가 더욱 강화되는 양상임을 보여 주는 것이었다.

그런데 해가 바뀌기도 전에 개마군의 반중反衆이란 사람이 漢人들을 이끌고 개마의 도성인 구려성을 공격하는 일이 벌어졌다. 구려성은 현토군에 속한 고구려현의 옛 치소로 십여 년 전 유리명제 때, 왕망의 新나라로부터 빼앗은 성이었다. 현토태수가 서둘러 나가 이를 막으려다 병으로 죽는 바람에 좌보 송옥구가 대신 나가 싸워 〈반중의 난〉을 평정했다.

그 무렵 낙양에 자리한 〈후한〉의 광무제가 마지막까지 저항하던 〈촉蜀〉의 공손술을 제거하는 데 성공했다. 왕망의 〈新〉이 무너진 이래 13년 만에 광무제 유수가 마침내 중원을 다시금 통일한 셈이었다. 그럼에도 워낙 너른 중원 대륙인지라 여전히 불안한 정정이 이어지고 있었다. 그런 상황에서 그해 AD 37년경 여름, 갑자기 후한의 요동태수가 대규모 병력을 동원해 또다시 구려성을 침공해 왔다.

사실 광무제 유수는 과거 갱시제로부터 河北의 군벌들을 제압하라는 명을 받은 적이 있었다. 이를 계기로 결국 하북에서 거병하여 호성鄗城에서 〈후한〉을 건국했을 정도로 그는 요동의 상황을 누구보다 훤히 꿰고 있던 황제였다. 후한의 동북 요동에는 중원의 최대 숙적 흉노만큼이나 강력한 신흥 강국 〈고구려〉가 부상하고 있었다. 일찍이 왕망이 新나라를 세우고도 대외적으로 가장 먼저 신경을 쓴 곳이 요동이었다.

특히 흉노를 원정하려다 1, 2차 〈여신麗新전쟁〉을 야기한 끝에 녹림군과 적미군 등의 내란이 촉발되기도 했다. 더구나 왕망은 AD 14년의 2차 여신전쟁에 패하면서 구려현의 일부는 물론, 한창 중원으로 기울어 있던 자몽紫蒙의 12개 소국을 모두 고구려에 빼앗기고 말았다. 자신에 앞서 황제를 칭했던 갱시제조차도 흉노와 고구려의 거병을 우려해, 곤양성으로 진격하던 중에도 병력의 일부를 빼서 상곡과 어양의 수비를 강화시켜야 했을 정도로 요동의 고구려는 위협적인 존재였던 것이다.

그런 상황에서 당시 요동의 낙랑군은 6년 전인 AD 30년경, 낙랑태수 왕준이 토착민인 왕조가 다스리던 낙랑군을 되찾아 장악하고 있었다. 그러나 그때부터 동북쪽에 있던 〈백제〉가 패수 아래 옛 中마한 땅으로의 진출을 서두르기 시작했다. 엄표 땅이 거듭된 재해로 타격을 입자, 고구려의 후원을 등에 업은 백제가 아예 중마한의 도성이던 험독으로 천도까지 단행하면서 남진을 펼쳤고, 자연스레 후한 낙랑군과의 충돌이 잦아졌다. 위기감을 느낀 왕준이 본국의 광무제에게 지원을 요청했을 가능성이 매우 컸던 것이다.

그런 상황에서 이제 중원통일의 대업을 마무리한 광무제가 가장 먼저 요동에 신경을 쓰기 시작했다. 다만 아직은 대군을 요동에 투입할 형편이 아니었으므로, 광무제는 먼저 〈개마〉의 반중을 부추겨 난을 일으켰다. 그러나 〈반중의 난〉이 실패로 끝나게 되자, 이번에는 직접 후한의 요동태수를 시켜 구려성을 되찾고자 했다. 당시 요동태수가 이끄는 漢군의 규모가 워낙 어마어마한지라 고구려 조정이 크게 긴장해야 했다. 대무신제는 이번에도 어김없이 친히 출정했고, 남구南口까지 나가 병사들의 싸움을 독려했다. 먼저 우보 송옥구가 판세를 분석한 다음 전략을 내놓았다.

"적들이 벌떼처럼 일어나 달려드는 것으로 보아 대개 이런 경우는 변방의 장수가 개인의 이득을 취하고자 제멋대로 군사를 일으켜 침공해 오는 것이 대부분입니다. 그러니 이럴 때는 잔뜩 기세가 오른 적들을 성급하게 맞이할 것이 아니라, 인내심을 갖고 시간을 끌어 적의 사기가 꺾이기를 기다렸다가, 적이 예상치 못한 때 공격해야 깨뜨릴 수 있을 것입니다."

한마디로 이는 고구려의 험준한 지형을 이용해 수비전을 펼치자는 내용이었다. 태보인 을두지는 한술 더 떠 아예 성안으로 들어가 장기 농성전을 펼치는 것이 더 좋겠다고 했다. 결국 대무신제가 南口를 지키는 대신, 송옥구와 을두지로 하여금 도성인 울암(위나암)으로 다시 돌아가 적의 침입로를 끊기로 했다.

그때 漢군이 가볍게 개마군을 함락시킨 다음, 곧바로 울암으로 달려와 성 밖을 겹겹이 포위했는데, 날이 갈수록 군사가 불어만 갔다. 게다가 고구려군이 농성 중인 울암성 안에 마실 물이 별로 없다는 사실을 용케 알아차리고는 부쩍 공세를 강화했다. 울암성 안의 고구려 장수들이 걱정했다.

"큰일입니다. 적들이 포위망을 더욱 강화하는데 이는 성안에 물이 없음을 알고 우리를 고사시키려는 것입니다. 물이 없어 오래 버틸 수도 없으니 이제 꼼짝없이 성안에 갇혀 죽게 되었습니다."

이에 을두지가 계책을 하나 생각해냈다.

"내게 묘안이 하나 있소. 적진에 술과 함께 물고기 안주를 보내도록 해 봅시다."

"술과 물고기 안주를 보낸다고요?"

"그렇소, 물고기 안주를 보고 나면 행여 성안에 물이 많다고 생각할 수도 있질 않겠소? 적장이 속아 넘어가기만을 기도하는 수밖에……"

을두지가 병사들을 시켜 적장에게 술과 물고기 안주를 보냈더니, 과연 적들은 성안에 물이 많을 것으로 알고는 이내 포위를 풀고 물러나기에 이르렀다.

"장군! 드디어 적들이 포위를 풀고 지금 막 퇴각하고 있습니다! 장군의 묘책이 성안의 병사들 모두를 구했습니다!"

보고를 받은 을두지가 속으로 조용히 하늘과 조상신에 감사의 기도를 올렸다. 마침 대무신제는 울암성이 포위되었다는 소식을 듣고 병사들을 이끌고 남구성을 나와 울암 가까이에 다가와 있었다. 곧바로 퇴각하던 한군漢軍과 대무신제가 이끄는 고구려군이 맞닥뜨렸고, 이내 전투가 벌어졌다. 성안에서 이를 본 을두지가 서둘러 작전을 지시했다.

"지금이다! 전군을 성 밖으로 진격시켜, 한적漢敵의 후미를 쳐야 한다! 태왕의 군대와 우리가 한적의 앞뒤에서 협공하는 것이다! 한 놈도 살려 보내지 말아야 할 것이다!"

이윽고 울암성 안에서 진격을 알리는 고둥 소리와 함께 둥둥, 북소리가 울려 퍼지더니 성문이 활짝 열렸다. 그러자 성안에 갇혀 있다시피 하던 고구려 병사들이 순식간에 밀물처럼 쏟아져 나와 퇴각하던 한군의 뒤를 쳤다. 이에 졸지에 앞뒤로 협공을 당하게 된 漢軍이 크게 당황해 진영이 무너지더니, 뿔뿔이 달아나기 바빴다. 결과적으로 고구려의 대승이었다. 漢나라 군사들은 보급로가 끊어지는 것에 지나치게 신경을 쓴 나머지, 곧장 남구로 쳐들어가지 못한 채 작은 성안에 매여 헛고생만 하다가 고구려군의 협공에 속수무책으로 당한 셈이었다.

사실상 광무제가 다스리는 후한과 벌인 첫 전투에서 대승을 거둔 이 전쟁이 바로 AD 37년경에 있었던 〈울암대전〉이었다. 표면적으로는 요동태수가 주도한 전쟁으로 보였지만, 실제로는 광무제 유수가 직접 기획하여 사주한 전쟁임이 틀림없었다. 그럼에도 여전히 인구 면에서 비교도 되지 않는 고구려는, 漢나라를 잇는 중원의 대국 후한의 공격에도 전혀 위축되지 않았다. 늘 그렇듯이 태왕이 앞장서 군대를 이끌며 전투를 지휘했고, 인내력을 갖고 자신들의 전략을 착실히 실행에 옮기다 보니, 멀리서 원정 온 적들이 제풀에 나가떨어진 셈이었다.

대무신제는 곧바로 개마군에 군사를 보내 잃어버린 땅과 함께 고구려 서쪽 변방의 안녕을 되찾게 했다. 대무신제가 당대 최대 강국이 되어 무적이나 다름없는 後漢과 정면승부를 펼쳐 대승을 이루자, 고구려 백성들의 사기와 자부심은 드높이 올라갔고, 정국은 더욱 안정되어 갔다. 그러나 드러나지 않은 커다란 문제가 있었다. 바로 〈울암대전〉을 치르는 과정에서 필시 그 경로의 최전방에 걸쳐있던 〈백제〉가 선제적으로 치명타를 입었을 가능성이 매우 컸다는 점이었다. 백제 초기의 역사가 가장 흐릿하다 보니 그 과정을 자세히는 알 수 없지만, 이후로 백제의 활약이 두드러지게 줄어들었을 뿐 아니라, 궁극적으로는 나라를 포기하고, 한반도로 이주해 가는 엄청난 사건으로 이어졌기 때문이다.

10. 金씨 일가의 한반도행

일찍이 漢무제가 죽기 전에 어린 소제昭帝를 보필하라며 4명의 고명대신을 임명했을 때, 그중에는 훈족 휴도왕의 아들인 김일제金日磾도 있었다. 무제가 병상에서 따로 일제에 관해 유언을 남겼다.

"일제는 평생 내 곁에서 한결같이 짐을 돌보았다. 고마운 일이다. 무엇보다 망하라 일당을 토벌하는 데 공이 크니, 일제를 거기장군에 임명하고 일제의 고향인 투후秺侯에 봉하라!"

무제가 죽고 거기장군에 오른 일제는 소제를 보필하면서도, 소제가 아직 어리다는 이유를 들어 투후에 제수되는 것을 사양했다. 그런데 소제를 모신 지 1년쯤 지나자 평생을 모신 무제의 빈자리가 컸던지, 갑자기 일제가 중병으로 몸져눕게 되었다. 대사마 곽광이 급히 소제를 찾았다.

"황상, 거기장군 김일제의 병이 위중합니다. 소신이 장군 댁에 들러 문병을 다녀왔습니다만, 사람도 알아보지 못할 정도로 위태한 지경입니다. 참으로 안타까운 일입니다. 앞으로 황상을 모시고 할 일이 태산 같은데……"

"거기장군이 선제(무제)를 모시느라 평생 고생만 하셨다면서요……"

동그랗게 토끼 눈을 한 어린 소제가 놀란 듯 고개를 흔들며 말을 다 하지 못했다.

"황상, 그래서 올리는 말씀입니다만……. 원래 선제께서 거기장군을 투후에 봉하라는 유지를 남기셨음은 황상께서도 익히 아시는 내용일 것입니다. 그간 장군이 이를 거듭 사양했지만, 이제 저렇게 위독한 지경이니 지금이라도 장군을 투후에 봉하시어 그의 사후에라도 그 후손들이 작위를 이어 갈 수 있도록 배려하셔야 할 것입니다!"

"그렇지요……. 네!"

소제가 알아들었다는 듯 고개를 끄덕이자 곽광이 말을 더 이어갔다.

"아울러 황상, 혹여 거기장군이 사망이라도 하게 된다면, 부황父皇이신 무제폐하의 능 가까이에 자리를 하나 마련하고, 배장陪葬으로 예우해 주셨으면 합니다. 무제의 충신이자 신의 형님이신 표기장군 곽거병의 묘 옆에 그를 나란히 모셔, 사후에도 선제와 같이 지내시게 함이 옳을 것 같습니다!"

"대사마, 참으로 좋은 생각이십니다. 서둘러 그리 처리해 주세요!"

그리하여 곽광은 같은 고명대신으로 경쟁자일 수도 있는 자신에게 언제나 뒤로 물러서서 양보하고, 스스로 겸양을 실천한 일제에게 마지막 의리를 지켜 줄 수 있었다.

얼마 후 소제가 사람을 보내 병상의 김일제를 투정후秺亭侯에 봉했는데, 공교롭게도 그다음 날 김일제가 50세의 나이로 병사하고 말았다. 대체로 사람들은 지위가 올라갈수록 교만해지기 쉽지만, 일제는 무제 생전에는 물론, 그의 사후에도 변함없이 겸손했고, 부친의 원수나 다름없는 漢황실에 충성을 다했다. 장남은 일찍이 무제 시절 궁 안에서 궁녀들을 희롱했다는 이유로 일제가 목숨을 거둔 지 오래였다. 따라서 일제의 사망 시에는 그보다 한참이나 어린 두 아들 김상金賞과 김건金建이 있었다. 이들은 모두 소제와 같은 또래의 10살도 안 된 나이라 어려서부터 소제와 함께 뒹굴며 궁 안에서 친구처럼 기거해 온 사이였다. 맏아들 김상이 아직 어린 나이지만 작위를 물려받으니, 그 봉지는 산동 하택菏澤시 성무成武현 일대였다.

소제는 김일제가 죽자 장송의 예를 최고 수준으로 맞춰 주라는 명을 내렸다.

"투정후의 상가에 모든 장례 물품을 보내 주도록 하라. 시신을 운구하는 날에는 무장한 군대가 진을 펴 장지까지 마차를 호송하도록 하라!"

한무제의 능인 무릉武陵 동쪽 1km 떨어진 곳에 대장군 위청과 표기장군 곽거병의 배릉陪陵이 있었는데, 일제는 거병의 묘 오른쪽에 배장되었다. 당시 휴도성(감숙무위)에 살던 5만여 흉노인들을 하택으로 이주시키기까지 했다니, 漢황실의 김일제에 대한 우대는 상상을 초월하는 것이었다.

흉노 출신의 일제가 저승길로 가는 길에 이토록 최고의 예우를 받기까지는 아마도 같은 고명대신이자 실권자인 곽광의 배려가 컸을 것으로 보였다. 이후에도 시중侍中의 벼슬을 지냈던 일제의 두 아들 김상과 김건은 각각 봉거도위奉車都尉와 부마도위駙馬都尉로 지위가 격상되는 복을 누렸다.

일제의 아들 투후 김상은 장성하여 대장군이 된 곽광의 딸과 혼인해 그의 사위가 되었다. 이후 소제의 뒤를 이은 선제宣帝 때는 곽광이 정권을 독점하게 되면서, 곽씨 일가의 전횡이 극에 달했다. 이 시기에 곽광의 딸이자 김상 아내의 동생인 곽성군은 선제의 황후가 되었다. 선제가 김상의 동서였고, 곽광의 다른 딸들이나 아들 곽우 등도 모두 고관대작이었으니, 곽광의 사위였던 김상의 권세도 대단했을 것이다.

그러나 BC 68년 곽광 사후에도 곽씨 일가의 사치와 전횡이 전혀 줄어들지 않았고, 이에 선제가 드디어 곽霍씨 일가를 적극적으로 견제하기 시작하자 김상은 깊은 고민에 빠졌다.

'아무래도 황상의 움직임이 범상치 않다. 황상이 곽씨 일가를 내친 경우 사위인 나는 물론 우리 김씨 일가 전체도 분명히 화를 면치 못할 것이다. 곽씨들의 전횡이야 우리 김씨 일가와는 무관하게 자신들이 자초한 일이니, 이쯤 해서 더 늦기 전에 결단을 내리고 서둘러 곽씨 가문과 결별을 해야 한다. 공연히 의리와 명분에 발목이 잡혔다가는 자칫 멸문지화를 당하기 십상이다……'

결국 김상은 한발 앞서 선제에게 글을 올리고, 아내 곽씨와 이혼을 하는 과감한 선택을 했다. 선제가 그런 김상을 애처롭게 여겼는지, 곧이어 진행된 곽씨 일가의 대규모 숙청 시에도 김상은 연좌되지 않고 살아남을 수 있었다. 어쩌면 김상을 아낀 선제가 미리 귀띔을 해 주었을지도 모를 일이었다. 김상은 부친을 닮았던지 그 가풍을 이어받아 흉노 출신임을 잊지 않고 늘 겸손했다. 선제도 그를 아끼니 태복에 올랐으며, 원제元帝 때는 광록훈의 지위까지 올랐다. 그러나 그 1년 뒤인 BC 42년 김상金賞이 사망했는데, 다만 후사가 없어 자연스레 봉국이 폐지되고 말았다.

그런데 김일제에게는 기련산에서 같이 자라 장안의 궁으로 끌려온 다음, 어머니 알씨부인과 함께 고생하던 남동생 김윤金倫이 있었다. 그도 황문랑黃門郞에 올랐으나 일찍 사망한 대신, 아들 김안상金安上을 남겼다. 김안상은 백부伯父인 일제의 지도 아래 젊어서 일찍 시중이 되었으며, 성품이 독실하고 지혜로워 특히 선제가 총애했다. 그러다가 초왕楚王 유연수劉延壽의 반역도모를 적발한 공으로 관내후關內侯에 올랐고 3백의 식읍을 받게 되었다. 또 곽씨 일가의 반란 때에도 궁중의 대소문大小門들을 열지 못하게 하여 반란을 막은 공으로, 도성후都城侯가 되어 열후의 반열에 올랐다.

김안상은 상常, 창敞, 잠岑, 명明이라는 4명의 아들을 두었는데 모두 원제의 총애 속에 고위직에 올랐다.

김일제의 두 아들 중 차남인 김건金建은 부마도위를 지냈으며, 그는 아들 김국金國을 두었다. 그런데 김국의 처는 남씨南氏부인으로 원제의 황후인 효원황후 왕정군의 둘째 오빠인 왕만王曼의 부인이었다. 그러나 왕만이 일찍 죽는 바람에, 남씨가 어린 왕망을 데리고 김일제의 손자인 김국에게 재가했고, 둘 사이에 김당金當을 낳았다. 왕망은 김당과는 어머니가 같은 이부동모異父同母 형제로 한때는 의부의 성씨를 따라 이름도 김망金莽이었다.

김망은 그 후 고모인 왕정군이 원제의 비가 되자 즉시 옛 성씨를 되찾아 왕망王莽으로 이름을 되돌리고, 숙부들에 의지하면서 출세 가도를 달리기 시작했다. 나중에 왕정군의 지원에 힘입어 대사마에 오른 왕망은 이후 김건의 형인 투후 김상이 후사가 없었음을 핑계로, 그 아우 김건의 손자이자 자신의 동복동생인 김당이 투후秺侯의 작위를 잇도록 해주었다.

왕망은 또한 평제平帝의 외가인 위衛씨 일가를 숙청하고 권력을 장악한 이후, 아우인 김당의 봉록을 올려주는 한편, 도성후 김안상의 작위는 그의 손자인 김흠金欽이 잇게 했다. 김흠은 김일제의 아우 김윤의 증손자였으니, 이처럼 김일제 형제의 후손들은 흉노 출신의 신흥 귀족으로서 무제로부터 평제에 이르기까지 漢황실에 충성하면서 고위관직을 두루 누렸다. 특히 AD 8년 무렵에는 왕망이 2백 년 漢 왕조를 무너뜨리고 〈신新〉나라를 새롭게 건국한 때였다. 그때 김일제 형제의 4代 손孫들이 여기저기 주요 관직에 있었는데, 이들이 힘을 모아 왕망을 돕기로 하고 김당의 집에 모여들었다.

"漢나라는 더 이상 힘을 쓸 수가 없게 되었소. 우리 조상들이 무제로부터 시작해 평제까지 일곱 분의 황제를 모시고 한결같이 충성했지만, 그러나 여전히 우리가 흉노 출신이라 하여 주변의 시선이 곱질 않고, 늘 한계를 느끼며 살아오질 않았겠소? 다들 알다시피 내 형님이신 섭황제는 사실상 황제나 다름없소."

김당이 황제라는 말을 힘주어 강조하자, 모두들 고개를 끄덕이며 수긍하는 눈치였다. 김당이 말을 이어나갔다.

"섭황제께서는 이제 한나라가 아닌 새로운 나라를 건국하실 구상으로 시기를 엿보고 있을 뿐이오. 그러니 우리 김씨 일가가 섭황제를 반드시 새로운 나라의 황제로 옹립하는 데 일등 공신이 되어야 하오. 그렇게 내 형님(왕망)께서 새로운 나라의 황제가 되는 날엔, 우리는 더 이상 변방 흉노 출신 귀족이 아니라, 새로운 나라의 핵심 개국공신이 되는 셈이니, 하늘과 조상들이 내리신 이 기회를 절대 놓치면 아니 될 것이오!"

결국 이들 김씨 일가는 〈왕망의 난〉에 적극 가담해 왕망이 漢나라를 멸망시키고 新을 건국하는 데 크게 기여했다. 그러나 영광도 잠시였을 뿐, 단 15년 만에 왕망이 내란으로 몰락하면서 이들 金씨 일가의 부푼 꿈도 함께 좌절되고 말았다.

결국에는 AD 23년경 녹림군을 이끌던 유현劉玄이 스스로 갱시제에 올라 장안으로 들이닥쳤다. 그와 함께 왕망의 최측근으로 분류된 김당과 그의 김씨 일족들이 처형되거나 대거 숙청되기에 이르렀고, 재산을 모두 몰수당했다. 겨우 살아남은 김씨 후손들은 급히 산동의 투秺 지역을 벗어나 피신했다가, 일부는 다시 요동遼東으로 스며들었다. 자세히는 알 수 없으나 앞뒤 정황으로 미루어 이들은 당시 漢나라의 속현이면서도 중원에 소외되어 漢의 영향력이 미치지 않던 낙랑군 일대에 주목한 것으로 보였다.

김씨 일가가 두려워하는 漢이나 고구려의 영향력이 미치지 않으면서도 많은 漢人들이 토착민들과 어울려 사는 데다, 염철鹽鐵 무역 등으로 예로부터 물산이 풍부한 지역이었기 때문에, 김씨들은 바로 낙랑군 일대에 정착했을 가능성이 높았던 것이다. 이제 〈新〉나라를 벗어난 김씨 일가는 난민 신세로 전락해 고단한 망명객의 삶을 살아야 했는데, 이때 자신들의 신분을 은폐하고자 일부는 성씨를 다른 것으로 고쳤을 가능성도 있었다.

그런데 김일제 가문은 전한前漢의 무제 시절부터 마지막 평제에 이르기까지 7대의 황제를 지척에서 모신 데다, 왕망을 도와 新을 건국하는데 앞장섰던 당대 최고 수준의 호족 명문名門이었다. 게다가 산동의 투秺 지역을 봉지로 거느렸으니, 이들이 漢나라를 떠날 때는 막대한 자금 등을 갖고 나왔을 것이다. 따라서 시차를 두고 이들을 따르는 무리들이 속속 김씨 일가의 새로운 정착지로 모여들면서, 곧바로 주변을 장악하고 커다란 세력을 형성했을 가능성이 컸다.

그러나 그사이 AD 25년이 되자, 광무제 유수가 하북 호성鄗城에서 황제를 칭하며 〈후한〉을 세웠고, 그해 가을 장안에선 갱시제가 적미군에 패해 항복했다가, 이내 사형에 처해졌다. 당시 갱시제를 따르던 상곡, 어양, 신도 등 하북의 태수들이 이 소식을 듣고는 노방盧芳을 서평왕으로 추대한 다음, 〈후한〉에 등을 돌린 채 적성국인 흉노에 기대려 했다. 호도선우는 정권교체기에 몸살을 앓고 있는 漢나라에 흉노의 괴뢰정권을 수립할 절호의 기회로 보고, 노방을 선우정에 초대한 다음 漢의 황제로 추대했다.

바로 그 무렵 요동의 〈낙랑군〉에서도 커다란 변화가 일어났는데, 낙랑의 토착민 왕조王調가 낙랑의 漢人 관료 출신들을 몰아내고 낙랑군을 장악했던 것이다. 당시 광무제 유수는 신흥 군벌이나 다름없어 기반이 취약하다 보니, 중앙정부를 통할하기에도 버거운 상황이었고, 황제를 자칭하며 반기를 드는 세력들이 여전히 사방에 널려 있었다. 이 때문에 그는 낙양洛陽으로 도성을 옮기고 난 후에도 중국 전역을 통일하기까지 십여 년의 세월을 보내야 했다.

그때까지 광활한 중원 대륙에 흩어져 있던 지방 호족들을 우대할 수밖에 없었으므로, 광무제는 지방군벌이나 토호들의 자치권을 두루 인정해 주었고, 이것이 후한의 한계이자 주된 특징이기도 했다. 이들 군벌들은 지방을 다스리는 소왕小王이나 다름없었고, 바로 그즈음의 요동이나 낙랑의 분위기도 그러했다. 진한辰韓(낙랑) 출신으로 보이는 왕조가 이런 어수선한 상황을 이용해 낙랑군의 한인漢人 관료들을 몰아내고, 용케 이 지역을 장악했던 것이다.

마침 그즈음에 산동 일대를 떠나 피난살이를 하던 김일제의 후손들이 요동의 낙랑으로 들어온 것으로 보였다. 〈왕조의 항쟁〉으로 낙랑군이 토착민의 수중으로 떨어지면서 漢의 수중에서 벗어난 데다, 여전히 그곳에는 많은 漢人들이 토착 낙랑인들과 뒤섞여 살았기 때문이었다. 망명객 신세가 된 김씨 일가도 이때 요동의 낙랑으로 들어와 신분을 숨긴 채, 토착민들과 어우러져 살았다. 그런데 그것도 잠시였을 뿐, 몇 년 지나지 않아 낙랑에 대반전이 일어나고 말았다. AD 30년이 되자 후한의 광무제가 왕준王遵을 낙랑태수로 봉한 다음, 大軍을 동원해 왕조가 다스리는 〈낙랑토벌〉에 나서게 했던 것이다.

그렇게 요동 전체가 다시금 전쟁의 소용돌이에 휘말리게 되자, 김씨 일가가 크게 긴장하지 않을 수 없었다. 또다시 이 지역을 〈후한〉이 장악하기라도 하는 날이면, 자칫 역적의 신세로 몰려 장차 무슨 일을 당할지 모르는 일이기 때문이었다. 가문을 대표하던 투후 김당은 처형된 지 오래였고, 그의 아들 김성金星이 살아남은 가솔과 따르는 무리들을 거느리고 살고 있었으나 불안한 나날의 연속일 수밖에 없었다. 그가 어느 날 가족들의 대표들을 불러 모은 다음, 심각하게 앞날을 논의했다.

"부친인 투후께서 돌아가신 지도 수년이 지났건만, 요동에서 정착하기도 정말 쉽지 않소. 지금 중원은 유수가 나라를 세우긴 했으나, 여전히 어지러운 정국이라 하오. 그런 터에 낙랑태수를 보내 대규모 병력으로 이곳을 장악하려 든다니, 요동 전체가 온통 난리가 나기 직전이오. 자칫 낙랑태수가 승리해 이 일대를 장악하는 날이면, 그 뒤로 후한 정권에 우리 가문이 무슨 일을 당할지 알 수 없게 되었소. 게다가 사방이 전쟁터가 되면, 자칫 전쟁에 동원되거나 전화에 휘말리기 십상이오……"

그러자 다른 인사가 새로운 제안을 했다.

"이곳 사람들 말에 예전부터 변한 출신들이 바다를 건너 멀리 조선朝鮮반도 남쪽으로 들어가 자리를 잡고 사는데, 그곳이 농사짓기에도 좋고, 철이 풍부하여 제법 풍족한 생활을 한다고 들었소. 게다가 그곳 토착민들이 순박하고 여러 기술 수준이 떨어져 부락을 세우고 정착하기가 수월하다니, 차제에 중원의 대륙을 떠나 조선반도로 들어가 새로운 기회를 찾아보는 것은 어떨까 싶소만……"

이에 김성이 답했다.

"그 얘기는 나도 들었소. 조선반도 중간쯤에는 마한인들이 나라를 이루어 살고 있고, 동남쪽 끝에도 진한辰韓의 소국들이 곳곳에 흩어져 있다는 것이오. 또 발해만을 끼고 바닷길로 가면 조선반도는 물론, 그 아래로도 왜倭라고 불리는 거대 섬나라까지 연결된다고 하오. 다들 알다시피 이곳은 조선의 열국들이 산재한 채로 경쟁이 치열한 통에 전쟁의 기운에서 좀처럼 벗어나기가 힘든 지역이오. 이왕에 고국을 떠나 피난살이를 할 바에야 차라리 좀 더 안정되게 살 수 있는 곳이 있다면 그것도 좋은 선택이 될 것이오. 앞으로 그곳에 대한 소상한 정보를 좀 더 알아보도록 합시다!"

이후로 이들 김씨들은 조선반도로 이주하는 문제를 심각하게 고민하기 시작했다. 당시는 중원이나 동북에 비해 조선반도가 인구가 조밀하지 않고 산천이 수려해 사람들이 먹고살기가 낫다고 했다. 무엇보다 대륙의 중원보다 상대적으로 문명 수준이 떨어져 있어 정착하는 데 큰 어려움이 없을 것이라는 소문이 나돌았다. 특히 辰韓(서나벌)에 나라를 바쳤던 변한의 일부 세력이 조선반도 남단에 들어가 살고 있는데, 그곳이 철광석이 많이 나는 철의 주산지라 이곳 낙랑군과 철정 무역으로 큰돈을 벌어 부유하게 살고 있다는 소문도 파다했다. 이는 변한 출신 염사치의 낙랑 귀부와도 두루 연관되었을 수 있는 일이었다. 조선반도가 또 다른 의미에서 새로운 신세계로 주목받고 있었던 것이다.

그러던 중에 결국 낙랑 조정에 커다란 변고가 터지고 말았다. 漢人 출신 낙랑인 왕굉王閎 등이 군리郡吏들과 음모해 왕조에 반기를 들고 그를 암살하면서, 순식간에 낙랑군이 다시금 〈후한〉의 속현으로 되돌아가 버리고 만 것이었다. 김성 일가는 이 일로 초비상이 걸렸다. 이제 낙랑군이 다시금 후한의 나라로 돌아가게 된 만큼, 후한의 역적 무리나 다름없는 자신들의 안위가 절대절명의 위기 상황에 처해졌기 때문이었다. 더 이상 선택의 여지가 없게 된 김씨 일가는 서둘러 낙랑을 떠나기로 하고, 가산을 정리하거나 배를 구하는 등 조선반도로의 이주를 황급히 서둘렀다.

김성 또한 그의 가족들과 그를 따르는 무리들을 설득해 함께 조선반도로 이주해 새롭게 시작하기로 결정했다. 그렇게 기회를 보던 어느 날 용케 배편이 마련되어 마침내 김성 일행이 배에 오를 수 있었다. 요동에서 배를 타고 연안을 거슬러 올라가 한반도 서해와 남해를 지나, 반도의 동남쪽 끝으로 가는 기나긴 여정이었다. 가는 도중 풍랑을 만날 수도 있고, 중간 기착점은 어떨지, 또 마지막 그곳에서 무슨 일이 기다리고 있을지는 아무도 몰랐다. 그러나 도망자 신세를 벗어나 새로운 세상을 향한다는 염원으로 다들 희망을 품고 배에 올랐다. 파도치는 창해의 한가운데 뱃머리에 선 채 김성은 깊은 생각에 잠겼다.

'왕망폐하를 도와 新을 건국했지만, 결국 이렇게 우리들의 원대한 꿈은 무너지고 말았다. 그러나 여기서 포기할 아무런 이유가 없다. 우리는 더 이상 초원에서 말과 함께 풀을 찾아 헤매는 족속이 아니다. 새로운 땅 역시 낯설고 위험이 도처에서 기다리고 있겠지만, 분명 중원보다는 낙후된 소국이라 한다. 우리가 쌓은 경험으로 새로운 땅에서 새로운 포부를 펼칠 수도 있다. 거기서 진정 우리 김씨들의 나라를 세워 보는 것이다……. 조상님이시여, 부디 우리를 도와주소서!'

김성은 어금니를 꽉 깨문 채 새로운 미래에 도전하기로 굳게 다짐하고, 간절한 마음으로 조상들께 기도했다. 그렇게 한반도로 집단 망명한 김일제의 후손들이 얼마 후 한반도 동남단 경주 일원에 자리를 잡은 것으로 보였다. 그들 중에 김알지金閼知라는 인물의 후손들이 후일 신라新羅의 왕이 되었고, 김해 쪽에 자리한 동생 김윤의 후손인 김수로金首露는 가야伽倻의 시조가 되었다고 했다. 사실 이들이 정확히 언제, 어떤 식으로 한반도로 이주했는지 자세히는 알 수 없었다.

다만, 여러 정황으로 보아 〈후한〉이 낙랑군을 되찾았던 AD 30년 이후에 김씨 일가의 한반도행이 이루어진 것으로 추정될 뿐이었다. 혹은 그보다 수년 후에 일어난 〈울암대전〉 등의 전화를 피해 반도로 이주했을 가능성도 있었다. 어쨌든 그 비슷한 시기에 김씨 일가들이 대거 반도로 넘어온 것이 틀림없었다.

이런 우여곡절 끝에 훈薰족 휴도왕의 후손들이 요동을 거쳐 한반도로 넘어와 토착 세력과 함께 새로운 나라를 세우고 그 주역이 되었다. 이로써 휴도왕의 왕자였던 김일제가 부친을 죽인 원수의 나라 漢황실에 충성하며 끝까지 살아남아 대를 잇게 한 이유가 드러난 셈이었다. 중원에서 갈고닦은 그들의 선진지식과 경험이 이제 한반도에서 새롭게 꽃피우면서, 또다시 장엄한 역사의 장을 펼치게 되었기 때문이다. 약 150년 전, 광대한 하서주랑 초원의 연지에서 불던 바람이, 이제 이들과 함께 황해를 건너 한반도로 불어오기 시작했던 것이다.

3부 한반도로 들어오다

11. 수로대왕과 加耶
12. 백제와 서나벌의 위기
13. 탈해의 사로국
14. 고구려의 요서 원정
15. 호동태자와 낙랑공주

11. 수로대왕과 加耶

고대로부터 韓(조선)반도에서는 옛 조선의 성립과 비슷한 시기부터 나라가 생긴 것으로 보고 있다. 그것은 선사시대부터 이 지역에서 다른 어느 곳보다 앞서 농경이 시작된 것으로 추정되기 때문이었다. 이후 이들의 후예들이 대륙으로 북상하여 요하 인근에 여러 고대문명을 일구어 냈고, 다른 일부는 여전히 해수면이 낮았던 시기에 서해의 육로를 통해 산동 일대로 이주하면서, 동이(東夷)의 기원을 이룬 것으로 보기도 한다.

그렇다고 해서 한반도에 고조선이나 중원의 나라들처럼 수준 높은 문명을 가진 나라가 자리 잡은 것으로 보이지도 않는다. 특히 해수면의 상승으로 반도의 서쪽이 (황해)바다로 되돌아간 이후로는 한반도가 대륙에 비해 협소할뿐더러, 국토의 대부분이 산악지대로 이루어져 대규모의 농사에도 적합하지 않았다. 그 결과 인구가 빠르게 증가하거나 대륙과의 활발한 교류를 기대하기도 어렵게 되었기 때문이다. 따라서 한반도는 고조선의 영향 아래 오랜 세월을 지속해 오되, 실제로는 지역별로 부락의 거수들이 다스리는 수많은 군장국가가 곳곳에 산재했던 것으로 보인다.

이러한 상황하에 한반도 내에 형성된 고대국가는 BC 2세기경에 〈진국辰國〉이라는 이름으로 역사 무대에 등장하기 시작했다. 古조선어에서 '크다'라는 뜻으로 '한, 커, 신'이라는 말이 사용되었는데, 고대 중국인들이 이 가운데 '신'을 '辰'으로 표기하면서 '진국'이라 부른 것이었다.

바로 이 고대 한반도 내의 진국辰國이 곧 한국韓國인 셈이었고, 이 무렵에 요수(영정하) 유역에서는 삼조선이 붕괴되던 중이었다. 비슷한 시기에 한반도의 진국 또한 삼한三韓으로 분화되어 구분, 통치된 것으로 보이는데, 크게 보아〈마한馬韓〉과〈진한辰韓〉,〈변한弁韓〉(弁辰)이 그것이었다. 당시 한반도에는 이들 삼한 아래로 크게는 1만 호에서 작게는 6백, 7백 호 규모의 인구를 갖는 다양한 크기의 소국들이 모두 70~80여 개나 되었다고 한다. 오늘날 군郡 단위 수준의 이들 소국은 군장郡長 격인 거수渠帥(우두머리)가 다스렸는데, 세력이 강한 곳은 특별히 신지臣智라 불렸고, 기타 험측險側, 번예樊濊, 살해殺奚, 읍차邑借 등으로도 불렸다. 이런 명칭으로 보아〈진국〉은 모두 단군조선의 통치체제와 크게 다를 게 없었다.

반도의 三韓 중에는 주로 서쪽을 장악한 마한馬韓이 가장 크고 강력해서,〈마한〉의 왕이 곧 진국의 진왕辰王인 셈으로 사실상 삼한 전체를 통할하는 대표로 인정되었다지만 자세히는 알 수 없었다. 아마도 기원을 전후한 시기에는 주로 지배그룹의 출신지에 따라 크게 삼한으로 구별되는 소국들이 느슨한 연맹의 형태로 제각각 공존했던 것으로 추정될 뿐이었다. 초기 진국辰國의 도읍은 충청 또는 전라 지역에 있었던〈목지국目支國〉(무치, 도읍, 마치町)이었는데, 삼한으로 분리되면서 결국〈마한〉의 도읍이 되었다. 목지국 자체는 1만여 호에 대략 5만 정도의 인구를 지녔다고 했다.

이런 마한과는 반대로 주로 한반도의 동남쪽에 위치한 진한辰韓 지역에는 북으로 예맥濊貊과 접해 있었고, 12개의 소국이 집단을 이루었다. 이 예맥은 요서 지역에서 한반도로 흘러 들어온 동예東濊의 일파로 보이는데, 그 위쪽으로는 비슷하게 하북의 요동에서 들어온 낙랑의 일파인 (동)옥저沃沮도 있었다.〈진한〉의 아래로는〈변진弁辰〉(변한弁韓)이 있었는데, 역시 12개의 소국이 산재해 있었고, 그 아래로 왜倭와 접해 있었다. 이〈왜〉는 예濊와 비슷한 소리로, 초기 부여족의 일파가 한반도 남단으로 내려와 정착한 세력이었다. 이들이 후대 경남, 부산 일원에 자리한 가야加耶의 일파로 보이며, 바다 건너 대마도와 큐슈 등 일본日本열도까지 진출한 것으로 보았다.

이 시기에는 철기문화가 보편화되면서 단단한 농기구의 보급으로 생산력이 획기적으로 증가했고, 그에 따라 인구의 증가와 이합집산이 활발하던 시기였다. 그 와중에 중국 대륙으로부터 한반도로 많은 사람들이 이주해 오기 시작했는데, 특히 BC 3세기를 전후로 〈기씨조선〉이 멸망하면서 본격 시작된 것으로 보았다.

일설에는 BC 195년경인 이 무렵에 준왕準王의 일파들이 위만의 추격을 뿌리치고 한반도로 들어와 〈마한馬韓〉을 세웠다고 하는데, 그 왕을 辰王이라 하고, 辰國이라 불렀다고도 했다. 고조선 세력의 한반도 이주는 주로 현 압록강이나 두만강과 같은 내륙을 통해 이루어졌지만, 해로를 통해 들어오는 경우도 많았다. 이들 중 한반도 내륙을 관통한 세력들은 중서부의 마한馬韓을 피해, 한강을 거슬러 충청 지역을 거쳐 경상도로 들어왔고, 다시 낙동강 줄기를 따라 동서 지역으로 나뉘거나 아예 남해 바다에 면한 한반도 남단에 정착한 것으로 보였다. 주로 낙동강 줄기의 서남단은 변한弁韓에, 그 동남단에 분포한 세력들은 진한辰韓에 속했고, 수많은 분화와 이합집산을 통해 어느 시기부터인가 제각각 12개 소국의 집단을 이룬 것으로 보였다.

그 후로 기씨왕조를 내쫓고 〈위씨낙랑〉이 들어서자 그 위쪽 〈부여〉의 틈바구니에 있었던 〈진변辰弁(조선)〉의 세력들도, 말갈과 낙랑 세력에 치인 끝에 〈서나벌〉에 나라를 바치고 그 일부는 일찌감치 한반도 남단으로 들어와 〈가야〉의 일원이 되었다. 그런데 이들처럼 북방에서 한반도로 들어온 이주민들은 대륙에서 나라를 세워 다스리는 등 보다 선진화된 문명을 경험한 세력들로, 강력한 철제무기나 기마騎馬를 이용해 싸울 줄 알았다. 이들이 한반도에서 고대로부터 살던 토착세력들을 누르고, 곳곳에서 지배세력으로 자리 잡기 시작했던 것이다.

당시 고조선에 이은 부여나 고구려 등 북방의 나라들은 일찍이 책幘이나 절풍折風과 같이 머리에 고깔 모양의 관冠을 썼던 반면, 한반도에서는 초기 삼한 시대까지도 관을 이용하지 않았다. 특히 한반도 동남 끝의 외진 구석에 있던 진한 지역은 북방 외래문명의 유입도 늦고, 외부 이주민들에게 배타적이어서 늦게까지도 관冠(변弁)을 사용하지 않았다. 이에 〈마한〉을 제외하고 관을 사용하던 세력을 〈변한弁韓〉이라 부르며 자연스레 진한辰韓과 구분했다.

한편, 한반도의 辰國 또한 북방세력에 밀리면서 오래전부터 三韓으로 분화되기 시작했다. 중심세력인 〈마한〉은 일찌감치 한수(한강) 아래로 밀려난 반면, 북방에서 내려온 〈변한〉은 한반도 남단에서, 〈진한〉은 그 위쪽과 반도의 동남단에 각각 세력을 형성하고 있었다. 물론 한반도의 동북방에는 미미한 수준이지만 〈동예〉나 〈옥저〉처럼 삼한의 어느 곳에 속하지 않고 독자적으로 정착한 세력들도 곳곳에 있었다. 어쨌든 이렇게 시작된 한반도의 삼한시대는, 대륙에서 위씨낙랑 멸망 후 고조선(부여)의 후국들이 분열하면서 열국시대로 접어든 것과 궤를 같이한 것임이 틀림없었다.

수천 년 전 신석기시대가 끝나갈 무렵에는 한반도에서 농사 등의 선진기술을 터득한 배달족들이 현現 요하를 넘어 적봉이나 산동반도 등 광활한 북쪽 대륙외 신세계를 향해 떠나갔었다. 그러나 이제 이 시기에 이르러서는 그 배달족의 후예들이 새로운 철기나 기마문화와 같은 보다 고도화된 선진문명을 들고 다시금 한반도로 돌아오는 유턴U-turn이 시작된 것이었다. 고조선과 낙랑 등 당시 중원대륙의 동북 지역에서 한반도는 또 다른 의미의 신세계New World로 인식되었을 가능성이 매우 컸고, 그로 인해 시작된 한반도이주 러쉬rush가 오랜 시차를 두고 꾸준히 이루어진 것으로 보였다.

당시 〈변한〉과 〈진한〉 지역에는 각각 10여 개의 소국들이 산재해 있었는데, 특히 변한 지역의 소국들을 〈변진弁辰소국〉이라고도 불렀다. 이는 변弁(고깔)을 쓴 변한계 소국들과 그렇지 않은 진한계 소국들이 섞여 있어, 서로를 구별하기 위한 것이었다. 변진소국에는 미리미동국(밀양), 접도국(칠원), 고자미동국(고성), 고순시국(산청), 반로국(고령), 낙로국(하동), 군미국(사천), 미오야마국(합천), 감로국(개령), 구야국狗倻國(김해), 주조마국(함양), 안야국(함안), 독로국(동래)이 있었다. 물론 이들 나라 외에도 주로 남해 해안가 인근에 흩어져 있던 〈포상팔국浦上八國〉처럼, 변진소국에 포함되지 않은 토착민들의 소국들도 있었다.

이들 변진소국들은 정치적인 연맹체라기보다는, 개별적으로 이웃과 경쟁 또는 협조하면서 각자도생하는 관계로 보였다. 이 가운데 한반도 동남부 일원에서는 신답평(김해 지역)의 〈변진구야국弁辰狗倻國〉이 가장 큰 세력을 형성하고 있었다. 구야국은 일찍이 고조선 출신의 유민이 왕이 되었다가, 부여扶餘 계통, 특히 구가狗加 세력의 일부가 집권하면서 구야국이란 이름이 붙었다.

바로 그럴 즈음에, 김일제의 아우였던 김윤金倫의 후손들이 〈후한〉의 핍박을 피해 먼저 요동의 낙랑을 출발했는데, 이들은 배를 타고 연안을 따라 내려오다가, 반도 남단의 변한弁韓 지역으로 스며들었다. 비슷한 시기에 이들과는 달리 김일제의 후손들 역시 배를 타고 해로를 이용하여 요동을 출발했다. 이들은 더 멀리 한반도 남단을 빙 돌아 동남 끝의 진한辰韓 지역인 경북 경주 인근으로 이주하여, 각기 서로 다른 지역에 정착하게 되었다.

〈변한〉의 중심세력이 머물던 경남 김해 지역은 철기의 보급과 함께 당시 주요 철鐵(쇠)의 생산기지로 크게 주목받는 지역hot place이었다. 일찍부터 이러한 정보를 잘 알고 있던 흉노 김씨 세력들은 요동을 떠날 때부터 이 점에 주목했을 것이다.

"한반도 남해안에 가라국加羅國이란 곳이 있다고 들었다. 그 나라에서는 양질의 쇠(철)가 엄청나게 생산되는데, 그것을 가공해 외국에 팔아 커다란 수익을 올리면서 부유한 나라가 되었다고 들었다. 그들은 쇠를 가공한 다음 이를 교역품 삼아 주로 배를 이용해 韓과 예濊, 낙랑, 심지어 바다 건너 왜까지 싣고 가서 판다고 한다. 그러니 우리도 기왕이면 그런 나라로 가서 반드시 새로운 기회를 잡아야 할 것이다!"

실제로 당시 〈구야국〉은 다른 어떤 지역보다 철의 가공기술은 물론, 활발한 해상 교역과 역동적인 경제활동으로 두드러진 지역이었다. 철은 주로 철정의 형태로 가공해 거래되었는데, 곧바로 무기나 농기구로 바꿀 수 있어, 그 자체가 화폐(칼돈)처럼 거래되기도 했다.

AD 30년경, 마침내 낙랑을 떠난 김윤의 후손들은 해로를 이용해 한반도 연안을 따라 항해한 다음, 반도의 남단을 돌아 바로 낙동강 하구의 가라 지역에 닻을 내렸다. 당시 가라 지역에는 아직 정식으로 나라를 이루지 못한 채, 9명의 신지臣智(加, 干)가 개별적으로 부족들을 다스리고 있었다. 신지는 부락 단위의 거수들을 거느린 수장이자, 소왕을 뜻하는데, '가라加羅'는 "가加가 다스리는 땅"이라는 의미였다. 그 밖에도 일찍이 朝鮮을 〈韓〉으로 부르기 시작하면서 "가라"라는 토착어로 발음했으니, 가라가 곧 한국韓國을 뜻하는 것이었고 가야加耶(伽倻), 아라, 아나 등으로도 불렀다고 했다.

당시 가라 일대에는 아도我刀, 여도汝刀 등 구간九干이 저마다 2만에서 십만 정도 규모의 백성들을 다스린 것으로 보였다. 김윤의 후손들이 정확히 언제 이 땅에 도착해 정착했는지 자세히는 알 수 없다. 다만, 그들이 살던 〈낙랑군〉이 후한의 수중으로 완전히 들어간 이후의 어느 시기에, 가라에 대해 충분한 정보를 갖고 이주해 온 것임에는 틀림이 없다. 가라 땅에는 특히 古요동 지역의 진변辰弁(조선) 출신들이 많이 이주해 왔는데, 이들이 후일 자신들의 고향이나 다름없던 요동의 낙랑군까지 철을 배로 싣고 와 거래하면서 가라加羅의 이야기가 널리 알려진 것으로 보였다.

그런데 김윤의 후손들은 일찍이 漢나라의 무제 때부터 7대의 황제를 모신 명문 호족이었고, 왕망의 新나라 건국에 일조한 황실 관료 출신들이었다. 따라서 중원의 선진문명과 지식, 나라를 다스리는 경험에 더해 상당한 재물을 갖고 이주해 온 세력이었을 것이다. 당시 김윤의 후손 중에 김시金諟라는 이가 있었는데, 그가 김씨 일가를 통솔하던 중심인물이었다. 중원의 거대 통일제국을 다스리고 호령했던 그들의 눈에, 가라는 그저 중원의 작은 제후국만도 못한 소국에 지나지 않는 수준으로 보였을 것이다. 김시가 일행에게 말했다.

"가라는 나라도 제대로 이루지 못한 상태다. 조그마한 땅덩어리에 저마다 부족별로 뿔뿔이 흩어져 있으니 힘이 분산되어 전투력이 떨어지고, 철제라고는 하지만 무기도 형편없는 수준에다 기마부대도 갖추질 못했다. 이곳은 중원의 전투력을 지닌 세력이 나타나기만 한다면 금세 차례대로 무너지고 말 텐데, 아직 이런 낙후된 수준에 머물러 있다는 것이 신기할 따름이다."

그러자 누군가 그의 말에 크게 호응하며 맞장구를 쳤다.

"그렇습니다. 이곳은 하루라도 빨리 차지하는 자가 임자인 듯하니, 조금도 망설일 필요가 없습니다. 이곳의 상황이 어느 정도 파악되는 대로 즉시 부락들을 공격해, 차례대로 깨뜨리고 서둘러 나라를 세울 필요가 있습니다. 그야말로 이곳은 무한한 가능성을 지닌 곳입니다."

김씨 일가는 주변의 정황을 자세히 파악해 나가면서, 가라의 9간九干을 차례대로 공략할 준비와 함께 전략을 마련하기 시작했다. 그 결과 AD 42년경 3월 어느 날, 마침내 김시의 세력들이 가라 9촌村의 신지(大加)들에게 사람을 보내 초대했다.

"우리 거수가 가라의 신지들을 모두 초대해 인사를 올리고 만찬을 대접하고자 합니다. 그러니 모某일 모某시경에, 인근에 있는 양동리陽東里 가라골의 구지봉龜旨峰 너럭바위 앞으로 와주시면 고맙겠습니다."

김씨 일가들의 가라 정착을 허락해 준 데 대해 정식으로 고마움을 표하고, 연회를 베풀겠다는 것이었다. 순진한 9명의 신지들이 연회에 참석하고자 수하들과 가라골로 향하니 수백의 인파들이 구지봉 바위 앞에 모여들었다.

그때를 맞춰 김시는 구지봉 뒤편에 중무장한 군사들을 가득 숨겨 둔 채, 만반의 태세를 갖추어 놓고 있었다. 이윽고 신지들이 모두 모이니, 김시가 나서서 인사말을 시작했다. 그러나 김시의 입에서 나온 말은 감사의 인사가 아니라, 어느 순간부터 자기들의 우월함을 내세우고 가라인들을 무시하는 말투성이뿐이었다.

"모두들 잘들 들으시오! 소문을 들어 알다시피, 우리는 대륙에서 온 사람들로 대국의 황제들을 측근에서 모신 황제의 일족이자, 고위 관직을 지낸 사람들이오. 여러 이유로 이곳 가라로 이주해 와서 보니, 듣던 것과 달리 그대들이 아직 나라 하나도 만들지 못한 우매한 자들임을 알게 되었소. 땅덩어리라 해야 고작 여뀌 잎사귀만 한 작은 땅에 아홉 부락이 저마다 흩어져 있으니, 이래 가지고서는 중원의 나라는 물론, 조선의 열국 중 어느 하나가 내려온대도 금세 결판이 나고 말 것이오!"

김시가 쩌렁쩌렁한 목청으로 가라를 비하하는 말을 이어가니 다들 당황하여 웅성거리기 시작했다. 김시가 다시금 소릴 질러대며 말을 이어 갔다.

"우리는 중원에서 거대 제국을 다스린 경험을 가진 현인賢人들이오! 그대들이 협조해 준다면, 우리가 이곳에 번듯하게 나라를 세우고 이 땅을 안전하게 지키는 것은 물론, 중원의 선진문명을 퍼뜨려 이곳을 중원의 수준에 걸맞은 나라로 발전시켜 보겠소!"

그러나 그 말이 끝나기 무섭게 좌중이 소란스러워지더니, 신지 중의 누군가가 큰 소리로 외쳤다.

"지금 이게 무얼 하자는 수작이냐? 우리보고 마을을 모두 내놓으라는 말이냐? 백주 대낮에 날강도 같은 놈들이 아니더냐?"

그러자 모든 이들이 금방이라도 들고 일어날 기세로 삿대질을 하며 거칠게 항의했고, 일부 신지의 경호병들은 칼까지 빼내 드는 자도 있었다. 소란이 좀처럼 수그러들 기미가 보이질 않자, 마침내 김시가 뒤로 물러나 손짓을 했다. 그러자 사방에서 철갑을 두른 기마병에 중무장한 병사들이 나타나 순식간에 이들을 포위해 버린 채, 예리한 창과 활을 겨누었다. 그러더니, 일사분란하게 칼과 창으로 방패를 두드리고, 한 발로 땅을 굴러대며 일제히 큰 소리로 고함을 질러댔다.

"쾅, 쾅, 우우!"

천지가 진동하는 소리에 가라인들이 모두 당황해서 우왕좌왕하는 사이 갑옷으로 무장한 김시의 부하 장수가 말을 탄 채로 나타나 긴 창을 높이 들어 올렸다 땅을 내려치자, 비로소 소동이 멈췄다. 그가 사방을 노려보며 기세등등하게 협박성 발언을 이어 갔다.

"그대들 모두 들으라! 우리는 지금 이 자리에서 불필요한 살상을 원하지 않는다! 그러나 만일, 그대들이 우리의 호의를 무시한 채 저항이라도 하려 든다면, 저 강력한 철기병들을 동원해 그대들의 부락을 하루아침에 도륙해 버리고 말 것이다! 이것은 단순한 협박이 아니다! 그러니 지금 이 자리에서 우리의 뜻에 동의하고, 향후 우리의 요구를 받아들여 실행에 옮겨주길 바란다! 다른 선택은 없다. 이것만이 여러분이 온전하게 생명을 유지하고, 이 땅을 반석 위에 올릴 수 있는 길이니, 잘들 생각하라!"

강력한 협박에도 불구하고 당연히 일부 저항하는 사람들도 있었으나 즉석에서 희생당했고, 이내 모두가 제압당하고 말았다. 결국 살벌한 분위기 속에서 가라의 아홉 신지들이 대륙에서 갓 이주해 온 金씨 일가에 무릎을 꿇어야 했다. 당시의 분위기가 어찌나 살풍경했던지 이후 〈구지가龜旨歌〉라는 노래로 전해졌다.

구하구하龜何龜何	거북아, 어찌 하겠느냐?
수기현야首其現也	당장 머리를 내밀어라.
약불현야若不現也	만일 내밀지 않으면,
번작이끽야燔灼而喫也	구워서 먹겠노라!

후일 〈가라국〉이 건국된 다음 구지봉 바위의 전설과 함께 전해진 이 노래는 王이나 神을 맞이하는 영신군가迎神君歌라고도 해석되었다. 그러나 이는 엄연히 모두들 나와서 항복을 하라, 그렇지 않으면 모두 죽여

없애겠다는 강포하기 그지없는 선전포고에 다름 아니었다. 김시 세력은 이런 식으로 강력한 철기병들을 앞세워 한순간에 가라 9촌의 9간九干들과 그 백성들을 제압해 버린 것이었다.

이로 미루어 김시란 인물은 대단히 기민한 결단력을 지닌 데다, 지극히 현실적이고도 냉정한 지도력을 갖춘 인물이었다. 김시는 우선 양동리 일대에 〈가라국加羅國〉을 건설한 다음, 임시로 궁궐을 짓게 하고는 곧바로 그곳에 들어가 정무를 시작했다. 임시궁은 급하게 마련하다 보니 질박하고 검소하게 하여 지붕의 이엉조차 가지런히 자르지 못했고, 진흙으로 쌓아 올린 계단 또한 석 자를 넘지 않는 수준이었다.

김시는 그달 보름에 왕위에 즉위했는데, 세상에 처음으로 나타났다는 뜻에서 왕 스스로를 〈수로首露〉라 칭하게 했고, 국호를 〈대가락大駕洛〉 또는 〈가야국伽耶國〉이라 부르게 했다. 수로는 '머리'란 뜻으로 군장, 왕을 뜻하니 김수로金首露란 곧 '소머리(우두머리)'의 향찰 표기로 金씨 성을 가진 王을 말하며, 개인의 이름이 아니었다. 따라서 〈수로〉는 가야국 왕의 호칭인 셈이며, 이 호칭이 AD 150년경 거등왕居登王이 등장하기까지 약 백여 년간을 이어 갔으니, 그사이 대여섯 명의 2세, 3세 수로 등이 가야국을 다스린 셈이었다. 가야국의 시조이자 1세 수로의 이름은 바로 김시金諟였던 것이다.

당시 〈가야국〉은 동으로는 황산강黃山江(낙동강), 서남쪽은 창해滄海(남해바다), 서북은 지리산智異山, 동북으로는 가야산伽倻山을 경계로 했다. 한편 가야加耶는 이후 낙동강을 기점으로 강의 서쪽 아래로 모두 6개의 가야로 분화되었다. 위로부터 낙동강 중상류의 경북 지역에 〈고령古寧가야〉, 〈성산星山가야〉, 〈大가야〉가 있었고, 그 아래로 〈아라阿羅가야〉와 〈금관金官가야〉, 〈小가야〉가 있었다.

시조인 김수로가 다스린 첫 가야는 낙동강 하구의 양동리 가라골에서 시작했는데, 즉위 2년째인 AD 43년경 봄이 되니, 왕이 말했다.

"아무래도 내가 도읍을 새로 찾아야겠소!"

왕이 가라골의 임시궁궐 남쪽에 위치한 신답평新畓坪(김해)으로 행차해 사방을 둘러보고는 말했다.

"이곳은 마치 여뀌 잎처럼 좁은 땅이기는 하지만, 산천이 수려하고 빼어나게 아름다우니 현자들이 기꺼이 머물 만한 곳이다. 그러니 이곳에 의지해 강토를 개척하면 좋지 않겠느냐?"

이로써 신답평 일원에 1,500보 둘레 규모의 아담한 외성과 궁궐, 전당 등을 지을 터와, 기타 관청의 청사와 무기고, 곡식 창고를 지을 곳 등을 두루 정하고 돌아왔다. 그달 20일부터 백일 만에 튼튼한 성곽을 쌓은데 이어, 농한기를 기다렸다가 그해 10월부터 궁궐과 옥사屋舍(관청)를 짓기 시작해서 이듬해인 AD 44년경 2월에 완성할 수 있었다. 시조 김수로는 마침내 좋은 길일을 택해 새 궁궐로 모든 이전을 마친 다음, 비로소 정치의 큰 틀을 살펴보고는 이어 본격적으로 나라의 정사를 펼치기 시작했다.

그렇게 흉노 휴도왕의 후손으로서 〈가야국〉의 시조가 된 김시金諟는 실로 남다른 감회를 느꼈을 것이다. 〈후한〉 등을 피해 다녀야 했던 고된 피난살이에 종지부를 찍은 셈이었고, 대륙의 큰 나라만큼은 아니어도 그 어느 곳보다 수려하고 안전한 곳에 김씨들의 나라를 당당하게 세웠으니, 가슴이 벅차올랐을 것이다. 그는 속으로 생각했다.

'이곳은 엄청난 철의 생산지이기도 하다. 우리가 가진 높은 수준의 철 제련술을 맘껏 발휘해 대륙의 나라들에 철정이나 제철 물품을 대량으로 싣고 가 판매한다면, 빠른 시일 내에 막대한 국부를 축적할 수 있을 것이다. 그리만 된다면 언젠가는 가야를 반도에서 가장 부유한 나라로 만

들 수 있을 것이고, 다시금 대륙으로 진출하는 것이 가능할지도 모르겠다……. 아아!'

자신이 이제 막 세운 작은 나라 〈가야〉의 가능성이 그야말로 무궁무진할 것이라는 생각에까지 미치자, 잔뜩 부풀어 오른 기대에 그의 가슴이 두근거릴 지경이었다. 그렇게 새로운 목표와 원대한 포부를 갖게 된 김시는 이내 새로운 실행전략을 짜내는 데 골몰했다.

후한의 광무제가 요동태수를 시켜 일으켰던 〈울암대전〉에서 참패하고 난 다음, 요동의 낙랑 일원이 안정을 되찾기 시작할 즈음에 염사廉斯 출신의 소마시蘇馬諟라는 인물이 여러 명의 사절단을 이끌고 〈낙랑군樂浪郡〉에 나타났다. 사실 그는 韓人이었는데, 낙랑태수를 만나 푸짐하게 공물을 바치고 낙랑과의 무역을 허락해 줄 것을 요청해 왔다.

"우리는 한반도의 남단에 있는 구야국에서 왔습니다. 태수님도 알다시피 우리 가야의 철정과 철제품은 질이 좋기로 유명해 예전부터 이를 거래해 온 지 오래입니다. 그런데 최근 이곳에 철정의 수요가 크게 늘어 많이 부족하다 들었습니다. 하여 태수님께서 허용해 주신다면, 낙랑군에서 요구하는 대로 철제품을 만들어 대량으로 공급하고자 하니, 부디 거래를 허락해 주시기 바랍니다."

당시 낙랑군은 가장 뜨거운 전쟁터나 다름없었으므로 철제 무기류의 수요가 폭발적으로 늘어나 가격이 뛰어오르고, 물건이 동나는 등 품귀현상에 시달리던 때였다. 소마시가 부지런히 활약한 결과 後漢으로부터 염사읍군邑君이라는 관직을 얻어내는 데 성공할 수 있었다. 그 대가로 한반도 가야의 염사읍에서는 매 계절마다 낙랑태수를 찾아 알현하고, 공물을 바치기로 했다.

이는 후한이 가야의 염사읍을 지배하지 않는 상황 속에서도, 가야인 소마시를 특별히 염사읍을 대표하는 인물로 지정하되 漢의 관리에 준하는 벼슬을 내리는 데 초점을 맞춘 매우 예외적인 조치였다. 즉 소마시에게 후한 또는 낙랑군에서 가야의 철이나 화폐, 물자 등의 교역을 함에 있어, 그 업무 일체를 전담할 수 있는 특권을 부여해 준 것이었다. 당시 소마시의 활약이 얼마나 눈부신 것이었는지를 가늠할 수 있게 해 주는 대목이었고, 이로써 가야의 소마시가 적어도 후한에서는 한관漢官으로서의 자격을 인정받게 된 것이었다.

그런데 가야의 염사읍은 그 이름과 관련해 〈후한〉의 낙랑과도 깊은 연관성을 지니고 있었다. 이십여 년 전 후한의 낙랑군에서는 辰韓(서나벌)의 우거수였던 염사치廉斯鑡라는 인물이 15,000여 진한인을 거느리고 낙랑에 귀부한 사건이 있었다. 그의 이름으로 미루어 그는 사실 〈낙랑군〉 염사읍의 치(신지臣智), 즉 거수로 지낸 인물이었고, 따라서 염사치(착)는 그의 이름이 아니라 낙랑인으로서의 높은 지위나 벼슬을 지칭한 것이라는 말도 있었다.

더구나 그 일이 있기 수십 년 전에 고조선(부여) 지역의 진변인辰弁人들이 〈서나벌〉에 나라를 바치고 귀부한 사건이 있었다. 서나벌에서는 이들 진변 출신들을 우현왕, 즉 우거수가 다스리는 지역에 배치했는데, 바로 그들 변한인들의 후예였던 염사치가 당시 진변 출신을 대표하던 우현왕이라는 것이었다. 바로 이 우현왕이 그 후로 후한의 낙랑군으로 귀부해 염사읍의 거수가 되었고, 염사치로 불렸다는 것이었다.

한편, 진변인들이 서나벌에 나라를 바칠 때, 이에 반대했던 무리들도 있었는데, 그들 중 상당수가 한반도 남난의 〈변한〉으로 이주했다고 한다. 이들은 당시 낙랑 지역에서 고조선 열국과의 전쟁으로 철제 무기류의 수요가 매우 크다는 사실을 누구보다 잘 알던 사람들이었다. 마침 변한의 가야 지역에서 양질의 철광석이 많이 생산되다 보니, 이미 철정의 형태로 낙랑을 포함해 사방으로 팔려나가고 있었다. 그러던 중 원래 진변인으로서 자신들과 뿌리가 같았던 염사치의 낙랑 귀부가 변한으로 이주했던 가야인들을 자극한 것으로 보였다.

"염사치가 진한의 우거수였다는 소문이 파다하니, 그렇다면 그는 우리와 뿌리가 같은 진변인이 아니겠는가? 잘되었다. 그가 진정 우리와 같은 동포라면 낙랑과의 교역이 훨씬 수월해질 수도 있겠다."

이런 이유 때문이었는지, 그 후로 후한의 〈낙랑군〉과 변한의 〈가야〉 사이에 각종 교역은 물론, 인적 교류마저 더욱 활발하게 이루어진 것이 틀림없었다. 실제로 한반도 가야 지역에도 이후 자연스럽게 같은 이름의 염사읍廉斯邑이 생겨났는데, 그곳이 바로 지금의 경남 창원이나 김해 일대로 추정되는 지역이었던 것이다. 처음 염사치가 조국을 배신하고 (후한)낙랑행行을 택한 것은 경제적 어려움을 극복하기 위한 고육지책이었겠지만, 이후로 이 사건은 낙랑 땅은 물론 요동 전체와 한반도에 이르기까지 거대한 정치적 격변을 연쇄적으로 일으키게 되었다.

즉 〈왕조의 난〉에 이은 후한의 낙랑군 수복이라는 반전, 그에 따른 흉노 김씨 일가의 한반도 이주와 〈가야〉, 〈사로국〉의 탄생, 영동 7현의 고구려 귀속과 〈울암대전〉 등을 야기했고, 급기야는 서나벌과 백제의 한반도 이주로까지 이어졌던 것이다. 이처럼 염사치의 낙랑군 귀부는 그의 의도와 상관없이 마치 '나비효과'를 일으킨 것처럼, 요동과 한반도 전체의 엄청난 역사적 파장으로 증폭되고 말았다. 그런 면에서 염사치의 등장이야말로 1세기 전반에 동북아에서 일어났던 이러한 일련의 모든 역사적 사건의 불씨나 다름없었던 것이다.

또 하나 주목할 일은 비슷한 시기에 한반도 남단의 이 지역에 김시金

諿라는 인물이 갑작스레 등장해 기존 가야의 아홉 거수渠首(9간干)들을 단번에 제압해 버린 사건이었다. 김시는 일행과 함께 곧바로 〈가야국〉(가라)을 새로이 건국하고 스스로 왕위에 올랐는데, 그가 곧 가야의 시조인 金수로였던 것이다. 이들 김수로(김시) 집단은 중원의 漢나라를 멸망시키고 왕망의 新나라 건국에 기여한 죄로, 新의 멸망과 함께 요동의 낙랑 등으로 피신했다가, 또다시 한반도로 이주한 세력이었다. 바로 이들이 150여 년 전, 漢무제의 흉노 원정 때 피살당한 휴도왕과 그의 아들 김윤의 후손들이었다.

이들 흉노 金씨 일가는 오래전부터 漢나라 황실을 측근에서 모신 고위 관료이자 호족 출신들로 중원은 물론, 그들이 임시로 거처했던 낙랑의 사정을 누구보다 훤히 알고 있었다. 그런데 당시 중원에서는 오래전부터 소금과 철의 중요성을 인식하고 그 생산과 유통을 조정에서 철저하게 통제해 오고 있었다. 이러한 염철鹽鐵 전매제도의 시작은 춘추시대까지 거슬러 올라가는데, 제환공을 받든 관중管仲이 이 제도를 활용해 국부를 쌓은 것으로도 유명했다.

〈염철전매제도〉는 후대로 꾸준히 이어졌는데, 前漢시대에는 郡마다 철과 소금을 관장하는 철관鐵官과 염관鹽官이라는 벼슬을 두었다. 특히 철관에게는 철광석의 생산과 조달은 물론, 각종 철제 무기류의 제작과 보급의 임무가 배당의 형태로 주어졌다. 철관들은 자신에게 할당된 물량 이상을 생산해 내면 잉여물품을 취할 수 있었으므로, 부를 축적하는 수단으로 이를 적극 활용했다. 무제 시절에는 漢나라 전역에 47개소의 철관을 두고, 이들로 하여금 민간에서 쇠鐵를 사사로이 주조하지 못하도록 철저하게 통제했다. 이들 위에 별도로 균수관均輸官이라는 벼슬을 두어 철과 소금의 유통 전반, 특히 외국으로의 유출입에 관한 감시, 감독의 책임을 부여하기도 했다.

게다가 주로 요동의 조선(낙랑) 지역에서 일찍부터 발달했던 넓적한 쇳덩이인 철정鐵鋌이 널리 유통되다 보니, 그 자체가 훌륭한 화폐(칼돈)의 보조기능으로 활용되었다. 당시 철의 유통이 통제되던 시절이라 각 郡의 태수나 호족, 거상, 대지주와 같은 권력자들은 하나같이 철의 생산과 유통에 간여해 개인의 부富를 축적하려 들었다. 또 내란 등 혼란 시에도 많은 군벌이나 유력자들이 자신의 가문을 보호할 사병私兵이나 병사들을 양성해, 철의 생산과 유통을 통제하고 자기방어의 수단으로 삼았다. 이런 분위기 속에서 염철의 생산과 유통에 대한 통제가 강화될수록, 중원에서는 언제나 그 수요가 공급을 넘어서는 상황이 지속되었고, 따라서 철제품의 가격이 항상 높게 거래되었다.

특히 전한前漢을 무너뜨린 왕망의 新나라(AD 9~25년)를 거쳐 초기 후한後漢에 이르러서는, 왕조 교체기를 맞이한 지방의 호족과 군벌들이 염철이나 술酒의 전매를 통해 막대한 부를 축적하면서 많은 문제가 생겨났다. 지역마다 철의 유통이 엄격히 통제되다 보니, 전체적으로 병장기의 생산과 보급이 늦어지고 그 결과 철의 가격은 더욱 높이 치솟았던 것이다. 그에 따라 철광석 산지나 제철, 제련기술을 확보한 세력들이 남보다 빨리 성장하거나, 권력을 오래 유지할 수 있게 되었다.

중원의 이런 상황과 무관한 한반도 가야 지역에서는 양질의 철광석을 맘껏 캐낼 수 있었고, 이를 녹여 철정이나 철제병기 등을 생산, 유통시키는 일이 훨씬 자유롭게 이루어졌다. 특히 대륙의 낙랑 등지에서 이주해 온 가야인들은 중원에서 철제품의 가치가 훨씬 높다는 것을 잘 알고 있었기에, 철제품을 배로 실어 주로 낙랑에 내다 팔아 큰 이익을 올렸고, 그 중심에 변한弁韓 출신들이 있었던 것이다.

金씨 일가들이 낙랑에서 이곳 한반도 가야 지방으로 스며든 이유가 바로 여기에 있었던 것이다. 그들은 낙후된 토착민들을 단숨에 제압해 버리고 새로운 나라를 건국한 데 이어, 곧바로 낙랑과 철을 비롯한 물자 교역을 시도했다. 그 무렵의 소마시가 바로 그 중심인물이었던 셈이다. 소마시는 모국어나 다름없는 중국어에 능통한 데다, 드물게 낙랑은 물론 중원의 권력구조를 소상히 꿰고 있던 인물이었다. 그는 처음부터 막대한 조공으로 낙랑태수를 단번에 휘어잡은 듯했고, 곧바로 가야 염사 지역을 관할하는 철관鐵官의 자격으로 낙랑에서의 철鐵 유통을 독점하게 되었던 것이다.

그런데 여기서 소마시蘇馬諟라는 이름 또한 결코 예사롭지 않은 것이었다. 소는 쇠(金)를 뜻하는 단어이고, 말(馬)은 마리, 머리 즉 우두머리인 수장을 뜻하는 향찰식 표현으로 소마蘇馬가 곧 쇠머리이자 김왕金王, 김수로金首露와 같은 의미라는 것이었다. 여기에 김수로의 이름이 시諟였으므로, 그의 중국식 이름이 곧 소마시였다는 것이다. 소마시가 후한의 철관 자격을 따낸 시점이 AD 44년경이었으니, 이는 그가 가야의 아홉 거수들을 제압하고 권력을 장악한 이후의 일이었다. 그러나 가야국이 아무리 작은 한반도의 소국이라 해도, 일국의 군왕이 스스로 장사치를 자처하고 신변상의 위험을 무릅쓴 채 직접 타지로 나가 교역을 주도했다고 보기는 어려운 일이었다.

따라서 그는 가야의 왕위에 오르기 이전부터 낙랑군을 오가며 해상 교역 활동을 해 왔고, 그렇게 낙랑군의 인사들과 얼굴을 넓히는 한편, 부를 쌓아 힘을 기를 수 있었던 것이다. 어쨌든 그 당시 소마시의 기민한 행적으로 미루어 볼 때, 그는 매우 대범한 데다 주도면밀하고, 유연한 성격을 지닌 인물임이 틀림없었다. 그는 후한의 거듭된 고구려 원정을 통해, 광무제의 낙랑군에 대한 집요한 관심과 집착에 주목했다. 소마시는 이렇게 예견했다.

'광무제 유수가 낙랑에 집착하는 한, 그곳은 언제나 전시체제일 수밖에 없다. 그리되면 낙랑에서의 철에 대한 수요와 가치는 폭등할 수밖에 없을 것이다. 그렇다면 이렇게 한가하게 있을 때가 아니다……'

이에 따라 소마시는 즉시 스스로 현장에 뛰어들어 낙랑과의 교역을 진두지휘하면서 기민하게 움직이기 시작했다. 김시金諟, 즉 후일의 김수로는 후한이 필요로 하는 철정과 무기를 대량 공급함으로써 後漢의 신뢰를 회복하고, 때를 보아 이래저래 자신의 고국이나 다름없는 중원으로의 교두보를 확보하려 한듯했다. 그런 노력을 두루 인정받아 가야의 권력을 장악한 이후에 후한으로부터 철관鐵官의 자격을 얻어 냈으므로, 그가 실제로 왕위에 오른 것은 훨씬 뒤의 일일 수도 있었다.

소마시(김시)의 눈부신 활약 이후로 낙랑과의 교역이 확대되면서 가야는 더욱 큰 부를 쌓게 되었을 것이다. 김시는 낙랑을 아우르는 광폭의 행보로 가야인들에게 자신의 실력은 물론, 남다른 성과를 입증해 보임으로써 백성들의 지지를 얻어냈고, 이를 바탕으로 왕위에 오른 것으로 보였다. 나아가 가야국은 얼마 후에 변한을 대표하던 〈변진구야국弁辰狗倻國〉을 병합하고, 이를 〈금관金官가야〉라 고쳐 불렀다. 금관金官은 곧 "金씨성의 철관鐵官"이라는 뜻이니, 그때까지도 김수로 왕가는 중원 대륙에 대한 향수와 집착을 버리지 못한 듯했다.

그런 과정을 거치면서 가야의 염사읍은 요동 지역의 낙랑에 이어 그 후 대방帶方에 철을 공급했을 뿐 아니라, 마한 및 백제, 옥저, 동예 외에도 기타 남쪽으로는 바다 건너 왜倭(예濊)와 같은 지역에까지 광범위하게 교역을 넓혀 나갔다. 대륙 출신이었던 가야국의 지도자들은 중원 및 한반도를 통틀어 당대 최고 수준의 지식과 풍부한 경륜을 지닌 세력이었다.

이들이 한반도 남단에 정착함으로써 산동과 발해만 일대부터 한반도의 서해와 남해안 및 일본열도의 큐슈 지역을 아우르는 고대 동북아시아의 해상무역을 사실상 주도했다. 거친 바다를 이용할 줄 알았던 이들의 진취적인 기상이 가야의 발전은 물론, 선진문명을 두루 전파하는 데 지대한 공헌을 한 것이었다.

그런데 중원 대륙을 향한 金씨 일가의 열망은 수로왕의 혼사를 통해 또 다른 방식으로 중원과 연결되었다. BC 74년 漢무제의 아들 소제가 21살의 젊은 나이로 후사도 없이 세상을 뜨고 말았다. 실권자였던 곽광이 무제의 황증손인 18살 유병이劉病已를 황제로 올리니 선제宣帝였는데, 그는 사가私家에서 혼인한 허광한許廣漢의 딸 허평군許平君을 서둘러 황후에 봉했다.

이후 곽광의 처 현顯이 자신의 딸을 황후에 올리고자 허황후를 독살했으나, 허황후는 용케 아들 유석劉奭을 남겼다. BC 66년경, 곽광이 죽고 나자 각종 악행을 일삼았던 그의 처와 가족들이 이를 은폐하려다 아예 역모를 꾸몄다. 그러나 이것이 사전에 들통나 곽씨 일가들이 몰살을 당했고, 선제는 이때 비로소 장인인 허광한을 중용하고 평은후에 봉했다.

그 직전 김윤金倫의 아들인 김안상金安上이 허광한과 가깝게 지냈는데, 허황후의 독살 사건이 있기 전부터 곽씨 일가들을 견제하기 위함이었다. 흉노 출신 金씨 일가가 황제의 외척인 許씨 일가와 손을 잡고, 각별한 사이가 되었던 것이다. 이들은 선제에 이어 원제, 성제에 이르기까지 3대를 거치며 漢나라의 명문 호족으로 같이 권세를 누렸다. 허씨 일가는 낙양의 동남쪽 허창許昌 일대를 소유한 〈허국許國〉에 봉해졌다. 김안상 또한 사천四川 지역의 성도후郕都候로 봉해졌으니, 산동의 투후秺

侯인 김일제 후손과 함께 김윤의 후손들까지 모두 제후의 반열에 오르는 영예를 누린 것이었다.

그러던 BC 16년경 성제의 후비 조비연趙飛燕이 황후의 자리를 빼앗고자, 허許황후가 황제를 저주했다며 무고했다. 이때의 許황후는 허광한의 조카로 그의 뒤를 이은 허가許嘉의 딸이었는데, 성제가 이때 황후 허씨를 폐위시키고 조비연을 황후로 올리고 말았다. 원제(유석)의 모후인 공애共哀황후 허씨가 독살된 데 이어, 허씨 황후들이 연달아 수모를 당한 것이었다.

이때 성제의 핍박에 반발한 허광한의 아들을 비롯한 60여 허씨 일족들이 관사를 공격해 죄수들을 풀어 다른 곳으로 옮기고, 재물을 약탈하는 사건이 벌어졌다. 그러나 이 사건으로 인해 허씨 일족들의 영광도 빛을 잃기 시작했다. 그 후 40년이 지나 이들과 각별한 사이였던 金씨 일가도 왕망의 新나라가 멸망하면서 하루아침에 난민 신세가 되어 요동 등으로 피해 달아나야 했다.

시조 김수로가 가야왕에 오른 지 6년째 되던 AD 48년경, 구간九干들이 조회를 하면서 왕에게 간했다.

"대왕께서 즉위하신 이래 수년이 지났건만 아직도 좋은 배필을 얻지 못하셨습니다. 황송하오나 신들의 딸들 중에서 제일 훌륭한 처자를 뽑아 궁궐로 들여 왕후로 삼으시길 청하옵니다!"

그러자 왕이 망설임 없이 답했다.

"내가 이곳에 내려온 것 자체가 하늘의 명이 아니겠소? 왕후를 맞이하는 일 또한 하늘의 명에 따를 것이니, 그대들은 일체 염려할 필요가 없을 것이오!"

그리고는 유천간留天干에게 가벼운 배와 날랜 말을 내어 주고는 망산

도망산도島에서 기다리라 일렀다. 또 신귀간神鬼干에게는 승점乘岾으로 가라는 명을 내렸다. 마치 사전에 누군가와 미리 약속해 둔 것이라도 있는 듯한 말투였다.

유천간 일행이 망산도에 도착해 바다를 바라보니, 과연 서남쪽 모퉁이에서 붉은 돛을 단 배 한 척이 나타났는데, 붉은 깃발을 나부끼면서 뭍으로 다가오고 있었다. 이를 본 유천간 등이 즉시 횃불을 올려 흔들자, 붉은 돛배가 신속하게 유천간 일행이 있는 곳으로 다가오기 시작했다. 이 모습을 본 신귀간 일행이 즉시 궁으로 달려가 왕에게 사실을 보고하니, 왕이 몹시 기뻐했다.

이윽고 김수로가 목련으로 만든 키와 질 좋은 계수나무로 만든 노를 가져오라 하고는 구간들에게 명을 내렸다.

"이제 바다를 통해 들어오는 여인이 바로 하늘의 명에 따라 가야의 왕후가 될 사람이오. 그대들이 이 키와 노를 가져가도록 하시오. 그리고는 직접 아름다운 노를 저어 장차 왕후가 될 여인을 맞이한 다음, 궐 안으로 모셔 오도록 하시오!"

구간들이 왕의 지시대로 계수나무 노를 저어 붉은 돛배로 다가가니 과연 배 안에는 귀족 티가 나는 아름다운 처자가 그들을 기다리고 있었다. 대신들이 김수로의 명을 전하고 여인을 모시려 하자 여인이 냉정한 표정을 지으며 말했다.

"내가 그대들과 잘 알지도 못하는 사이거늘 경망스럽게 어찌 감히 그대들을 따를 수가 있겠소?"

과연 그 말도 일리가 있는지라, 유천간 등이 서둘러 궁으로 돌아와 여인의 말을 왕에게 그대로 전했다. 그러자 김수로 또한 그녀의 말이 옳다며 측근들을 거느리고 직접 바닷가로 행차했는데, 궁궐의 서남쪽 산

언저리에 장막을 치게 한 다음 여인 일행을 기다렸다.

가야왕이 친히 행차해 장막에서 기다리고 있다는 기별을 들은 여인과 그 일행은, 그제야 산 바깥쪽에 있는 별포別浦 나루터 입구에 배를 댔다. 그리고는 뭍으로 올라와, 높은 언덕에서 잠시 휴식을 취했다. 그때 여인이 입고 있던 바지를 벗어 산신령에게 폐백으로 바친다며 나뭇가지 위에 걸쳐 두었는데, 중원에서 이런 행위는 초경을 치르고 혼인 준비가 된 여인임을 알리는 신호로 널리 알려져 있었다.

이때 여인에게는 왕비가 시집올 때 데려오는 시신인 두 명의 잉신媵臣과 그 부인들이 따라붙어 있었는데, 그들은 신보申輔와 조광趙匡이라는 지체 높은 신분의 사람들이었고, 그들의 아내는 모정慕貞과 모량慕良이었다. 그 외에도 이들의 수발을 거드는 노비까지 합치면 이들 일행이 대략 20여 명이 넘는 규모였다. 이들이 가져온 각종 진귀한 혼수품에는 수를 놓은 능라綾羅 비단류를 포함한 고급 의류 외에, 금, 은, 옥 등 漢나라 풍의 각종 귀중품과 장신구 등 일일이 기록하기도 어려운 한사잡물漢肆雜物로 가득했다.

이윽고 여인 일행이 김수로가 기다리고 있는 장막으로 다가오니 비로소 왕이 나아가 여인을 맞이했다.

"어서 오시오, 가야왕이오! 먼 뱃길에 고생이 많으셨소!"

가볍게 상견례를 마친 왕이 이내 주변을 돌아보며 말했다.

"그대들 모두는 들으라! 이분이 가야의 왕후가 되실 분이니 정성껏 모시도록 하라. 아울러 예정대로 오늘 우리 두 사람의 혼례식을 올릴 것이니, 차질 없이 행사를 잘 진행토록 하라!"

그리고는 이내 함께 궁으로 들어왔다. 그날 혼례를 치르고 부부가 된 왕과 왕후가 함께 침전에 들었는데 왕후가 조용히 왕에게 말했다.

"아시다시피 저는 허국許國의 공주입니다. 성은 허씨, 이름은 황옥黃玉이라 하오며, 열여섯입니다. 부모님으로부터 임금님의 얘길 전해 들었사온데, 이제야 감히 용안을 뵙습니다……"

이에 김수로가 답했다.

"그대의 허씨 가문과 우리 김씨 가문은 중원의 漢 황실에서 오랜 인연이 있었소. 내가 일찍부터 그것을 염두에 둔 터라, 서둘러 왕후를 맞이해야 한다는 신하들의 간청을 마다했소. 그러니 오늘 그대가 먼 곳에서 이렇게 오신 것도 하늘의 뜻이 아닐 수 없소!"

중원의 허국許國이 바로 허광한의 후예들인 허씨들의 봉국이었다. 〈허국〉의 도읍이 하남河南의 허창許昌이었으니, 허국은 〈후한〉의 도성인 낙양과 지척의 거리에 있었고, 황하의 물길을 이용하면 곧바로 산동의 발해만으로 들어오는 것은 물론, 낙랑군과도 가까운 거리였다. 여러 정황으로 보아 김수로는 왕후를 맞이하면서도, 종전 중원의 유력한 황실 가문과의 정략결혼을 추진한 것이었다. 어쩌면 김수로가 중원 대륙에 대한 진출을 꿈꾸었을지도 모를 일이었던 것이다.

훨씬 후대에 불교가 성행하던 시절에 이를 기록하면서 허황옥(허왕후)이 인도 아유타국에서 왔다는 소문도 있었지만, 여러 정황상 이는 개연성이 매우 떨어지는 이야기였다. 어쩌면 후한 정권에 핍박을 받던 허씨 일가의 귀녀가 가야의 왕이 된 김수로에게 시집을 왔고, 이 사실을 숨기고자 아유타국 출신이라는 거짓을 유포시켰을 수도 있었다. 후한과 한창 교역을 하던 가야의 입장에서 허씨 왕비를 맞이한 사실이 알려지면 득이 될 일이 없었기 때문이다.

여러모로 보아 그녀는 필시 김수로 일가와 깊은 인연을 지닌 중원의 〈허국〉 출신이었을 가능성이 훨씬 커 보였다. 따라서 《삼국유사》의 〈가락국기記〉에 등장하는 허황옥의 이야기는 불교가 성행하던 〈고려〉 시대에 허황옥의 이야기를 윤색하여, 포교 활동에 널리 활용한 측면이 없지 않았다.

당시 허황후 일행이 바다를 통해 들어온 곳이 진해와 김해의 경계인 별포진別浦津 부인당夫人塘이었고, 허왕후가 비단바지를 벗어 걸어 놓은 곳이 능현綾峴이었다고 한다. 허왕후는 김수로와의 사이에서 10남 2녀를 두었는데, 태자와 차남에게는 후국后國의 성을 따라 허씨 성을 주었고, 경쟁에서 밀려난 나머지 일곱 아들은 두류산으로 들어가 신선이 되었다고도 했다.

김수로 일행이 김해에 성공적으로 정착해 가야국을 건설하고, 부지런히 자신들의 앞날을 개척하는 동안, 휴도왕의 장남 김일제 계열의 후손들도 뒤늦게 한반도행을 결행했다. 이들 가문을 이끄는 인물은 김성金星이라는 자였는데, 그들 역시 뱃길을 이용해 한반도의 남단을 돌아 경북 경주 방면으로 이주했다고 한다.

이들이 당시 가장 뜨거운 관심을 모았던 가야 지방을 마다하고, 굳이 그곳을 돌아 한반도 남단의 동쪽 끝에 정착한 이유는 알 수 없었다. 다만, 같은 흉노 金씨 일가친척으로서 김수로 일가의 김해 일원 정착에 대한 사실을 알고 있었을 가능성은 충분해 보였다. 어쩌면 이들은 스스로 김수로 일가와의 경쟁을 피해, 좀 더 먼 지역을 택한 것일 수도 있는데, 이들 또한 한반도 남동단의 진한인辰韓人들에 대한 정보를 갖고 있었음이 틀림없었을 것이다.

그러나 김성 일행이 김수로 일가처럼 곧바로 새로운 나라를 세운 것은 아니었다. 이들이 도착한 신세계에도 강력한 토착민들이 있어, 이들이 감히 넘볼 수 없을 정도의 세력을 형성하고 있었기 때문이었다. 이로 인해 수로 일가와는 달리 김성 일가가 신세계에서 무사히 정착하기까지는 상당한 시간이 흘러야 했다.

수로대왕은 이후로도 오래도록 가야를 다스린 끝에 백여 년이 지난 AD 150년경에 사망한 것으로 알려졌지만, 이를 그대로 믿는 이는 드물 것이다. 오히려 그 무렵엔 또 다른 토착 세력으로 추정되는 거등왕居登王이 등장해 수로대왕의 뒤를 잇게 되었다. 수로대왕 이후로 필시 여럿의 왕이 거쳐 갔음에도 그 흔적이 전혀 없는 것으로 미루어, 거등왕이 혁명을 통해 기존 수로의 세력을 몰아내고 김씨로 성을 세탁한 다음, 〈금관가야〉의 맥을 이어간 것으로 보였다.

비록 시조인 김수로의 가야 왕조가 백여 년 만에 사라졌을지라도, 그의 왕조는 거등왕 이후로도 성쇠를 거듭한 끝에 최후로는 6세기 중반 〈신라〉에 병합되기까지 5백 년이라는 실로 장구한 역사를 이어갔다. 수로대왕의 등장은 그때까지 반도의 궁벽한 남해안 지역에 대륙의 신선한 피와 선진문물이 본격적으로 유입되는 획기적인 사건임이 틀림없었다.

대왕의 앞을 내다보는 영민한 감각과 과감한 판단력, 진취적인 기상과 도전정신 등이 5백 년을 이어간 가야인들의 혼이 되었음은 말할 필요도 없을 것이다. 가야인들의 눈부신 활약으로 이들의 빼어난 철기와 자기瓷器 문화가 꽃을 피웠고, 이는 다시금 바다 건너 왜(일본) 열도로 전해졌다. 이러한 선진문명은 1,000도 이상의 고온에서 불을 다루는 고도의 기술을 가야인들이 지녔음을 의미하는 것이었다. 훨씬 후대인 고려 조의 청자青瓷에 이어 조선의 백자白瓷 등이 탄생할 수 있었던 배경에는, 이처럼 가야인들의 수준 높은 선진기술과 오랜 전통이 결정적 힘이 되었을 것이다.

12. 백제와 서나벌의 위기

　　AD 9년경, 생전의 온조왕은 유리명제의 지원으로 상국으로 예우하던 〈中마한〉의 韓씨 왕조를 내쫓는 데 성공했다. 자세히 알 수는 없으나 그때 마한 왕조는 온조왕의 공격을 피해 한반도로 대거 이주해 달아나 버린 것으로 보였다. 이듬해 온조왕의 〈십제〉는 마한 땅을 적극적으로 다스리기 위해 위례성에서 한산漢山(汗山)으로의 천도를 감행했다.

　　그렇다고 그 거리가 먼 것도 아니어서 당시 온조왕의 〈십제什濟〉가 곧바로 마한 깊숙이 들어가 본격적으로 마한을 다스린 것도 아닌 듯했다. 그 땅이 십제에 비교할 수 없을 정도로 넓은 데다, 중마한에 속했던 여러 소국들이 일어나 십제에 저항할 수도 있었기에, 전격적인 진출을 망설인 듯했다. 그사이 마한의 땅에는 기존 중마한의 속국이던 낙랑 토착민들은 물론, 서나벌과 진한낙랑, 예맥, 후한의 낙랑군에 이어 새로이 십제인들까지 뒤엉켜 사는 지역으로 변해버렸다.

　　그 후 온조대왕이 죽고 다루왕이 2대 어라하에 올라 〈백제伯濟〉를 다스렸다. 그러던 AD 31년경 겨울이 되자, 갑자기 하늘에서 천둥이 요란하게 치는데 눈은 내리지 않았다. 이때 뜻밖에 〈백제〉 지역의 엄표수淹㴲水가 때아닌 홍수로 크게 불어나 미추홀 지역이 초토화되고 말았다. 거대한 물난리로 농경지와 살 터전을 잃는 등 미추홀 백성들이 엄청난 피해를 입었고, 또다시 많은 사람들이 고구려로 피해 들어갔다. 이에 대신들이 태왕에게 간했다.

　　"백제 미추홀 백성들이 대홍수를 피해 변경을 넘어 들어오고 있다니, 이를 모른 척할 수는 없습니다. 원래는 그들 또한 우리 고구려 사람들이었으니, 그들을 전과 같이 서하 방면에 살게 해 장차 고구려의 백성으로 삼으시옵소서!"

이에 대무신제가 미추홀의 유민들을 난하의 서쪽인 西河로 들어가 살게 해 주었다. 애당초 미추홀은 엄표라는 읍 단위 지역으로 추모대제 시절부터 소서노의 장남 비류가 다스렸다. 유리명제 즉위 후 비류가 엄표왕에 봉해지자, 아우인 한남왕 온조와 더불어 엄표 땅인 미추홀로 떠나 독립을 시도했다. 그럼에도 고구려는 형식적이나마 엄표왕과 한남왕의 해당 지역 지배를 인정해 주고, 다른 소왕을 봉하지 않는 등 관대하게 대했다.

그러다 10여 년 전인 AD 19년경에도, 미추홀 지역에 큰 가뭄이 엄습해 굶주림에 시달리던 백성들이 고구려로 대거 이동해 갔는데, 패대浿帶 땅이 텅 빌 정도였다. 그 후로 다시금 백제인들이 종전처럼 들어와 생활하는 모양새였는데, 대략 10년 만에 이번에는 대홍수가 일어난 것이었다. 거듭된 기후재앙에 엄표 땅 전체가 도저히 사람들이 살기 힘든 불모지로 변해 버리자, 결국 고구려 조정에서 이 문제를 다시 논의하기 시작했다.

"태왕 폐하, 백제의 미추홀 백성들이 모두 떠나 버려 엄표 땅이 사실상 텅 비고 말았습니다. 백제의 다루왕이 별다른 조치를 취하지 못하는 것으로 미루어 백제가 이 땅을 포기한 것으로 보입니다. 그동안 백제와의 의리를 생각해서 손을 쓰지 않았으나, 차제에 이 땅을 다시금 고구려로 편입시키는 것이 옳을 것입니다."

"그뿐이 아닙니다. 지난해 낙랑군이 후한에 다시 복속된 만큼, 이 땅을 방치해 둔다면 장차 낙랑군이 그 땅을 내버려 두지 않을 것입니다. 그러니 이제야말로 엄표 땅을 고구려의 땅으로 되돌리고, 장차 한나라 정권에 대비해야 할 때입니다."

이에 대무신제가 비로소 미추홀을 고구려에 온전히 편입시켜 버리고 말았다. 그 무렵에는 비류의 손자인 호력虎力이 고구려로부터 형식적이나마 엄표왕에 봉해져 있었으나, 비류 3代 60여 년 만에 그 지배 권한을 잃고 만 것이었다. 대무신제는 그 대신 호력을 새로이 용산공龍山公에 봉해 줌으로써, 백제를 배려하는 모양새만이라도 갖추고자 했다. 용산은 추모대제를 모신 능이 있는 곳이었으니, 나름 예우를 해 준 셈이었다.

 그렇게 엄표 땅에 대한 고구려 편입이 완성되기는 했지만, 이 지역의 백성들 모두가 중앙에 순종한 것은 아니었다. 특히 미추홀 지역은 과거부터 자치권이 인정되었던 지역이라 지역의 호족들 일부는 중앙정권에 대한 관심과 충성도가 떨어졌고, 새로운 변화에 저항하려는 이들도 있었다. 대무신제 15년째인 AD 32년 봄이 되자, 비류 지역의 호족들을 손보고 군신들의 기강을 바로잡아 중앙권력을 강화해야 한다는 건의가 속속 올라왔다. 이에 태보 송옥구가 간했다.

 "태왕폐하, 새로이 편입된 엄표 지역의 기강을 바로잡아 태왕과 중앙에서의 직할 통치가 어떤 것인지 드러낼 필요가 있습니다. 요즘 비류 지역의 구신舊臣들 중 일부가 대가大加라는 신분을 앞세워 분에 넘치게 처첩을 거느리고, 백성들의 재물과 돈을 강탈해 지역민의 원성을 사고 있다 합니다. 구도仇都, 일구逸苟, 분영焚永이란 자들이옵니다. 이번에 이들을 서민으로 강등 조치하시어 지엄한 태왕폐하의 권위를 보여 주시고, 백성들을 위로하옵소서!"

 그러자 좌보 마경이 이에 찬동하고 나섰다.

 "그러하옵니다, 폐하! 앞으로는 지역의 모든 권한을 가능한 중앙의 태왕폐하 아래로 집중시키는 것이 관건입니다. 그래야만 저 중원의 후한과 같은 대국과 맞설 수 있습니다. 새로운 변화를 깨닫지 못하고 저항하는 호족들을 단호하게 벌하시어 천하의 본보기로 삼아야 할 것입니다!"

구도 등 엄표 지역의 이들 3인은 大加의 신분으로서 옛 소서노의 신하들이었는데, 결국 이때 모두가 벼슬 없는 평민 신분인 서인으로 내쳐지고 말았다. 원래 법대로라면 모두 목을 베는 사형에 처해져야 했지만, 당시는 동명東明(추모)의 옛 신하들은 극형을 면하게 되어 있어 그나마 목숨을 부지할 수 있었다. 대무신제는 南部의 사자인 추각小鄒殼素를 비류(순노부) 지역의 수장으로 보내 이 지역을 교화시키게 했다.

이는 백제에 충성하던 골수 원로들을 가차 없이 숙청해 버리고, 직접 관리를 내려보냄으로써 고구려의 미추홀 지배 의지를 분명히 천명한 셈이었다. 사실상 엄표 지역의 기강을 다잡아 자칫 후한(낙랑군) 등으로의 이탈을 예방하고, 중앙의 권력을 더욱 공고하게 하려는 개혁조치였던 셈이다. 그해 9월, 대무신제가 용산에서 추모대제를 받드는 〈동명대제大祭〉를 크게 열었는데, 동부여와 후한을 꺾은 데 이어, 마침내 〈백제〉의 한 축인 엄표 땅을 고구려에 편입시킨 데 대한 자축의 의미도 내포된 듯했다.

고구려 전역에서 소왕들과 군신들이 모여들었고, 사당에서 동명성제께 제를 올린 다음에는 지역별 장사들이 모여 저마다의 힘과 기를 자랑하는 체육대회를 성대하게 열었다. 씨름을 비롯해, 맨손으로 무술을 겨루는 수박手搏과 활쏘기, 사냥대회 등 다종다양한 시합이 펼쳐졌고, 우승자에겐 푸짐한 포상이 주어졌다.

그러나 〈백제〉의 다루왕은 엄표 땅의 대홍수를 핑계로 〈고구려〉가 비류 지역을 일방적으로 고구려 땅으로 편입시킨 처사에 대해 크게 당혹감을 느낀 것으로 보였다. 백제의 군신들이 이 문제를 심각하게 논의했다.

"어라하, 광명제(유리명제)께서는 엄표왕께서 그 땅을 다스리지 않을 때도 왕의 자리를 다른 이로 채우지 않을 정도로 우리 백제의 지분을 인정해 주고, 형제국의 의리를 지키려 애쓰셨습니다. 그런데 작금의 태왕은 대홍수를 핑계로 우리 백성을 돕는 척하더니, 슬그머니 엄표 땅을 고구려에 편입시켜 버리고 말았습니다. 이는 형제국의 의리를 저버린 무도한 행위로 마땅히 사신을 보내 이에 강력히 항의하고, 차후에 상황이 정상화되는 대로 엄표 땅을 우리 백제에 되돌려줄 것을 요구해야 합니다!"

"허어, 그렇다면 고구려 태왕이 변심했다는 말이 아니오?"

다루왕이 믿기 어렵다는 듯이 혀를 차며 되묻자, 예의 대신이 답을 이었다.

"어라하, 고구려는 우리 백제가 대기근은 물론, 이전부터 말갈의 공격에 시달려 왔음을 누구보다 잘 알 터인데도, 지원은커녕 전쟁이 끝나도록 내내 모른 척해 오지 않았습니까? 이 모든 정황으로 보아, 온조대왕의 승하를 계기로 고구려가 우리 백제에 대한 태도를 바꾸기로 한 것이 틀림없습니다. 고구려는 더 이상 우리의 형제국이 아닌 것입니다. 이런 사태를 엄중히 받아들이시고, 우리 백제도 장차 고구려의 위협에서 벗어날 방도를 심각하게 모색해야 할 때입니다."

그러자 다른 대신이 나서서 이를 극구 만류했다.

"아니 되옵니다, 어라하! 작금의 엄중한 사태로 보아 지금은 고구려에 의리를 따질 그런 한가한 때가 결코 아닙니다. 지금 고구려는 지난해 漢나라 유수가 낙랑군을 부활시킨 데 이어, 동부여와도 전쟁을 불사할 정도로 대치 중이라 극도로 긴장해 있는 상태입니다. 작은 일로 상국인 고구려 태왕을 자극하기보다는 화친으로 다스리고, 오히려 고구려와 함께 남방 경영에 더욱 집중하심이 옳을 것입니다."

다루왕은 현실을 직시해야 한다는 신하들의 말에 이맛살을 찌푸리며 난감한 표정을 지었고, 대신들끼리도 수군대느라 웅성거렸다. 처남 매부지간이었던 선대 때의 의리, 즉 유리명제와 온조대왕의 관계가 그 바로 다음 후대에 접어들자, 이내 균열의 조짐을 보이기 시작했던 것이다.

사실 다루왕의 모후는 재사왕후로, 유리명제의 모친 예씨부인이 고구려에 와서 낳은 딸이었다. 재사공주가 이후 온조에게 시집을 가서 낳은 아들이 다루였으니, 다루왕은 동부여 금와왕의 외증손이요, 추모대제의 외손이자 유리명제의 친 외조카였다. 다루왕 이후로 왕의 이름에 "루婁" 자가 붙게 되는데, 婁는 수신水神을 뜻하는 개구리와 관계가 깊은 글자로 (동)부여夫餘에 대한 계승 의식이 깔려 있음을 알 수 있었다. 결국 대무신제와 다루왕은 서로 고종과 이종사촌 간이었으나, 중원의 정세가 급변하는 데다 온조대왕이 서거하다 보니 마냥 화친의 관계만을 이어갈 수도 없었을 것이다. 백제 조정은 이제 온조 사후의 고구려에 대한 대응 전략을 찾느라 전전긍긍하는 분위기였다.

그러던 와중에 백제의 또 다른 대신이 새로운 해법을 제시했는데, 그 내용이 다소 파격적이어서 모두를 놀라게 했다.

"어라하, 어차피 고구려가 백제 땅을 차지하려 들기로 한다면, 언젠가는 나머지 한남 땅도 보전하기 힘들게 될 것입니다. 그럴 바에는 거듭된 자연재해와 말갈의 침공으로 황폐해진 한남 땅마저 포기하고, 차라리 서남쪽의 마한 쪽으로 내려가 그 땅을 본격적으로 다스리는 편이 어떻겠습니까?"

"차라리 이참에 마한으로 더 내려가 버리잔 말이더냐? 문제는 그 땅에 옛 마한의 잔류 세력들이 즐비한 데다, 무엇보다 북쪽의 서나벌이 예맥과 손잡고 상당 부분을 장악하고 있다는 것이 아니더냐? 게다가 낙랑군과 더욱 가까워지니 자칫 후한을 자극할 수도 있질 않겠느냐? 생각이야 좋다만, 우리가 지금 당장 서나벌을 압도할 수 있는 형편도 아니고……. 물론 고구려의 지원을 끌어낼 수 있다면 시도해 볼 만한 일이긴 하다만……"

다루왕이 눈썹을 치켜올리고 고개를 끄덕이며 관심을 보이자, 예의 대신이 말을 이었다.

"어라하, 비록 한의 낙랑군이 부활했다고는 하지만, 유수는 여전히 내란에 시달리고 있습니다. 차라리 중원의 내란이 끝나기 전에 이 지역을 안전하게 확보할 필요도 있습니다. 고구려 태왕은 우리의 남진을 마다할 이유가 없을 것입니다. 고구려의 지원만 있다면, 그 모든 것이 불가능한 일만도 아닐 것입니다."

"……"

다루왕이 여전히 미심쩍다는 표정으로 이야기를 경청했다.

"그러니 먼저 은밀하게 사람을 고구려 태왕에게 보내 우리의 남방진출 의지를 밝히고, 군사 지원의 맹약을 요청하는 것입니다. 태왕은 우리 백제 땅을 모두 되찾고 싶은 마음이 있을 테니, 우리의 제안에 솔깃할 것입니다."

"오호라, 한마디로 우리가 고구려에 한남 땅을 내주는 조건으로 고구려에 우리의 남방진출을 도와 달라 요청한다고, 흐음 그럴듯한 생각이로구나……"

한마디로 황폐해진 백제 땅을 고구려에 내주는 대신, 어떻게든 마한의 땅이었던 낙랑군의 강역으로 치고 들어가 그 땅을 본격적으로 다스리자는 제안이었다. 이에 백제 조정의 군신들이 크게 술렁였고, 결국 논의 끝에 그 방법을 택하기로 했다. 다루왕은 서둘러 사신단을 꾸리고 이들을 고구려의 대무신제에게 보내 새로운 협상을 시도했다. 한남 땅을 내주고 아예 낙랑 땅으로의 남진을 추진하겠다는 제안은 과연 대무신제가 결코 거부할 수 없는 유리한 조건이었다.

"흐음, 백제왕께서 대단한 결심을 하신 게로구나. 형제국으로서 이런 파격적인 제안을 어찌 마다하겠느냐? 내 기꺼이 군사를 포함한 모든 지원을 아끼지 않겠음을 약속하겠노라!"

그 결과 백제는 한남 땅을 원하던 대무신제에게 그 땅을 바치는 대신, 장차 백제의 남방진출을 지원하겠다는 맹약을 받아내는 데 성공한 것으로 보였다.

미추홀 지역을 안정시킨 고구려의 대무신제가 그해 겨울, 5만의 병사를 일으켜 친히 〈동부여〉 원정에 나섰다. 그 결과 이듬해 동부여 도성 책성에서 벌어진 전투에서 대불왕을 베었으나, 7일이나 진창에 갇힌 채 죽을 고생을 하다가 겨우 살아 돌아왔다. 백제의 다루왕 또한 이 시기에 한남汗南을 포기한 채, 서남진해서 中마한 땅 깊숙이 이주해 갔다. 그 과정 등에 대해 자세히 알려지지는 않았으나, 종전 마한성馬韓城이자 험독 아사달이던 한성韓城을 새로운 도성으로 삼은 것으로 추정되었다.

대무신제는 그해 〈후한〉 낙양의 광무제에게 사신을 보내 협상을 벌인 끝에 〈영동 7현〉을 고구려에 편입시키는 외교적 성과를 거두었다. 광무제가 난하 동쪽의 영동 7현을 양보하기까지는, 험독 천도를 비롯해 백제가 본격 남진하면서 낙랑군의 북쪽에 압박을 가한 것과 무관하지 않았을 법했다. 실제로 광무제는 이후로 5년쯤 지나서 후한의 내란이 마무리되자마자, 곧장 〈울암대전〉을 일으켜 낙랑군의 확장을 시도했고 이로써 종전에 겪었던 수모를 앙갚음하려 했던 것이다.

한편, 한성 일원으로 천도한 다루왕은 이듬해인 AD 33년 정월, 후사를 튼튼히 하는 일에 착수했다.

"원자 기루己婁를 태자로 삼을 것이니, 죄수들을 대사면토록 하라!"

아울러 2월이 되자 남쪽의 여러 州郡에 명을 내려 처음으로 쌀농사를 위한 논(畓)을 조성하게 했다.

그런데 이듬해인 34년이 되자 북쪽 변방으로부터 어두운 소식이 날아들었다.

"아뢰오, 말갈병이 또다시 마수성을 공격해 들어와 성이 함락되고, 수많은 집들이 불에 타 버렸다고 합니다."

"무어라? 마수성이 함락되었다고?"

다루왕이 크게 놀란 가운데 백제조정이 비상상황에 빠지고 말았다. 〈백제〉가 아래쪽으로 도성을 옮기게 되니, (비리)말갈이 그 땅을 노리고 3년 만에 공략을 재개한 것이기 때문이었다. 말갈은 그다음 달에도 고삐를 늦추지 않은 채 병산책瓶山柵을 습격해 왔고, 백제의 고심은 깊어져만 갔다.

그러나 비리말갈의 공격은 사실 전조에 불과했다. 엎친 데 덮친 격으로 〈백제〉의 남하에 화들짝 놀란 낙랑태수 왕준이 본국 후한에 지원을 요청했고, 광무제가 요동태수를 시켜 요동 원정에 나섰으니 이것이 끝내 〈울암대전〉으로 연결되고 말았던 것이다. 고구려는 겨우 수성에 성공하고 요동군을 대파시켰으나, 그 와중에 원정 길목에 있던 〈백제〉가 선제적으로 회복하기 어려울 정도의 치명타를 입은 것이 틀림없었다.

그런데 고구려가 〈울암대전〉에서 〈후한〉을 참패시켰던 AD 37년경, 소멸된 줄로만 알았던 〈진한낙랑〉의 잔류세력이 〈서나벌〉로 귀부해 오는 놀라운 사건이 일어났다. 요동 땅 전체가 후한의 대규모 침공으로 쑥대밭이 되는 충격적인 상황이 진한낙랑인들로 하여금, 서나벌로의 귀부를 서두르게 했던 것이다. 후한의 낙랑군에게 타산성을 빼앗긴 채 잔뜩 의기소침해 있던 서나벌에게 이런 일련의 사건들은 커다란 자극이 되었다.

무엇보다 울암전쟁 통에 패수 아래 후한의 낙랑군과 백제의 강역이 초토화되는 바람에, 뜻하지 않게 서나벌이 이 지역으로 진출할 호기를 맞이하게 된 것이었다. 결국 서나벌이 다시금 힘을 내 백제의 서남부에 있던 예맥의 잔류세력과 손을 잡고 재차 남진을 시도하려 들었다. 그러나 이러한 움직임은 곧바로 이웃한 백제와 고구려를 자극하는 행동이었다. 당시 동부여에 이어 후한을 참패시킨 대무신제의 〈고구려〉는 사기가 오를 대로 올라 있었다. 고구려 조정에서는 곧바로 예맥과 서나벌을 떼놓기 위해 서나벌을 직접 공략하기로 했다. 대무신제가 말했다.

"지난번 울암대전으로 백제가 엉망이 된 틈을 타 포구 쪽의 진한(서나벌)이 그 아래 예맥과 한패가 되어, 백제를 누르려 한다고 들었다. 백제를 도와 이참에 한 번쯤 진한을 크게 손봐야겠다. 그렇다고 진한을 치는데 구태여 정규군을 동원할 필요까지 있겠느냐? 인근의 화려와 불내의 발 빠른 기병을 동원하면 충분할 듯하니, 태수들에게 그리 기별하도록 하라!"

당시 화려華麗는 옛 홀본 지역을, 불내不耐(불이)는 도성인 위나암의 서쪽인 관성寬城 일대를 이르는 말로, 백제의 북쪽과도 인접한 것으로 보였다. AD 40년 9월, 고구려가 마침내 이들 서쪽의 2縣에 속한 기마부대를 동원해 서나벌 공략에 나섰는데, 사실상 양국이 처음으로 맞붙은 전쟁이나 다름없었.

강대국인 고구려가 화려(홀본)와 불내(국내성)의 기병을 동원해 서나벌의 동쪽을 침공해 온다는 소식에 서나벌의 유리이사금이 전전긍긍했다.

"큰일이로다. 구려의 무휼이 군사를 보내 동쪽 변경을 쳐들어오다니……. 우려했던 일이 벌어지고 말았다. 지금 구려는 그야말로 최강의 전투력을 자랑하고 있질 않더냐?"

두려움으로 가득한 유리이사금이 아래쪽의 예맥에 서둘러 사신을 보내 지원을 요청했다. 그런데 얼마 지나서 뜻밖의 놀라운 낭보가 들어왔다.

"속보요, 용맹한 맥국의 병사들이 곡하 인근에서 구려의 군대를 막아 내고 구려군을 내쫓았다는 낭보입니다!"

"무어라, 그것이 정녕 사실이더냐? 맥국의 병사들이 용맹하고 싸움을 잘한다고 듣기는 했다만, 최강 구려군을 퇴치시킬 정도라니 대단한 일이로다!"

이 맥국貊國은 고구려에 복속하지 않은 옛 고리국의 후예들로, 같은 예맥이자 창해의 후예들로 보이는 세력이었으므로, 이 지역을 대표하던 작鵲태자와도 모종의 연관이 있어 보였다. 소수맥小水貊으로 불리던 이들 역시 말갈처럼 기마에 능하고, 특히 맥궁은 성능이 좋은 활로 유명했다. 뜻밖에도 고구려군이 이런 맥국의 거수에게 곡하曲河의 서쪽에서 덜미가 잡힌 것이었다.

당시 서나벌 침공을 위해 고구려군이 예맥의 북쪽 경계로 이동 중이라는 정보를 입수한 맥국의 거수가, 곡하 인근에 군병들을 매복시킨 채 기다리고 있다가 고구려군을 급습한 것이었다. 곡하는 패수 중하류에 여러 지류들이 합류하면서 마치 양羊의 내장처럼 굴곡이 심한 양장하(계운하) 일대로 추정되는데, 적들을 유인하기 좋은 지역이었을 것이다.

전력 면에서 비교가 되지 않을 정도로 우월했던 고구려의 흑黑역사인 데다, 후일 끝내 역사 속으로 사라진 예맥의 승리였기에 백제의 참전 여부 등 구체적인 내용이 자세히 전해지지는 않았다. 어쨌든 서나벌을 위기에서 구해 준 맥국의 거수에 대해 서나벌의 유리이사금이 크게 후사하고, 우호관계를 더욱 돈독히 했음이 틀림없었다. 〈곡하전투〉가 끝나고 2년이 지나서도 맥국의 거수가 사냥에서 잡은 짐승들을 유리이사금에게 바쳐 왔던 것이다.

〈곡하전투〉는 예맥과 위아래로 연합한 서나벌이 〈울암대전〉 이후로 패수 아래가 엉망이 된 틈을 타 서둘러 낙랑군으로의 진출을 시도하다가, 그 자리에 있던 백제와 충돌한 사건임이 틀림없었다. 백제는 한 세대 전인 30년 전, 온조대왕 시절에 이미 中마한을 내쫓고도 그 땅을 온전히 차지하지 못한 상태로 있었다. 그러나 거듭된 엄표 땅의 재해를 계기로 험독으로 천도를 단행하는 등 종전 中마한과 후한 낙랑군 지역으로의 진출을 서둘렀다. 그 와중에 〈울암대전〉으로 후한에 의해 초토화되었기에 백제가 급히 고구려에 지원을 요청했고, 이에 고구려가 나서면서 서나벌과 고구려 두 세력이 전면 충돌했던 것이다.

그러나 〈곡하전투〉의 패배로 승승장구하던 고구려의 체면이 크게 손상된 것은 물론, 같은 韓(조선)민족 간의 갈등이라는 전혀 다른 양상으로 이 지역의 긴장이 고조되기 시작했다. 서나벌 조정에서는 맥국 거수의 지원과 그 병사들의 선전으로 용케 고구려의 공격을 피할 수는 있었으나, 기쁨도 잠시 유리이사금을 포함한 군신들은 이내 더 큰 고민에 빠지고 말았다. 즉 다가올 고구려의 보복을 두려워하는 공포 분위기가 조정 전체를 감싸고 만 것이었다.

"최강 구려가 맥국에게 망신을 당하고 말았으니, 무휼이 결코 가만히 있진 않을 것이다."

"그렇습니다. 오히려 구려의 화를 더욱 돋우고 만 꼴이 되었으니, 참으로 낭패가 아닐 수 없습니다."

대신들이 저마다 고구려의 보복을 염려하기 바빴다. 아니나 다를까 서나벌의 우려가 현실이 되기까지는 그리 오랜 시간이 걸리지 않았다.

2년 뒤인 AD 42년경, 그사이 숨을 고르며 보복을 벼러오던 대무신제가 마침내 서나벌 토벌 명령을 내렸다.

"이제 다시 서나벌을 때릴 때가 되었다. 군사를 보내 백제의 다루왕을 도와 서나벌이 이 땅에 발을 들이지 못하게 해야 한다!"

이해에 있었던 고구려와 백제 연합의 대공세로 서나벌이 치명적인 타격을 입은 것이 틀림없었다. 그 과정 또한 자세히는 알 수 없지만, 고구려에 두려움을 느끼던 서나벌의 지도부가 이 시기에 한반도의 중부로 이주하는 엄청난 사태가 벌어지고 만 것이었다. 당시 북경 위쪽 연산 아래 포구에 자리 잡고 있던 서나벌에 대한 위협은 비단 고구려뿐만이 아니었다. 아래쪽으로 백제는 물론, 위쪽으로도 서부여의 전신인 (비리)말갈이 서나벌을 공격해 왔고, 후한 정권이 안정되면서 장차 거대 통일제국 후한(낙랑군)으로부터의 위협 또한 가중되고 있었던 것이다.

서나벌이 고구려와 후한이라는 양강兩强의 틈바구니에서 이를 돌파할 묘책을 찾지 못하자 백성들의 불안이 증폭되면서, 급속하게 이탈이 시작되었다. 이처럼 서나벌을 둘러싼 안팎의 불안 요인들이 서나벌 조정으로 하여금 마침내 〈한반도〉라는 신세계로 급히 눈을 돌리게 한 듯했다. 무엇보다도 이미 고래로부터 대륙에서 한반도로 흘러 들어간 사례가 허다했기 때문이었다.

일찍이 〈중마한〉 정권이 한반도 중부로 이주했고, 〈서나벌〉에 나라를 바쳐 왔던 〈변한〉 세력의 일부 또한 한반도 남단으로 이주해 구야국을 세운 사례도 있었다. 뿐만 아니라 고구려가 주변국들을 병합하는 과정에서 황룡국이나 비리국, 낙랑(옥저), 동예 등의 일부 저항 세력 또한 수시로 한반도 여기저기로 옮겨갔다. 또 가장 최근에는 김수로의 〈가야〉 건국에 이르기까지 한반도 이주에 대한 여러 소식들이 이들의 끊임없는 관심을 유발했던 것이다.

결국 포구진한의 땅에서 이웃 강국에 병합되는 굴욕을 당하느니, 한반도라는 미지의 세계로 나아가 새로운 기회를 찾겠다는 도전의식이 이들로 하여금 한반도행을 택하게 한 것으로 보였다. 그러나 말이 이주지, 그것은 사실상 고구려와 같은 주변 열강들의 보복을 피하기 위한 탈출이나 다름없는 것이었다. 기록의 부족으로 이때 서나벌 지도층의 한반도 이주가 구체적으로 언제 어떤 식으로 이루어졌는지 자세히는 알 수 없었다.

다만, 42년경에 〈고구려〉가 〈백제〉의 다루왕에게 군사를 보내 〈서나벌〉을 쳤다는 기록만이 전해졌을 뿐, 이후로 12년 동안 서나벌의 역사 기록은 공백이 되고 말았다. 앞뒤 정황으로 보아 이때 고구려, 백제 연합군의 공격이나 혹은 2년 뒤인 AD 44년경에 있었던 후한의 3차 〈고구려 원정〉으로, 서나벌과 백제가 다 같이 치명적인 타격을 입었을 수도 있었다. 따라서 적어도 이 무렵의 어느 시기에 유리이사금과 서나벌의 조정 대신들이 연산 아래 포구의 땅을 버린 채, 한반도 이주를 결행한 것이 틀림없었다. 섭라의 파소여왕이 포구진한에서 서나벌을 개국한 이래 채 백 년도 지나지 않은 일이었다.

그런데 이때 또 하나의 놀라운 일이 벌어지고 말았다. 〈서나벌〉이 한반도로 이주해 가는 과정에서 작鵲태자 세력이 유리이사금의 서나벌 조정에서 이탈해 독자적인 노선을 택한 것이었다. 동명성제의 아들인 작태자는 일찍부터 남해차차웅의 사위로서 유리이사금이 즉위할 때 임금의 사리를 놓고 치열하게 경합한 사이였다. 그런 이유로 유리이사금 즉위 후로는 자연스레 권력에서 배제되었을 가능성이 높았다.

게다가 맥국의 지원을 이끌어 내 고구려의 침공을 저지했음에도, 그 공로를 인정받는 대신 오히려 위기를 자초한 장본인으로 비난의 대상이 되었을 가능성도 있었다. 〈고구려〉 출신으로 서나벌 권력의 중심에서 점점 멀어지고 있다고 느끼던 작태자가 바로 이 시기에 노선의 변경을 결심했던 것이다.

작태자의 이탈은 나라를 포기한 채 한반도로 달아나는 길을 택한 유리이사금의 지도력과 서나벌의 미래에 한계를 느낀 데서 온 행동이었을 가능성이 매우 컸다. 작태자 또한 한반도행을 앞두고 심각하게 고민했을 것이다. 그가 40년 전 협보와 함께 고구려를 떠나올 때만 해도, 장차 자신의 부친인 동명성제처럼 새로운 나라를 건설하겠다는 원대한 포부를 갖고 시작한 일이었다. 그러나 이내 남해차차웅에게 포섭당한 채, 서나벌 왕실의 일원으로 편입되면서 그런 야망을 접어야만 했을 것이다.

어쩌면 이런 문제로 협보와 소원한 관계였을 수도 있었다. 그래서였는지 이후로 협보에 대한 행보는 자취를 감추고 말았다. 일설에는 협보가 이 무렵 한반도를 거쳐 열도로 들어가 큐슈 일대에 〈다파라국多婆羅國〉을 세우고 그 시조가 되었다고 했으나, 알 수 없는 일이었다. 그보다는 이 무렵에 협보가 80대의 고령이므로 일찍 사망했을 가능성이 더 커 보였다.

그러던 차에 〈곡하전투〉의 패배에 대한 고구려의 무자비한 보복으로 서나벌이 궤멸되었고, 그 잔류 세력이 뜻밖에도 한반도행을 감행했으니 작태자의 심정이 복잡해질 수밖에 없었을 것이다. 그는 생각했다.

'어차피 조선반도로 들어갈 바에야 구태여 서나벌 왕실을 따라갈 이유는 없다. 그동안 서나벌에 귀부해 충성해 왔으나, 일이 이렇게 된 마당에야 더 이상 서나벌 왕실과의 의리를 따질 문제가 아니다. 이제 나이도 들었으니 홀로서기를 할 마지막 기회라 생각하고 태보와의 약속을 지키는 것은 물론, 위대한 동명성제의 아들로서 내 꿈을 실현하는 데 적

극 나서야 한다.'

이러저런 고심 끝에 결국 작태자 세력은 서나벌에서 이탈해 독자적으로 한반도행을 결행하기로 했다. 작태자 세력은 古부여 일대에서 한반도로 이주한 세력 중에서, 철정鐵鋌 등을 싣고 다시 이 지역으로 들어와 교역을 통해 막대한 부를 쌓고 있다는 가야加耶에 주목하고 있었다. 어떻게든 가야에 접근해 그 부富의 일부라도 함께할 수 있다면, 새로운 나라의 건국이 훨씬 수월해질 수 있다는 기대를 갖지 않을 수 없었던 것이다.

작태자는 자신의 일가 및 추종 세력에게 한반도 남단의 가야 이주 결정 사실을 알리고, 항해 시 이용할 선박을 구하는 등 만반의 준비를 갖추도록 했다. 아울러 주변을 정리하는 외에 가야에 관한 여러 가지 정보를 수집하는 데 주력했다. 정확한 시기는 알 수 없지만, 서나벌 왕실이 포구를 떠난 이후의 어느 시기에 작태자 세력 역시 한반도 가야를 향한 배에 몸을 싣고 신세계로 향했다. 당시 작태자 일행이 택했던 바닷길은 산동에서 천진 등의 발해만 연안을 따라 요동 반도와 한반도 서해안을 경유해 일본열도까지 가는 뱃길로, 고대로부터 널리 알려진 소위 S 자형 해상루트였을 것이다.

13. 탈해의 사로국

〈후한〉의 고구려에 대한 3차 침공이 있었던 AD 44년경을 전후로, 어느 날 한반도 김해 일원의 〈가야〉 조정에 긴급한 보고가 날아들었다. 도성에서 가까운 앞바다에 정체를 알 수 없는 거대한 선단이 허락도 없이 나타나 닻을 내린 채 머물고 있다는 것이었다.

"아뢰오, 지금 남쪽 바다 위에 요동의 서나벌에서 왔다는 사람들이 수십 척의 커다란 배를 몰고 와 망명을 요청했다고 합니다. 그런데 그 기세가 사뭇 장대하고 요란한 데다 마치 외국의 군대가 쳐들어온 듯해서, 인근 백성들이 두려워할 지경이라고 합니다. 그들을 이끄는 사람은 작태자라 하는데, 고구려 동명성제의 황족 출신이라는 소문까지 있습니다. 장차 이들을 어찌하면 좋을지요?"

"무엇이라? 서나벌이라면 요동의 연산 아래 진한辰韓의 나라를 말하는 것이거늘, 고구려는 또 무슨 관계란 말이냐? 정확하게 어디서 온 사람들이라는 게냐?"

"그것이……"

가야왕의 채근에 소식을 전하러 온 파발이 당황한 채로 더 이상의 말을 못 하고 우물거렸다. 어찌 됐든 수로왕은 물론 가야국 대신들 모두가 고구려 운운하는 소리에 바짝 긴장했다. 그들 스스로가 작태자 일행처럼 가야국에 들어왔다가 정권을 탈취했기에, 갑작스러운 이들의 등장에 잔뜩 경계하지 않을 수 없었던 것이다.

"대왕, 고구려는 지금 한창 용의 기세로 떠오르는 나라입니다. 그들이 진정 북방의 고구려 사람들이라면 결코 이를 허용해서는 아니 될 것입니다. 대왕께서 왕위에 오르신 지 얼마 지나지 않았기에 더욱 그렇습니다!"

"옳은 말씀입니다. 그들은 중원 대국만큼의 수준은 아니지만 큰 나라를 다스려 본 경륜과 지식을 갖추고 있을 것입니다. 더구나 고구려 시조의 직계 태자라면 자칫 경쟁자로 부상할 수도 있으니 마땅히 경계해야 할 것입니다!"

신하들이 이구동성으로 작태자 일행의 망명을 허용해선 아니 된다며, 그들이 아예 가야 땅에 발을 들여놓지 못하게 해야 한다고 간했다. 수로왕 역시 그리 생각했지만 어쨌든 먼저 사실을 확인하고 난 다음, 사태를 수습하는 것이 순서인 듯해 직접 병력을 이끌고 해안가로 나가 보기로 했다.

과연 너른 해변 인근의 바다에는 커다란 배 수십 척이 떠 있었고, 해변가에 쳐놓은 수많은 막사마다 형형색색의 온갖 요란한 깃발이 펄럭이는 진풍경이 펼쳐져 있었다. 수로 일행은 막사로 즉시 사람을 보내 가야왕의 행차를 알리고, 선단을 이끄는 대표가 나와 가야왕을 알현할 것을 명했다. 그리하여 얼마 지나지 않아 마침내 수로 일행이 작태자를 맞이해 직접 담화를 하게 되었다. 작태자는 얼핏 흰 수염을 날리는 노인처럼 보였으나, 9척 장신에 수려한 용모를 뽐내고 있어 수로왕이 한눈에 보기에도 범상치 않은 기운을 지닌 인물이었다.

"大가야국의 대왕이시다! 예를 갖춰라!"

서슬 퍼런 가야국의 호위무사들이 기선을 제압하려는 듯 작태자 일행을 압박했다.

"네, 작태자라 합니다. 대가야국 대왕을 뵈옵니다!"

태자 일행이 정중하게 예를 갖추자, 수로왕이 직접 질문을 했다.

"그대들은 대체 어디서 온 자들이기에 남의 나라에 허락도 없이 와서 이토록 소란을 피우는 겐가?"

가야왕이 직설적으로 다그쳤으나, 작태자는 조금도 당황해하는 기색 없이 담담한 목소리로 답했다.

"네, 우리는 북방의 발해 바다 북쪽에 있는 서나벌국 출신입니다. 원래는 고구려 출신이었으나, 새로운 나라에 터를 잡고 살고자 40년 전에

출향하여 서나벌에 귀부해 살았습니다. 그러나 아시다시피 중원의 漢과 고구려 두 나라가 이웃의 소국들을 병합하면서 위압을 가해 온 지 오래입니다. 그 결과 특히 고구려의 보복을 두려워한 서나벌의 왕실과 조정이 나라를 버리고 이곳 조선반도로 이주해 버리고 말았습니다."

그 말을 들은 가야의 진영이 순간 크게 술렁였다.

"흐음, 서나벌이 이곳 반도로 들어왔다는 소문은 들었지만 그것이 사실이라면⋯⋯. 허어 참!"

태자가 계속해서 말을 이어갔다.

"그러한 터에 대왕의 가야국이 부유하고 정국이 안정된 나라라는 소문을 듣고, 큰 결심을 한 끝에 이렇게 반도 땅으로 들어오게 되었습니다. 우리는 그 수가 적지 않고, 여러 기술을 가진 자들도 많으니, 앞으로 대왕의 가야국이 이 지역의 맹주가 되는 데 커다란 보탬이 되지 않겠습니까? 대왕께서 우리를 받아들여 주신다면, 마땅히 대왕의 신하가 되어 충성할 것이니, 대왕께서 부디 우리들의 염원을 뿌리치지 마시기를 바랄 뿐입니다."

미심쩍은 얼굴로 태자의 설명을 듣던 수로왕이 대뜸 또 다른 질문을 했다.

"그런데, 듣자 하니 그대는 고구려 추모왕의 황족이라는 소문이 있던데 그것이 사실이오?"

"아, 예. 사실대로 말하자면 소신이 동명성제의 막내아들이자, 낙랑왕 최시길의 외손입니다만, 한때는 서나벌의 대보를 지내기도 했습니다. 그러나 지금은 보시다시피 작은 무리를 이끄는 거수渠帥에 불과하답니다⋯⋯."

그 말을 들은 수로왕이 이내 단호하게 답했다.

"과연 소문이 사실 그대로였구나, 작태자! 그대는 잘 들으시오! 우리

가야국은 그대들의 망명 요청을 들어줄 수가 없소! 지금 가야국이 그대들의 도움을 필요로 하지 않으니, 그대는 속히 병사들을 접어 이 땅을 떠나도록 하시오! 다만 선의로 사흘의 말미를 주고자 하오! 만일 그 이후에도 이 땅에 머물러 있다면, 우리에 대한 적대 행위로 간주하고 무차별 공격을 가할 것이오! 그대의 염원이 부디 이 땅이 아닌 다른 곳에서 이루어지길 바라겠소!"

김수로의 서릿발같이 냉정한 대답에 크게 당황한 작태자가 몇 마디 아쉬운 소리를 더 하려 했지만, 수로왕은 도통 말을 들으려 하지 않은 채 이내 말을 타고 총총히 현장을 떠나 버렸다.

이후로는 수많은 가야국 병사들이 해안가 내륙에 진을 치고, 작태자 일행이 안으로 들어오지 못하도록 경계를 강화하며 대치했다. 가야왕의 야멸찬 반응에 크게 실망한 작태자가 깊은 고민에 빠지고 말았다.

"태자마마, 저들이 우리를 이토록 경계할 할 줄은 몰랐습니다. 이제 어떻게 하올는지요?"

수하들이 불안해하며 동요하는 기색이 역력했다. 난감하긴 태자 자신도 마찬가지였으나, 장거리 뱃길 여행에 지친 사람들을 이끌고 여기저기 기웃거릴 수도 없는 일이라 기회를 보아 가야왕에게 다시금 망명 허락을 요청하기로 했다.

"그대들은 크게 동요할 것 없다. 아무래도 가야왕이 처음 본 우리의 군세에 크게 놀란 모양이나, 지금의 가야국에 우리의 힘이 보태진다면, 가야국이 단번에 이곳 변진한의 맹주가 될 수 있는 만큼 구미가 당기지 않는다면 거짓일 것이다. 다시 한번, 기회를 보아 망명을 요청할 터이니 지나치게 낙담할 필요까진 없을 것이다."

작태자가 수하들을 안심시키려 했으나 구야국 병사들의 위세에 눌린 나머지 쉽사리 수긍하지 않는 모습에, 태자가 엄한 표정이 되어 단호하게 지시를 내렸다.

"다들 그토록 두려워해서야 어디 쓰겠느냐? 죽을 각오와 배짱도 없이 어찌 머나먼 타국에 와서 터 잡을 생각을 하겠느냐? 단단히 각오들 하라! 그리고 유사시에 신속하게 이곳을 빠져나갈 수 있도록, 배들을 해안가에 더욱 가까이 대고, 식수 등을 충분히 보충한 다음 비전투 인력 모두는 배 안에서 머물게 해라. 또 비상사태니만큼 경계를 강화하고 전 병력이 전시나 다름없는 태세로 임하도록 하라!"

그러나 약속된 사흘이 다 지나도록 가야왕은 작태자가 보낸 사신을 만나려 들지도 않았다. 결국 그다음 날 정오가 지나자, 해안가 작은 언덕 너머로 가야왕이 더욱 많은 병력을 이끌고 다시 모습을 드러냈다. 이후 가야국 병사들이 부산하게 진용을 꾸리더니, 급기야 기병을 앞세워 작태자 일행을 공격하고자 질풍처럼 달려오기 시작했다. 사태가 심각해진 것을 깨닫고 태자의 진영에서도 경계 나발을 불고 북을 쳐서 퇴각 명령을 내렸고, 병사들로 하여금 서둘러 가까운 배에 승선하도록 했다.

"뿌웅, 뿌웅, 퇴각하라! 서둘러 배에 승선하랏!"

그러나 갑작스러운 가야국 기마병의 공격에 선두에 있던 작태자의 병력 일부는 가야 병사들의 진격을 저지하고자 미리 설치해 둔 목책 뒤에서 전투에 임해야 했다. 이윽고 먼저 가야국 기병대를 향해 작태자 진영에서 화살을 날려 대니, 앞서오던 가야국 기병들 일부가 고꾸라졌다.

"멈추지 말라! 돌격, 앞으로!"

가야국 기병대는 예상외로 용감했다. 그들은 무차별적인 화살 세례에도 불구하고 방패를 들어 활을 막으며, 파도처럼 밀려와 순식간에 목책을 덮쳐 버렸다. 후미를 방어하던 태자의 병력이 급하게 후퇴하면서

해안가 배에 옮겨 타기 바빴다. 가야국 기병대가 해안가 배까지 추격하려 들었으나, 그때 여기저기 배 안에서 일제히 화살이 날아들며 일순 하늘을 뒤덮었다.

"그만해라! 공격을 멈춰라!"

그때서야 가야국의 기병대가 멀찌감치 물러서서 한껏 돛을 펴서 달아나기 바쁜 작태자 일행의 선단을 바라보았다. 여기저기서 병사들의 환호성이 터져 나왔다.

"와아, 와아! 대왕, 적들이 드디어 완전히 물러났습니다!"

가야왕의 수하가 와서 득의양양한 채로 보고했다. 가는 실눈을 뜨고 바다 쪽을 바라보던 수로왕이 안도의 한숨을 내쉬고는 슬쩍 미소를 보였다.

그러나 사실 작태자 일행이 그리 멀리 달아난 것은 아니었다. 반도의 남해 바다는 곳곳에 크고 작은 섬들이 널려 있었다. 그들은 얼마 멀지 않은 커다란 섬 해안에 어둠을 이용해 다시금 정박했다. 작태자의 막사에서 수하 장수들이 모여 대책을 숙의했다.

"가야왕의 결심이 확고한 듯합니다. 결코 우리를 받아들이지 않을 것입니다. 우리 선단이 절대적으로 열세이니 부득이 다른 지역으로 목표를 수정해야 합니다! 차순위로 생각해 두었던 반도의 동쪽 끝단이 나을 것 같습니다!"

"가야국의 수로왕이 참으로 의심이 많은 자로구나! 어쩔 수 없다. 며칠 쉬면서 기력을 회복하는 대로 해안을 따라 동쪽으로 떠나도록 하자꾸나. 중원의 배들도 오가는 뱃길이라니 그리 어렵지는 않을 것이다……"

그 후 이틀이 지나기 무섭게 가야국 수로왕에게 급한 보고가 날아들었다.

"아뢰오, 서나벌의 작태자 일행이 여기서 멀리 떨어지지 않은 섬에 정박 중이라는 보고입니다. 섬을 지나던 뱃사람들이 신고해 왔는데, 정녕 그자들이 우리 땅을 완전히 벗어난 것이 아니었습니다!"

잠시 고민하던 수로왕이 각오를 한 듯 단호하게 말했다.

"아니 되겠다! 이 자들을 그대로 두어서는 기어코 무슨 일을 꾸밀지 모를 일이다! 승선 가능한 모든 선박을 동원해서라도 지금 즉시 그들을 추격해, 바다에 수장을 시켜 버리든지, 가야국 먼 밖으로 내쫓아 버리든지 해야겠다. 지금 즉시 출정 명령을 내리도록 하라!"

그리하여 갑자기 가야국의 해안이 병사들과 무기, 식량을 실은 수레들로 북적거리기 시작했다. 수로왕이 직접 대장선에 올라 선단을 지휘했는데, 이때 동원된 가야국의 선단만 해도 백여 척이 넘을 정도였다. 가야국 선단이 바다 가득히 장관을 이루고 출항해 한나절을 달린 끝에, 작태자 일행이 머물고 있다는 큰 섬에 도착했다. 그러나 태자의 선단은 단 한 척의 배도 보이지 않았다. 용케 미리 알고 떠난 것이었다. 가야왕이 이내 또 다른 추격 명령을 하달했다.

"이제부터 우리 선단을 셋으로 나누고, 주변의 해안과 섬을 이 잡듯이 뒤져 기필코 작태자의 선단을 찾아내도록 한다! 그들의 선단을 찾는 즉시 불화살을 쏘아 올리고, 해안가 봉화를 이용해 적들의 선단 가까이 집결하도록 한다! 날이 어두워지기 전에 저들을 격퇴할 수 있도록 즉시 이행토록 하라!"

가야군의 추격은 집요하게 이루어졌다. 결국 해 질 녘에 동쪽으로 향하는 작태자의 선단을 포착했다는 불화살이 하늘 높이 솟아올랐다. 가야국 선단이 집결하여 맹추격전을 펼쳤다. 작태자 일행은 자기들의 뒤를 쫓는 가야왕의 대규모 선단에 아연실색하지 않을 수 없었다.

"태자마마, 실로 백여 척에 이르는 어마어마한 선단이 추격해 오고 있습니다! 잡히는 날이면 절대 살아남지 못할 테니 죽을 각오로 속도를 내어 여길 벗어나야 합니다!"

가야국 사람들이 원래 바닷길 항해에 능숙한 사람들인지라, 작태자 일행은 죽을힘을 다해 노를 저어 달아나야만 했다. 그 결과 좀처럼 거리가 좁혀지지 않는 터에, 해가 지면서 사방이 어둑어둑해지기 시작했다. 그제야 비로소 수로왕이 병사들의 추격을 멈추라는 명을 내렸다.

"어둠이 깔리고 멀리 나왔으니, 이쯤 해서 추격을 멈춰라! 모두들 애썼다. 일부러 과도하리만큼 많은 병선을 출동시킨 것은 전투 없이 저들을 멀리 내쫓고자 함이었음을 다들 알아야 할 것이다! 저자들이 혼쭐이 나서 달아났으니, 이제 다시는 가야국 해변에 나타나지 못할 것이다. 껄껄껄!"

"뿌우웅!"

이윽고 회군을 알리는 뿔고둥 소리가 낮고 멀리까지 어두운 밤바다를 가득 메운 채 울리고 있었다.

김수로의 거친 공격에 쫓겨 달아나기 바빴던 작鵲태자 일행은 대규모 가야국 선단의 맹렬한 추격을 뿌리치고 계속해서 동쪽으로 향했다. 그 결과 태자 일행이 겨우 도착한 곳은 한반도 남동단을 돌아 경주 북쪽에 있는 동해안의 아진포阿珍浦라는 작은 해변이었다. 그곳은 반도 진한辰韓의 강역으로, 아진의선阿珍義先이라는 나이 많은 노파가 사람들을 이끌고 있었다. 그녀가 부락의 제사를 주도하며 길흉을 점쳐 크고 작은 의사를 결정하고, 사람들의 존경을 받으면서 사실상 촌장의 역할을 해 온 것이었다.

그러던 어느 날 작태자 일행이 수십 척의 커다란 배를 이끌고 갑작스레 마을 앞바다에 나타났으니, 그야말로 해변 구석에서 조용히 고기나 잡으며 살던 순박한 마을 사람들이 경악하고 말았다. 놀란 어부들이 아진의선의 집으로 달려가 그 사실을 알렸다.

"아진의선 님, 큰일 났습니다! 지금 바닷가에 수십 척의 배가 차례로 도착해서 수많은 사람들이 해변에 내리고 있습니다!"

"어이구, 찬찬히 말해 보거라, 어디서 누가 쳐들어왔다는 게냐?"

"아니요, 그런 건 아닌 거 같고요, 사실 그게 이상한 것이 중무장한 병사들도 많은데, 딱히 쳐들어온 것 같지도 않아 보이고요……. 그래도 다른 나라 사람들임이 틀림없는 것이 우리와 의복이나 말투도 다르고, 배에서 내리는 물건들도 죄다 못 보던 것들이 수두룩합니다. 우릴 보고도 별다른 행동도 없고, 누군가 지휘하는 것처럼 착착 움직이질 않겠습니까? 아무래도 아진의선 님이 서둘러 나가 보셔야겠습니다!"

아진의선도 놀라기는 마찬가지여서 서둘러 마을의 원로들과 장정들을 불러 모아 다 함께 해변으로 나가 보았다.

과연 해변에는 수십 척의 대형 선박들이 떠 있고, 수많은 사람들이 부지런히 움직이는데 그야말로 마을 사람들 모두가 처음 보는 장관이 아닐 수 없었다. 벌써 여기저기에 처진 커다란 막사라든가, 철제 병장기로 무장한 장정들로 보아 그 위세가 엄청난 것이어서 어딘가 외국에서 王급 이상 가는 무리가 도착한 것이 틀림없었다.

그때 소장小長쯤 되어 보이는 한 사내가 여러 무장한 사람들을 데리고, 한군데 모여 이 광경을 보고 있는 부락민들에 다가와 말을 걸었다.

"혹시 이 중에 마을의 촌장이라도 계신다면 어느 분이신지요?"

잔뜩 긴장해 있던 부락민들이 아진의선을 가리키며, 이 마을의 어른이라고 답하자, 그가 정중하게 말했다.

"여러분들, 우선 다들 놀라지 마시오! 우리는 멀리 바다 건너 북방의 서나벌국에서 온 사람들인데, 절대 여러분들을 해치러 온 것이 아니니 염려하지 마시오! 그리고 지금 한가운데 보이는 큰 막사에 우리를 이끄는 분이 여러분을 기다리고 계시니, 촌장님과 마을 어른들께서 같이 가서 이야기를 들어 보심이 어떻겠습니까?"

그리하여 아진의선과 마을의 원로들이 낯선 이들의 안내를 받으며 작태자의 막사로 찾아가 처음으로 상면하게 되었다. 그런데 태자를 처음 본 순간, 아진의선이 깜짝 놀라 멈칫했다. 백발 수염을 했음에도 불구하고 9척 장신의 큰 키와 준수한 얼굴을 가진 그에게서 범상치 않은 기운을 느꼈기 때문이다. 그때 작태자가 먼저 정중하게 인사말을 했다.

"어서 오시오! 우리가 불쑥 나타나 요란을 떤 것 같아 마을 사람들 모두가 적잖이 놀랐을 것이오! 공연히 마을을 점령하거나 부락민들을 해치려는 것이 아니니 우선 안심하길 바라오."

작태자의 기품 있는 풍모와 정중한 태도, 말씨 등에서 아진의선을 비롯한 마을 사람들 모두는 그가 보통 사람이 아님을 직감할 수 있었다. 태자는 아진의선에게 자신들에 대해 간략하게 소개하고, 부득이하게 마을에 임시로 거처하게 되었다며, 협조를 당부했다. 아진의선이 답을 주었다.

"잘 알았소! 우선 그대들이 외국에서 부락을 침공해 온 것이 아니라는 말을 믿고 싶구려! 그것이 사실이라면 정녕 마을에 부질없는 소란이 일지는 않겠지요? 게다가 임시로 거처한다 함은 머지않아 이곳을 떠난다는 뜻일 테니, 그때까지 별 탈이 없는 한 그대들의 편의를 위해 여러 가지를 돕도록 하겠소이다!"

작태자가 그 말에 정중하게 고마움을 표하자 아진의선이 경직된 분위기를 누그러뜨리고자 대범하게 농을 던졌다.

"오늘 아침부터 마을 어귀 큰 느티나무에 까치들이 수없이 날아들어 요란스레 우짖는다 싶더니, 필시 그것들이 이분들이 올 것을 미리 알았던 게 틀림없는 갑다……"

그 말에 와, 하며 막사 안에서 일제히 웃음소리가 터져 나왔고, 분위기가 한층 밝아지게 되었다. 일개 벽촌의 노파에 불과한 아진의선의 당당한 모습에 작태자도 커다란 호감을 갖게 되었다.

마을로 돌아온 아진의선은 그 즉시 마을의 사당으로 가서 제를 올리더니, 한참을 머물다 나왔다. 집으로 돌아온 그녀가 아들을 불러 그날 일어난 사태에 대해 말했다.

"작태자 그 사람은 예사 사람이 아니다. 분명히 왕의 얼굴을 하였더라……. 까오리국 시조의 아들이라고 하질 않았니? 그게 무슨 말인지는 모르겠으나, 암튼 멀리서 귀인이 나타나니, 장차 우리 마을에서 왕이 나올 징조인 것만 같구나……"

"예, 왕이라고요?"

아진의선의 아들이 모친의 말에 놀라 재차 물었다.

"그렇다, 그분은 분명 왕의 얼굴을 가졌다! 처음 그분을 본 순간 그 강한 기운에 놀랄 지경이었다. 나도 처음 경험해 보는 것인데, 이건 예삿일이 아니다. 아무래도 언젠가는 그들이 나라를 세울 것만 같구나. 이는 우리 마을에도 경사임이 틀림없으니, 앞으로 마을 사람들 모두가 정성을 다해 그들을 돕고 그분을 받들어야 할 것이다. 조만간 내가 직접 작태자 그분을 다시 찾아봐야 할 것 같다. 그들을 붙잡아 이곳에 계속 머물게 해야 한다는 말이다. 너는 그사이 우리 마을 인근에 그 많은 사람들이 머물기에 적당한 장소를 두루 물색해 보거라!"

그 후로 바닷가 작태자의 진영에서는 이렇다 할 움직임이 없었다. 다만 수시로 사람들이 마을로 들어와 물을 길어 가거나, 식량을 바꾼다거나 또는 개울가로 가서 빨래들을 하는 모습이 보였다. 일부는 마을 원로들에게 여기저기 길을 묻고, 주변을 파악하는 것도 같았다. 이틀 후 아진의선이 아들을 데리고 작태자의 막사를 다시 찾으니, 그가 반갑게 맞아 주었다. 가벼운 인사말을 나눈 후 잠시 침묵이 흐르자 아진의선이 자리에서 일어나더니, 갑작스레 두 손을 이마에 얹은 채 태자를 향해 크게 절을 했다. 놀란 태자가 급히 이를 만류하려 드니, 아진의선이 고개를 든 채로 작심한 듯 말했다.

"태자께선 분명 귀하신 분입니다. 귀인께서 수하들을 이끌고 궁벽하기 그지없는 이 땅에 나타나신 것은 보통의 일이 아니라, 하늘의 뜻인 것입니다. 나는 느끼고 있습니다. 태자께선 왕의 얼굴을 하고 계십니다!"

"아진의선 님, 말씀은 고맙소만 우리가 그 정도로……. 그리고 대체 지금 무슨 말씀을 하시는 겐지요?"

당황한 작태자가 우물거리자 아진의선이 단호한 어투로 말을 이었다.

"태자께선, 분명 앞으로 큰일을 도모하게 되실 것입니다. 나라를 세우실 분이 틀림없다는 말이지요!"

그제야 태자가 노파의 놀라운 말에 빙그레 웃음을 보이며 말했다.

"아진의선 님, 참으로 놀라운 말씀을 하시는구려, 허허! 사람의 마음을 읽고 앞을 보는 눈이 정녕 예사로운 분이 아니신 게지요, 그렇다면 나도 솔직히 말씀드릴 것이 있소!"

태자는 그간에 있었던 일들을 비교적 소상히 설명했는데, 심지어 〈가야국〉에서 수로왕에게 쫓겨난 이야기까지 해줄 정도였다. 그러면서 마땅히 다른 곳으로 이주하기도 난감한 실정이라며 어려운 상황임을 솔직하게 털어놓았다. 그러자 아진의선이 기다렸다는 듯 말을 이었다.

"그러니 태자께선, 굳이 이 땅을 떠나실 필요가 없을 것입니다. 이곳에 머물러 우리 마을 사람들을 이끌어 주시고, 터 잡아 나간다면 틀림없이 언젠가는 소원하시는 일이 반드시 성사될 것입니다! 다만, 보다시피 우리 마을은 태자 일행이 머물러 같이 살기에는 너무 작은 것이 흠입니다. 다행히 여기서 조금 더 북쪽으로 가면 양남楊南 땅에 나아리羅兒里라는 곳이 있는데, 그곳이 땅이 크고 빈 곳이 많습니다. 그러니 일단 그리로 옮겨 자리를 잡으시면 될 듯합니다."

그 말을 듣자 태자의 얼굴이 비로소 활짝 펴졌다.

"아, 그렇소이까? 나아리라고요? 이토록 귀한 정보를 주시니 여간 커다란 도움을 주는 것이 아니오, 정말, 고맙소이다!"

작태자가 반색을 하는 것을 본 아진의선이 곁에 있던 자신의 아들을 잡아끌며 조심스레 청을 넣는 말을 했다.

"이 늙은이에게 쓸 만한 아들이 하나 있는데, 바로 이 사람입니다. 부디 태자께서 이 사람을 거두어 가까이 곁에 두고 써주셨으면 합니다만, 나이도 많고 사실상 이 마을의 촌장이나 다름없습니다. 이 사람이 이곳 지리에 밝고 눈썰미가 있으니 태자께서 장차 큰일을 도모함에 있어 커다란 힘이 될 것입니다."

"아, 그렇소? 아드님이시군요, 오히려 내가 청을 할 지경인데 참으로 고맙기 그지없소이다!"

그리하여 작태자는 뜻밖에 만난 아진의선의 권유대로 이곳에 머물기로 결심했다. 얼마 후 일행을 이끌고 아진포를 떠나 북쪽 나아리로 이동해 터를 잡게 되니, 우여곡절 속에서도 한반도에서의 첫발을 내딛는 데 그런대로 성공한 셈이었다.

아진의선의 절대적인 지지와 협조로 나아리에 정착한 작태자는 그때 이미 60이 넘은 나이에도 강한 의욕을 보이며, 주변의 세력을 아우르고 포섭하려는 노력을 아끼지 않았다. 그런데 나아리의 북쪽은 평야 지대가 적어 농사에 적합하지 않고 인구도 적어 한적했다. 반면, 남서쪽으로는 황산강黃山江(낙동강)을 끼고 좌우로 평야가 이어져 농사짓기에 좋았다.

또한 남동해안의 가야 및 변진소국은 물론, 서해안과 남해안을 잇는 고대 해상루트를 통해 중원의 대륙이나 낙랑을 비롯해 왜倭 열도에 흩어져 있는 여러 소국들과의 교역이 이루어져 인구도 많고 번창해 있었다. 작태자는 자연스럽게 남쪽 방면을 주시하게 되었고, 이내 경주 방면으로의 진출을 노리게 되었다.

당시 남동해안은 황산강을 중심으로 그 서쪽은 김해 지역의 가라加羅(가야국)가 자리하고 있었고, 기타 가야의 여러 소국들이 흩어져 있었다. 반대로 황산강의 동쪽 하구(부산) 일대에도〈왜倭〉라는 선주 세력이 있었는데, 이들은 결코 왜(일본) 열도의 토착 왜인이 아닌 한반도의 진한辰韓에 속한 예인濊人들이었다. 사실 예濊와 왜倭는 같은 발음으로 古부여(베)족을 뜻하는 것이었다. 이들 중 항해 기술을 터득한 예인(왜인)들이 남쪽 큰 바다 건너 왜열도까지 진출해 토착민들을 포섭하고 곳곳에 나라를 세웠음에도, 그들 역시 왜倭라는 통칭으로 부르고 있었다.

이와 같은 황산강 하구의 倭 지역이 언제부터인가 새롭게 철의 주산지로 부각되기 시작하면서, 바다 건너 열도 왜와의 교역은 물론, 인적교류가 갈수록 늘어만 가고 있었다. 다만, 열도에 살던 토착민들이 유독 키가 작고 왜소하다 보니 왜란 단어에 점차 혐오의 뜻이 더해졌는데, 이는 중원의 화하족들이 북방인들을 지칭해 부르던 흉노匈奴나 동호東胡라는 단어에 오랑캐라는 비하의 뜻이 가미된 것과 다를 바 없었다.

대략 2천 년 전이던 당시만 해도 해수면이 지금보다 높았던 시기라, 한반도 남동 해안가의 수많은 지역이 섬으로 연결되었을 것으로 보였다. 그런 환경 아래 倭는 아직 나라의 형태를 갖추지는 못했으나, 한반도 남동단과 대마도, 일본열도의 北큐슈 지역을 장악한 가야의 또 다른 세력으로 보이며, 거점별로 여러 군장들이 나누어 다스린 것으로 추정되었다.

대양을 사이에 두고 대륙과 멀리 떨어진 일본열도는 문명의 발달이 늦어져 BC 4세기까지도 신석기 문명에서 벗어나지 못할 정도로 낙후된 곳이었다. 그러다가 한반도에서 배를 만들고 항해하는 기술을 지닌 사람들이 꾸준히 진출하고, 새로운 선진문명이 유입되면서 문명화가 빠르게 진행되고 있었다. 당시 대륙에서 이주해 온 사람들의 입장에서 보면, 일본열도야말로 한반도만큼이나 새로운 또 다른 신세계에 다름 아니었을 것이다.

이러한 배경 아래 작태자가 새로 자리 잡은 나아리의 남쪽 계림鷄林(경북경주) 일대에는 선주先主 세력을 대표하던 호공瓠公이라는 인물이 있었다. 어느 날 작태자가 수하들과 함께 경주 토함산에 올라 산 아래에 펼쳐져 있는 너른 들판을 내려다보게 되었다. 그때 시내 하천을 끼고 초승달 모양을 하고 있어 외부로부터 방어하기가 좋아 보이는 봉우리가 한눈에 들어왔다. 그런데 그 봉우리 아래로 작은 궁궐에 버금가는 커다란 저택이 당당하게 자리하고 있어, 태자가 주위에 물어보았다.

"저기 초승달 모양의 봉우리 아래 보이는 대저택은 대체 누구의 집이란 말인가?"

"예, 저곳은 양산楊山의 월성月城이라는 땅입니다. 보시다시피 자연 하천이 초승달 모양으로 굽어 흐르며 절벽을 깎아내 마치 성벽을 이룬 것처럼 보여 생긴 이름이고요, 저 궁궐처럼 커다란 저택은 이 지역을 대표하고 최고 부호이신 호공이라는 어른의 저택입지요."

"아, 저것이 그 유명하다는 호공의 집이라고? 흐음, 이 지역 대표 월성의 호공이라……"

작태자는 이미 계림의 지도자인 호공瓠公에 대해 전부터 듣고 있었으나, 막상 월성에 자리한 그의 대저택을 눈으로 확인하고 나니, 그의 세력이 결코 만만한 것이 아님을 직감하게 되었다. 호공이라는 이름으로 보아 물질(잠수)에 능한 바닷사람이 틀림없었으므로, 그는 필시 곳곳이 바다에 면해 있던 남쪽의 왜인 출신으로 보였다. 해산물 교역 등으로 부를 쌓은 그가 당시 계림까지 진출해, 일대에서 가장 큰 세력을 형성하고 있었던 것이다. 사람들이 말하기를 계림을 장악하기 위해서는 호공을 꺾거나, 최소한 그와 협조하지 않으면 안 된다고도 했다.

그날 이후로 작태자는 자나 깨나 호공을 꺾을 궁리에 돌입했다. 북방 〈고구려〉의 태자이자 〈서나벌〉의 대보大輔 출신인 그의 눈에는 어찌 됐든 이곳은 반도 끝단 후미진 곳에 위치한 소국에 불과했고, 서나벌이나 다름없이 뒤처진 곳이었다. 작태자는 사실 생각이 대범하고 꾀도 많은 사람이었다. 협보는 그런 작태자를 높이 사서 주몽의 막내아들이 아니었다면 태왕에 오르고도 남았을 인물이라며 늘 안쓰럽게 여겼던 것이다.

어쨌든 산전수전을 모두 겪으며 여기까지 온 작태자였기에 비록 이 지역의 대표라고는 하지만 호공에 대해서도 속으로 우월감을 갖고 있었다.

'한마디로 범이나 늑대가 없는 굴에 여우가 왕 노릇 하는 격인 게지……. 후훗!'

작태자가 데려온 사람 중에는 수준 높은 철 제련 및 가공 기술자는 물론, 나라를 세우고 경영하는 데 필요한 여러 전문가늘이 다수 포함되어 있었다. 그런 자신감이 있었기에 협보와 함께 고구려를 떠날 수 있었던 것이고, 예맥이나 서나벌은 물론, 가야국에도 과감하게 도전할 수 있었던 것이다.

작태자는 어떻게든 호공을 직접 만나 부딪쳐 보고 그의 됨됨이를 시험해 보고 싶었다. 그러려면 무언가 호공을 크게 놀라게 하거나 충분히 당황하게 할 만한 방법을 찾아야만 했는데, 그것도 서로 간의 충돌을 피할 수 있는 것이라야 해서 도통 쉬운 문제는 아니었다. 어차피 소문을 통해 서로를 알고 있을 터였기에, 자칫 필요 이상의 큰 싸움으로 번질 수도 있기 때문이었다. 그때 작태자가 주목한 것은 호공이 왜인 출신으로, 그 역시 이 지역의 토박이가 아니라는 점이었다. 골머리를 앓던 태자가 마침내 묘책을 찾았는지, 어느 날 수하들에게 명을 내렸다.

"너희들은 칠흑같이 어두운 날을 골라 한밤중에 아무도 모르게 호공의 저택 주변에 숫돌과 숯을 잔뜩 파묻어 두거라!"

그러던 어느 날, 작태자가 사람을 호공의 저택으로 보내 엉뚱한 주장을 펼치며 한바탕 소란을 피우게 했다.

"황송하지만, 지금 이 저택이 있는 땅은 원래의 주인이 따로 있는 땅이었습니다. 그분들이 난리를 피해서 바다 건너 교역을 위해 멀리 떠나 있던 사이, 호공께서 이 저택을 지어 차지하고 있어 난감해하고 있습니다. 그러나 어쨌든 이 땅이 그분들의 것이기에 호공께서 이 문제를 해결해 주실 것을 바라고 있습니다."

그 말에 호공이 기도 안 차는 소리라며 헛웃음까지 지어 보이자, 옆에 있던 호공의 수하가 고함을 치면서 면박을 주었다.

"허어! 그놈 참 아닌 밤중에 홍두깨라더니, 예가 어디라고 고약한 소리를 겁도 없이 지껄이는 게냐, 당장 꺼지지 못하겠느냐?"

그러자 호기심이 발동한 호공이 웃으며 말했다.

"그래? 그렇다면 그 주인이란 자가 대체 누구라더냐?"

"예, 사실은 그분이 지금 밖에 와 계시니, 들어오라 하셔서 직접 이야기를 들어보시는 것이 어떠하겠습니까?"

그리하여 작태자가 호공의 저택으로 들어와 드디어 호공과 첫 대면을 하게 되었다. 범상치 않은 풍모의 작태자가 등장하니 호공을 비롯한 그 수하들이 일견 긴장하는 모습이 역력했다. 작태자는 먼저 자신의 신분을 다르게 둘러댄 후에, 이 집터가 자기들 것이라고 우겨대며 그 증거를 댈 수 있다고 주장했다.

"원래 우리 집안은 대대로 이 지역에서 제일가는 대장간을 소유한 가문이었소! 쇠를 찾아내 제련하거나 가공한 것을 여기저기에 팔고, 남는 것은 뱃길을 이용해 다른 나라에도 팔아 이문을 남기는 일이었소. 틀림없이 이 집 안팎 여기저기를 파보면 숯이나 숫돌 같은 것들이 잔뜩 묻혀 있을 것이니, 공께서 한번 확인해 보도록 하시오!"

호공 앞에서 전혀 위축됨이 없이 당당하게 구는 작태자의 요구에 어쩔 수 없이 호공이 인부들을 시켜 집 안팎을 파 보게 했다. 그랬더니 과연 집 밖 여기저기서 시커먼 숯과 숫돌, 쇠 부스러기들이 나왔다. 사람들이 놀라 웅성거리자 난감해진 호공이 당황하여 딱히 할 말을 찾지 못했다. 그것 보라는 식으로 의기양양한 표정을 짓고 있던 태자가 그때 뜻밖의 제안을 하고 나섰다.

"호공께서 보셨다시피 이 집 땅은 우리 집안 땅임이 틀림없소! 그러나 우리도 너무 오래 이 땅을 비워둔 데다, 이 저택을 짓는데 기둥 하나 대지 않은 만큼, 당장 이 집을 내놓고 떠나 달라 요구할 수도 없는 처지요! 그렇다고 우리 땅을 일방적으로 포기할 수도 없는 노릇이니 이러하면 어떻겠소?"

그러자 모두가 놀란 눈으로 숨을 죽인 채 태자의 말에 귀 기울였다.

"내가 이 집 전체를 적절한 가격에 사들이고자 하니 호공께서 값을 한번 불러 보시오! 물론 땅값은 우리 땅임을 인정하고 적절한 수준에서 차감해야 할 것이오만……"

그 말에 사람들 모두가 크게 놀라 순식간에 사방이 술렁거리고 소란스러워졌다.

"저자가 대체 돈이 얼마나 많기에 궁궐 같은 이 집을 사들이겠다는 게야?"

"그러게, 계림에서 제일 큰 이 저택을 사들일 수 있는 사람은 이 근처엔 있을 리가 없지, 혹시 우리도 모르는 다른 나라의 거부나 왕족이라면 모르겠지만……"

그러나 뭐니 뭐니 해도 가장 크게 당황한 사람은 월성 대저택의 주인인 호공이었다. 곁에 있던 그의 부하들 역시 어쩔 줄 몰라 태자와 호공의 얼굴을 번갈아 보며 눈치를 보기에 바빴다. 작태자는 여유 만만한 표정으로 시침을 뚝 떼고 호공을 올려다보고 있었고, 호공은 그런 태자를 적개심 가득한 실눈으로 뚫어져라 쏘아보고 있었다.

그렇게 잠시 침묵이 흐른 뒤, 호공이 부하에게 무언가를 지시하고는 답을 주지 않은 채 저택 안으로 들어가 총총히 사라져 버렸다. 그러자 이번에는 작태자 쪽에서 당황했는지, 차마 호공을 부르지도 못한 채 머쓱하니 그의 수하들만 바라보았다. 그러자 호공의 지시를 받은 부하가 탈해 앞으로 다가와 정중히 고개 숙여 인사를 하면서 말했다.

"방금 공께서 제기하신 문제가 간단치 않은 것인 만큼, 이렇게 보는 눈들이 많은 바깥에서 이를 논하기가 적절치 않다고 말씀하셨습니다. 해서 호공께서는 조용한 방 안에서 차라도 마시면서 진지하게 상의해 보는 게 좋겠다고 하시며 공을 안으로 뫼시라 말씀하셨습니다. 그러니 공께서는 저를 따라 안으로 들어가시지요."

작태자는 그때 먼발치에 수하들을 대기시켜 놓고, 유사시에 적절히 대응하라는 지시를 내려놓은 상태였다. 그럼에도 두세 명의 수행원만을 데리고 내밀한 집 안으로 들어가자니 다소 망설여졌다. 이를 본 호공의 수하가 작태자를 안심시키며 말했다.

"공께서는 불안해하실 필요가 전혀 없습니다. 호공께서는 그런 분이 아니십니다. 어서 들어가시지요!"

그제야 작태자가 사람들의 안내를 받으며 저택 안쪽에 자리한 호공의 집무실로 들어갔다. 그러자 방 안 상석에 앉아 태자를 기다리고 있던 호공이 일어나 태자를 맞이하면서 좌정하기를 권했다. 곁에는 몇몇 최측근인 듯한 부하들이 앉아 있었는데, 이윽고 시녀들이 차를 내오자 호공의 권유로 작태자 또한 잠시 차를 음미하며 호공의 말을 기다렸다. 얼마 후 호공이 신중하게 입을 열었다.

"오늘 참으로 놀라운 일을 겪고 있소……. 그런데 생각해 보니 이 일은 그리 놀랄 일이 아님을 깨닫게 되었소. 이 땅이 누구의 것이든 이 근동에 내 집을 살 수 있는 사람은 아무도 없기 때문이오."

그 말에 살짝 당황한 작태자가 무슨 뜬금없는 얘기냐는 표정으로 호공을 바라보았다. 호공이 말을 이었다.

"그대는 한눈에 보아도 범상치 않은 사람이오. 이 집을 거래할 수 있는 사람이라면 틀림없이 내가 모르는 외국의 왕족들이어야 할 것이오! 대체 그대는 어디서 온 누구시고, 지금 무슨 이유로 이 소란을 피우는지 솔직하게 들어보고 싶소, 말을 해 주시오!"

그 말에 작태자 역시 호공의 날카로운 눈썰미와 판단력에 놀라지 않을 수 없었다.

"허허! 과연 호공이십니다! 소문 그대로 사람을 보는 눈이 예리하십니다……. 더 이상 눈속임도 통하지 않을 터이니 나도 솔직하게 말씀드리겠소. 나는 멀리 북방에서 바다를 건너온 서나벌 출신 작태자라 하오!"

그러자 호공이 비로소 누군지 알겠다는 표정을 지으며 고개를 끄덕였다. 이를 본 작태자가 더욱 당당한 목소리로 말을 이었다.

"사실 내 부친은 북방의 고구려를 창업하신 동명성제이시고, 옛 부여 땅에 낙랑국을 일으킨 최시길이 나의 외조부님이시오!"

"과연 그대가……"

호공이 크게 놀란 눈을 하는 것을 본 작태자가 말을 이었다.

"그러나 나는 사정이 여의치 않아 고구려 서쪽의 서나벌이라는 나라로 옮겨 갔고, 이후 그 나라 왕의 사위이자 대보를 지내기도 했소이다."

그 말을 듣는 순간 호공의 눈동자가 살짝 흔들리고 잠시 생각하는 듯하더니, 조용히 자리에서 일어나 정중하게 작태자를 향해 절을 하려 들었다.

"그동안 여러 소문은 익히 들었습니다만, 참으로 귀하신 분이 이곳까지 왕림하셨군요, 아까는 몰라뵈었으니 다시 정식으로 예를 갖춰 인사드리고자 합니다……"

그러자 작태자 역시 즉시 일어나 서로 마주하며 예의를 차려 정식으로 인사를 나누었다. 태자가 먼저 오늘 소동을 피운 것에 대해 양해를 구하고 그간의 일들을 소상히 말하자, 호공 역시 그에 상응하여 자신을 성의를 다해 소개했다.

그렇게 한참 동안 서로 이야기를 주고받는 동안 호공은 작태자로부터 고구려와 동부여를 비롯한 서나벌과 백제, 낙랑 등 북방 여러 나라들과 중원의 漢과, 新나라에 이르기까지 놀랍고도 박진감 넘치는 이야기에 깊이 빠져들고 말았다. 이어 한 차원 높은 북방 대륙 출신 작태자의 다양한 경험과 높은 식견에 탄복하면서, 점점 그에게 압도당하는 자신을 느꼈다.

그렇게 대화를 나누는 사이 시종들이 여러 번 차와 과일을 나르며 들락거린 끝에 서로 간에 신뢰가 높아진 듯하자, 호공의 눈치를 살피던 작태자가 마침내 결정적으로 자신의 원대한 포부와 속마음을 털어놓았다.

"해서, 나는 비록 진한의 한쪽 귀퉁이에 불과하지만, 이 지역에서 새로이 나라를 세우고자 하오."

그 말을 들은 호공이 가히 나올 수 있는 말이라는 듯 말없이 고개를 끄덕이며 긍정적인 반응을 보였다. 그러자 작태자가 기다렸다는 듯 말을 이었다.

"그러나, 내 아무리 좋은 계획을 갖고 있더라도, 이 지역의 맹주이신 호공의 도움 없이 여기에 홀로 새로운 나라를 세운다는 일이 불가능함을 알고 있소. 게다가 솔직히 내가 나이도 들어 이것이 마지막 기회라 여기고 있소……. 그러니 나로서는 호공의 협조가 간절한 입장이라오. 깊이 숙고하셔서 부디 호응해 주길 바라오! 호공, 나와 같이 손을 잡고 새로운 나라를 일으켜 세워 보지 않겠소? 우리에겐 그런 지식과 경험, 능력이 충분하다고 보오. 한번 해 보십시다!"

작태자가 간절하게 도움과 협조를 요청하니 호공이 예를 차리며 답했다.

"사실 이 지역에서 나를 능가하는 사람은 없습니다. 그러나 보다시피 솔직히 아직은 세가 약하여 나라라고 할 수도 없고, 내 자신 그럴 능력에 미치지 못함을 알고 있기에 누군가 이 지역을 다스려 줄 현인을 기다리는 심정이었습니다. 태자의 말씀대로 우리가 여기서 서로 충돌하는 대신 힘을 합친다면, 어쩌면 그토록 원하던 새 나라의 건국이 가능할 수도 있으리라는 기대를 갖게 되었습니다. 나라를 창업하는 것이 간단치 않은 일이니 앞으로 자주 만나 이 문제에 대해 같이 숙의해 보기로 하시지요……."

호공이 조심스럽게 답하자, 작태자는 크게 파안대소하면서 만족스러워했고, 결국 두 사람은 오랜 친구라도 만난 듯, 서로 손을 마주 잡고 의기투합하게 되었다. 이후 함께 술을 마시며, 주변의 정치 상황과 잡다한 얘기들을 나누느라 작태자는 밤늦게나 호공의 대저택을 나올 수 있었다.

작태자와 호공이 만났던 역사적인 그날 이후, 새로운 나라를 건국하기 위한 양측의 작업이 일사천리로 진행되었다. 그 후로 세월이 흘러 AD 55년경, 강력한 철기문화를 앞세워 경주 최대의 선주先主 세력 호공의 집단을 포섭하는 데 성공한 작태자가 마침내 양산楊山으로 입성해 새로운 나라를 건국했다. 처음 나라 이름을 〈계림桂林〉이라 지었다가 얼마 후 〈사로국斯盧國〉으로 바꾸었다. 호공 등의 추대로 사로국의 첫 왕위에 오른 작태자는 자신의 이름을 새로이 바꾸었는데, 까치를 뜻하는 작鵲 자에서 새(鳥)를 떼어내 성을 석昔씨로 했다. 또 부여夫餘의 성씨인 해解씨로부터 당당하게 독립한다는 의미에서 탈해脫解로 이름을 바꾸어 부르게 하니, 그가 곧 사로국의 시조인 석탈해昔脫解였.

이제 70대 중반의 고령임에도 탈해왕이 사로국을 세우기까지는, 함께 고구려를 떠났던 협보의 기대를 저버리지 않고 끝까지 그와의 맹세를 지키려던 불굴의 의지가 큰 힘이 되었을 것이다. 그러나 무엇보다 주변의 선주 세력들을 직접 만나 설득하여 아우르고 포용하면서, 전쟁 없이도 나라를 세운 것이야말로 탈해왕의 가장 빛나는 업적일 것이다.

탈해왕은 호공이 제공한 월성의 대저택을 다시 넓히고 꾸며 사로국의 궁궐로 삼았다. 그 무렵 초창기 탈해왕의 가능성을 알아보고 그를 이끌어 준 노파 아진의선은 고령으로 죽고 난 뒤라, 아쉽게도 사로국의 건국을 보지는 못했다. 대신 탈해왕은 역시 그에게 큰 힘이 되어 준 아진의선의 아들을 재상인 파진찬에 기용해 자신을 도운 고마움에 보답했다.

탈해왕은 처음 왜국倭國에서 동북으로 1천여 리 떨어져 있다는 다파나국多婆那國 출신이라는 소문이 나돌았다. 다파나가 노파의 나라라는 뜻이었으니 탈해(작태자)가 처음 도착했던 아진포구阿珍浦口와 그를 도와준 아진의선을 기리는 뜻이 담긴 것으로 보였다. 동시에 그는 또 용성국 출신이라고도 했는데, 용성龍城은 바로 작태자 탈해가 고구려를 떠나 처음 정착했던 발해만 창주滄州 서쪽의 예맥(창해국) 땅(대성大城)의 일원이니, 한때는 卞마한이나 서나벌이 진출했던 땅이기도 했다. 이 또한 탈해가 서나벌에 귀부해 대보의 지위를 누린 것을 암시하는 내용이었다. 이처럼 그의 출신에 대한 소문 자체 모두가 그의 화려한 경력과 함께 대륙에서 반도 계림(경북경주)으로 이주해 오기까지의 과정을 설명해주는 것이었다.

그러나 뭐니 뭐니 해도 탈해의 명성은 그가 고구려의 태자 출신으로 시조 동명성제의 아들이자, 서나벌국의 최고관직을 지낸 인물이라는 점에 있었다. 따라서 백성들은 고귀한 북방 고구려 혈통을 지닌 새로운 왕의 탄생에 적지 않은 기대를 했다. 탈해왕이 왕후인 아효阿孝부인과 함께 긴 행렬로 장관을 이루며 월성에 입성하던 날, 백성들이 모두 나와 거리를 가득 메운 채, 탈해왕 부부를 보려고 모여들었다.

"만세, 만세, 대왕 만세! 계림 만만세!"

그날, 경주의 너른 분지에서 辰韓 12國의 하나로 새롭게 탄생한 〈계림鷄林〉(사로국)이 이후 천千 년을 이어갈 것으로 기대한 사람은 아무도 없었을 것이다.

이듬해가 되자 탈해왕은 곧바로 호공瓠公을 대보大輔(총리격)에 임명해 국정의 전반을 맡기고, 지역의 토호와 권력을 나눔으로써 나라의 안정을 도모했다. 탈해왕은 또한 특유의 노련함으로 주변 〈진한〉과 〈변한〉의 소국들을 아우르고 차례로 병합해 나갔다. 동시에 그는 내치에만 매달리는 데서 벗어나 다양한 외교 활동으로 주변에 〈사로국〉의 존재를 알리고, 그 위상을 높이려 애썼다. 사로국이 건국되고 3년째 되던 해에, 탈해왕은 호공이 건의한 대로 가장 먼저 일본열도를 대표하던 큐슈 지역의 〈倭國〉에 사신을 보내 친교를 맺었다.

14. 고구려의 요서 원정

AD 40년경, 대무신제의 배다른 숙부이자 〈울암대전〉 승리의 주역인 을두지가 사망했다. 일찍이 추모대제는 환나국 여왕 출신 계루부인과는 고루高婁를, 또 황룡국 출신 화禾부인 사이에서 을두지乙豆智를 낳았다. 고루와 을두지는 유리명제와는 같은 이복 왕자의 신분이면서도 대무신제에 이르기까지 3대에 걸쳐 충성하면서, 평생 신생국 고구려의 기틀을 다지는 데 크게 기여한 인물들이었다.

나라의 원로이자 배다른 숙부들을 차례로 잃게 된 대무신제는 크게 낙담했으나 마냥 슬퍼하고만 있을 겨를이 없었다. 곧바로 외숙인 송옥구를 태보로, 마경을 좌보로, 오이烏伊의 아들이자 장인인 오루烏婁를 우보로 삼았다. 또한 이때 섭신涉臣의 아들 섭득涉得을 자몽왕紫蒙王으로 삼았는데, 섭득의 모친 을증乙蒸이 현명해 고구려에 충성하라고 예의를 가르쳤다고 한다. 대무신제가 자몽국은 배신을 밥 먹듯 하는 지역이라며 늘

믿지 못하다가 믿을 만한 섭득을 보내 직접 다스리도록 한 것이었다. 그 해 오이의 손녀이자 오루의 딸인 오후烏后가 아들인 해우解憂를 낳았다.

북방의 흉노 또한 중원이 내란으로 혼란스러워진 틈을 타, 모처럼의 기회를 잃지 않으려 분주하게 움직이고 있었다. 그 무렵 後漢을 세운 유수가 빠르게 독주체제를 굳히는 양상을 보이는 가운데, 漢나라 외곽의 북방민족들도 서로 소통하며 대응에 나서기 시작했다. 우선 후한의 동쪽에서는 오환烏桓이 일어났고, 반대편 서쪽에서도 서역의 나라들이 거병했다. 황하를 끼고 도는 중앙의 하투 지역에서는 호도선우가 직접 군대를 이끌고 있어서, 각각 세 방면에서 낙양을 포위하기 좋은 여건이 조성되고 있었다.

그 전인 AD 29년경 호도선우가 서평왕 노방을 漢의 황제로 추대했었다. 중원에 자신의 괴뢰 정부를 수립함으로써, 후한 정권을 뒤흔들고자 하는 파격적인 시도였다. 노방은 서평왕시절부터 10년 동안 동한東漢에 맞서 여러 번의 전쟁을 치렀는데, 흉노의 지원 아래 매번 우위를 지킬 수 있었다. 그러나 노련한 후한의 광무제가 노방의 수하 장수들에게 뇌물 공세와 함께 이간계를 펼친 끝에, 노방의 편에 섰던 이들이 차례대로 투항하면서 노방의 괴뢰정권이 결국 붕괴되고 말았다.

노방이 이후로 훈족과 동한을 오가며 귀부를 반복했음에도, 광무제는 그를 대왕代王에 봉해주었다. 노방이 이때 흉노와 관련된 고급 정보를 후한에 잔뜩 제공했고, 분노한 호도선우가 그때부터 직접 나서서 수시로 후한을 공격하는 일이 반복되었다. 이제 겨우 내란을 수습한 후한 조정은 북방 흉노의 도전에 여전히 불안한 나날을 이어가야 했다.

그런 와중에 요동의 낙랑 방면에서도 커다란 변화가 있었다. 〈백제〉

의 다루왕이 〈고구려〉의 지원에 힘입어 중마한의 땅이자 낙랑의 땅에 깊숙이 들어와 있던 〈서나벌〉을 축출하는 데 성공했던 것이다. 이제 중원의 내란을 완전하게 평정하고, 새로운 나라의 기틀을 잡는 데 주력하던 〈후한〉의 조정에서 이 문제를 놓고 논의가 분분했다.

"백제가 사로를 밀어내고 마한 땅에 들어오는 바람에 요동의 낙랑군이 크게 위협을 당하는 형국이 되었습니다. 이번 백제의 낙랑 진출은 배후에서 구려가 지원한 바가 컸다고 하니, 장차 이들 두 나라가 연합해 낙랑군까지 공격할 가능성이 매우 높아졌습니다."

사실 광무제 유수는 AD 37년경, 요동태수를 시켜 벌인 〈울암대전〉에서 고구려에 완패당하는 수모와 함께, 대국의 체면이 크게 구겨진 것을 잊을 수 없었다. 고구려에 대한 보복을 노리고 있던 광무제는 그런 고구려가 다시금 낙랑군을 노리고 있다는 소식에, 내심 동요하지 않을 수 없었다.

"무어라, 구려가 우리 낙랑군을 공격할 가능성이 크단 말이더냐? 낙랑군은 구려를 견제하기엔 더없이 중요한 전략적 요충지다. 백제든 구려든 그들이 우리 낙랑을 침공하게 방치해서는 아니 될 것이다."

광무제가 다급한 일이라는 듯 머리를 흔들며 말하자, 그의 측근 한 명이 나서서 간했다.

"황상, 이제 나라 안의 불난不亂이 거의 제거되었으니 이참에 구려를 손보기에 좋은 기회입니다. 요동에 원정군을 보내 구려의 도성을 전광석화처럼 선제공격한다면, 수년 전 울암 공세 때 당한 수모를 되갚아 줄 수 있을 것입니다."

그러자 다른 의견을 내는 이들도 있었다.

"그러나 지금 북방 흉노의 일이 간단치가 않습니다. 강성한 호도의 공격이 수시로 이어지고 있는 이때, 추가로 동쪽의 구려와 전쟁을 한다는 것은 현실적이지 못한 일입니다. 아무래도 구려는 흉노를 제압한 이후에나 도모하는 것이 좋을 듯합니다."

그리하여 후한 조정은 낙랑군을 위협하고 있는 구려 원정을 차일피일 미루게 되었다.

그러던 44년 5월경, 흉노 호도선우가 후한에 대해 또 한 차례 매서운 공세를 펼쳤다. 당시 흉노군이 漢나라 북쪽의 상당上黨과 천수天水(감숙 남동)를 치고 내려왔는데, 순식간에 파죽지세로 남진을 거듭한 끝에 급기야 함양 동쪽의 부풍扶風까지 도달해서 도성인 낙양洛陽을 위협하게 되었다. 그러나 후한이 이후로 더 이상의 남진을 허용하지 않아 호도선우는 다시금 철군해야 했다.

후한이 흉노의 기습을 겨우 저지하고 한숨을 돌리려던 그때, 마침 난하 동쪽의 옥저왕 최리가 후한의 낙랑군에 사람을 보내 뜻밖의 제안을 해 왔다. 자신의 나라인 〈낙랑국〉(옥저)을 병합하려는 고구려의 압박에 크게 반발해 오던 그는, 여차하면 고구려를 이탈해 후한에 귀속할 생각까지 하고 있었다. 최리의 사신이 이때 후한의 구려 원정을 부추기면서, 각종 필요한 정보 등을 제공하겠다는 뜻을 밝혀 왔다. 그러자 후한의 대신들이 광무제에게 간했다.

"흉노가 철군해 북으로 돌아간 지금이 구려 원정에 나설 적기인 듯합니다. 낙랑에 군사를 보내 지원을 아끼지 않는 모습을 보이고, 백제와 구려에 대해서도 엄중하게 경고를 해야 합니다. 행여 구려 원정이 실패로 끝난다 할지라도, 이 원정공격으로 그들이 장차 낙랑군을 겨냥하지 못하게 하는 효과는 충분히 기대할 수 있을 것입니다."

결국 이런저런 논의 끝에 후한 조정은 낙랑군에 원정군을 파견해 고구려를 공격하기로 뜻을 모았다. 다만, 여전히 흉노를 포함한 북방민족들의 움직임이 예사롭지 않아, 고구려 원정에만 매달릴 수도 없는 일이라 가능한 전쟁은 속전속결로 추진하기로 했다. 이를 위해 광무제가 특단의 명령을 내렸다.

"이번 구려 원정의 성패는 속도전에 달려 있으니, 육로를 통할 일이 아니다. 그러니 즉시 산동山東의 수군을 빠른 배를 이용해 낙랑군으로 보내 공세를 서두르도록 하라!"

그해 9월경이 되자, 마침내 광무제가 바다 건너로 급히 군대를 보내 고구려 원정에 나섰다. 놀랍게도 후한의 대군이 이때 요동의 낙랑군과 합세해, 곧장 고구려의 도성인 위나암을 공격해 왔는데 사실상 2차 〈울암대전〉을 연상케 하는 대규모 침공이었다. 갑작스러운 후한의 선제공격에 크게 당황한 고구려군은 초반부터 밀리고 말았다. 낙랑에서 동쪽으로 난하를 건너기만 하면 곧바로 고구려의 도성인 위나암(국내성)에 닿을 수 있어, 고구려로서는 울암대전에 이어 또다시 위급한 상황에 처하고 말았다.

그러나 이미 이와 유사한 상황을 자주 경험했던 고구려였기에 군신 모두가 총력을 다해 사태 수습에 나섰고, 사전에 도성에 대한 방어 태세가 잘 갖추어진 덕에 후한군의 대공세를 저지하는 데 성공했다. 다만, 이때 살수 이남의 땅을 결국 낙랑군에 내주고 말았는데, 기습을 당한 고구려로서는 그마저도 선방을 한 셈이었다.

고구려 원정기습이 저지당했다는 소식에 광무제는 흉노의 후방 공략을 의식했는지 서둘러 철수명령을 내렸다.

"구려와 오래도록 대치할 수는 없는 노릇이다. 비록 도성을 점령하지 못했다 해도 살수 남쪽을 확보했으니, 이쯤 해서 전선을 물리고 원정군을 서둘러 철수시키도록 하라!"

이로써 〈후한〉의 고구려 원정은 말 그대로 속전속결의 전략을 그대로 실행하는 데 일단은 성공한 모습이었다. 후한의 원정군은 살수까지 낙랑군의 영토를 확장한 것은 물론, 이로써 낙랑군 유지를 위한 황제의 확고한 의지를 주변에 과시하는 데 처음으로 성공한 셈이니 나름의 성과를 올린 셈이었다.

그렇더라도 광무제 유수는 평생의 숙적인 대무신제의 고구려를 그토록 꺾어 보려 애썼으나, 3차례의 원정에서 단 한 번도 그 뜻을 온전하게 이루지는 못했다. 그 자신이 왕망의 40여만 대군을 꺾었던 〈곤양대첩〉의 영웅이자 통일제국 後漢의 건국 시조였음에도, 번번이 대무신제가 이끄는 고구려를 꺾지 못함으로써 그의 업적이 훼손되는 수모를 당했던 것이다. 다만, 3차례에 걸친 요동 원정의 주된 목적이 고구려 토벌에 있는 것이 아니라 낙랑군을 유지시키는 데 있었다면, 나름의 성과를 달성했다고 볼 수도 있었다.

그러나 실로 주목할 나라는 이때 후한의 침공으로 치명적인 타격을 입은 〈백제〉였다. 바로 그 무렵에 〈서나벌〉을 밀어내고 낙랑 땅으로 들어와 있던 백제의 강역이 고구려로 향하던 후한군의 진격로와 겹쳐 있었기 때문이었다. 자세한 내용은 알 수 없으나, 후한이 이때 살수 이남까지 진격하는 바람에 백제가 졸지에 그 터전의 상당 부분을 잃고, 존립 기반이 흔들리는 지경에 처할 수밖에 없었을 것이다. 실제로도 당시 전후戰後 고구려의 협조가 마땅치 않았고, 이 와중에 백제의 다루왕이 서나벌의 뒤를 이어 한반도행을 결행하게 되었으니 그 자체만으로도 결코 예사롭지 않은 일이었다.

그런 의미에서 당시 광무제의 〈고구려 원정〉은 난하 서남쪽의 낙랑 일대에 지대한 영향을 끼친 역사적 대사건임이 틀림없었다. 그런 일련의 과정이 서나벌에 이어 이 시기에 백제마저 그 땅을 포기하게 만들면서, 끝내 한반도로의 이주를 강행하게 했기 때문이었다. 광무제가 비록 고구려를 제대로 꺾는 데는 실패했으나, 그 와중에 고구려의 강력한 동맹인 백제를 궤멸시킴으로써 낙랑군을 유지하는 데 성공을 거둔 것이었다.

이로써 서나벌과 백제, 예맥 등이 모두 사라진 옛 中마한의 땅은, 이제 後漢의 〈낙랑군〉이 상당 부분을 차지한 것이 틀림없었다. 낙랑군은 마치 고구려의 목을 겨냥한 날카로운 비수가 되어 두고두고 고구려를 성가시게 했는데, 광무제의 이런 전략적 판단은 오히려 후대에 더욱 빛을 발하게 되었다.

그해에 낙양에 대해 위협적인 공세를 가했던 흉노의 호도선우는 그 후에도 2년에 걸쳐 수차례나 東漢(후한)에 대한 공격을 시도했고, 끝내 동한으로부터 오원 등 변경의 일부 군현을 빼앗는 데 성공했다. 어느 사이 호도선우는 묵돌선우 시절보다 더 유리한 형세가 만들어진 덕분에, 동한을 연달아 패퇴시키면서 훈족의 옛 영토 상당 부분을 회복했다는 평가를 받을 정도가 되었다. 신하들이 그를 칭송했다.

"호한야선우께서 漢에 고개 숙인 이래 70여 년이 지나서 이제야 묵돌대선우 시절의 옛 고토를 모두 회복했습니다. 선우께선 실로 묵돌대선우에 버금가는 위대한 업적을 이루신 것입니다! 경하드립니다!"

그러나 축포를 터트리기에는 너무 일렀다. 훈薰국이 이제 20년이 다 되도록 싸울 만큼 싸웠다며 후한에 화친을 요구했으나, 오히려 후한 측에서는 꿈적도 않고 반응이 없었다. 이래저래 약이 오른 호도선우가 다시 출병해 후한을 공격했으나, 국력을 회복하기도 전에 잦은 출정과 전쟁을 반복하다 보니 나라 전체가 오히려 호한야 시절보다도 더욱 쇠약해져 있었다. 싸움에는 매번 이겼지만 수시로 후한을 때리려다 보니 제풀에 기력을 모두 소진해, 더 이상 일어서지 못하는 치명적인 덫에 빠지고 만 것이었다. AD 46년, 북방 초원의 맹주로 다시 일어서겠다던 포부와 염원을 이루지 못한 호도선우가 조용히 삶을 마감했다.

과거 연燕나라 진개의 〈동호 원정〉 이래로 요수遼水(영정하) 동쪽의 평야지대에 자리했던 낙랑樂浪은 BC 58년경, 한사군을 몰아냈던 북부여의 고두막한(동명제)이 죽고 난 후 사방으로 분열되기 시작했다. 그 무렵 난하의 서쪽에서는 최시길崔柴吉이라는 인물이 남옥저 세력을 물리치고 독립국인 〈낙랑국樂浪國〉을 세우고 시조에 올랐다. 그 뒤 추모대제가 고구려를 건국하면서 낙랑국(남옥저)과 이웃하게 되자, 제일 먼저 낙랑왕 시길을 만나 경계를 정했다가, 이듬해인 BC 38년 고구려 건국 직전에 낙랑국을 복속시켰다.

낙랑국은 비록 고구려에 복속되었으나, 최씨 왕조를 중심으로 자치권을 유지하면서 20여 개의 현을 거느리고 있었는데, 대무신제가 동부여를 침공할 당시에는 최리崔理가 4대째 왕을 이어오고 있었다. 낙랑왕 최리는 고구려가 마침내 동북의 터줏대감이나 다름없는 동부여를 〈책성전투〉에서 꺾고, 이어 후한과의 전면전인 〈울암대전〉에서도 승리하자, 오히려 앞날을 크게 걱정했다.

동서 앞뒤로 대국을 물리치고 동북아의 최강자로 부상한 고구려가, 주변의 속국들을 차례대로 정리하면서 직할통치 방식으로의 전환을 강화해 왔기 때문이었다.

'고구려가 머지않아 우리 낙랑에까지 병합을 요구해 올 것이 뻔할 텐데, 이대로 가만히 구경만 하고 있을 수는 없는 일이다……'

고구려의 병합 요구를 확신한 최리는 선제적으로 이웃한 고구려의 속국들과 모의해 고구려에 공동으로 저항할 것을 사주하는 한편, 특히 후한의 변방인 낙랑태수와도 밀통해 후한의 고구려 원정을 부추겼다. 과연 그가 의도한 대로 후한의 원정군이 고구려토벌에 나섰으나, 고구려군의 완강한 저항에 부딪혀 살수에서 진격을 멈추고 철수해 버렸다.

후한의 원정군이 그렇게 빠져나가고 나자, 마침내 전쟁의 불똥이 낙랑국으로 튀고 말았다. 불행히도 낙랑왕 최리의 배신행위가 들통나면서 고구려의 분노를 사고 말았던 것이다. 고구려 조정에서 이 문제가 거론되었다.

"태왕폐하, 낙랑국왕 최리가 은밀하게 주변국들과 내통해 장차 고구려에 저항하려는 모의를 꾸미고 있다는 보고입니다. 낙랑국은 그간 고구려의 각별한 배려로 그 자치권을 가장 많이 인정받고, 사실상 독립국이나 다름없는 특혜를 누려온 나라입니다. 그런 은혜를 모르고 지난번 한나라 침공을 부추기고 중요정보를 제공하는 등 뒤에서 고구려를 배신하려 들었습니다. 그러니 낙랑왕을 불러 응당 그 죄를 묻고 이를 시정토록 해야 할 것입니다!"

결국 고구려 조정에서 사람을 보내 낙랑왕을 추궁하고 고구려 태왕에게 입조할 것을 요구했으나, 최리는 그런 사실 일체를 부인하고 입조도 하지 않았다. 대무신제의 인내심이 한계에 도달하고 말았다.

"최리가 漢과 밀통하면서 자신의 출신도 잊은 채 동족을 배반하고 있으니 참으로 뻔뻔한 자가 아닐 수 없다. 이참에 옥저의 이탈을 막고 영원히 고구려에 편입시켜 버리는 것이 후환을 없애는 일이 될 것이다."

결국 AD 47년 3월경, 대무신제가 군사를 일으켜 친히 〈낙랑국〉의 수도인 옥저성을 공격해 들어갔다. 낙랑국은 태왕이 이끄는 강력한 고구려군의 공세를 이겨 내지 못하고 순식간에 북옥저를 잃고 말았다. 도저히 고구려에 저항할 수 없음을 깨달은 최리는 서둘러 주변을 정리한 다음, 가솔들을 이끌고 급히〈남옥저〉로 달아나 버렸다. 이미 이런 비상사태에 대비해 미리 짜두었던 대책을 그대로 실행에 옮긴 것으로 보였다.

이처럼 고구려의 태왕이 손수 출병해 낙랑과 한창 전쟁을 벌이고 있다는 소식이 고구려 북서쪽의 개마군에도 알려졌다. 고구려 잠지락부蠶支落部의 대가大加로 지내던 대승戴升이란 자는 원래 개마국의 신하였는데, 간교하고 속임수가 많은 인물이었다. 〈후한〉이 내란 종식과 함께 안정을 되찾아가는 모습을 보이자, 대승의 마음이 중원의 통일제국 후한으로 기운 듯했다. 그가 이틈을 이용해 고구려를 배반하고 은밀하게 후한에 붙으려 한 것이었다.

"구려의 무휼이 낙랑의 최리를 치러 갔다니, 우리 개마가 일어설 절호의 기회다. 나중이라도 혹여 뜻대로 되지 않을 경우에는 차라리 漢나라로 귀부하는 방법도 있으니, 이참에 구려로부터 벗어나 반드시 나라를 되찾아야 할 것이다."

고구려 북쪽의〈개마〉,〈자몽〉같은 소국들은 원래부터 선비 출신이 많은 나라였다. 사실 선비와 오환은 오래도록 辰韓(동도)에 속했던 사람들로 韓민족과 같은 동족이나 다름없는 민족이었다. 그러다 BC 3세기 초, 연나라 진개의 동도(동호) 침공에 이어, 다시 백 년도 지나지 않아 흉노 묵돌선우의 연이은 기습공격에 古부여(조선)의 강역이 크게 무너지게 되자, 그때부터 이들이 중원과 부여를 오가며 양다리를 걸치기 시작했다. 자신들의 종주국이었던 동호(진한, 부여)가 중원의 나라들에 붕괴되면서, 속민들을 보호해 주지 못한 것이 가장 큰 원인이었을 것이다.

그 후, 막강한 漢무제의 동북 진출을 저지하고, 고두막한이〈북부여〉를 출범시키게 되자 다시 韓민족에게 돌아오는 듯했으나, 끝내는 고두막한을 배신하고 내란을 일으켜 북부여 멸망의 단초를 제공했다. 그 후 추모대제가 등장해 고구려를 건국한 이후 古부여 지역을 차례대로 제압해 나가는 과정에서, 이들 선비의 소국들 대부분은 고구려에 병합되고 말았다. 그러나 추모 사후부터는 다시금 고구려에 고분고분하지 않았을뿐더러, 오히려 고구려에 대한 배반을 반복해 오고 있었다.

개마의 대승이 노린 것 또한 당시 고구려가 동남쪽의 낙랑과 전쟁을 치르는 동안, 신속하게 자신의 모국인 개마국을 재건하려는 것이었다. 그러나 고구려의 보복을 감안하지 않을 수 없었기에, 고구려 최대의 적성국가인 후한의 지원 약속을 받아내고, 이를 위해 장차 개마가 후한에 귀부하기로 밀약을 맺은 것으로 보였다. 후한과의 거래도 말이 밀약이지, 개마는 전과 마찬가지로 고구려와 후한을 오가며 양다리를 걸친 채, 두 강대국의 틈바구니 속에서 독립국으로서의 지위를 누리려 했던 것이다.

후한과의 밀약을 성사시킨 대승은 곧바로 적성赤城과 인근의 잠지락, 하간河間 등을 오가면서 개마군의 영역을 빠르게 잠식해 들어갔다. 그러나 그의 기대와 달리 막강한 고구려는 그사이 낙랑을 신속하게 제압해 버리고 말았다. 바로 그 무렵에 전장의 대무신제가 북쪽 개마에서 대승이 난을 일으켰다는 보고를 받았다. 낙랑 원정을 지속할지를 놓고 고심하던 대무신제가 마침내 결단을 내리고 주위에 명했다.

"생각 같아서는 이대로 남옥저로 밀고 들어가 최리의 낙랑을 끝장내고 싶지만, 지금 간교한 대승이 개마군을 어지럽히고 있다니 낙랑 정벌은 일단 북옥저를 빼앗는 선에서 마치기로 하고 다음을 기약할 것이다. 개마 쪽 상황이 다급해져 시간을 지체할 수 없으니, 북옥저를 지켜낼 병력을 제외하고는 전군은 속히 회군해 이제부터는 반대쪽인 북쪽을 향해 진격을 서두르도록 하라."

고구려 원정군이 이때 낙랑의 북옥저를 빼앗고도, 이내 남옥저로 달아난 최리를 더 이상 추격하지 못한 이유가 바로 여기에 있었던 것이다.

한편, 고구려 대군이 낙랑을 격파하고 개마를 향해 출발했다는 소식에 대승은 크게 실망하고 말았다.
"큰일이로구나. 구려 놈들이 이토록 빨리 낙랑을 제압할 줄이야, 이제는 모든 걸 알아차린 무휼이 이곳을 치러 오고 있다니 분해도 어쩔 수 없다. 이젠 남은 비상대책을 쓰는 수밖에……. 일단은 여길 포기하고 어서 한나라로 달아나야 한다."
신변에 위태로움을 감지한 대승이 서둘러 무려 1만여 호나 되는 개마인들을 이끌고 변경을 넘어, 후한에 속한 낙랑郡에 투항해 버렸다. 중원에서 후한이 건국된 이래로 고구려인들이 중원의 나라로 귀부한 첫 사례인 데다, 그 규모도 엄청나서 고구려 조정이 발칵 뒤집혔다. 보고를 받은 대무신제가 크게 노했다.
"내가 태왕에 오른 이후 이런 불상사는 처음이니라. 이는 변방 백성들의 사기와 직결되는 문제인 만큼, 절대 좌시해선 아니 될 것이다. 낙랑국과의 전쟁으로 다들 지쳐 있는 만큼, 지금 당장은 여기서 대승의 추격을 접기로 하겠지만, 언젠가는 한나라 국경을 넘는 한이 있더라도 반드시 대승의 반란 세력을 응징할 것이다. 도성으로 돌아가는 대로 전열을 재정비해 다시금 전쟁 준비에 돌입하고, 낙랑 인근에 세작을 파견해 첩보 수집을 강화하도록 하라."
자칫 후한과의 확전을 경계한 대무신제는 대승을 추격하는 대신, 부득이 도성으로 회군을 해야 했다. 〈책성전투〉에 이은 〈울암대전〉으로 동부여와 후한을 모두 제압한 대무신제였음에도, 사방이 적들에 둘러싸여 있다 보니 무엇 하나 뜻대로 이루기가 결코 쉽지 않았던 것이다. 그해 대무신제의 〈낙랑 원정〉은 〈대승의 난〉으로 인해 결국 북옥저만을 토벌하는 데 그쳤으니, 당초 목표의 절반만 달성한 셈이 되고 말았다.

이후로 대무신제는 위아래로 개마와 낙랑 두 속국의 이탈에 대해 바짝 신경 쓰지 않을 수 없었다. 이 모든 것이 통일〈후한〉정권에 대한 두려움에서 비롯된 일이었고, 이를 방치할 경우 후한과 가까이 있던 여타 다른 속국에도 좋지 않은 영향을 끼칠 수 있기 때문이었다. 이에 맞춰 후한 정부 또한 요동군과 낙랑군을 통해 고구려의 여러 속국을 상대로 후한으로의 귀부를 종용하는 공작 활동이나 요인 포섭 등의 심리전을 강화하고 있었다.

고구려의 대무신제 또한 2년의 세월이 흐르도록 후한에 대한 대비책은 물론, 개마의 대승을 공격하기 위한 전략을 짜는 등 철저하게 준비를 했다. 마침내 AD 49년 정월이 되자, 때를 기다리던 대무신제가 출정 명령을 내렸다.

"장군 우도于刀와 오의烏義는 들어라! 그대들이 군사를 이끌고 잠지락으로 가서 반드시 대승과 그 무리들을 쳐부수고 오라!"

이에 우도 등이 군대를 이끌고 잠지락부로 진격해 들어갔다. 고구려군이 잠지락하께에 당도해 보니, 대승이 강가에 견고하게 목책을 설치해 두고 고구려군의 공격을 기다리고 있었다. 양쪽 군대가 대치하는 가운데, 우도가 대승을 향해 소리쳤다.

"대승은 들으라! 나라를 배신하고 어리석은 사람들을 꾀어 漢나라로 달아난 네 죄를 알렸다! 어서 나와 항복하면 목숨만은 살려줄 것이나, 저항한다면 죽음만이 있을 것이다!"

그러자, 대승이 코웃음을 치며 큰 소리로 답하였다.

"우도, 어리석기 짝이 없는 무휼의 졸개 놈아! 네놈들이 언제부터 홀본의 촌놈들에게 그리도 충성하였더냐? 우리 개마를 비롯하여 구다, 자몽 등 변방의 나라들이 다 같이 손잡고 구려에 저항한다면 예전처럼 자기들 모국을 재건할 수 있겠거늘, 어찌 무휼의 노예로 사는 것밖에 모른단 말이냐?"

대승이 욕설을 날리며 고구려군을 자극하자 우도가 곧장 진격 명령을 내렸다.

"두말할 필요가 없구나! 전군은 반란군을 향해 총돌격하라! 돌격!"

"둥둥둥둥!"

진격을 알리는 북소리와 함께 선두에 있던 고구려 기병들이 먼저 대승의 목책을 향해 맹렬하게 질주해 들어갔다. 즉시 양쪽에서 화살과 쇠뇌 공격이 개시되면서 곳곳에서 쓰러지는 군사들이 늘어갔다. 후방에서 이를 지켜보던 우도가 서둘러 1차 공격을 가했던 기병들을 물리고, 2차로 보병의 진격을 명했다. 고구려 보병들이 방패로 몸을 가린 채 목책 가까이 접근하여 기름주머니를 하늘로 날리고 불화살로 맞추어 떨어뜨리니 사방에서 목책에 불이 붙기 시작했고, 대승의 군사들이 목책을 버리고 달아나기 시작했다. 결국 전투가 개시된 후 한나절 만에 대승의 부대가 밀리기 시작하더니, 남쪽의 목책 인근에서 달아나던 대승의 목을 베는 데 성공했다. 누군가 대승의 목을 창대에 꽂아 높이 들어 올리고 소릴 질렀다.

"대승의 목을 베었다! 반란 괴수 대승이 죽었다. 우리가 이겼다!"

"와아, 와아!"

고구려군 진영에서 함성이 터져 나오고, 순식간에 고구려 군사들이 강변의 목책을 넘어 쇄도해 들어갔다. 고구려군의 완벽한 승리였다.

대승의 목을 베고 진격을 계속하던 고구려군은 마침내 적성과 잠지락을 함락시키는 데도 성공했다. 고구려 조정에서는 반가운 승전보를 들고서도 추가대책을 논의하기 바빴다. 우보 오루가 간했다.

"태왕陛下, 이번 개마국 대승의 반란이나 지난번 낙랑국 사건이나 그 배후에는 항상 후한의 요동군이 관련되어 있습니다. 차제에 병력을 추가해 후한의 요동군 본진을 공략한다면, 그 뿌리를 뽑아 버림이 가할 줄로 압니다!"

어느덧 40대 중반이 된 대무신제는 그사이 수많은 전쟁을 치르며 더욱 노련해져 있었고, 후한의 거듭된 공격을 번번이 물리친 조정 대신들 또한 전혀 위축됨이 없었다. 대무신제는 주변의 뜻을 받아들여 서둘러 개마에 인접한 자몽왕紫蒙王 만리사고滿離斯古와 섭득涉得에게 추가로 원정에 참가하라는 명령을 내렸다. 자몽왕 만리사고 역시 섭득 등과 함께 군사를 거느리고 즉시 출정해 漢나라 땅 깊숙이 들어가니, 병력이 크게 증강되어 대군大軍을 이루게 되었다.

결국 장군 우도와 오의, 자몽왕 만리사고와 섭득이 각각 4로군四路軍으로 나누어 대대적인 진격을 개시했다. 후한의 변방인 〈요동군〉은 그간 고구려의 공격이 드문 탓이었는지 방비가 허술하기 짝이 없었다. 고구려군이 벼락같이 때리니 기습을 예상치 못했던 요동군이 속절없이 무너져 내렸다. 결국 고구려군이 사방에서 몰려오자 잔뜩 겁을 먹은 요동태수 채동祭彤이 앞장서 항복을 하고 말았다.

"앞으로 대고구려를 상국으로 받드는 것은 물론, 매년 고구려 태왕께 빠짐없이 조공을 바칠 것을 약속하겠소. 부디 항복을 받아주시오!"

채동이 조공을 조건으로 내걸며 화친을 구걸하는 바람에 고구려 원정군이 더 이상의 살상을 멈춘 채 요동태수의 항복을 받아들였다. 그런데 요동군을 무너뜨린 고구려 원정군이 여기서 멈추지 않았다. 원정군은 순식간에 요동을 넘어서서, 우북평右北平, 어양漁陽, 상곡上谷, 태원太原의 城들을 향해 파죽지세로 공격해 들어갔다. 이들 모두는 북경에서부터 大요수의 서쪽, 즉 漢나라 요서遼西를 훨씬 넘어서는 지역에 흩어져 있던 유서 깊은 성들로, 연燕나라에게 빼앗기기 전에는 모두 辰韓의 성들이기도 했다.

애당초 대무신제는 이번 잠지락 공략을 준비할 때부터, 과거 辰韓의 영역이기도 했던 이들 서쪽 변방 4개의 성들을 탈환하는 것을 목표로 하고, 2년에 걸쳐 치밀한 전략을 짜둔 상태였다. 후한이 감히 고구려가 漢나라 국경을 뚫고 요서 너머 깊숙이 진격해 오리라고는 전혀 생각지도 못할 것을 예상하고, 전광석화처럼 漢의 국경을 넘어 그 허를 찌르는 것이 전략의 핵심이었던 것이다.

이는 그야말로 2백여 년 전, 연나라 장수 진개가 古조선을 파죽지세로 몰아붙였던 〈동호 원정〉을 연상케 하는 것이었고, 어찌 보면 그에 대한 보복이나 다름없는 것이기도 했다. 고구려 4로군의 예기치 못한 등장에 漢나라군은 과연 속수무책으로 성을 빼앗기고 달아나기 바빴다. 당시 후한은 광무제가 집권해 다시 중원을 통일했으나, 여전히 동북 변방만큼은 지배력이 제대로 미치질 못하던 때였다. 강력한 고구려의 보복과 발 빠른 도발에 낙양의 후한 조정 또한 이렇다 할 추가조치를 취할 겨를이 없었다.

고구려가 이때 빼앗은 요서 일대 4개의 성은 역대 중원의 나라나 흉노 등이 조선의 강역으로 들어오는 전략적 요충지로 명성이 높은 고성 古城들이었다. 문제는 이때 점령한 성과 강역을 지속적으로 통치할 수 있는가 하는 점이었다. 오르도스(하투) 인근의 상곡은 주로 흉노가 출몰하는 지역이었고, 그 아래로 태항산 서쪽의 태원은 지나치게 중원 깊숙한 곳이었다. 무엇보다 4로군끼리도 서로가 워낙 멀리 떨어져 있는 상태라서 4개의 성마다 제각각 소규모 병력이 주둔한다 한들, 그 넓은 강역을 다스리기에는 처음부터 무리가 있었다. 고구려 원정군은 아쉽지만 성을 점령하고 마음껏 노획물을 거둔 것에 만족한 채로 철군할 수밖에 없었다.

그 밖에도 반대편 대릉하 동쪽의 〈동부여〉와 서남쪽의 〈낙랑국〉(남옥저) 정권이 여전히 유지되고 있어서, 고구려가 후한과의 전쟁을 오래 끈다는 것은 위험이 따르는 일이었다. 당시만 해도 건국 후 백 년을 겨우 넘긴 고구려는 주로 천진 일대의 요수 일대부터 대릉하 유역에 이르는 그리 크지 않은 강역의 나라였고, 여전히 사방이 강력한 적들에 둘러싸여 있었던 것이다. 따라서 당시 고구려군의 〈요서 원정〉은 후한의 동북 주요 거점에 타격을 가함으로써 고구려의 막강한 힘을 과시하고, 이로써 후한은 물론 중원에 기울어가던 선비와 낙랑 등 주변 속국에 강력한 경고를 하는 것에 그 목적을 둔 것으로 보였다.

그렇더라도 당시 고구려가 통일제국 후한의 동북 변경, 즉 현 하북의 전체와 섬서 동쪽까지 초토화시킨 것은 韓민족의 역사에서 실로 빛나는 성과가 아닐 수 없었다. 이는 BC 13세기경 색불루단군의 상商나라 원정이나, BC 7세기경 산융전쟁 당시 辰韓의 〈연진燕晉 원정〉 이래 실로 오랜만의 일이었고, 강력한 통일제국 진한秦漢시대 이후로는 더더구나 처음 시도된 원정이기 때문이었다.

대무신제는 이때 비로소 난하灤河 서쪽의 요동군, 현도군을 넘어 북경 바깥 요서 지역의 漢나라 군현들까지 일방적으로 밀어붙이면서 고구려의 우위를 확실하게 과시할 수 있었다. 이후로 고구려의 역사에서 대무신제의 원정 때보다 더 멀고 깊숙이 중원으로 침투해 들어간 적이 없었으니, 사실상 이것이 마지막 공략이나 다름없었다. 어쨌든 이때의 〈요서 원정〉으로 발해만을 끼고 있던 후한의 낙랑군은 더더욱 고립될 수밖에 없었고, 이로써 대무신제의 명성은 이제 하늘을 찌를 기세로 치솟았을 것이다.

고구려의 〈요서遼西 원정〉이 있은 뒤 2년 뒤인 AD 51년 봄, 갑자기 〈동부여〉 일대에 큰 우박이 쏟아졌는데, 얼마 후 동부여의 정치를 주도해 오던 태사太師 왕문王文이 사망했다. 동부여는 20년 전 고구려의 침공이 있던 〈책성전투〉로 대불왕이 죽자, 대소의 딸인 고야高耶왕후가 사실상 여왕이 되어 다스리고 있었다. 이후 동부여가 분열되고 혼란해지자 그녀가 왕문과 재혼했고, 왕문이 태사가 되어 실질적으로 국정을 도맡다시피 했었다. 그러나 이때 와서 나라의 실권자가 죽음에 이르자 동부여 조정이 다시금 혼란에 빠지게 되었고, 급기야 내란으로 이어지게 되었다. 이 소식이 고구려 조정에 전해지자 대무신제가 서둘러 대책을 논의케 했다.

"태왕폐하, 태사 왕문이 죽고 사라지니 가순加順과 부담富覃이 난을 일으켜 동부여가 지금 극심한 혼란에 빠져 있습니다. 이때야말로 동부여를 온전하게 굴복시킬 절호의 기회니 기꺼이 출병해서 동쪽의 우환을 확실하게 제거하고, 선황들의 뼈에 맺힌 한을 풀도록 하옵소서!"

이에 대무신제가 벌겋게 상기된 얼굴로 감회에 젖어 답했다.

"그렇다! 지난번 동부여 공략 때 대불왕만을 죽였을 뿐, 하마터면 우리가 큰 난을 당할 뻔했다. 그때 고루숙부와 장군 괴유를 비롯해 얼마나 많은 고구려의 영웅들이 희생되었더란 말이냐? 서쪽의 후한이 조용한 이때가 절호의 기회가 틀림없는 만큼, 이번에야말로 동부여 원정을 반드시 성공시켜 호국영령들의 원혼을 달래 주고, 선제들의 한을 꼭 풀어 내도록 해야 할 것이다!"

대무신제는 대규모 군사를 출병시키고 장군 송보松宝와 락기絡寄에게 군대를 지휘하도록 했다. 천재에 이어 내란으로 혼란스럽기 그지없던 동부여는 고구려의 대대적인 공세에 이렇다 할 저항도 못 하고 맥없이 무너지고 말았다. 일찍이 해부루왕이 고두막한을 피해 동부여로 이주한 이래 금와와 대소, 대불, 고야에 이르기까지 4대 110여 년 만에 나라가 고구려에 패망하고 만 것이었다. 그러나 그보다 더 이른 BC 232년 경, 진眞조선을 물리치고 해모수천왕이 부여를 건국했다는 점과, 동부여가 실질적으로 〈부여〉를 계승한 왕조였음을 감안하면, 대략 3백 년간 동북의 맹주였던 고대왕국이 이때 이르러 비로소 고구려에 붕괴된 셈이었다.

추모대제가 고구려를 건국한 이래 약 90년 만에 고구려는 동부여에 예속되어 있던 47개의 소국들을 한꺼번에 자국에 편입시킴으로써, 현 눈강嫩江의 동쪽과 東요하(현 요하), 송화강과 흑룡강 이남의 광대한 땅을 새로이 더하게 되었다. 동북아 옛 단군조선의 드넓은 강역이 마침내 고구려 땅이 된 것이었다. 이때 동부여의 수많은 가신들과 백성들이 고구려 조정으로 압송되었고, 고구려는 새로운 정책에 따라 이들을 여기저기 분산시켜 집단으로 거주하게 했다. 대무신제는 동부여 황실과의 오랜 인연을 감안하는 한편, 동부여인들을 포용하기 위해 여왕이었던 고야를 자신의 妃로 맞아들이고 그 체면을 세워 주었는데, 1년 뒤에는 둘 사이에서 호화芦花라는 딸을 두게 되었다.

동부여의 멸망은 사실상 고조선을 계승했던 옛 〈부여夫餘〉의 소멸을 의미하는 것이었다. 이때에 와서 북부여를 부활시킨 고구려가 부여 전체의 통합에 성공한 셈이었으니, 이는 곧 고구려가 고조선과 부여를 승계한 것이나 다름없는 역사적인 사건에 다름 아니었다. 그렇다고 해서 이로써 진조선을 잇는 부여의 맥이 완전히 끊긴 것은 결코 아니었다.

오히려 부여족의 분화가 이때부터 본격화되기 시작했다. 우선 고구려의 시조인 동명성제가 동부여 출신인 데다, 온조의 백제 또한 부여에서 기원한 것이었다. 또한 이미 고구려 안에도 동부여에서 귀부해 온 〈갈사부여〉와 〈연나부여〉가 있었다. 게다가 얼마 후에는 동부여 혈통이 고구려의 왕통을 잇게 되었을 뿐 아니라, 한반도로 스며든 부여 계통의 섭라(서나벌) 출신들이 후일 중부 지역을 거쳐 경주 지역에 세운 나라가 바로 〈신라新羅〉였던 것이다.

그뿐만이 아니었다. 고구려에 망했던 동부여 왕족의 일부는 2세기 초 요서 지역에 〈서부여〉(비리)를 다시 세우게 된다. 또 다른 세력은 일찍부터 한반도 남쪽으로 내려가 〈가야〉의 전신이 되는 소국들을 다스렸으며, 일본열도까지 진출하게 되었다. 신라의 속국이었던 경북 지역(의성)의 〈소문국召文國〉 또한 부여로 귀의했던 예군 남려의 후손들이 세운 나라라고 했다.

그 무렵 부여족의 일부는 흑룡강을 넘어 북쪽으로 올라가 AD 400년경에 〈두막루국豆莫婁國〉을 세웠고, 이는 8세기 초 〈발해渤海〉의 무왕武王에게 멸망될 때까지 존속했다. 4세기 중엽에는 〈서부여〉의 왕족과 유민들이 대거 한반도로 이주하여 한성백제를 장악하고 〈남부여〉를 열었으며, 이들이 다시금 일본으로 건너가 〈야마토大和〉(大倭) 정권을 세우고, 고대국가 〈일본日本〉의 시조가 되었다. 단군조선을 韓민족의 뿌리라 한다면, 부여는 그 줄기가 사방으로 흩어져 나간 나무기둥과 같은 존재였다는 말이 틀린 것이 아니었다.

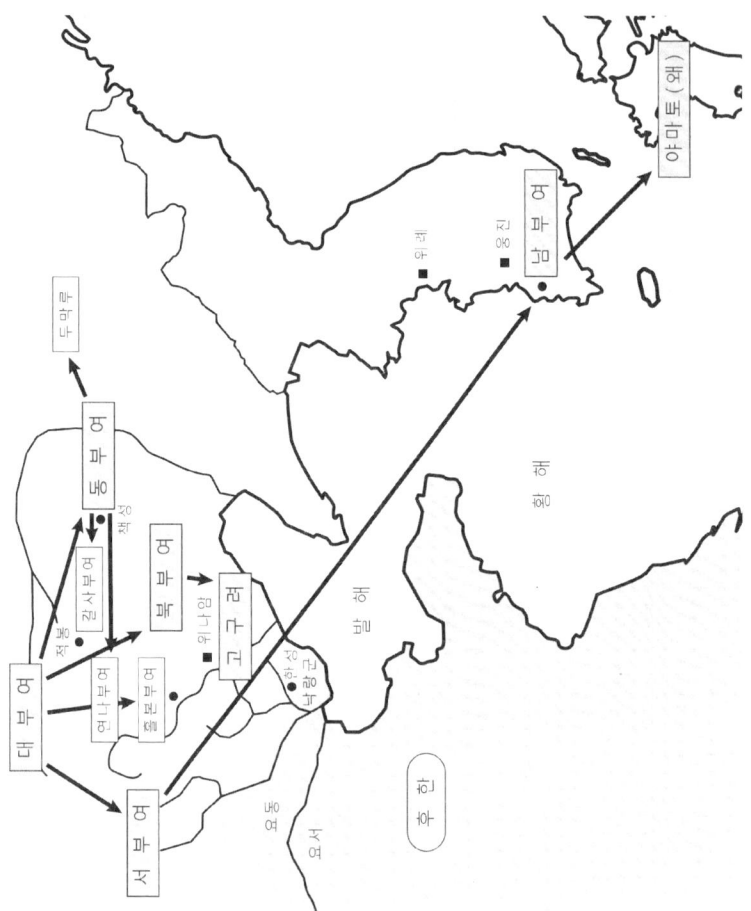

부여의 분화와 진출경로

15. 호동태자와 낙랑공주

　고구려의 〈요서 원정〉에 이어 〈동부여〉의 병합 소식마저 접하게 된 낙랑왕 최리는 더욱 전전긍긍했다. 이제 고구려는 그야말로 동북아의 독보적인 맹주의 자리에 올라섰고, 남은 곳이라고는 난하 동쪽의 초라한 소국에 불과한 자신의 낙랑국, 그마저도 북옥저를 빼앗긴 채 〈남옥저〉만이 남은 셈이었다. 그는 중원의 후한을 지나치게 의식한 나머지 고구려의 저력을 의심했던 자신의 성급한 판단을 크게 후회했다.
　'고구려가 이토록 강대할 줄이야, 사태가 이리 진전될 줄을 내가 어찌 알 수 있었겠는가? 높고 험준한 조선의 산하를 한족들이 결코 넘은 적이 없었거늘 성급하게 움직인 것이 큰 화근이 되었구나……"
　최리는 이제 강력한 고구려에 저항한다는 것은 꿈도 꾸지 못할 처지가 된 마당이라, 어떻게든 고구려를 달래고 화친하는 길만이 살길임을 뼈저리게 느끼고 있었다. 마침 그에게는 아름답기로 소문난 예쁜 딸이 있었기에, 그는 공주를 내세워 장차 고구려와 화친하려 기회를 엿보고 있었다.

　그 무렵 동부여 해소의 손녀이자 갈사국왕 산해의 딸로 대무신제에게 시집온 갈사후는 대무신제와의 사이에서 낳은 호동好童이라는 장성한 아들을 두고 있었다. 호동은 워낙 빼어난 외모와 수려한 풍모로 도성 안의 젊은 처자들에게 늘 선망의 대상이 되어 있었다. 어린아이의 뜻을 가진 호동이라는 이름도 아기 때부터 초롱초롱한 눈망울에 이목구비가 또렷하게 잘생겨서 대무신제가 친히 지어 준 것이었다. 호동은 자라면서도 말을 잘 타고, 무예에도 능하여 대무신제의 관심과 사랑을 늘 독차지했다.

그러나 호동은 어쩔 수 없이 그 모친이 東부여 혈통이라, 고구려의 정윤에 오르기가 쉽지 않다는 태생적인 한계를 지니고 있었다. 이에 비해 당시 대무신제의 정비正妃인 오烏황후는 유리명제의 외손녀로, 아이후의 딸인 남藍공주의 딸이자 고구려 건국의 1등 공신인 황룡국왕 오이의 손녀(오루의 딸)로서 고구려 최강의 황실이자 공신 가문 출신이었다. 오후烏后 역시 대무신제와의 사이에서 아들 해우解憂를 두고 있었으나 아직은 나이가 어린 만큼, 대무신제는 늠름하고 잘생긴 호동을 늘 아끼고 가까이했다.

그 무렵 호동이 특별히 〈낙랑국〉에 큰 관심을 갖고 있었는데, 부친인 대무신제가 동부여 병합에 성공한 후로는 남옥저로 달아난 낙랑국왕 최리의 세력을 제거하는 일에 부쩍 신경을 쓰고 있었기 때문이었다. 호동역시 이제 스무 살이 넘은 한창 피 끓는 청년이었고 야심만만한 대국의 태자였다. 그는 마지막 남은 반고구려 세력인 낙랑국을 정벌하는 데 공헌해, 부친인 대무신제로부터 더욱 두터운 신임을 얻고자 했다.

그런데 당시 고구려 조정에서는 낙랑국에 대해 믿기 어려운 소문이 하나 돌고 있었다. 즉, 낙랑국에는 나라를 위기로부터 지켜주는 2가지 신물神物인 고각鼓角(북과 나발)이 있어 도저히 정복하기가 어렵다는 괴이한 이야기였다. 그중 하나가 〈자명고自鳴鼓〉라고 알려진 큰 북이었는데, 외적이 침입이라도 하는 날엔 스스로 떨며 우는 소리를 내는 것으로 유명했다. 그때 자명고가 울면서 내는 소리가 워낙 크고 웅장해 궁정의 사람들이 모두 들을 수 있을 정도였다니, 마치 오늘날의 경고 사이렌이나 마찬가지인 모양이었다.

또 다른 뿔나발 역시 그 소리가 가장 높고 멀리 퍼져 백성들에게 경고음을 알리거나 신호를 전달할 때 탁월하다는 것이었다. 따라서 외침이라도 있어 자명고가 우는 날이면, 병사들이 달려가 곧바로 자명고를 두드리고, 뿔나발을 불어대어 사방에 경고신호를 알리게 되니, 낙랑국에서는 이 두 가지 고각을 한 쌍의 신물로 삼아 엄중하게 보관하고 있다는 것이었다. 백성들 사이에서는 이런 자명고 덕분에 낙랑국 백성들이 적의 침입에 항상 재빨리 대응할 수 있어, 낙랑국은 결코 망하지 않는 나라라는 이야기가 사실처럼 널리 퍼져 있었다.

AD 54년경 늦은 봄, 호동태자가 10여 명의 수하 병사들을 이끌고 동쪽으로 나가 옛 낙랑국 옥저성 근처에서 사냥을 빌미 삼아 은밀하게 낙랑국을 정탐하려 했다. 이토록 과감한 결정을 하게 된 것은 어떻게든 낙랑의 도성으로 잠입해 바로 그 신물에 대한 소문의 진위를 알아내고자 함이었다.

'대체 사물事物에 불과한 대북이 스스로 울어댄다는 게 말이 되는가? 이는 외부에서 함부로 쳐들어오지 못하도록 낙랑인들이 꾸며낸 미신이 틀림없을 게다……. 내 직접 낙랑으로 가서 반드시 두 눈으로 확인해 보리라!'

호동 일행이 사냥을 하며 계속해서 남쪽으로 이동하던 중에, 마침 낙랑왕 최리가 달아난 남옥저의 새 도읍지인 압구鴨口라는 곳에 이르게 되었다. 아마도 압록으로 알려진 난하 하류의 정류하 어귀로 추정되는 강이었다. 마침 그 무렵 낙랑왕 최리 역시 변방의 방어 태세를 점검하고 병사들을 격려하기 위해 한창 순행을 다니던 중이었다. 그러던 어느 날 공교롭게도 압구 인근을 떠돌던 호동의 무리와 마주치게 되었다. 먼저 최리 일행을 발견한 쪽은 호동 측이었다. 수행 병력도 많은 데다 군왕의 깃발에 화려한 의복과 말의 치장까지, 영락없는 제왕 급의 행차로 보였기 때문이었다.

"태자마마, 틀림없는 낙랑왕의 행차입니다! 서둘러 자리를 피하시지요!"

바짝 긴장한 수하가 서둘러 자리를 뜰 것을 재촉했다. 그러나 호동은 뜻밖에도 낙랑왕을 만나게 된 사실에 대해 잔뜩 흥분과 긴장을 하면서도 왠지 기분이 나쁘지 않다는 느낌이 들었다.

"그래, 저자가 진정 낙랑왕 최리라면 이참에 왕의 인물 됨됨이라도 알아봐야겠다."

호동은 용기를 내어 낙랑왕과 부딪혀 보는 모험을 감행하기로 했다.

얼마 후 최리의 행렬이 한 무리의 낯선 청년들과 마주치게 되었다. 왕의 호위무사들이 한눈에도 고구려 사람들임을 알아보고는 왕에게 이를 보고하고 경계를 강화하는 등 부산을 떨었다.

"전하, 틀림없이 나라 안을 정탐하는 고구려의 첩자무리인 듯합니다! 당장 쫓아가 잡아서 대령하겠습니다!"

그러자 최리가 이를 만류했다.

"아니다! 잠깐만 지켜보자. 그렇구나. 모두들 절풍을 쓰고 있으니 틀림없이 고구려인들인데……. 흐음, 사냥꾼들처럼 보이기도 하니 가까이 가서 신분을 알아보자꾸나!"

최리가 삼엄한 호위 속에 호동 일행에게 가까이 갔음에도 호동 일행이 여전히 달아나지 않은 채 머뭇거리자 왕의 호위무사가 큰소리로 외쳤다.

"무엄하다, 낙랑국왕이시다! 그대들은 어디 사람들이냐? 어서 말에서 내려 예를 갖추라!"

그러나 호동 일행은 꿈적도 않은 채 말에서 내리지도 않고, 잔뜩 긴장한 채로 이쪽을 마냥 바라보기만 했다. 무슨 일이라도 벌어지면 곧장 달아나 버릴 태세였던 것이다. 최리가 가까이서 보니 그 가운데 백마를 탄 젊은 사내의 풍모가 유독 준수한 데다, 복장이나 화려한 말의 장식 등을 보아 고구려 황실 귀족의 행차가 틀림없었다. 그때 호위무사가 다시금 예를 갖추라며 소리를 질러 다그치자 최리가 손짓하여 만류하고는, 그 젊은이를 향해 점잖게 말했다.

"그대의 얼굴이나 차림새 등을 보아하니 보통 사가私家의 사람들은 아닌 듯하다. 혹시 그대는 북국北國 신왕神王의 아들이 아니신가?"

낙랑왕의 예리한 판단력에 호동이 속으로 흠칫 놀랐으나, 태연한 자세로 말 위에서나마 목례를 하고는 대답했다.

"그렇습니다! 고구려의 태자 호동이라 합니다! 사냥과 함께 산천을 유람하는 것을 좋아하는데, 남옥저의 산하가 너무도 훌륭해 구경하며 내려오다 보니 저도 모르게 이렇듯 전하의 땅에까지 들어서게 되었습니다. 참으로 송구하게 되었습니다만, 결단코 별 뜻은 없었으니 허락해 주신다면 이대로 물러가고자 합니다."

그 말을 들은 최리가 껄껄 소리 내어 웃으며 말했다.

"그렇구려, 고구려의 호동태자라, 내 전부터 그대의 소문을 익히 들은 적이 있소만, 과연 천하의 호남이 틀림없구려. 사냥을 나왔다가 예까지 내려오게 되었다고 했소? 하하하!"

"……."

최리가 전혀 경계하는 모습도 없이 호탕하게 웃으며 뜻밖에도 먼저 가볍게 인사에 가까운 말을 던지자, 호동 역시 말없이 미소를 보인 채 목례로 답하고는 말고삐를 돌려 당장이라도 떠날 듯한 모습을 보였다. 그러자 최리가 만류하며 호동을 붙잡았다.

"아니, 잠깐만 호동태자! 이리 우연히 만난 것도 인연일 터인즉, 무얼 그리 서두르시오? 사실 지난번, 상국에서 우리 낙랑을 오해해 본의 아니게 큰 싸움까지 일어났지만, 그것이 내가 바라던 바가 아님은 태자도 잘 알 것이오. 안타깝게도 태왕께서 우리의 해명을 듣기도 전에 무작정 공격을 해 오셨으니 우선 방어부터 해야 했소. 또 시간이 지나면 태왕의 노여움도 풀리겠거니 싶어 이곳으로 내려온 것뿐이었소. 우리 낙랑국은 선대왕부터 고구려를 상국으로 예우하지 않은 적이 없소! 내 마음도 그러하니 태자만큼은 나를 그리 모질게 대하지 말기 바라오!"

낙랑왕의 솔직하고도 의미심장한 말에 호동이 솔깃했으나, 마땅한 답을 찾지 못한 채 우물쭈물하는 사이 최리가 말을 이었다.

"그리고 태자께서 수렵을 좋아한다 하니, 기왕 낙랑국에 발을 들인 김에, 누추하지만 우리 도성에 머물며 낙랑국에서 마음껏 사냥과 유람을 즐길 수 있도록 해 드리고 싶소! 상국의 태자가 낙랑을 친히 들렀는데, 내 어찌 소홀히 대접할 수 있겠소. 호동태자는 내 초대를 거절하지 마시오!"

그 말을 듣는 순간 호동은 속으로 이거다 싶었다. 낙랑왕을 따라가기만 한다면야 도성으로 가장 쉽게 들어갈 수 있는 방법이기 때문이었다. 만의 하나 낙랑왕의 인질이 될 수도 있었으나, 호동은 이 기회를 놓칠 수 없다 판단하고 비로소 말에서 내렸다. 그리고는 과감하게 최리의 곁으로 다가가서 정중하게 예의를 차려 인사를 올렸다.

"전하, 저의 무례를 너그럽게 용서해 주옵소서! 갑작스레 낙랑왕의 행렬과 마주쳤다는 생각에 잔뜩 긴장했고, 서둘러 여길 떠날 생각만을 했습니다."

"하하하! 당연히 그러셨을게요! 무례는 무슨 무례요? 내 낙랑왕의 이름을 걸고 절대 그대들의 안전한 귀국을 약속할 테니, 지금 이대로 낙랑국의 도성으로 함께 가십시다! 가서 이런저런 이야기도 나누고……. 그래야 상국의 태왕께 조금이라도 체면이 설 것 아니겠소? 껄껄껄!"

그리하여 호동은 낙랑왕 최리를 따라 남옥저의 도성으로 안전하게 들어갈 수 있었다. 최리가 호동을 대동하고 돌아오는 길에 이런저런 말을 시키고 들어보니 호동은 수려한 외모만큼이나 예의와 학식이 풍부한 사내여서, 더없이 최리의 맘에 들게 되었다. 최리는 그날 저녁 바로 호동태자를 환영하는 연회를 베풀었다. 낙랑국의 왕실 인사들과 조정 대신들이 저마다 호기심과 의구심이 가득한 얼굴로 잘생겼기로 소문이 자자한 고구려 태자와 인사를 하러 모여들었다.

사실 낙랑과 고구려 황실은 서로 간에 혼인이 잦은 혈연관계를 맺고 있었다. 처음 낙랑왕 시길이 그 딸을 추모대제에게 바쳤으나, 추모대제가 이를 마다하고 그녀를 협보에게 내주었다. 시길은 이에 그치지 않았고 결국은 추모대제 말년에 다시금 작공주를 추모대제의 비로 주었다. 그 사이에서 낳은 아들 작태자는 나중에 협보와 함께 남쪽으로 떠나 버렸지만, 그의 모친인 작비鵲妃와 그녀의 딸인 와공주는 고구려에 남아 그 혈통을 이어 오고 있었던 것이다.

먼저 붉은색 비단저고리를 입은 낙랑국 왕후가 옷 빛깔만큼이나 화사한 미소를 지으며 호동을 맞이했는데, 마치 가족이라도 만난 듯이 따뜻하게 굴었다.

"어서 오세요, 호동태자! 말로만 듣던 절세의 호남을 이리 만나 보니 과연 소문이 틀린 것이 아니었구려. 호호!"

"왕후마마, 호동이라 하옵니다! 기별도 없이 이리 들르게 되었으니 무례를 용서하시기 바랍니다!"

호동이 그때 인사를 마치자마자 왕후의 뒤에서 순서를 기다리던 아리따운 낭자와 눈이 마주쳤다. 순간 숨쉬기조차 어려울 정도로 단아한 미모에, 호동은 마치 그녀의 맑은 눈동자로 빨려드는 느낌이 들 정도였다. 그때 왕후의 명랑한 목소리가 들렸다.

"태자, 여기는 우리 딸인 낙랑의 공주요! 공주는 왕자와 인사를 나누거라!"

얼떨결에 호동과 눈길을 마주친 공주도 호동의 태도에 놀라기는 마찬가지인 듯 이내 눈을 내리깔고 무릎을 살짝 굽혀 인사를 했는데, 과연 그 목소리도 그렇거니와 무엇보다도 그 자태가 참으로 아름답기 그지없었다. 이후 연회가 시작되고 호동은 낙락왕 부부의 근처인 상석에서 자리하고 있었으나, 도무지 마음이 쿵쾅거리고 자꾸만 공주에게로 눈이 가서 주변 사람들의 소리도 들리지 않을 정도였다. 곁에서는 낙랑왕 부부가 흐뭇하게 이 모습을 바라보고 있었다.

그렇게 그날의 갑작스러운 환영 연회는 화기애애한 분위기 속에서 파한 듯했지만, 사실 뒤에서는 바쁜 움직임들이 있었다. 한낮에 호동을 데리고 궁으로 돌아왔던 최리는 즉시 왕후와 함께 공주를 들게 했었다.

"공주는 잘 들어라! 지금 밖에 고구려의 호동태자가 와있다. 알다시피 우리 낙랑국은 지금 고구려의 침공을 앞두고 백척간두의 위기에 처해 있다. 이제 우리 낙랑이 살길은 오로지 고구려와 화친하는 길만이 남아 있을 뿐이다. 오늘 뜻밖에도 호동태자를 만나 이리 궁 안으로 데려올 수 있게 된 것은, 그야말로 하늘과 조상들의 은덕에 다름 아닐 것이다. 공주야, 이 기회를 놓칠 수는 없느니라! 너는 이번에 반드시 호동태자의 마음을 사로잡아야 한다! 그것이 낙랑을 살리는 길이지 않겠느냐?"

상기된 얼굴로 단호하게 말하는 부왕을 본 공주는 어쩔 수 없는 운명의 순간이 다가왔음을 감지하고는 말없이 고개를 끄덕여 보였다. 옆에서 왕후가 거들며 공주를 다그쳤.

"애야, 전하의 말씀이 하나도 틀리지 않구나! 네가 나라를 구해야 하느니라! 애당초 우리는 너를 고구려 황실의 사람으로 만들려 했다는 걸

너도 잘 알지 않느냐? 어차피 시집을 갈 바에야 당연히 고구려 황실로 가야지! 게다가 호동태자의 외모와 인품이 저토록 훌륭하질 않더냐? 이게 모두 너의 복이니, 우리 낙랑은 물론, 너 자신을 위해서라도 이 기회를 반드시 붙잡아야 한단다! 예쁜 내 딸아!"

그리고는 공주를 안아 주는 왕후가 감정에 북받치듯 살짝 눈물까지 보였다. 그러자 공주가 왕후의 손을 잡은 채 오히려 모후를 달래며 작심한 듯 답했다.

"아바마마, 어마마마! 걱정 마셔요! 소녀가 두 분의 뜻을 기꺼이 따르겠습니다! 어차피 고구려 황실로 가야 할 운명이라면 그리하겠다고요……"

그날 밤 잔뜩 만취한 채로 겨우 궁궐 숙소로 안내받은 호동이 막 잠에 들려 할 때였다. 갑자기 밖에서 몇몇 잰 발소리와 함께 여인들의 목소리가 들려오는 듯했다. 어두운 방 안은 희미한 등불이 어른거리고 있었는데, 그때 조용히 방문이 열리더니 한 여인이 들어왔다. 잠결에도 방문 소리에 깜짝 놀란 호동이 벌떡 일어나 정신을 차려 보니, 익숙한 얼굴의 여인이 앞에 다소곳이 앉아 있었다.

"누구요? 무슨 일이요?"

호동이 놀란 얼굴이 되어 자세히 얼굴을 들여다보니 뜻밖에도 낙랑의 공주였다.

"태자마마, 벌써 주무시려 하셨습니까? 놀라지 마시어요, 소녀랍니다!"
"아니, 공주가 여길 어떻게……"

말을 더듬는 호동을 보고 공주가 조용하고도 차분한 목소리로 답했다.

"걱정 마옵소서! 이것이 부왕과 낙랑의 뜻임을 태자마마께서도 알고 계실 것이 아니오니까? 부디 소녀를 멀리하지 마시어요……"

단호한 그녀의 말에 호동이 할 말을 잃고 바라다보니, 공주의 두 뺨 위로 무언가 반짝거리며 소리 없이 흐르는 것이 보였다. 그 모습을 본 호동이 미안한 마음에 자신도 모르게 공주의 손을 잡고 위로하려 들었다. 그러자 공주가 호동의 가슴에 스러지듯 고개를 파묻었고, 호동은 얼떨결에 공주의 어깨를 안고 토닥이게 되었다. 그때 공주의 몸에서 나는 기분 좋은 향내에 취하기라도 한 듯, 호동이 눈을 감은 채 공주의 어깨를 잡은 손에 힘을 주며 그녀를 끌어안았다.
　같은 시간 누군가 방문에서 멀리 떨어진 별채 기둥에 숨어, 태자의 방을 지켜보는 사람이 있었다. 공주의 모친인 낙랑왕후가 어둠 속에서도 어렴풋이 보이는 호동의 방을 향해 걱정스러운 눈으로 하염없이 바라보고 있었던 것이다.

　이튿날 아침이 되어 호동이 눈을 떠 보니, 밤새 아무런 일도 없었다는 듯 공주는 온데간데없고, 자신만이 홀로 누워 있음을 알았다. 간밤에 공주와 함께 보낸 꿈같은 순간들을 떠올리는 사이, 낯선 이국의 궁궐 안임에도 호동은 모처럼 자유로운 해방감을 느낄 수 있었다. 그때 궁인들이 기침을 하며 호동을 깨우니, 태자 역시 별일 없었다는 듯 태연하게 일어나 궁인들이 안내하는 대로 따라 주었다.
　호동은 일단 당분간 이곳에서 느긋하게 보내면서, 주변을 살펴보기로 마음먹었다. 그때 호동의 수하 병사가 들어와 안부를 물었다. 호동이 그에게 일정을 이야기하고, 궁정 안의 경비실태 등을 잘 정탐할 것을 주문했다. 오후가 되어서도 호동은 낙랑공주와 점심을 같이 했다. 낙랑왕이 일부러 호동의 휴식을 위해 자신과의 면담도 건너뛴 채 오직 공주와 시간을 보내도록 배려했기 때문이었다. 식사 후에는 공주가 궁 안 여기저기를 손수 안내해 주었는데, 위나암의 궁정에 비하면 비좁고 초라하지만 그런대로 아담한 궁정이었다. 마침 궁 안의 작은 연못을 돌아 나오니 마당 한곳에 튼튼하고 높게 쌓은 망루가 보였고, 대형 북이 걸려 있는 모습이 호동의 눈에 들어왔다. 태자가 조심스레 물어보았다.

"공주, 저 망루 말이오……. 정말 커다란 대북이 걸려 있는데, 저것이 그 유명한 자명고가 아니겠소?"

"아, 네! 저 망루는 자명각自鳴閣이라고 하지요. 자명고가 맞습니다."

"오호, 과연……. 듣자니 저 대북이 적군이 쳐들어올라치면 스스로 운다고 들었소만, 그것이 정녕 사실이오? 어찌 그런 신묘한 현상이 일어날 수 있는 것이오? 만일 그것이 사실이라면 참으로 신물이 아닐 수 없구려……."

호동태자가 낙랑의 신물인 자명고에 각별한 관심을 표명하자, 낙랑공주가 살짝 경계하는 눈빛을 보였으나 주변을 돌아본 다음, 이내 자세히 설명하기 시작했다.

"태자마마께서 자명고에 관심이 많으시군요……. 당연히 그러실 테지요. 자명고가 스스로 운다는 것은 사실입니다. 다만 그것이 북을 두드려댈 때처럼 둥둥하고 큰 소리로 울리는 것이 아니라, 스스로 떨면서 마치 낮고 굵은 소리로 우는 소리를 내는데, 적이 가까이 올수록 더욱 커지고 웅장해진답니다. 그래서 자명고는 낙랑을 지키는 수호 신물로 여기며, 항상 병사들이 곁을 지키고 있지요."

"아아, 소문이 사실이었구려, 늘 그것이 궁금했다오. 그래도 그렇지, 어떻게 사람도 아닌 사물이 그런 능력을 가졌단 말이오? 솔직히 들어보기 전에는 여전히 믿기 어려운 이야기라오."

그러자 공주가 소리를 내어 웃으며 답했다.

"호호, 그러실 것입니다. 누구든지 그걸 어찌 믿겠습니까? 어쨌든 그것은 사실임이 틀림없고요. 다만, 소녀를 포함해 낙랑의 모든 사람들은 언제나 저것이 스스로 울지 않기만을 기도한답니다! 저것이 울리는 날이면 그야말로 나라에 전쟁과 커다란 우환이 생기는 것이기에 그렇답니다."

"그렇구려, 정녕 저 신물이 우는 날이 영원히 오지 말아야겠소……. 참! 그런데 자명각에 올라 저 신물을 한 번 구경이라도 할 수는 있는 게요?"

그러자 공주가 바쁘게 고개를 좌우로 저으며 말했다.

"태자마마, 그것은 절대 허락되지 않는 일입니다. 신물들이 훼손될 수도 있기에 보시다시피 병사들이 늘 삼엄하게 경비를 서고 있지요. 소녀조차도 가까이서 구경을 한 적은 부왕을 따라왔을 때 몇 번뿐입니다."

"아, 알겠소……"

호동이 속으로 내심 아쉬워하는 눈치를 드러내 보이자, 공주가 살며시 호동의 손을 잡고 눈을 마주치더니 진지한 눈빛이 되어 말했다.

"태자마마! 알다시피 소녀의 부왕은 지금 상국에서 쳐들어올까 봐 전전긍긍하는 중이랍니다. 몇 해 전 전쟁이 있었으나, 부왕께서는 그때 상국에 적극적으로 해명하고 설득하는 데 힘쓰지 못한 것을 크게 후회하고 계십니다. 소녀의 낙랑국이 어찌 고구려와 같은 상국과 감히 맞서 싸울 생각을 할 수 있겠습니까? 부왕께서는 지금도 고구려와 화친할 길만을 찾는 중이시지요……. 그러니 태자마마! 이번에 궁으로 돌아가시면 고구려 신왕神王께 이러한 부왕의 뜻을 부디 잘 전달해 주시어요! 그래야 우리 낙랑국이 평안해지고, 저 자명고도 스스로 울지 않을 테니까요."

거의 애원하다시피 간절하게 말하는 공주의 모습에서 호동은 진한 동정심을 느끼지 않을 수 없었다. 오히려 두 손으로 공주의 손을 맞잡고는 달래기에 바빴다.

"알았소! 공주의 부왕과 나라 사랑하는 마음을 잘 알았소! 내가 좋은 방법을 찾아보리다. 꼭 그리하리다!"

그 후에도 호동은 계속해서 남옥저의 도성에 머물렀는데, 며칠 동안 사냥을 하는 등 하면서 도성 안팎의 지형을 잘 살펴두었다. 그리고는 열흘째 되는 날 마침내 낙랑국을 떠나기로 정하고, 공주와 낙랑왕에 기별을 했다. 낙랑왕이 다시금 거창하게 환송연을 열어주려 했으나, 호동이 이를 극구 만류해 왕 부부를 포함한 왕실 인사와 측근의 신하들끼리 저녁을 함께하는 것으로 대신했다. 낙랑왕 최리는 저간의 사정을 소상히 말하고, 고구려와 하루빨리 화친하기만을 고대한다며, 태자의 역할에 큰 기대를 건다고 솔직한 심정을 드러냈다. 이에 호동이 작심한 듯 최리에게 간하였다.

"전하, 그간의 하해와 같은 배려에 그저 황공할 따름입니다. 고구려와 낙랑국이 어서 평화로운 시대로 돌아가기만을 학수고대할 뿐입니다! 다만, 이를 위해서는 전하께서 반드시 취하셔야 할 일이 있기에 감히 간하고자 하옵니다!"

이에 최리가 자리를 고쳐 앉으며 경청하려 들었다.

"전하께 이미 말씀드린 대로 지금 고구려 조정의 생각은 예전의 속국들을 다시 고구려에 편입해 중앙에서 직접 통치하는 시대로 바꾸려 함에 있습니다. 아시다시피 중원의 나라들은 2백 년 전부터 그리해 온 것으로 강성한 그들에 맞서려면 고구려 역시 이 길을 택하지 않을 수 없기 때문입니다. 하오니, 부디 전하께서는 이러한 시대의 변화를 잘 파악하시어, 사전에 전하의 낙랑국을 고구려에 바치십시오! 그렇게 전하의 신뢰를 회복하신 연후에 다시금 낙랑왕에 봉해지는 길을 택하시는 것이 최선의 길이라 사료됩니다! 부디 통촉해 주옵소서 전하!"

그러자 일순 낙랑왕 최리의 얼굴이 일그러지고, 주변의 대신들도 술렁거렸다.

"태자의 말은 이해하겠으나, 우리 낙랑국은 4대를 거쳐 온 왕조로서 이미 고구려의 속국으로 충성하며 지내오질 않았소? 또한 그동안 고구려 황실과 여러 혼인을 통해 친인척이나 다름없는데, 굳이 고구려 황실에서 직접 통치하려 하니 받아들이기 힘든 것도 사실이오! 비록 우리 낙랑국이 소국이긴 하지만, 힘만을 앞세워 그렇게 무도한 병합을 추진하려 든다면 결코 일방적으로 끌려다니지만은 않을 것이오!"

"……."

낙랑왕 최리는 겉으로는 웃으며 화친을 표방했지만, 결코 그리 호락호락한 자가 아니었다. 오랜 세월 대를 거치며 유지해 온 왕실의 통치권을 고구려 황실에 거저 통째로 바칠 수는 없다는 뜻이었다.

"호동태자, 그대가 태왕폐하께 낙랑의 사정을 잘 말해 주시오! 그저, 고구려가 지난번처럼 무력만을 앞세워 공격 일변도로 나오는 것이 아니라면, 우리는 신국의 요구를 가능한 수용해 하루빨리 예전과 같이 화친하기만을 바랄 뿐이오! 물론 빠른 시일 내에 태왕폐하께 사신을 보내 이러한 내 뜻을 전하고, 또 우리 공주와 그대의 혼사를 논하고자 하오!"

"예, 전하! 저 역시 고구려와 낙랑국이 어서 평화로운 시대로 되돌아가기만을 학수고대하겠습니다! 이를 위해 당분간 고구려를 자극하지 말고 달래 줄 것을 거듭 부탁드리겠습니다. 당연히 전하의 의중과 저에 대한 분에 넘치는 환대, 그리고 공주와의 혼사에 관한 일은 부황께 정식으로 아뢸 것입니다!"

작은 환송연이 끝나자 그날 밤 호동은 다시금 공주와 단둘이 궁 안의 뜰을 거닐며 마지막 산책을 했다. 두 사람이 이야기를 나누며 걷다 보니 어느덧 자명각 가까이 오게 되었다. 어둠 속에서도 높이 솟아올라 있는 자명각 아래 걸려 있는 자명고의 모습이 선명하게 보였다. 그때 갑자기 호동이 주위를 둘러보더니 작심한 듯 공주에게 정색하며 말했다.

"공주, 내 말을 잘 들으시오! 고구려의 부황과 조정 대신들은 아주 강성한 분들이시오! 지금 강대국들 사이에선 속국을 병합해 직접 통치하는 것이 대세요! 그런데 낙랑왕께서는 그런 시대의 흐름을 읽어 내지 못하고, 지금의 통치체제를 유지할 수 있을 것으로 믿고 있음에 틀림없소. 낙랑이 아무리 강하기로서니 고구려를 어찌 당할 수 있겠소? 아무리 저 자명고가 신물이라 한들, 강성한 고구려의 기마군단을 어찌 막을 수 있겠느냐 말이오?"

호동의 진지한 말에 다소 놀란 듯한 공주가 숨도 쉬지 못한 채 눈을 동그랗게 뜨고는 호동의 말에 집중했다.

"그러니 장차 이 일을 어찌하면 좋단 말입니까? 태자마마와 소녀는요?"

"공주, 그대의 부왕께서 나라를 포기하지 못하는 원인이 바로 저 자명고에 있는 것 아니겠소? 자명고가 있어 적들의 침입에 일찍 대처할 수도 있겠지만, 그보다는 신물이 낙랑을 구해준다는 병사들과 백성들의 한결같은 믿음이 낙랑왕의 가장 큰 무기인 셈이오."

"……."

공주가 얼핏 이해할 수 없다는 표정을 짓자, 호동이 말을 이었다.

"만일, 저 자명고가 없다면 그때도 그대의 부왕이 저리도 강경할 수 있겠느냔 말이오? 그러니 정녕 저 자명고가 문제인 셈이오, 신물이 아니라 애물일 수도 있다는 말이오……."

"왕자마마, 낙랑의 수호신물이 어떻게 나라를 망치는 애물이 될 수 있단 말씀입니까?"

호동의 뜬금없는 말에 공주가 머리를 가로저으며 동의하려 들지 않자, 호동이 공주를 잡은 손에 더욱 힘을 주며 말했다.

"공주, 내 말은, 차라리 저 신물들이 없었다면 그대의 부왕께서 이토록 무모한 생각을 하지는 못할 것이란 뜻이오. 저 신물들이 일건 낙랑을 지켜주는 것은 맞지만, 바로 저 신물들 때문에 항상 전쟁도 불사하려 드니, 결국 낙랑을 위험에 빠뜨리는 애물일 수도 있다는 말이오."

"……."

공주가 그제야 호동의 말에 납득이 간다는 듯, 손을 빼내 입을 가리며 놀란 표정을 짓고는 말을 잇지 못했다. 호동이 차분하게 타일렀다.

"공주, 그냥 내 생각이 그렇단 것뿐이니 그리 걱정스러운 표정은 마시오. 그리고 일단 나는 고구려에 돌아간 다음, 그대 부왕의 뜻과 같이 낙랑과의 화친과 우리의 혼사를 건의할 것이오. 만일 부황과 고구려 조정이 내 뜻을 받아들인다면, 모든 것은 순탄하게 돌아갈 것이오, 부디 그렇게 되기만을 바라야겠지요."

이 말에 공주가 두 손을 모으며 간절한 표정으로 답했다.

"태자마마, 부디 그렇게 되도록 최선을 다해 주셔요……."

"그러나, 공주! 솔직히 고구려 조정은 내 말을 받아들이려 하지 않을 것이오, 아무리 낙랑의 신물이 영험하다 해도, 지금 강성한 고구려가 그대의 나라를 병합하는 것은 그리 어려운 일이 아니기 때문이오. 더구나 고구려에서는 공주의 부왕께서 漢나라와 내통하고 있다고 크게 의심하고 있소. 물론 나는 고구려에 돌아가 최선을 다할 것이오. 낙랑에서도 사신이 오겠지요, 고구려에선 화친이든 전쟁이든 무언가 택할 것이오. 어찌 됐든 그러한 결과를 미리 공주에게 서신으로 은밀하게 전할 것이오! 다만, 우리의 바람대로 되지 않는다면, 이는 곧 고구려와의 전쟁을 의미하는 것일 테지요……."

그러자 공주는 몹시도 괴로운 얼굴로 호동을 안타까이 바라볼 뿐이었다. 그런 그녀가 가여워 호동이 그녀의 어깨를 감싸 안고 다독였다. 공주가 떨리는 목소리로 울다시피 말했다.

"태자마마, 무섭습니다……"

"공주, 두려워 마시오! 최악의 경우가 그렇다는 것이니, 지레 겁먹을 필요는 없소! 나도 돌파구를 찾을 방도를 찾도록 해보겠소! 내가 반드시 연락을 취하리다. 대신 우리가 나눈 이런 말들은 누구에게도 말하지 않는 것이 좋겠소!"

"알겠습니다……"

공주가 수긍하며 고개를 끄덕였다.

"우리가 하나가 되는 날만을 학수고대하겠소, 꼭 그런 날이 오도록 만들 것이오, 나를 믿어 주시오. 공주!"

안타까운 마음으로 서로 부둥켜안은 두 사람의 옆모습이 검은 그림자가 되어 오래도록 이어졌다.

이튿날 날이 밝자 호동 일행은 낙랑왕 최리부부와 공주를 포함한 왕실가족, 낙랑조정 대소 신료들의 환대를 뒤로하고 귀국 길에 올랐다. 최리는 호동태자가 이미 사위라도 된 듯 끝까지 임의롭게 대하는 모습을 보였고, 고구려 대무신제에게 보내는 귀한 선물과 함께 변경까지 낙랑의 장수를 시켜 호동 일행을 호위하도록 각별히 배려했다.

호동은 낙랑공주와 보낸 꿈같은 시간을 뒤로하고, 무사히 고구려로 돌아올 수 있었다. 며칠 후 그는 기회를 보아 부황인 대무신제에게 낙랑에서 있었던 일에 대해 소상하게 보고했다. 주로 낙랑왕 최리의 호의는 물론, 낙랑공주와의 혼사 문제를 포함하여 최리가 고구려와의 화친을 간절히 원한다는 내용들이었다.

"태왕폐하, 낙랑왕이 소자에게 베푼 모든 호의는 그가 실제로는 폐하와 고구려를 그만큼 두려워하기 때문이 아니겠습니까? 하오니 무리하게 전쟁을 택하느니 적당한 선에서 타협도 가능하다 생각되옵니다!"

대무신제는 그 말에는 아무런 대답도 하지 않더니, 그와는 전혀 상관없는 질문을 했다.

"그건 그렇고, 나라에 변고가 있을 때마다 스스로 운다는 자명고는 어떠하더냐? 과연 그런 신물이 있는 게 사실이더냐?"

이에 호동이 표정을 바꾸면서 답했다.

"예, 자명고는 궁궐 안 높은 망루에 매달아 두었는데, 삼엄하게 경비하고 있어서 소자도 가까이서 볼 수는 없었습니다. 다만, 공주의 말로는 자명고가 스스로 떨면서 우는 것은 사실이고, 그 소리가 신묘하게도 아주 멀리까지 전달된다고 합니다!"

설명을 들은 대무신제가 턱수염을 쓸어내리며 참으로 믿기 어려운 일이라는 듯한 표정을 지었다. 그러자 호동이 말을 덧붙였다.

"신물인 자명고의 효험 자체도 중요하지만, 그보다는 낙랑국의 왕과 백성들이 신물의 존재 자체만으로도 낙랑을 지키려는 마음으로 하나가 되고, 전쟁조차도 두려워하지 않는다는 사실이 문제입니다!"

그러자 대무신제가 고개를 끄덕이며 내뱉듯 말했다.

"그렇다면 낙랑을 치기 위해서는 반드시 그 신물을 제거하는 것이 선행되어야 한단 말이로구나……. 흐음. 그것 참, 무슨 좋은 방법이 없을꼬?"

"……."

호동태자가 차마 거기까지는 대답을 하지 못하고 물러나왔으나, 속으로는 그 문제에 대해 줄곧 생각해 둔 것이 있었다. 얼마 후 낙랑국에서 과연 사신단이 많은 예물을 갖고 고구려 조정을 찾았다. 사신은 우선 고구려와 있었던 싸움에 대해 오해에서 비롯되었다며 정중히 사과하고, 하루빨리 예전처럼 화친의 관계로 돌아가길 간절히 원한다는 낙랑왕의 뜻을 전했다. 아울러 그를 약속하는 의미에서 낙랑공주를 고구려에 바치려 한다며, 호동왕자와의 혼사를 거론했다.

그러나 고구려는 이제 예전의 고구려가 아니었다. 그들은 중원의 대제국 후한의 요동군을 제압했고, 고조선의 본가나 다름없던 동부여를 복속시키면서 이제 사방에 적이 없는 상태나 다름없었다. 사기가 한껏 오른 고구려 조정 대신들의 생각은 의외로 강경해서 낙랑왕의 입조는 물론, 고구려에 대한 낙랑의 무조건적인 항복과 완전 복속을 주장했다. 호동 역시 아무런 도움이 되지 못하니 사신단이 당황해 쩔쩔매다가 크게 낙담한 채로 낙랑으로 돌아갈 수밖에 없었다. 사신의 보고를 받은 낙랑왕 최리의 실망은 이루 말할 수 없었다. 그렇다고 순순히 고구려의 요구에 따를 생각은 추호도 없어서 다시금 무대응으로 일관했고, 대신 국경의 경비를 강화하면서 전쟁 준비에 몰두했다.

  고구려의 잇따른 경고에도 최리가 전혀 반응하지 않자, 마침내 대무신제는 낙랑국을 평정하기로 마음을 굳히고 군사를 일으켰다. 낙랑의 문제에 깊숙이 개입하고, 낙랑을 누구보다 잘 알게 된 호동도 당연히 전쟁에 참여해야 했다. 이때 고구려는 최리의 낙랑軍이 도성 밖 북쪽 길목을 막고 수비할 경우 진입이 결코 용이하지 않을 것이라 판단했다. 전략회의 결과 군대를 둘로 나누어 호동태자가 이끄는 기마군단이 남옥저로 향하고, 다른 부대는 옥저에서 출발해 배를 타고 바다(발해)를 이용해 남옥저 도성의 남쪽으로 진입한다는 수륙 양면작전을 펼치기로 했다. 참으로 과감하고도 상대의 허를 찌르는 고도의 전략이 아닐 수 없었다.
  전쟁을 막을 방도를 찾느라 고심하던 호동은 그동안 마음속에 생각해 두었던 것을 실행에 옮기기 위해 출정과 함께 신속하게 움직였다. 그가 사람을 보내 낙랑공주에게 은밀하게 서신을 선한 깃이었다.
  "공주, 우리의 바람과 무관하게 안타깝게도 전쟁이 터지고 말았소. 이것은 현실이고, 전쟁은 무자비한 것이오. 이제 고구려의 대군단이 그대의 낙랑을 쳐부수는 것은 시간문제고, 낙랑왕의 기대와는 상관없이 그대의 가족들을 포함해, 수많은 낙랑의 백성들이 희생될 것이오. 그러나 여전히 우리가 전쟁을 막을 방법이 아예 없는 것은 아니오. 전에 말했듯이 그대의 부왕은 자명고에 너무 큰 기대를 하고 있소. 그 그릇된 믿음이 전쟁도 불사하게 하는 결정적 원인이란 말이오. 그러니 누구든지 나서서 신물인 자명고를 망가뜨려 버린다면, 틀림없이 그대의 부왕과 백성들은 전쟁을 포기할 수밖에 없을 것이오. 그것이야말로 사전에 전쟁을 막고, 낙랑의 백성들을 온전하게 하는 유일한 길이 아니겠소? 그러니 공주, 부디 그대가 구국의 일념으로 나서 주시오! 사람들의 눈을 피해 자명각에 잠입하여 자명고를 찢어 버리고, 뿔나발도 깨뜨려 버리시오! 이것이야말로 그대의 부왕으로 하여금 전쟁을 포기하도록 하는 가장 확실한 방법이 될 것이오. 그리하여 낙랑과의 전쟁 없이 내가 도성에 입성하게 된다면, 그대의 부왕과 낙랑인들을 살리는 것은 물론, 궁극에는 양국의 화친에 이어 반드시 우리의 혼사가 성사되도록 만들 것이오. 나는 이 중차대한 시기에 오로지 공주만을 믿을 뿐이니, 그대 역시 나를 믿고 커다란 용기를 내어 실행해 주기만을 바라겠소!"

편지를 받은 낙랑공주는 그야말로 혼란에 빠져 어찌지 못하고, 속절없이 눈물만 흘렸다. 그러나 곰곰이 생각할수록 자명고의 존재가 전쟁의 원인이라는 호동의 말이 백번 옳다고 생각되었다. 호동왕자가 있는 한, 자명고만 제거한다면 전쟁과 대량 살생도 막고, 그래야 자신의 혼사도 가능하다는 확신을 하게 되었다. 마침내 공주가 굳은 결심을 하고 호동의 생각을 실행에 옮기기로 했다. 그녀는 측근의 시녀 한 명을 시켜 졸음이 오는 약을 탄 술과 안주를 들려서, 그날 밤 자명각으로 향했다. 망루의 위아래를 지키던 대여섯의 병사들은 공주의 위로 방문이라는 말에 순순하게 문을 열어 주었고, 음식을 먹다가 이내 쓰러져 잠에 빠지고 말았다.

마침내 자명각에 오른 낙랑공주가 비장한 마음으로 품속에서 단검을 꺼내 들고 커다란 자명고를 올려다보았다. 순간 자명고가 살짝 떨리듯 진동하는 기운이 느껴졌고, 공주가 크게 놀라 멈칫하면서 뒷걸음을 쳤다. 대북의 두터운 가죽이 팽팽하게 부풀어 올라 금방이라도 울어댈 듯한 느낌이었다.

"아바마마, 부디 소녀를 용서하시어요. 이 모두가 아바마마와 낙랑을 위한 길이옵니다!"

공주가 잠시 기도하듯 혼잣말을 하더니 다시금 큰 호흡을 하고는 북을 향해 이내 단검을 찔러 넣었다. 단검이 대북의 가죽 깊이 들어가 박히자, 공주가 눈을 질끈 감고 단검을 잡은 두 손을 힘껏 아래로 잡아끌었다.

"부우욱! 우우웅!"

자명고가 찢어지는 소리를 내며 괴롭다는 듯 웅웅거렸다. 공주는 서너 번 더 자명고에 칼을 박아 대북을 이리저리 찢어버렸다. 뿔나발은 가죽으로 된 상자에 열쇠를 채워 두고 있었다. 공주가 재빨리 상자를 열고 뿔나발을 꺼내어 가차 없이 바닥에 내동댕이치자, 뿔나발이 격하게 튀어 오르면서 산산조각이 나버렸다. 이를 본 공주가 갑자기 기운이 빠진 듯 무릎을 꿇은 채로 바닥에 떨어져 조각난 뿔나발을 주워 올려 품에 안고는 하염없이 눈물을 흘리기 시작했다.

"공주마마, 이러실 때가 아닙니다. 어서 여길 피하셔야 합니다!"

그때 수행한 시녀가 재촉하는 소리에 비로소 정신을 차린 공주가 서둘러 자명각 망루를 빠져나왔다.

그 시간 고구려 수군을 태운 선단이 발해만 연안을 가득 메운 채 육지를 향하고 있었다. 그날 해 질 무렵이 되자 남옥저의 남쪽 끝 발해만의 압록 하구에 당도한 고구려 수군이 서둘러 하선했다. 해안에는 다행히 포구를 지키는 낙랑의 수비대가 전혀 보이질 않았다. 무사히 배에서 내린 고구려군은 이내 밤을 새워 남옥저 도성을 향해 북진했다. 결국 고구려군은 이튿날 동이 틀 무렵 낙랑국 도성의 남쪽 문에 도착할 수 있었다. 남문을 지키던 낙랑군의 수비병들이 고구려 대군이 느닷없이 눈앞에 나타나자 혼비백산하여 낙랑왕에게 달려가 사실을 보고했다. 최리가 화들짝 놀라 측근들을 다그쳤다.

"무엇이라? 적군이 도성 남쪽에 나타났다고? 어찌 그런 일이 있을 수 있단 말이냐? 아군이 북쪽 변방에서 고구려 기마군단과 대치 중이라더니, 대체 언제 그들이 남문으로 접근했다는 말이냐? 그리고 어째서 자명고는 적군이 성 밖에까지 오도록 울리지 않은 것이냐? 괴이한 일이로다. 어서 자명각으로 가서 무슨 일이 있는지 알아보거랏!"

그리고는 서둘러 북쪽 변방의 진입로를 지키던 정예부대를 도성으로 돌아오라 명하고는, 지휘관들을 점검하고 한편으로 갑옷을 입느라 부산하게 움직였다. 그때 부하들이 와서 경천동지할 보고를 했다.

"전하, 아뢰옵기 황송하오나……. 신물인 자명고가 칼에 찢어졌고, 뿔나발 역시 박살이 난 채로 크게 훼손되었습니다! 황송하옵니다!"

"무어라? 그게 대체 무슨 말인고? 자명고가 훼손되다니? 누가? 왜 신물을 부숴 버렸단 말이냐? 오오! 내 직접 눈으로 확인하기 전에는 도저히 믿을 수가 없다. 어서 자명각으로 가 보자!"

최리가 앞장서서 내전을 나가 자명각으로 향했는데, 과연 자명고는 처참하게 찢어져 있었고, 뿔나발도 산산조각이 난 상태였다.

"오오, 누가 신물들을 이리했단 말이더냐, 오오! 내가 죽어 조상님들을 어찌 뵐 수 있단 말이냐……"

낙랑왕 최리가 찢어진 자명고 앞에서 털썩 주저앉더니 할 말을 잃은 채 가슴을 쥐어뜯으며 괴로워했다. 그리고는 작심한 듯 분연히 일어나 소리 질렀다.

"대체 어느 놈이 한 짓이더냐? 자명각을 수비하던 놈들은 모두 어찌 된 게냐? 누가 그랬는지 당장 범인을 잡아 대령하라! 그러지 못하면 네 놈들 모두 다 성치 못하리라!"

그러자 측근이 쩔쩔매며 보고를 이어갔다.

"전하, 그것이……. 수비병들이 모두 달아나 버렸습니다. 한 놈을 겨우 잡아 추궁했더니 그것이 도대체……"

"도대체 뭐란 말이냐? 어서 말을 하라!"

최리가 악다구니를 질러대자 측근의 입에서 불쑥 답이 튀어나왔다.

"네, 전하! 공주마마께서 다녀가신 후로 그리되었다 합니다!"

"뭐라고? 공주가 그리했다고? 그것이 사실이렷다? 거짓으로 드러나면 네 놈들 모두는 죽음일 것이다! 공주가 왜? 대체 왜 그런 짓을 한단 말이냐?"

측근의 신하들이 마땅한 대답을 못 하고 전전긍긍하는 모습을 보이자, 최리가 앞장서서 공주의 방으로 달려갔고, 수하들이 우르르 그 뒤를 따랐다.

"공주는 어디 있느냐? 공주는 나오라!"

이윽고 분기탱천한 최리가 소리를 지르며 공주의 방 안으로 뛰어드니, 의연한 모습의 공주가 최리를 기다리고 서 있었다.

"아바마마, 소녀가……. 정녕 소녀가 그리했사옵니다! 부디 고정하시고 제 말을 들어주옵소서!"

공주가 길길이 날뛰는 최리를 만류하며 겨우겨우 자명고를 찢은 이유를 말하고는, 고구려에 먼저 항복을 하라고 울면서 애원했다.

"아바마마, 부디 고정하옵소서! 호동태자님을 믿으셔야 합니다! 그것이 왕실과 낙랑 백성 모두를 구하고, 궁극에는 고구려와 화친하는 유일한 길입니다! 아바마마, 흑흑!"

그러나 낙랑왕 최리는 화가 극에 달해 이미 이성을 잃은 뒤였다. 그가 매섭게 낙랑공주의 불효불충不孝不忠한 행동을 나무랐다.

"네, 이녀언! 네가 어찌 자명고를 찢을 수 있단 말이더냐? 네 어찌 부모를 배반하고 고구려 태자 놈의 간특한 꼬임에 그리 쉽게 넘어갈 수 있단 말이냐? 이것이 정녕 네 부모를 죽이고 낙랑을 망하게 하여 천리天理를 해치는 것임을 몰랐던 말이더냐? 네 이년! 용서치 않으리라!"

흥분한 최리가 칼을 뽑아 들더니, 주변의 만류를 뿌리치고는 단숨에 공주의 가슴을 찔러 버렸다.

"크윽, 아바마마, 호동태자를 믿으셔야······"

낙랑공주가 외마디 말도 다 하지 못한 채 가슴 위로 피를 내뿜으며 힘없이 쓰러져 버렸다. 그때 뒤늦게 소동을 알고 왕후가 달려왔으나, 이미 상황이 끝난 뒤였다. 왕후가 쓰러진 공주를 부둥켜안고 서글피 울었다. 그때였다. 바깥이 소란스럽더니 신하들이 다급하게 뛰어 들어왔다.

"전하, 남문 성 밖에 있던 고구려군이 공격을 개시했습니다!"

잠시 멍하니 공주의 시신을 내려다보던 최리가 이내 정신을 차린 듯 피 묻은 칼을 던져 버리고는, 공주의 시신과 왕후를 뒤로한 채 수하 병사들의 호위 속에 성루를 향해 달려갔다.

최리가 남문 성곽 위로 올라가 보니, 과연 고구려 군단의 위용과 기세가 이만저만이 아니었다. 성 밖의 북문을 지키던 낙랑의 수비 기병단이 부리나케 남문 쪽으로 달려오면서, 남문 밖을 포위하고 있던 고구려 수군을 공격하면서 이내 싸움이 붙고 말았다. 그러자 성안에 있던 낙랑의 병사들까지 남문을 열고 나가 한데 뒤엉켜 양측에서 한바탕 격돌이 벌어졌다.

그러나 시간이 흐를수록 병력의 수에서 밀리던 낙랑군이 곧바로 수세에 몰리면서 다급하게 후퇴해 성안으로 다시 밀려들어 오기 시작했다. 이윽고 성 밖에 겹겹이 쌓아 둔 목책 앞까지 고구려군들이 다가와 화살을 날리기 시작하니, 양측에서 쏘아대는 화살이 하늘 가득했다. 그 사이 빗발치는 화살에 성 위의 병사들도 하나둘씩 쓰러져 갔고, 성문을 부수기 위해 앞을 뾰족하게 깎은 통나무를 실은 파성기破城機까지 등장했다.

이제 낙랑군은 굶어 죽을 각오로 성문을 닫은 채 장기 농성전을 펼치거나, 성문을 열고 정면 돌파해 변방 북쪽의 수비 본대가 있는 쪽으로 달아나는 수밖에 없었다. 그러나 농성전을 펼치기에는 성곽 자체가 너무 작아 상대의 공격에 무너지기 쉬웠고, 고구려군이 이미 북문 쪽도 겹겹이 에워싸니 달아나는 것도 불가능한 상태였다. 최리가 전전긍긍하면서 변방의 기병대가 돌아오기는 하는 것인지 수차례나 소식을 물었다. 그러자 얼마 후 비관적인 보고가 들어왔다.

"전하, 변방 북쪽의 정예기병대가 도성으로 철수를 시작하자마자 고구려 기병 군단이 추격해 와 이내 따라잡혔다고 합니다. 그 바람에 채성으로 돌아오기도 전에 중간에서 전투가 벌어졌는데, 황송하옵게도, 병력의 열세로 크게 고전하다가 결국 패퇴해 사방으로 흩어져 버렸다고 합니다……"

절망적인 소식에 최리가 그 자리에서 털썩 주저앉고 말았다. 두려움에 가득 친 최리가 가신들과 모여 다시금 대책을 숙의했으나 딱히 좋은 대책이 있을 수 없었다. 부들부들 떨면서 한동안 눈을 감고 있던 최리가 결심한 듯 입을 열었다.

"남북문이 모두 뚫리기 직전이다. 어쩔 수 없다! 저 강성한 고구려를 당할 재간이 없구나, 더 이상 저항해 보니 희생자만 늘어날 뿐, 의미가 없게 되었다. 항복을 하는 수밖에……"

그러자 일부 신하들이 극렬하게 반대하면서 저항을 주장했으나, 대부분이 그에게 동조하지 않았다. 결국 그날 한나절 전투 끝에 늦은 오후가 다되었을 때, 남옥저 성루 위에 항복을 뜻하는 흰 깃발이 내걸리고 말았다. 일순간 고구려 진영에서 산천이 무너질 듯한 환호성이 터져 나왔다.

"낙랑이 항복했다. 우리가 이겼다. 와아 와아!"

그리고는 이내 싸움이 잦아들고 말았다. 최리는 양쪽 성문을 열게 하고, 장수를 내보내 고구려 진영에 항복 의사를 확실히 전달하게 했다. 그사이 낙랑왕 최리가 갑옷과 투구를 벗은 채로 항복할 준비를 하고는, 북문 안 바로 앞에서 고구려 군사들을 맞이하기 위해 대기했다. 그러자 순식간에 사방에서 낙랑 신하들과 시녀들의 울음소리로 가득했다.

얼마 후 고구려 진영에서는 호동태자가 한 무리의 부대를 이끌고 가장 먼저 성안으로 들이닥쳤다. 호동이 말에 탄 채로 낙랑 병사들을 향해 소리쳤다.

"공주는 어디 있느냐? 가서 모시고 오든지, 나를 공주의 방으로 안내하라!"

가까이서 이 모습을 바라본 최리가 굳이 호동의 눈을 피하며 고개를 떨구자, 호동 역시 낙랑왕을 무시한 채로 서슬 퍼렇게 주변을 재차 다그쳤다. 그러나 누구 하나 나서 선뜻 답을 못 하자, 더욱 불안해진 호동이 공주가 있는 내궁으로 익숙하게 말을 내달렸고 병사들이 뒤따랐다. 호동이 말에서 뛰어 내린 채로 급하게 공주의 방으로 달려가 보니, 마치 그를 기다리고 있었다는 듯 방문 앞에 서 있던 왕후가 눈물을 흘리며 말했다.

"태자, 조금만 더 일찍 오시지 그러셨소. 흑흑!"

호동이 왕후에게 인사를 하려다 불안한 마음에 방 안쪽을 바라보니 시녀들이 침상에 누운 공주 앞에서 울고 있다가 다급하게 자리를 피했다. 가까이 가 보니 창백한 얼굴의 공주가 편안한 듯 눈을 감고 있었는데, 가슴 위로 붉은 피가 가득 번진 채 얼룩져 있었다. 호동이 크게 놀라, 다가가 공주를 안고 흔들어 댔으나 공주는 미동도 하지 않았다.

"공주, 이게 어인 일이오? 눈을 떠 보시오! 공주, 내가 왔단 말이오. 호동이란 말이오. 공주! 눈을 떠 보시오! 이리 가 버리면 아니 된단 말이오. 아아!"

호동이 낙랑공주를 안은 채 평평 울면서 절규했다.

"공주는 진실로 낙랑을 살리고자 한 일이거늘, 누가 이렇게 무도한 짓을 했단 말이오! 불쌍한 공주, 흑흑. 내가 조금만 일찍 올 것을, 너무 늦었구려……. 아아!"

호동이 넋을 잃은 사람처럼 중얼거리는 소리에 주변 사람들 모두가 다 같이 소리 내어 우니, 일시에 사방이 처연한 울음바다가 되고 말았다.

고구려 조정은 강성했던 낙랑국의 성공적인 병합 소식에 축제 분위기가 되었고 대무신제도 크게 기뻐했다. 고구려 원정군은 낙랑왕 최리 부부를 포함한 조정 대신들과 수많은 포로들을 사로잡아 고구려 도성으로 이송했다. 낙랑국에 속해 있던 크고 작은 25개의 속국들이 이때 고구려에 일제히 병합되었고, 대무신제는 그 땅 모두를 〈죽령군竹嶺郡〉으로 삼았으니 주로 난하 동쪽의 중하류 지역이었다.

일찍이 〈위씨낙랑〉이 망하면서 낙랑인들이 사방으로 흩어졌지만, 그 주류는 여전히 난하 동쪽으로 분포해 있던 〈낙랑국〉에 모여들었다. 삼조선이 붕괴하는 과정에서 최시길이 낙랑국을 새로이 세우고 왕이 되어 다스렸으나, 이내 고구려의 추모대제에게 패해 고구려의 속국이 되었다. 그러나 최리에 이르기까지 4대에 걸친 백여 년간 다른 어떤 나라보다 독보적인 자치권을 누려 왔다.

당시 창해국이나 낙랑처럼 발해 연안에 위치했던 옛 번조선의 나라들은, 춘추전국시대를 거치면서 중원에 거대 통일제국이 등장하는 것을 목도해 왔다. 이후로 중원이 황제 1인을 중심으로 하는 강력한 중앙집권으로 나아가는 것을 불안한 시선으로 지켜보면서도, 이들 소국의 군왕들은 여전히 부여와 고구려의 속국으로 존속해 왔다. 그러나 〈고구려〉가 중원의 나라들처럼 주변 소국들을 차츰 병합해 나가자, 그때쯤에는 국력으로 보나 문명의 발달 수준으로 보나 고구려를 능가하는 중원의 〈후한〉으로 기우는 나라들이 나타나기 시작했다.

이런 배경 아래 낙랑왕 최리가 고구려의 속국들을 부추겨 후한과 내통하면서 저항을 꾀했으나, 모든 것이 발각되고 말았다. 그 결과 고구려의 1차 침공에 남옥저로 피했다가, 결국 이때의 2차 공략으로 왕조 자체가 아예 몰락해 버렸다. 낙랑국의 멸망은 고구려가 중앙집권화를 추진하는 과정에서 이에 저항했던 세력들을 힘으로 제압한 본보기였으며, 그 배경에는 강력한 후한의 등장과 도전에 대응해야 했던 대무신제의 고민과 의지가 작용했던 것이다. 그럼에도 천 년 이상을 이어온 낙랑의 역사가 그리 호락호락한 것은 결코 아니었다. 당장 고구려의 지배를 거부하는 세력들이 나타났는데 이들은 고구려에 무력으로 맞서기도 했고, 그게 아닌 경우 이웃한 〈후한〉의 낙랑군 또는 옛 〈서나벌〉 등으로 이주해 버리거나 아예 멀리 동쪽 한반도로 스며든 무리들도 있었다.

고구려가 〈낙랑 정벌〉을 성공적으로 마친 이래 벌써 6년이란 세월이 무심코 흘러 AD 60년경이 되었다. 그때쯤에 호동은 이미 결혼하여 딸까지 둔 상태였으나, 낙랑공주를 죽음에 이르게 한 것이 자신이라는 죄책감에 여전히 시달리고 있었다. 그사이에도 대무신제의 호동태자에 대한 믿음과 애정이 갈수록 커져 갔으나, 한편으로 그는 호동이 동부여 출신 갈사후의 혈통이라 애당초 정윤의 자리에 오를 수 없는 것을 안타까이 여기고 있었다.

대무신제는 원래 진珍공주와의 사이에서 아들 대해大解를 두었으나, 낙랑을 정벌하던 그해 병들어 죽고 말았다. 그때 유리명제의 외손녀이자 황룡왕 오이의 손녀인 오후烏后에게도 역시 아들 해우解憂가 있었는데, 그는 호동보다 8살이나 어리지만 고구려 황실과 호족인 외가를 배경으로 하고 있어 대해태자가 죽고 나자 모두들 정윤이나 다름없이 여기고 있었다.

그럼에도 불구하고 대무신제는 여전히 후계자인 정윤을 정해 두지 않았는데, 내심 호동을 정윤으로 생각해 둔 듯했다. 그사이에 호동이 낙랑 정벌이라는 큰 공을 세우고 대무신제의 사랑을 독차지하자, 오후는 호동이 정윤의 자리를 위협할 수 있다 여기고 호동을 경계한 지 오래였다. 이런저런 궁리 끝에 어느 날 오후烏后가 호동태자를 후궁에 불러 차를 대접하고자 했다.

호동이 시녀의 안내를 받으며 방 안에 모습을 나타내자 오후는 순간 숨이 멎는 듯한 기분을 느꼈다. 호동이야 어려서부터 자주 보아 왔지만, 방 안에서 이렇게 가까이 보니 그야말로 건장하고 수려한 외모에 하얀 얼굴에서 빛이 나는 듯했다. 오후는 기품 있는 표정에서 뿜어대는 호동의 남성미에 압도당해 정신이 혼미해질 지경이었다.

"황후마마, 어인 일로 부르셨습니까? 문후 여쭙사옵니다."

중후한 목소리로 호동이 인사하자 오후가 화들짝 놀라 정신을 차리고 서둘러 답했다.

"아, 어서 오시오 태자! 오랜만에 보는구려! 특별한 건 아니고, 그저 태자와 차나 한잔하자고 뫼셨소……. 호호!"

이렇게 단둘이 차를 마시거니, 초대조차 받은 적이 없었기에 오후의 생뚱맞은 답변에 호동이 다소 당황한 기색이 되어 주위로 시선을 돌리기 바빴다.

"사실, 낙랑 정벌의 영웅은 태자가 아니겠소? 부황께서 그리도 극구 칭찬하셨는데 태자를 한 번도 치하한 적도 없었구려. 늦었지만 그런 시간도 만들고, 또 가까이서 태자와 담소도 나누고자 하는 뜻이니, 가볍게 생각하시오. 호호"

"마마께서 그리 칭찬해 주시니 황공할 따름입니다……"

"그런데, 태자는 정말 이제 어엿한 청년이 다 되셨구려! 그리 출중한 외모를 지녔으니, 궁 안팎의 여인네들이 태자를 한 번 대하는 날엔 다들 난리도 아니라지요? 좀 전에 태자가 방에 들어오는데 나조차도 숨이 멎는 줄 알고 깜짝 놀랐다니까요. 호호호!"

예상과 달리 어머니뻘인 오후가 내뱉는 실없는 대화에 호동이 어이가 없다는 듯 피식 웃음을 보이고 말았다. 오후가 계속해서 남녀 간에 주고받는 희롱에 가까운 말을 던지자, 호동은 갑자기 그런 상황이 낯설어 살짝 긴장한 채로 헛기침을 하거나 자세를 고쳐 앉기도 했다. 이를 눈치챈 오후가 호동의 긴장을 풀어주려 차를 직접 따라 주는 듯하더니 이내 슬그머니 호동의 손을 잡고 말았다. 당황한 호동이 손을 잡아 빼고 그녀를 올려다보니, 오후가 끈적한 시선으로 빤히 호동을 마주 보고 있었다. 그러더니 갑자기 몸을 던져 호동의 가슴에 막무가내로 안기려 들었다.

"마마, 이게 무슨 일이십니까? 마마!"

놀란 호동이 오후를 밀어내면서 다급한 목소리로 채근하자 오후는 더욱 세게 호동의 허리를 끌어안으며 낮고 강한 어조로 말했다.

"태자, 가만히 계세요! 어디 한번 태자를 안아 봅시다! 여인을 마다하는 남정네가 어디 있답디까? 태자도 이게 좋을 게 아니오? 음음!"

오후가 얼굴을 들이밀며 노골적으로 유혹하려 들자, 마침내 호동이 세게 오후를 밀쳐내고는 자리를 박차고 벌떡 일어났다. 그 바람에 오후가 목에 두르고 있던 목걸이가 뜯겨 나가면서 옥구슬들이 바닥으로 굴러떨어졌다. 그러나 당황한 호동이 이에 개의치 않고 잔뜩 화가 난 목소리로 오후를 나무랐다.

"대체, 마마께서 이 어인 추태란 말입니까? 도대체가 제정신이 아니십니다! 이만, 물러갈 테니 다시는 부르지 마십시오!"

옆으로 쓰러진 오후가 그 순간 자세를 바로 하며 일어나 앉더니 돌아서 나가려는 호동을 향해 날카롭고 카랑카랑한 목소리로 불러 세웠다.

"잠깐만, 태자! 이건 아니지! 그리 훌쩍 나가 버린다고 일이 해결될 문제가 아니란 말이오!"

뜬금없는 말에 호동이 멈춰 되돌아보니, 옷매무새가 다소 흐트러진 오후가 야속한 눈빛으로 호동을 쨰려보고 있었다.

"태자, 거기서 한 발짝이라도 더 나간다면, 이대로 나를 범하고 나가는 것이 될 것이오! 잘 생각하시오, 태자!"

오후의 겁박에 기가 막힌 호동이 툭 하고 한마디 내뱉었다.

"부황이 불쌍할 뿐이오……"

그리고는 거침없이 뒤도 돌아보지 않고 방문을 나와 버렸다. 그때 귀가 째지는 듯 날카로운 여인의 비명 소리가 터져 나왔다.

"아이악! 호동을 잡아라! 여봐라, 태자가 내 몸에 손을 댔다! 호동을 잡아라!"

순간 호동은 발이 얼어붙기라도 한 듯, 잠시 제자리에서 멈춰서야 했다. 그사이 시녀들이 뛰어 들어가고 부산하더니 여인의 우는 소리와 신경질적으로 고함치는 소리들이 터져 나왔다. 호동이 힘없이 고개를 떨군 채, 터벅터벅 후궁을 나왔다.

오후烏后의 어이없는 행동에 호동은 불길한 예감이 없지 않았으나, 모든 것이 심드렁하니 삶의 의욕을 잃은 지 오래라 그러려니 하는 생각으로 돌아오고 말았다. 호동은 그날따라 자꾸만 낙랑공주의 생각이 나면서 사무치게 그립고, 또다시 미안한 마음에 괴로워했다.

다음 날 아침이 되기 무섭게 오후는 대무신제를 찾아가 전날 호동과 있었던 일들을 고했다.

"순간, 태자가 소첩에게 달려들어 막무가내로 소첩을 범하려 들었습니다……. 흑흑!"

오후가 호동을 음해하면서 생각만 해도 몸서리가 처진다는 듯 부들부들 떨고 눈물을 보이면서, 호동을 벌하라고 참소했다. 그러자 잠시 생각에 잠긴 듯하던 대무신제가 뜻밖에 아무런 대꾸도 하지 않고, 오히려 오후를 물끄러미 바라볼 뿐이었다. 순간 가슴이 덜컹 내려앉은 오후가 제 발이 저렸는지, 자신의 말을 들으려 하지 않는다며 태왕을 탓하면서 언성을 한껏 높였다.

다행히도 대전에서는 호동을 오라 가라 한다든가, 해명을 요구하는 어떤 호출도 없었으나, 호동은 오히려 그것이 더욱 불안하게 느껴질 뿐이었다. 그때 호동의 태자비가 소문을 듣고 달려왔다.

"마마, 이게 무슨 해괴한 소문이옵니까? 마마께서 황후마마를 범하려 했다니요? 그럴 리가 있겠습니까? 궁 안에 파다하게 떠도는 소문을 듣고 소첩은 도저히 믿을 수가 없어서 이리 달려왔답니다. 마마, 대체 무슨 일이 있었습니까?"

놀란 태자비를 호동이 조용히 달래고 타일렀다.

"그럴 리가 있겠소? 그런 게 아니라 실은……"

자초지종을 듣자 이번에는 태자비가 분해서 부들부들 떨었다.

"마마, 무섭습니다. 대체 황후께서 어째서 그런 일을 꾸미는 건지요? 틀림없이 정윤의 자리를 마마께 빼앗길까 두려운 나머지 선수를 치려는 것이로군요! 아아!"

태자비가 절망하듯 오후의 사악함에 치를 떨었다.

"마마, 이대로 당하고 계시면 아니 됩니다. 지금 당장 부황을 찾으셔서 자초지종을 말씀드리세요! 그래야 억울한 일을 피하실 수 있습니다, 어서요!"

그러자 호동이 조용히 태자비의 두 손을 잡은 채 두 눈을 바라보며 조용히 타일렀다.

"여보, 그게 그리 간단한 일이 아니잖소? 그리되면 내가 오해를 풀 수는 있을지언정 장차 오황후가 어찌 되겠소? 오후는 부황의 아내란 말이오! 태왕께서 나를 불러 해명을 요구하지 않는 한, 필요 이상으로 사태를 악화시킬 것까지는 없는 일이란 말이오! 그러니 일단 경거망동하지 말고, 차분하게 사태를 지켜봅시다!"

그러나 태자비는 호동의 설득에 동의하지 않았다. 오후의 사특한 계략에 걸려든 것이 틀림없는 만큼 적당히 넘어갈 리가 없고, 그러니 적극

대응해야 한다며 오히려 호동을 채근했다. 호동이 그런 태자비를 둔 채, 바깥바람 좀 쐬겠다며 방을 나왔다.

사실 태자비의 말이 하나도 그른 것이 없었다. 호동 역시 자신이 분명히 오후가 놓은 덫에 빠져든 것임을 잘 알고 있었다. 부황이 그를 당장 호출하지 않는 것도 그를 불안하게 하는 이유였다. 호동을 의심하고 상황을 조사한 다음에 호출하려 들 것이란 생각 때문이었다. 복잡한 심사가 되어 길을 걷다 보니 불현듯 풋풋했던 낙랑공주의 모습이 떠올랐다.

생각해 보니, 그때 자신도 낙랑공주를 따라서 죽었어야 했다. 그 일이 있은 지 벌써 수년도 넘는 세월이 흐르고 말았지만, 가슴을 누르는 무거운 죄책감에 살아도 산 것이 아니란 느낌이었다. 알량한 출신성분 때문에 어차피 정윤에 오르기도 어려운 일이었다. 그사이 본인의 의사와 상관없이 혼인도 하고, 딸까지 두었으나 삶의 의욕을 잃은 지도 오래였고, 애꿎은 태자비는 그런 호동을 늘 불안한 시선으로 바라보고 있었다. 그렇게 구차한 삶을 살다 보니 오늘 이런 추한 일까지 겪는 것이라 자책하고 있었다.

무엇보다 자신을 누구보다 아껴 주는 부황이 불쌍하게만 느껴졌다. 분명 자신을 유혹하려 필사적으로 매달리던 오후의 끈적한 시선을 생각하면 더욱 그러했다. 아내가 남편을 배신하고 다른 사내, 그것도 아들이나 다름없는 젊은 사내를 유혹했다면 그 더러운 기분을 평생 어찌 감당할 수 있을까 싶었다.

"그래, 내가 덮어쓰고 사라지면 되는 일이리라! 황실의 안위를 위해서도 그렇고, 그저 나만 사라진다면 모두가 행복해질 수 있는 문제란 말이다……"

생각이 여기까지 미치자 호동은 갑작스레 마음이 편안해짐을 느꼈다. 그리고는 이내 아름다웠고, 짧은 시간이었지만 그토록 자신에게 헌신적이었던 낙랑공주가 한없이 그리워졌다. 무어라 혼잣말을 되뇌는 호동의 눈가로 소리 없는 눈물이 흘러내렸다.

"공주, 정말 보고 싶소! 보고 싶어 더는 견딜 수가 없구려……"

그날 오후 늦게 해 질 무렵이 다 되어, 대궐이 발칵 뒤집혔다. 궁정 호숫가 옆에서 칼에 엎어져 피를 흘리고 죽은 호동이 발견되었기 때문이었다. 눈을 감은 태자의 얼굴이 너무도 편안해 보여 사람들의 마음을 더욱 애절하게 했다. 절세의 미남이자 〈낙랑 정벌〉의 진정한 영웅 호동태자가 스물여덟 한창의 나이에 그렇게 허무하게 죽음을 맞이했다.

많은 사람들이 그의 죽음을 두고 자명고의 저주 때문이라고 했고, 어떤 사람들은 유리명제 때 죽은 세 태자들의 혼백이 되살아났기 때문이라고도 했다. 그러나 호동이 낙랑공주의 죽음에 커다란 자책감을 느끼고 있었고, 무엇보다 공주를 몹시도 그리워했다는 것을 아는 이는 극히 드물었다. 끝내 이루지 못한 낙랑공주와 호동태자의 애틋한 사랑은 이토록 가슴 아픈 비극으로 결말이 나고 말았다. 이처럼 두 사람의 슬픈 사랑 이야기 뒤에는 상상하기 어려울 정도로 어마어마한 격동기 동북아의 거대한 역사가 숨어 있었던 것이다.

제4권 끝

제4권 후기

BC 33년 漢의 원제가 죽자 황후 왕정군의 아들 성제가 제위에 올랐고, 이후로 외척인 王씨들이 득세하면서 5대에 걸친 여인천하가 시작되었다. 그사이 왕태후의 조카 왕망이 득세한 끝에 권력을 장악했다. 한편, 고구려의 추모대제는 본격적인 통일전쟁에 돌입해, 동부여를 제외한 옛 북부여 땅을 통합하는 데 성공했다. BC 31년 호한야의 뒤를 이은 복주루선우는 고구려와 화친의 관계를 지속했다.

BC 19년 조선(부여) 부활의 기틀을 확립한 고구려의 추모대제가 동부여에서 온 아들 유리에게 제위를 넘기고 사망했다. 비류국 송씨 외척들의 비호 아래 유리명제와 갈등을 겪던 소서노가 2년 뒤에는 비류와 온조 두 아들과 함께 고구려를 떠나 中마한의 위쪽 미추홀에 자리를 잡았다. 금와왕 사후 동부여의 대소왕은 부여의 주도권을 놓고 고구려와 다투기 시작했고, BC 6년경 5만 병력으로 침공을 개시했으나 폭설로 물러나야 했다. 이듬해에는 친고구려 성향의 온조가 노선 갈등 끝에 비류를 떠나 한남 땅에서 〈십제〉를 건국했다.

사로국에서는 미추홀 출신의 차차웅 남해가 정변을 일으켜 박혁거세 부부를 살해하고 권력을 장악했다. AD 3년 유리명제는 분위기 일신을 위해 홀본 아래 위나암으로 천도를 단행했다. 그 와중에 유리명제와 대립하던 협보와 낙랑혈통의 작태자가 고구려를 떠나 예맥으로 들어갔다. 한산으로 천도한 십제의 온조왕은 처남인 유리명제의 지원 아래 中마한 공략에 나섰고, 온조 지원을 반대하던 해명태자는 일장궁사건 후 자결을 했다.

AD 9년 어린 황제로부터 강제로 선양을 받아 낸 왕망이 마침내 2백 년 漢 왕조를 끝내고, 스스로 新나라를 건국해 황제에 올랐다. 왕망은 기득권 세력의 힘을 빼고자 온갖 제도개혁을 단행했으나, 나라 전체는 오히려 극심한 혼란에 빠지고 말았다. 흉노는 호한야 사후 50여 년간 그의 여섯 아들이 선우에 올랐지만, 대부분 10년을 채우지 못하면서 불안한 정정을 이어갔다. 왕망은 흉노와 고구려 등에 대해 대국의 권위를 내세워 모욕을 일삼았고, AD 12년 고구려에 흉노토벌을 위한 참전을 요구한 끝에 양측이 충돌하고 말았다.

서쪽에서 〈여신전쟁〉이 터지자 동부여 대소왕이 그 틈을 타 5만 병력으로 2차 고구려 침공을 개시했다. 해술태자가 〈학반령전투〉에서 동부여군을 궤멸시켰고, 동부여에서는 패전의 후유증으로 왕의 조카 대불이 난을 일으켜 왕위를 찬탈했다. 고구려가 동서로 전란에 휘말리자, 기회를 엿보던 선비와 양맥 등이 반란을 일으켰고, 유리명제는 이를 제압하기 바빴다. 그 와중에 십제의 온조왕은 AD 9년경 3년 전쟁 끝에 낙랑 땅의 中마한을 축출하는 데 성공했다. 이로써 한때 54개의 소국을 거느렸던 중마한이 붕괴되고, 그 일부가 한반도로 스며들었다.

AD 17년경 新에서는 개혁의 혼란과 〈여신전쟁〉의 후유증 등으로 민생이 피폐해진 끝에 녹림군 등의 내란이 이어졌다. 이를 틈 타 왕망의 분열책동을 참지 못한 호도선우가 거병하니, 나라 안팎이 온통 전쟁 일색이었다. AD 23년, 왕망이 40만 대군으로 녹림군 토벌에 나섰으나, 〈곤양대첩〉에서 반란군에 참패하면서 15년 만에 新이 몰락하고 말았다. 그 와중에 변한 출신 염사치가 新의 낙랑으로 귀부하면서 사로국이 크게 위축되었고, 유리이사금의 즉위는 작태자의 실각으로 이어졌다.

중원이 다시 내란에 휩싸인 가운데 AD 25년, 유수가 낙양으로 입성해 後漢의 황제를 칭했다. AD 30년 광무제가 요동의 낙랑군을 부활시킨 가운데 대무신제는 엄표 땅을 고구려로 편입시키는 한편, 동부여 정벌에 나섰다. AD 32년〈책성전투〉에서 대불왕이 전사하면서 동부여 조정이 혼란에 빠졌다. 십제는 국호를〈백제〉로 바꾼 뒤 험독한성으로 천도했고, 고구려는 후한과의 협상으로 영동칠현을 차지하는 외교적 성과를 올렸다.

AD 36년경, 내란을 종식시킨 후한의 광무제가 요동태수를 시켜 2차 고구려 침공에 나섰으나, 을두지 등의 활약으로〈울암대전〉에서 후한군이 궤멸되었다. 그러나 고구려의 길목에 있던 백제가 타격을 입었고, 이를 노린 사로가 아래쪽 예맥과 손잡고 낙랑으로의 진출을 서둘렀으나, 고구려와 백제 연합의 반발만 사고 말았다. AD 42년경, 요동에서 은거하던 흉노김씨 일가는 후한의 낙랑 진출에 놀라 한반도 이주를 감행했고, 그중 김시金諟 일족이 김해 일대 토착 구야국의 거수들을 꺾고,〈가야〉를 세웠으니 시조인 김수로였다.

기원 이후의 시대로 접어들면서 漢이 新을 거쳐 後漢으로 이어졌지만, 요동 낙랑의 전략적 중요성을 인식한 광무제는 이내 동북의 고구려와 본격적인 패권경쟁에 들어갔다. 이는 漢무제 이래 韓민족에 대한 가장 강력한 도발이었고, 그 와중에 서나벌과 백제가 붕괴되면서 대륙세력의 본격적인 한반도 이주가 시작되었다. 이로써 한반도 전역이 요동쳤지만, 선진문명을 지닌 신선한 피가 대거 유입되면서 반도 전체에 새로운 활력을 불어넣었고, 반도三韓의 시대가 열리게 되었다.

제1권 夷夏東西

제2권 朝鮮의 분열

제3권 列國시대

제4권 제국의 建設

제5권 韓半島 정착

제6권 中原의 쇠락

제7권 百家濟海

제8권 三韓의 대립

제9권 三韓一統

목차

1권

1부 하늘을 열다

    1. 휴도왕의 소도
    2. 탁록대전과 단군조선
    3. 堯와 舜
    4. 도산회의와 夏나라
    5. 中原을 차지한 商
    6. 색불루의 혁명

2부 중원에서 싸우다

    7. 周, 중원을 빼앗다
    8. 서언왕과 夷夏東西
    9. 辰韓의 燕齊 원정
    10. 山戎전쟁
    11. 春秋戰國
    12. 합종연횡

3부 고조선의 분열

    13. 箕氏왕조의 등장
    14. 中山國과 호복기사
    15. 진개의 東胡 원정
    16. 戰國의 영웅들
    17. 또 하나의 서쪽별 의거

2권

1부 秦, 중원을 통일하다

    1. 원교근공
    2. 합종의 힘
    3. 어긋난 趙燕전쟁
    4. 三晉의 몰락
    5. 통일제국 秦의 탄생

2부 저무는 고조선

    6. 조선의 몰락과 창해역사
    7. 秦의 장성과 멸망
    8. 묵돌의 동도 공략
    9. 위만과 기씨조선의 몰락
    10. 유방의 漢
    11. 평성의 치

3부 흉노의 시대

    12. 초원제국 大薰
    13. 마읍작전
    14. 漢薰의 대격돌
    15. 하서주랑
    16. 漢무제 대 이치사선우
    17. 위씨조선과 창해국

3권

1부 漢무제와의 싸움

    1. 朝漢전쟁과 위씨 몰락

    2. 무제의 참회록

    3. 흉노인 김일제

    4. 漢二郡과 고두막한

    5. 탐욕스러운 여인들

2부 북부여 시대

    6. 북부여와 열국시대

    7. 五선우와 흉노의 분열

    8. 서흉노 질지

    9. 파소여왕과 서나벌

    10. 동부여와 주몽의 탈출

3부 고구려 일어서다

    11. 부여의 부활 고구려

    12. 고구려의 비상

    13. 왕정군과 여인천하

    14. 추모대제의 정복전쟁

    15. 통일 대업의 달성

古國 4

ⓒ 김이오, 2024

초판 1쇄 발행 2024년 10월 7일

지은이	김이오
펴낸이	이기봉
편집	좋은땅 편집팀
펴낸곳	도서출판 좋은땅
주소	서울특별시 마포구 양화로12길 26 지월드빌딩 (서교동 395-7)
전화	02)374-8616~7
팩스	02)374-8614
이메일	gworldbook@naver.com
홈페이지	www.g-world.co.kr

ISBN 979-11-388-3602-9 (03810)

- 가격은 뒤표지에 있습니다.
- 이 책은 저작권법에 의하여 보호를 받는 저작물이므로 무단 전재와 복제를 금합니다.
- 파본은 구입하신 서점에서 교환해 드립니다.